孩子们必读的诺贝尔文学经典

大地的成长

【挪】K.汉姆生◎著 吴学颖◎译

·汉姆生卷·

北京联合出版公司
Beijing United Publishing Co.,Ltd.

图书在版编目（CIP）数据

大地的成长 /（挪）汉姆生著；吴学颖译. -- 北京：北京联合出版公司，2015.2（2023.2重印）

（孩子们必读的诺贝尔文学经典）

ISBN 978-7-5502-4478-8

Ⅰ. ①大… Ⅱ. ①汉… ②吴… Ⅲ. ①长篇小说－挪威－现代 Ⅳ. ①I533.45

中国版本图书馆CIP数据核字（2015）第010874号

大地的成长

作　　者：（挪）汉姆生/著；吴学颖/译
选题策划：王成国　郎爱民
责任编辑：王　巍
封面设计：尚世视觉
版式设计：许　可

北京联合出版公司出版
（北京市西城区德外大街83号楼9层　100088）
福州俊丰彩印有限公司　新华书店经销
字数310千字　650毫米×950毫米　1/16　22.75印张
2015年2月第1版　2023年2月第2次印刷
ISBN 978-7-5502-4478-8
定价：40.00元

前言

克努特·汉姆生（Knut Hamsun）（1859年8月4日—1952年2月19日），挪威作家，出生于挪威一个农民家庭。因为家境贫寒，从未受过正规教育。后曾两次流落美国，并根据在美国的经历写就了《现代美国的精神生活》一书，作品充满嘲笑意味。汉姆生的首部作品《饥饿》于1890年出版，这部作品首次将汉姆生带上文坛。

汉姆生深受马克·吐温作品的影响，在首部作品中充分发挥了自己的幽默。《饥饿》这部作品使用的是抒情的讲述方式，产生的影响非常大。也正是这部作品让汉姆生在挪威文学界获得很大的声誉。在这部作品之后，他陆续发表了一系列作品。较为著名的有《神秘》（1892），《牧羊社》（1894），《维多利亚》（1898），《大地的成长》（一译《拓荒记》）（1917）。

汉姆生的作品深受尼采的极端个人主义的影响，他主张回归自然，反对欧洲的现代文明。

但汉姆生在晚年创作的《大地的成长》一书代表了汉姆生创作的最高峰，这本书作为“挪威最经典的作品”在1920年获得诺贝尔奖。

与早期的作品不同，这本书讲述的是一个庄稼汉在荒野中开垦荒地并成家立业的故事。而汉姆生早期和中期的大多数作品描写的都是青年男女浪漫细腻的爱情故事，从这些作品中可以看到汉姆生敏感细致的内心。早期的作品很多也与他个人的经历有关，早期颠沛流离的生活自然给他的作品带来很大的影响。

《大地的成长》一书的开头就把我们从现代文明中拉出来，带回到荒无人烟的野地中。主人翁艾萨克的出场为我们诠释了“硬汉”一词的真实含义，粗硬的胡须，结实的身板，少言寡语的性格。他自己来到这片叫阿尔曼宁的大荒原中生活，开垦新地，喂养牲口，年复一年地独自在林中生活。后来用找帮手之名到山外的村中求寻，最后来的是一个长着兔唇，性格简单活泼又好强的女人英格尔。两人从此平平静静地在山中过日子。

因为初生的女婴遗传了英格尔的兔唇而将其杀死，自己因此获罪。这算是故事中的转折部分之一。刑满回家后的英格尔性情大变，但夫妻也算是恩爱如故。

英格尔生了两个儿子三个女儿。大儿子艾勒苏生性喜静，长相清秀，与爱开玩笑的二儿子完全相反。后因偶然机会，艾勒苏到城里生活。这个从荒野里出去的少年习惯了城市中灯红酒绿的生活。之后的落魄让他回到了山里。母亲的偏袒和本性难移的骄奢并没有让他顺利地在山中安定一生。最后走投无路的他只能离开，而且“再也没有回来”。

整个故事其实也是社会的缩影。在这个远离尘世的地方，每个人都有着不同的命运。喜欢搬弄是非的老用人奥琳，活泼幽默的二儿子赛维特，经历各种变故的布理德一家，聪明美丽的姑娘巴布罗离开了山里那个男人之后又回来……

似乎一直未变的只有艾萨克。房子有了，田地有了，妻儿也有了。

这个庄稼汉最后也在原野中慢慢老去，所有那些与他无关的东西似乎从未曾发生，他还是那个他，变化的只是年龄。

我们或许以为整个故事都会在荒野和寂静中结束。遗憾的是，它最后还是被现代文明浸淫，一户又一户的人家搬上来了，有人借此大肆开矿、破坏，原本那个安静的地方也一天天变得疲惫而无奈。

人的利欲总是无法满足，当人在最后发现其实自己只是这尘世中的一个小小的点的时候，他才最终又安静了下来。

吴学颖

二〇一二年七月二十七日

目录
Contents

目录

Contents

第一章

荒野里的那条路很长很长，一直延伸至森林中，是谁第一次涉足此地？人，是那第一个来到这里的男人，在他来之前原本没有路。后来，野地里的兽类沿着原来模糊的小路越过沼泽和荒原，这条路才愈加清晰起来。再后来，拉普兰人沿着这条路在一块又一块荒地里放养驯鹿。这样便形成了这些条穿越于阿尔曼宁大荒原的小路。

男人来了，一路向北，身上背着一个麻袋，装了些许干粮和工具。这是个有铁红色粗硬胡须的壮硕男人，脸上和手上有少许伤疤，附在原来的旧伤口上，或许是劳累或是打斗留下的。他或许刚坐过牢，来此寻找藏身之处；也可能是个哲人，只为到这儿追求宁静。而不管怎样，他终是来了，来到了这个广阔的隐居地。男人在寂静的荒原上独自走着，开始喃喃自语，从嘴里吐出一两个字，“哎呀——好吧……”这荒野随处都可以给他一席之地。在森林深处的随便某处空地上，他放下麻袋到前面去探路，不久又回来，继续扛起麻袋前行。这一整天只能看太阳来定时；夜色渐沉，他躺进石楠丛中，枕着胳膊开始休息。

休息了几个小时，他起身往北走去，嘴里依旧不住地呢喃着："哎呀，好吧……"和原来一样，按日照来判断时辰，饿了便吃袋子里的大麦饼和山羊奶乳酪，渴了喝口泉水，然后上路。显然这一天要走的路会很多，森林深处还有许多地方需要他去勘察。

他在找什么呢？一个地方？一块空地？他或许是老垦区过来的移民；男人机警地观察着周遭环境，时而爬上山顶眺望。太阳落山，这一天又过去了。

他沿着山谷的西面前行；山里林木茂盛，地上青草疯长。几小时后暮色渐沉。溪水潺潺，像活人的声音直敲击着男人的心扉。他沿着斜坡往上爬去，俯视底下半明半暗的山谷；再过去，还可以看到南部的夜空。他躺下来休息。

次日清晨到来，男人一眼望过去，前方是一片牧场和林地，他朝下走去。对面的山坡一片葱郁，远处山间还有小溪，有野兔一跃而过。男人点了点头，似乎自己的想法被证实了：小溪并不宽，连兔子都能一下子跳过去。

一只白色松鸡坐在巢前，愤愤地嘶叫了一声，而后从脚下飞起。他又点了点头：是个狩猎的好地方。地上长满了石楠、月桔以及云莓，还有细小的蕨类和冬季的七角星花。他不时停下来用铁具挖挖地面，有些地方土质疏松，泥煤似的，千百年堆积的落叶的腐蚀提供了不少肥料。他点点头，心想终于找到了他想要留下的地方，是的，他打算在这里待下来了。两天了，他白天在山坡附近的地方勘察，晚上回来休息。他睡在岩石下方的松枝铺上，就像在自己家里一样。

他最难的任务是在这个荒无人烟的地方找到他的立身之所。这便意味着他今后要不停忙碌的工作了。他很快开始动手，到森林里的桦树丛里将它们一一剥下树皮，树干甚至还未干透，有树液沾着。他把树皮压平晒干，凑了一大摞后背到几里外的村子里卖给别人作建筑材料，卖来的钱拿去买了些干粮和几件工具，再次回到山坡上。这下子他有了面粉、猪肉，甚至一个煮饭的铁锅，还有一把铲子。他就这样反复地来回忙碌着。一个天生的负重者，森林里的伐木能手，这恰恰是他从心里乐意做的。男人每天继续扛着一堆重物走过漫漫长路到外面卖掉；对他来说，肩上若是没有点东西他就会难受，甚至就像没有了生命一样。

那天，他不光背着那些树皮去卖掉了，回来的时候还牵了三只山羊。他为它们深感自豪，好像它们是长着角的牛。路上他们遇到了第一个陌生人，是一个流浪的拉普兰人；那人看到他领着三只山羊，心里便明白这是个打算在此常住的人，于是上去跟他搭话。

"您是打算一直在这里住下去吗？"

"啊。"男人回答。

"您叫什么？"

"艾萨克。您知不知道哪里有个适合过来帮忙的女人？"

"不知道。不过我会帮您问问的。"

"啊，好的。您就说我这儿有些家畜得让人帮忙看管。"

拉普兰人于是继续上路。艾萨克——好，他会帮忙问问的。山上的那个男人不会是逃犯；他都告诉别人自己叫什么了，怎么会是一个逃犯呢？那样应该早就被抓回去了吧。他其实只是个很努力的工人。已是冬天了，男人给山羊割草料，还清理并挖出了一块空地，把地上的石头搬到边上筑起了围墙。到秋天的时候他已经为自己盖了一所房子，是用草皮盖的棚屋，不仅舒服牢固，而且还很暖和，足以为他挡风遮雨，狂风吹不倒，火也烧不掉。

这是他的家，可以关上门待在屋里，也可以走出来，在家门前的石板上站着，只要有人经过，一下子就能看出来他就是这个房子的主人。屋里有两个隔间，一间是他的住处，另一个间是用来安置牲口的。最里面直抵石墙的干草棚用来放些其他东西。所有东西都摆在那儿。

这天又来了两个拉普兰人，是父子俩。他们一边双手撑着细长的板子站在那里休息，一边打量着面前的草房子和草地，远处山坡上传来的羊的颈铃声他们也注意到了。

“你好。”拉普兰人说道，“在这儿住的应该是不错的人家。”拉普兰人明显带了些奉承的语气。

“在这附近有没有您认识的可以过来帮忙的女人？”艾萨克心里一直惦记着这件事。

“来帮忙的女人？不认识，但是我们会帮您问问的。”

“啊，那麻烦你们了。就说我在这儿有房子和地，还有羊，就是没有个帮忙的女人，您这么说就成。”

哦，每次到村里去卖树皮的时候他都要打探打探有没有女人可以过来帮忙打理，但找了这么久依旧没找到。有人会盯着他看，有寡妇，也有没结婚的老姑娘，但没人敢贸然前去帮忙，心里估计都有些顾虑。她们心里想些什么艾萨克也不清楚，当然了，有哪个女人会愿意跟他跑到深山老林里帮他，还要孤男寡女地住着，去看下邻居都得走上好几里路。何况艾萨克自己其貌不扬，举止也没什么能吸引人的地方，甚至说简直差多了。听他说话更是如此，嗓子很粗，如野兽一样。

所以，看来他只能当光杆司令自己干了。

冬天的时候他凿了好些木盆拿到村里去卖，卖完后换了几袋食物和一些工具，从厚厚的雪地里赶回来；这些艰难的日子里他被一副沉沉的重担压住了：羊群没人看管，因此他不能离开太久。应该怎么办呢？他得学得聪明一些；这个男人的脑子不笨，只是尚未完全开发；他只能一步一步让自己变得更聪明。所以他先想到的方法是在出门前把羊群放出来，随它们到树底下去觅食。不过他又找到了另外的方法，在河边高高挂起一个大桶，然后让水慢慢滴进去，十四个小时后就能把桶盛满，盛满之后桶会下沉，这样就带动了连着桶和棚屋门的绳子，绳子一被拉扯，饲料门自动打开，从里面滚出三捆草料，羊就不会挨饿了。

这便是他的方法。

办法不错；也许是上帝恩赐的灵感。男人一切除了靠自己，没有一个人帮他了。这方法也一直顺利地用到了秋末，直到第一场大雪来临，随之又是下雨，时雨时雪，下个不停。他的机器不可避免地坏掉了；雨雪降到木桶里，很快就会把饲料门打开。他开始是为桶加了个盖子，这样又侥幸撑过了一阵子，直到冬天来了，滴下来的水变成了冰柱，于是这方法就再也不能用了。

山羊得朝主人看齐——没有了这些也得撑下去。

日子真是艰难，男人需要帮助，可是没办法。后来他又找到了个方法。他在屋里不停忙啊忙，最后在墙上装了玻璃窗子，用的是真正的玻璃，这一天对他来说真是这么久以来最为美好的一天。不需要生火来照明了，他可以就坐在屋里借着透过窗子的日光做木盆了。真好，生活越来越有希望了……哎呀！

他从不看书，但是经常想到上帝；这种感情很自然，它来自艾萨克的无知和对上帝的敬畏。不论是天空里的繁星，树林里的风，这大荒原，以及漫无边际的雪地，这一切，包括这片土地，每一样东西都可以带给他力量，让他坚定自己的信念。他坚信自己是罪人并且敬畏上帝；出于对圣日的崇敬，星期天他会沐浴净身，而该做的事他也没少做。

春天来了；他把地锄好，并种了些马铃薯。牲畜也开始繁殖了；两只母山羊分别产下一对小山羊，加上老的，总共就有七只山羊了。他把羊圈弄大了些，以使以后可以养更多的羊。羊圈墙上又装了些玻璃窗。啊，日子真是越来越好了呀！

最后随之而来的是他需要的来帮他的女人。女人在不远的山上犹豫了半天，都不敢靠近，直到晚上天要黑了，这女人才别别扭扭地从山上下来了。艾萨克终于看清楚了这姑娘，有着棕色的大眼睛，身材丰满而壮实，双手粗重，脚上穿双厚厚的革鞋，看起来像是拉普兰人。肩上挂着个小牛皮包，说话很客气，看起来也不年轻，三十岁的样子。

虽然没什么要怕的，不过她在打过招呼后就急着解释说："我本来是翻过山去的，恰好路过这里。"

"是吗？"男人不太明白姑娘的意思，她说话的时候有些含糊不清，而且还把脸扭向另一边去了。

"啊……"她答，"我走了好久才到这儿的。"

"啊，是的。"男人说，"你刚才说要翻过山去？"

"是的。"

“为什么？”

“我家亲戚在那儿。”

“啊，你还有亲戚在那儿啊？你叫什么名字呢？”

“英格尔。你呢？”

“艾萨克。”

“艾萨克？嗯。就你自己住这儿吗？”

“是的，是自己住在这儿。”

“其实也不坏。”姑娘有些讨好的语气。

现在他变得聪明多了，甚至一眼就看出来她是专程为了这事儿来的，而不是什么路过。实际上也许两天前她就动身来这里了。也许她是听说了他需要个女人帮忙。

“到屋里去歇会儿吧。”他说。

他们走进屋里，女人从包里拿了些吃的，男人拿了些羊奶，两个人一起吃起来；吃完他们把姑娘装在小囊子里的咖啡拿出来，煮了一点。两个人舒舒服服地坐着喝咖啡，一直到睡觉的时候。夜里，他向姑娘试探同房，姑娘答应了。

次日清晨，她没有离开；这一整天她都没有离开，而是在屋子内外忙来忙去；给山羊挤奶，刷锅洗碗，把房里打扫得一尘不染。她一直没有离开。她的名字是英格尔，他的名字是艾萨克。

现在这个孤独的男人生活终于有了些改变。确实，他这位妻子因为长了兔唇，所以说话含糊不清，还经常爱把脸歪到一边去，不过对他来说都没关系。想想若不是因为她嘴唇上的缺陷，估计也不会来这里了；所以他应该感谢她长了兔唇。当然，他自己也不好看。艾萨克就像个从裂了缝的玻璃望出去的人一样，胡须粗硬，身材粗壮。他面容也不温和，好像要挣脱出来的巴拉巴[①]。相反，英格尔没逃走倒是奇怪。

她没有走，艾萨克外出回来后都能看到草房子里的那个女人，她好

---

① 巴拉巴，《圣经》中一个强盗头子，囚犯，在耶稣被钉十字架之前，犹太人要求将他释放。

像和房子融为一体了。

他得多养活一口人，但这算不上负担；他现在倒是更自由了，想待着就待着，必要时候想出去就出去。而且外面有很多事情需要他了解。那里有条河，看起来清澈动人，河水深不见底，河岸边的水流稍显湍急。这条河倒没有被人忽视，或许是从山林里某处较大的水源流出来的。他弄了些鱼竿去河里钓鱼，晚上回来后带了一大篮子的鳟鱼，这些东西对于英格尔真是极大的惊喜；她完全不知所措了，因为她之前粗茶淡饭，鲜少吃到山珍海味。她拍着双手激动地叫着："啊！你是从哪里……"马上她就注意到艾萨克很高兴看到她这么开心，并且深感自豪，因为她接着又说了类似这样的话。噢，这些鱼她从来没见过，他是怎么找到这些鱼的！虽然英格尔头脑并不聪明，但她在家养了两只母羊，还把它们带来了，所以说在其他方面，英格尔就像是个福星。这是他们最想要的东西了；现在绵羊和羊羔都有了，还添了四头，羊群正在壮大，真是让他们感到振奋。除此之外，英格尔还带了别的东西来：衣服，还有她自己的一些小物什，其中有个穿衣镜，还有一串亮晶晶的玻璃珠子项链，一架纺车，还有一台梳毛机。啊，她真的带了好多东西，再多一点的话，这屋子要从地板堆到天花板上去，其他东西真的就没地方放了，当然人也没地儿住了。艾萨克看到这么多的财富简直被震惊了，不过他一向少言寡语，因此也没有表现得有多激动，甚至什么都没说，只是慢慢慢慢走出门去，看看外面的天气如何，然后又踱回来。是啊，他真觉得自己越来越幸运了，他已经慢慢陷入英格尔的情网里了，或者说是更加迷恋起英格尔了，或者不管是怎么回事。

"其实你不用带这么多东西的。"他说道，"够用就可以啦。"

"我还有一堆没带过来呢。对了，还有那位艾维特叔叔，你知道他吗？"

"没听说过。"

"怎么会呢，他非常有钱，在那一带算非常富有的呢。"

爱情往往让聪明人变成傻子。艾萨克于是觉得自己也该干点大事了，不过做得有些过头了。"我想说的是，你不用去挖马铃薯了，我今晚回来后去挖吧。”

他带上一把斧头就往森林里走去。

她听到他在附近的林子里砍树；砍倒后树木断处的碎裂声隐约传到她耳朵里。她随即拿了把锄头到马铃薯地里去，开始劳作起来。爱情又往往可以让傻子变得聪明。

晚上艾萨克回家了，用一根绳子拉了一根很粗的木头。噢，单纯天真的艾萨克，他拖着木头，一路弄出很大声响，又是咳嗽又是叫唤，当然他做这些都只是为了让英格尔出来看看他带来的惊喜。英格尔闻声出来。

“你疯了吗？”英格尔刚从屋里出来就叫道，“你自己怎么可以单手做这个？”他没回答，也不知道该说什么才好。比一个单干的男人多做一些有什么，又不是什么大事，只是一根木头而已。

“你要拿这个来干吗？”她又问道。

“噢，再说吧。”他回答得漫不经心，仿佛她不在他身边似的。

当看到她自己去挖了马铃薯，他又不太高兴了，这好像她做得压根没比他要少，这让他很不开心。他把绳子从木头上解下来，然后带着它又出门去了。

“怎么啦，还有没带回来的吗？”

“不是。”他粗声说道。

和前一次一样，他又带着一根木头回来了，不过没一点响声，他悄无声息地把木头立起来，靠在墙上，就放在那儿。

这个夏天他砍了很多木材，把它们一一运回到草房子外面放着。

第二章

这天，英格尔用她的小牛皮包装了些食物："我想回去看看亲戚，不知道他们过得怎样。"

"是吗？"艾萨克回答。

"我有些事要去跟他们谈谈。"

艾萨克没有立刻送她出门，只是等了好一会儿。他看上去毫无担忧，也不难过，也毫不担心地踱出门外时，英格尔已经进了森林，到她快要消失在他视线里的时候，艾萨克清了清嗓子叫道："嗨，你大概还会回来的吧？"这些话好像是从潜意识里叫出来的……

"回来？哎，你想什么呢？我当然会回来。"

"噢。"

于是他又是一个人了——哎呀，好吧！……因为本身习惯了劳作，加上身体有使不完的力气，艾萨克当然忍受不了自己整日无所事事地进进出出，于是他又到林子去伐木，砍下来后切成段。他就这样做了一整天，然后挤羊奶，忙完之后才睡觉。

整个草屋里现在是一片空荡荡，少了英格尔，整个空气里都是荒凉的味道。这感觉一点一点弥漫开来，连着泥煤屋墙，还有泥地板都是如此悲凉。他感到深深的孤单。屋里的纺车、刷毛机都还在那里，还有那些玻璃珠子，安然地躺在屋顶下挂着的小袋子里，这屋里的东西都没有变化，英格尔没有带走她的任何一样东西。可是，不可思议的是，这夏日夜晚里的黑暗让艾萨克感到害怕，艾萨克甚至觉得英格尔的东西正在被人一件一件从窗子偷走。天还没亮艾萨克就醒了，看了看天色，大概刚两点。他起床，早餐吃了好些足够维持一天体力的稀饭，以免再花时间来煮饭。到这天晚上，他又翻了一块地，用来种马铃薯。

这三天他轮番用铲子和锄头工作，他想，明天英格尔也快回来了吧，应该给她抓点鱼来吃，可是去捕鱼的那条直路是她回来的必经之路，他担心英格尔会看到……于是他找了一条新的，远一点的路，要翻过好几座他从没走过的山。这儿的岩石是灰色和棕色的，旁边亦是各式各样的巨大石头，重若金属，满是金银色调，也许是其他的——他不太了解，也没有在意太多。终于，他来到了河边，抓了些苍蝇做鱼饵，鱼儿在水下抢着吃，上钩的很多。他带了一篮子鲜鱼满载而归，心里想着英格尔一定会激动到两眼放光的！他是在次日清晨沿着原路返回的，在路上还顺手捡了一块有些重量的棕色小石头，上面布满了深蓝色的小点，放在手里沉沉的。

英格尔没在家，到现在也没回来。这已经是第四天了。他又给山羊挤了奶，就像之前生活里还没有出现英格尔的时候他经常自己做的那样，然后爬到石场里采了几块石头下来。回家后细细挑选，用大大小小的石块砌了一道墙。艾萨克就这样忙着，尽量不让自己停下来。

第五天晚上，他心里有些恐慌地走进屋去休息，可是这屋里还满是英格尔的东西，刷毛机、纺车，还有玻璃珠子还在那儿。屋子也依旧空荡荡，毫无人气，甚至一点声音都没有。艾萨克感到度日如年般难熬，当他终于听到门外类似脚步声的声音时，他告诉自己那只是幻觉而已，外面什么都没有。“哎呀，老天啊！”他声音悲切，自言自语着。他突然觉得自己被遗弃了。艾萨克不是个夸大其词的人，他又感觉到有一只有角的活物从窗子里溜进来了，而后又听到外面的脚步声越来越重了。他跳起来，冲到门边，然后看到了让他无比震惊的景象。“是上帝还是魔鬼啊？”艾萨克轻声惊呼，从不夸大其词的艾萨克突然无比激动。他看到的是一头牛，英格尔和一头牛，刚进了棚子。

要不是他站在那里亲眼所见——英格尔在棚子里轻声对着牛说话——他真的不敢相信。可是艾萨克依然呆立在那儿，心里一下子感情复杂，想了好多：一个聪明的妻子，啊，一个奇迹的制造者——可是，最终……不，这太过分了，对，这是他唯一想说的。屋里的那些东西，刷子、纺车，甚至还有那串精美的玻璃珠子，它们都还算可以承受，可是一头牛，它从哪儿来的，保不准是别人家放养在路上或是田里被她牵回来的。这样的话别人肯定要把它找回去的。

英格尔从羊圈里走出来，有些得意地笑道：

“就是我呀，我把我的母牛带过来了。”

“嗯。”艾萨克答了一声。

“因为带了这母牛一块翻山，很不方便，不然也不会这么久才回到这儿。”

“原来牛是你自己的？”他问道。

“对啊。”她说，要做好准备发大财了，“你是不太相信我吗？”

艾萨克却很害怕，所以没有表态，只是说道：

“快进屋吃点东西吧。”

“你看到它了吗？是不是一头漂亮的母牛？”

“啊，确实不错。”艾萨克答着，而后装作不经意地问道：“你是从哪儿带来的这头牛？”

“啊，它叫金双角。你在这儿砌了道墙干吗？你会把自己累死的。噢，快过来看看这头牛，快点。”

两人走出门去看牛，艾萨克只穿了内衣，但这并没什么。他们一遍一遍从上到下仔细地观察这头牛，每个部分都不放过，头、肩、臀部及大腿，记下了所有有红白色斑点的地方，甚至连它怎么站都要看个仔细。

“你看它多大了？”艾萨克小心问道。

“你觉得呢？啊，它才四岁，这头牛是我自己养大的，人家看到它都赞美不绝。不过你觉得这儿的草料够它吃吗？”

艾萨克这才放下心来，他心里当然求之不得：“啊，草料方面你不用担心，肯定够的。”

他俩进了屋，吃饱喝足后躺在一块儿聊天。

两个人毫无睡意，躺着聊那头牛，对他们来说，这无疑可以说是件大事：“还不错的吧？这已经是它第二次出远门了，它叫Goldenhorns。你睡了吗，艾萨克？”

“没有呢。”

“想什么呢？这次它又认出我了，而且一下子就认出来了，像头羊羔似的追着我。昨晚我和它一块儿在山里躺了一会儿。”

“是吗？”

“不过整个夏天它都得拴起来，不然它会乱跑的，始终还是牛嘛。”

“那以前它都在哪儿呢？”艾萨克忍不住问。

“啊，原本是我亲戚家的。但是他们也很不舍得它，我把它带来的时候小孩子们都哭了。”

难道这能是她编出来的谎话吗？不，她不会的。这是真的，牛儿确实是她的。哈，他们现在可以算是富有了，有这样一座草房子，还有这个小农场；是的，对他们来说，这都已经够多的了。他们会越来越好的，正像他们向往的那样。噢，最重要的当然是英格尔，她还爱着他，这对夫妻也真的很节俭，过着最原始最简单的生活，并对这一切感到莫大的满足：“我们睡吧！”伴随着这句话两个人一起沉沉睡去。次日清晨，当他们醒来，和原来一样，又开始了忙碌。日出而作，日落而归，这便是他们的生活。

至于艾萨克的这一堆木材，他能拿来做点什么呢？去村子的路上他一路思索，心里琢磨着该做点什么。当然他也可以自己用这些木头来造一所房子，不是吗？有了这个想法之后他像着了魔一样想立刻付诸行动。他们已经拥有了一小群羊、一头母牛、一个农场，这难道还不够吗？仅屋里的日常所用已经快把他们挤到屋子外面了，所以看来是得造一所房子，而且越快越好，趁着马铃薯还开花，割草季节尚未到来之前，把这些做完。英格尔也还能帮点忙。

艾萨克在半夜醒来后悄悄起身，而英格尔经过了长途奔波，此刻睡得正香。艾萨克走到牛圈外面，当然，现在他可不是对着牛儿说些阿谀奉承的讨好话，而只是轻轻拍了下它，再次认真地检查了它身体的每一处，确认是否哪里有些特殊记号，因为他一直担心它身上会有别人做的记号。不过幸运的是它身上毫无记号，艾萨克终于放心了，悄悄离开牛棚。

到了木头堆那儿，艾萨克把它们放平到地面，然后滚到墙边的位置再立起来，弄成了屋子框架，大的那一处是客房框架，另一处稍小的是卧室。这是个苦力活儿，艾萨克气喘吁吁，他认真做着这件事，甚至忘记了时间，直到一缕炊烟从草房子顶升起。这时英格尔出来叫他去吃早餐。

“你在干吗呢？”她问道。

“怎么起这么早？”艾萨克问她，没再说其他的。

哈，这可是艾萨克的秘密呢，他有点神气起来了！不过她既然问了，而且还这么一脸疑惑的样子，急于想知道他的事，这让他很是高兴。艾萨克吃了些东西，在屋里坐了一会儿，也不知道在等什么。

“唉，”他最后忍不住说道，一边起身，“我可不能这么闲着，还有活儿要干呢。”

“好像你在建房子。”英格尔接过话，“怎么啦？”

艾萨克，这个一声不响自己造房子的男人，故作谦逊地说道：

“嗨，我想你能看得出来吧？”

“看得出……是的，当然了。”

“造房子嘛，嗯，我想是很有必要的，你不是带了这头牛回来了吗，所以我想改造一间牛棚吧。”

简单的英格尔，她一直学不来艾萨克的聪明，这个造物之神——这是她之前对艾萨克的了解——他可一向聪明着呢。英格尔问道：

“怎么啦，你可不是在建牛棚吧？”

“是吗？”他回答。

“不会是真的吧？我……我还以为你一开始是要建房子的。”

“你是这么想的吗？”艾萨克扬起一边脸，好像他从未有过那想法。

“是呀，然后把牲畜们关在草房子就好啦。”

艾萨克故作沉思，而后答道：“啊，这样似乎是个好主意呢。”

“对吧。”英格尔带着胜利般的喜悦答话，“你看我还是可以帮你做参考的嘛。”

“是啊，没错。你说，这房子要是有两个房间的话，要拿来干吗呢？”

“两个房间？噢……啊，和别人家一样了，你觉得咱俩能造得起吗？”

他们当然可以，而且真的开始动工了。艾萨克开始忙着房子的事，先是在木头两端凿了两个口子，再把其他的横梁架上去，他还想着怎么添一个壁炉，因此又开始去挑选石头，不过这项工程很是费事，艾萨克也一直觉得不够满意。就这样，一直到了该割草料的时候，艾萨克不得不从建房子的活儿里抽身出来，到附近的山上割草，背了重重的几捆回家。到了一个下雨天，艾萨克准备到村庄里去。

“你去村里干吗？”

“啊，我现在也说不清楚……”

他上路了，一直去了两天，回来后带了一个炉子，这个壮硕的男人背着一个铁炉子穿过山林回到家里。“这不是光一个男人能干的活儿啊！”英格尔担忧地说道，“你再这样下去身体要垮掉的。”艾萨克自顾自地把壁炉拆了，它在新房子里显得有些杂乱，而后他又把铁炉子放进去。这时英格尔忍不住惊呼：“别人都有这样的铁炉子呢，我们居然也有了，噢！……”

艾萨克继续割草，每天背着重重的草料回来，因为山林里的草和普通草地里的就是不一样，草倒是多，但是干巴巴的没什么营养。现在只有下雨天艾萨克才可以抽出点时间来忙活新房子的事，这不是一两天能做好的，所以一直到了八月份，所有草料全堆进了岩石下面了，新房子仍然还有一半未完工。终于，九月份也到了，英格尔忍不住说道：“这样下去是做不完的，要不你到村庄里去找个男人来帮忙吧！”英格尔身体不怎么舒服了，所以也帮不上什么大忙，不过还是坚持要到村里去一趟。

艾萨克又改主意了，他高傲的那面又出来了，他告诉英格尔自己能行的：“别去麻烦人家了。”他说，“我自己干得了。”

“这可不是一个人可以做完的啊。”英格尔稍显担忧，“你会累坏的。”

“你只需要帮我把柱子抬起来就好。”艾萨克又说道，这也是他唯一要她帮忙做的。

十月份了，英格尔不得不停止工作，这对艾萨克的打击很大。不管怎样，房梁必须得架起来，趁着雨季还没到，上面至少得盖好了，一天都不能多等。可是英格尔怎么了，她是不是得了什么重病？现在她只能做做乳酪，给山羊挤挤奶了，除了一天多帮金双角换几个吃草的地方以外，她什么都干不了了。

“下次你到村庄里去，”英格尔说，“回来给我带个大点的篮子，箱子也行。”

“你让我带那些干吗？”艾萨克忍不住问道。

“我有用处。”她回答。

艾萨克用粗绳把那些屋梁一根一根拉上去吊起来，英格尔用一只手在旁边托着，不过有了她事情多少有些帮助。两个人一点一点忙着，柱子也一根一根架上去了。房顶本身倒不算太重，不过对于一个小小的房子来说，也确实不轻。

天气也一直还不错。英格尔自己把马铃薯搬进屋子里，而艾萨克也赶在急雨到来前把房顶盖好了。某天晚上所有的牲口也被他们转移到了老草房子里，它们倒是很安静，睡在一间棚子里倒也没什么可争来争去的。

艾萨克准备再次到村里去，英格尔小心翼翼地说道：“我在想，你能不能顺便带一个大点的篮子或者箱子回来？”

“我准备买点玻璃窗，”艾萨克答道，“还有一些油漆木门，我得带这些东西回来。”他又开始用他高傲的语气了。

“啊，那好吧，其实篮子倒也不是很重要。”

“你要一个篮子干吗？要装什么呀？”

“装什么啊？……噢，你自己想想吧！”

艾萨克一直在想着这事，两天后他回来了，带了一个窗子，还有两扇门，一扇是大厅的门，另一扇是卧室的门，脖子上还挂着一个大箱子，装满了各种吃食。

“你真想把自己累死吗！”英格尔心疼地说道。

“哈，是啊！”艾萨克身体可没那么弱。他从兜里掏出一瓶药，是一瓶石脑油，交给英格尔，并嘱咐她要按时吃，直到身体变好。事实上，这些窗子和油漆门才是真正让他自豪的东西，他开始忙活着安上窗门。噢，这两扇门，其实是买的二手货，不过重新细细喷上白漆和红漆。看起来简直跟壁画一样。

他们终于搬进了新房子里，牲畜们换到草房子里了，只有一只产羔的母羊和那头牛关在一处，这样牛儿才不会孤单。

他们做得真可算是完美，啊，对于他们俩来说，这都是一个奇迹。

第三章

在霜冻来临前，艾萨克又忙着地里的活儿，还有一堆石头树根要处理，此外还得把地面清理干净，还得把草地铲平，明年就不用忙活了。到地面变硬以后，他又忙着到山林去伐木，锯成了好些木材。

“你要这些木头干什么？”艾萨克又要问了。

“噢，总有一天会用到的。”艾萨克随口说道，好像他自己都不知道要用这些来干什么。不过他其实早有计划，这旁边就是一片原始森林，以后马铃薯地要扩充，到时候林子正好可以当屏障。除此之外，冬天的时候还可以拿到村里去卖，可以肯定村里人乐意买来烧火。想想就很可行，艾萨克丝毫不怀疑它们的用处，所以依旧继续去山里忙活着，伐树，再一节一节砍成木头。

当然，在他劳作的时候，英格尔也会出来看他。他没什么大反应，好像这是她自己情愿做的事，而不是他叫她来的。不过她也知道他是希望看到她在那儿的。当然，有时候在交谈时，两个人的对话也非常奇特。

“你难道没其他事情做吗，就光是跑来这儿冻死吗？”艾萨克的话。

“这样挺好的啊。”英格尔回答，“只是我不知道你这么拼命干活到底有什么意义。”

“哎！你把我的外套披上。”

“穿你的外套？我可没太多时间待在这儿了，金双角快要产崽了，我哪有那么多时间耗在这儿。”

“嗯，产崽，是吗？”

“就像你不知道似的！不过那只小牛你怎么看，是让它跟老牛关在一起，还是养到断奶？”

“这是你的事，我可不管。”

“唉，我实在不忍心吃掉一头牛，再剩下另一头跟着我们，真是残忍。”

“我想你不会那么做吧。”艾萨克回答。

这便是他俩说话的方式。这是个独居在林子里的家庭，看起来没什么美好的，可是他们对对方，对他们的牲畜，以及对这片土地来说，却是神赐之物。

金双角产崽了，这是个伟大的日子，充满了喜悦和希望的日子。他们给它身上涂满了面粉，清洗一番，虽然这些面粉是艾萨克自己一袋一袋背回家的，但他却毫不吝啬。不久它便产下了一只可爱的牛犊，长得很俊美，胸侧也微微有着红色的斑纹，和它的母亲一样，它睁开迷茫的眼睛，看着这个全新的世界，样子显得有些滑稽可爱。过那么一两年，它也会有自己的孩子。

“它长大后会是一头不错的牛的。”英格尔说道，“我得想想，咱们叫它什么好呢？”

英格尔总是有些孩子气，脑子也不聪明。

“叫它什么？”艾萨克想了想，“啊，可以叫银双角啊，或者还有其他名字吗？”

第一场雪来了，他们很快清出一条路来，艾萨克又开始动身到村庄里去，英格尔问起来的时候他什么也没说，和往常一样显得有些神神秘秘的。他这次回来后带了个很大的惊喜：一匹马和雪橇，其余的倒是没了。

“真是荒唐。”英格尔叫道，“你这不是偷来的吧？”

“偷？”

“那么，就是捡来的了？”

但现在他还不能说：“这是我的马，我们的马……”因为，实际上这仅仅是租来的，马和雪橇都是艾萨克租来运木头用的。

艾萨克把那些烧火的木柴卖掉之后换了些食物，还有青鱼和面粉。有一天他回来后竟然用雪橇拉了一头大牛，村子里饲料稀缺，根本没花多少就买了这头牛。它身体瘦弱，身上牛毛粗短，不过若是好好喂上一阵，不久就会膘肥健美了。加上他们已经有一头母牛了……

“你下次还要带什么回来？“英格尔问道。

艾萨克确实带了一大堆东西，一个厚木板，还有一把他用木材换来的锯子，此外还有一块磨刀石，一个烙饼的烙铁，工具，等等，这些也都是他用木材换的。英格尔对这些每次都会极其震惊，每次都会说：“怎么又带东西来了！我们简直有了一座大城堡啦，真是不可思议！”

屋里的东西已经足够满足他们的生活所需了，这已经算得上是一个不愁吃穿的人家。来年的春天艾萨克又要开始做什么？其实他在冬天忙活着伐木的时候就早有计划了，打算到山上去开垦更多的地，然后铲平，再多伐些树木，把它们晒上一整个夏天。下雪以后还可以拉着雪橇把木头一车一车地运回来。想起来一切都颇为完美。

不过还有个问题一直困扰着艾萨克，金双角到底是从哪儿来的？它本来是谁家的？当然这世界上不会再有第二个像英格尔这样的妻子。没错！她够解风情，为了艾萨克高兴，让她做什么都可以。但是——想想若是真有一天，那些人来了，要把金双角带走，那怎么办？当初她把牛拉回来的时候，艾萨克就问过“你不是偷来的吧？或者是捡的？”这也是她的第一反应，没错，她当时就是这么说的。应该相信她吗？他应该怎么办？这些问题让他彻夜难眠。而他自己，这次给这头母牛带来了一个异性配偶，但是这母牛没准还是偷来的！

他的那匹马还得还给人家，真有点可惜，马脾气很好，对他们也多少有了感情了。

“没关系。”英格尔漫不经心地说，“说实话，你做的已经很多了。”

“是，但是你看春天也快来了，我们确实需要一匹马……”

次日清晨艾萨克默默驾车，拖着最后一捆木材出门去了，这一去就去了两天。第三天他走着回来了。一直到快要到家的时候他突然听到屋里的声响，停下脚步，仔细一听，屋里有小孩的哭声——哎呀，天啊！确实是了，但是很奇怪，英格尔对这事却只字未提。

他走进屋，首先看到的就是那个大箱子，这是当时英格尔数次叮嘱，他挂在脖子上带回来的那个，箱子两头系了绳子，从屋顶上吊下来，成了孩子的摇篮和小床。英格尔站起来，衣衫凌乱，走来走去，牛奶，看起来和往常并没有什么区别。

小孩不再哭了。“是你自己生下来的？”艾萨克问道。

“对，我自己生下来的。”

“嗯。”

“是你出门的那天晚上的事。”

“嗯。”

“得把一些东西搬开，然后把篮子吊起来，但是……当时真有点吃不消，我得躺着。”

“你之前怎么没告诉我呢？”

“我也不确定什么时候会生。是个男孩。”

“哈，是男孩。”

“我还没给他取名字。”英格尔说道。艾萨克偷偷打量着孩子粉嫩的小脸蛋，长得真可人，也没有兔唇，头发又细又密。这个篮子里的小家伙拥有和他的身份匹配的俊美。艾萨克突然内心复杂，这个衣衫破旧的男人就这么站着。小孩子的到来对他来说就是个奇迹，在日复一日，年复一年的未来，这个小小的谜团一样的孩子会长成大人。

“快过来吃饭啦。”只听英格尔在叫他……

艾萨克在林子里不辞辛劳地砍树、锯木，这是个名副其实的森林之子。他不停地忙碌着，现在又多了一把锯子，因此工作起来方便不少。艾萨克把锯下的木头堆起来，排成一条街，而后一堆堆木材集在一起，成了一座座城镇。英格尔现在更多的是待在屋里，不再像以前一样经常出去看艾萨克工作了。倒是艾萨克总会找个借口时不时溜回家看看。家里多了小孩子真是件无比奇特的事情！当然，艾萨克很少故意去关注他，想想那个小东西光是静静睡在盒子里。想想就惹人怜爱。那么一个小东西，一哭起来，声音细细的像小动物一样，着实惹人怜爱。

“别碰他。”英格尔叫道，“你手都没洗，尽是松脂。”

“松脂，我怎么没看到！”艾萨克答道，“自从开始造这房子，我手上都没沾过松脂。把孩子给我抱抱，快过来——在这儿呢，噢，小家伙可好着呢。”

五月初来了一位客人，是个妇人，翻山越岭来到这个几乎与世隔绝的从未有其他人来过的地方，她正是英格尔的亲戚，虽然关系不是很近，他们对她的到来表示欢迎。

“我只是过来看看你们。”她这么说，“也来看看金双角自从上次离开以后过得怎样。”

英格尔自顾自地看着自己的孩子，怜声说道：“唉，都没有人来看看我们的小东西过得怎样，真是个可怜的小家伙。”

“嘿，大家可都看得出来，这小家伙过得不错，这么可爱的小伙儿。真想不到这都已经过去一年了。英格尔，你都在这儿有了房子、丈夫，还有孩子，都发生了这么多事情啊。”

“可别这么夸我，都是坐在那儿的这个人，这些还都多亏了他。”

“你们结过婚没？——噢，不太像，我看应该还没结。”

“在考虑这事呢，还得找个时间给孩子洗礼。”英格尔说。

“我们以前就该结婚的，但是一直迟迟没有办。我想着去教堂就行了，艾萨克，你觉得呢？”

“结婚？”艾萨克问道，“怎么啦，当然要结的。”

“可是，得请你帮忙呀，奥琳。”英格尔说，“你有空的时候来住一阵吧，我们下山后都没人看管这些牲口了。”

当然，奥琳是会帮他们的。

“我们可得报答你的。”

这个当然得看他们安排了。“我想你们是又在盖新房子吧。要拿来做什么用啊？不是已经有了吗？”

英格尔趁机接过话：“你问他好了，这事我可不清楚。”

“房子？”艾萨克问，“嗨，这没什么好说的。可能造个小棚子，兴许以后要用。你刚才说金双角什么来着？你想看看它吗？”

他们穿过小路，走到对面的牛棚前，里面有小牛、奶牛，还有一头公牛在踢着腿。奥琳点了点头，打量着眼前的这些，一切看起来那么完美，棚子干净得不能再干净。“在看管牲口这方面，你得相信英格尔可是不输任何人的。”奥琳最后说。

艾萨克禁不住问道：“金双角以前是在你那儿吗？”

“没错，那时候它还小，准确说不是在我那儿，而是我儿子那里，不过也都差不多，它母亲还在我们家养着呢。”

艾萨克也是很久没有听到什么新的消息了，何况是这么让人高兴的消息。金双角确确实实是他和英格尔的。说实话，之前在这件事上艾萨克还做过最坏的打算，就是到秋天的时候把它杀掉，把牛皮剥下来，牛角埋掉，这也就等于把金双角活生生而且完完全全地赶出他们的生活了。不过现在不用这么做了，而且艾萨克对英格尔更多了一份自豪。

“对。”他说，“英格尔确实很能干。再也找不出能比得上她的女人了，可以说，在我娶到这个妻子之前，这儿什么都没有呢。”

“当然啦，本来就应该这样啊！”奥琳答话。

这个说话温和，处事机敏的叫奥琳的女人在他们这儿住了一阵子，睡在小卧室里。到她要动身回家的时候，英格尔塞了一大包羊毛给她带回去，虽然也没必要藏着掖着，不过奥琳还是小心翼翼地不让艾萨克看到。

这下家里又是艾萨克、小孩子，还有英格尔三人了，生活回归常态，每天劳作，其乐融融。金双角产羔后乳汁丰富了，即便在羊羔断奶后，还有不少乳汁。英格尔做好了一大排或红或白的干酪，她小心地把这些储存起来，等待它们成熟，打算存够了干酪之后拿去卖掉，然后买一架织布机回来。没错，英格尔还会织布呢。

艾萨克又造了一顶棚子，毫无疑问，他也有自己的计划。他用两块板子在小屋一侧搭了顶棚子，开了道门，甚至还做了一格窗户以便放草料进去，房顶简单盖了几块板子，等到地面开冻后再铺上草。艾萨克做这些不仅有用，而且很有必要。地板没铺，墙也没刮平，不过艾萨克把里面隔成两间，一边是马棚，另一边是食槽。

五月末了。太阳高挂，山顶已经解冻，艾萨克也在屋顶上盖完了草皮。这一天，艾萨克清早起来吃了足以维持一天能量的饭，带了些食物在身上，然后扛了把镐子和铁铲，动身前往村子去。

“回来的时候要是可以的话，帮我带三尺印花棉布。”

英格尔在他身后叮嘱道。

“你要这些干什么？”艾萨克又问。

艾萨克已经走远，看起来似乎要永远都不回来了一样。英格尔每日都关注天气如何，风向朝哪边，好像等待归家的船帆；夜晚她会出门来听听声响，她甚至愿意带上孩子跟随他而去。

最后他终于回来了，赶了一辆马车回来，“吁！”艾萨克把马稳住，好像故意叫给英格尔听。马倒是很听话，安静地站着，一边打量着这草房子，好像认出来了，它来过一样。不过，屋里没人出来，艾萨克不得不朝着屋里高声叫道：“哎，快过来帮我牵一下马行吗？”

英格尔从屋里出来：“在哪儿呢？噢，艾萨克，你又把它雇回来了吗？这都六天了，你是去哪儿啦？”

“你觉得我去哪儿了？我的这辆马车带着很不方便，我到处给它找路，绕了很远。过来帮我牵一下行吗？”

“你的马车！你是说这马车不是你借的吗？”

艾萨克不吭声，他有一肚子的事情没说出来。他转身抬起一把刚买来的犁和一把耙子，除了这些还有些铁钉、粮食、一块磨刀石以及一袋小麦。“孩子怎样了？”他问道。

“孩子还好。我想问的是，你就买了这辆马车？我还一心盼着能买一架织布机回来呢。”男人回来后，英格尔心情极好地开着玩笑。

艾萨克不声不响了很久，然后又忙起了自己的事，一边查看哪儿能存放他的这些东西和工具。不过这儿着实很难找出一处能放得下所有东西的地方。当英格尔自顾自地去和马说话的时候，艾萨克终于放下了他高傲的沉默。

“你见过谁家的农场没有犁没有耙子，其他东西也都没有的？你不是问我去干什么了吗，这匹马、这辆马车，还有所有东西都是我买回来的。”他说。

英格尔听完只是摇着头，低声道：“我从没见过有谁和你一样的！”

艾萨克不再感到卑微，他的付出终于得到了回报，就好像他终于可以以这样的身份告诉金双角：“看吧，”他会这么说，“我带了一匹马来，我们算是扯平了。”

他站在那儿，站得很直，身手灵活，不再像平时那样。他再次把犁放下来，然后又单手立起，让它抵住墙。噢，他可以管理这所有的财产了！接着他又把其他东西也拿出来，那把耙子、磨刀石，还有新买的一把叉子，所有这些不便宜的工具都是这个新家的财富，一切都让他感到自豪。这下所有必需品都有了，什么也不缺。

“嗯，至于那架织布机，我保证，只要我身体强壮，我们总会买得起的。这是你要的印花棉布，店里只有蓝色的了，我就要了这个。”

这还不是所有的。他买了好多东西，应有尽有，简直是城市里的百货店。

英格尔说道：“可惜奥琳上次来的时候没看到这些东西。”

果真是女人！这有什么可炫耀的——好像看起来很重要一样！艾萨克轻蔑地哼了一声，不过要是真让奥琳看到这一切，他倒也不会不高兴。

屋里小孩子在哭了。

“你进去照顾孩子吧。”艾萨克说道，“我要管马。”

他把马引到马厩里，然后说道：是的，艾萨克终于把自己的马拉进马厩里了！他给马喂了些草料，在它身上轻轻抚摸了几下，甚是亲切。买这匹马和马车欠了多少钱——算算这些，可真是一笔不小的债务。不过他会在夏天还完的，不用担心。他还有一堆木材，还有做建筑材料用的树皮，这些都可以抵债，更不用说那一大堆沉重的木料了。所以时间有得是。不过，几个小时后，等到他的自信慢慢冷却下来，他开始担忧惶恐了，一切还都得看夏天怎样，还有收成怎样，得看今年是否丰收才行。

日子一天一天过，他把所有时间都花在了田地间。又垦出了一块新地，树根、石子都搬走了，再就是犁田、施肥、刨地，整日耙子和镐子不离手。把土翻出整块之后，又用手和脚跟把它们碾碎。他一直就是个农夫，把整块地弄得像丝绒毯一样。他想再等几天，等到下雨之后就可以在这儿种小麦了。

具体不知道从何时起，他们祖祖辈辈便开始种小麦，还得等到灰鹅飞过之后不久，最好还下了一场温润的细雨，他们才会郑重地撒下种子。那时候马铃薯还较为少见，不是什么秘密或神圣的东西，妇女小孩都会种，无非就是从外国引进来的像咖啡豆一样的苹果。这种东西营养丰富，不过和瑞典的芜菁和甜菜太像了。小麦即意味着面包，没有它们，生命将难以维持。

艾萨克没戴帽子，走在田间，以上帝的名义说，他确确实实是个播种者，看起来像长了双手的树干，但其实艾萨克内心很孩子气。他每一步都小心翼翼，虔诚地撒下麦种。看啊！这些细微的麦粒，它们将冲出土地，慢慢生长，直到结出新的麦粒。世界上的每一处产麦地区都如此，不论是巴勒斯坦、美洲大陆，还是挪威的山谷里。而在这儿，正在播种的艾萨克，亦只是世界上的渺小的一分子。那些小小的麦粒从他的手中一把一把撒下，多云的天空一片宁静，像在昭示着即将到来的细雨。

第四章

又是农闲季节，那个叫奥琳的女人还没有来。

艾萨克现在不用到地里去了，他现在为割草准备了两把大镰刀和两把耙子，还给马车铺了一层长板子，用来堆草料。此外艾萨克还做了新的滑橇，方便冬天时候使用。他做了不少有用的事情，甚至还在家里支起了两个放置东西的橱架，把他买来的年表放上去，还有些不用的长柄和木桶都可以放到上面去。英格尔对这两个橱架很满意。

英格尔倒是很好取悦，好多东西都能让她满足，比如说金双角，有了小牛和公牛做伴，再也不用担心它会逃走了；它整日在林子里跑来跑去的。山羊也都长得甚是肥美壮硕，母羊的双乳差点坠到地面了。英格尔用蓝布做了一件长袍，还有一顶精巧的帽子，是拿来给小孩子洗礼用的。小孩子往往安静地看着她做这一切，这个奇迹一样的小生命，英格尔决定给他取名叫艾勒苏。英格尔想给他取这个名字。长袍做完了，后面拖了很长一条带子，差不多用了一英尺半的棉布，这些可都是花钱买来的，那又怎样呢，不管怎么说，这孩子毕竟是他们的第一个孩子。

“你的那些玻璃珠子呢？”艾萨克问道，“好像没见你用过……”

噢，英格尔当然想到她的那些珠子了，你要相信一个母亲。英格尔没说什么，心里却充满自豪。那些玻璃珠子并不算多，甚至都不够做成一串项链挂在他脖子上的，不过要是拿来缝在帽子的前檐上，看起来倒是很漂亮。

那时候奥琳依旧没有来。

要不是那些牛，他们一家三口早就可以动身了，回来没几日就可以为孩子洗礼。当然，若不是补办结婚手续的事，英格尔倒是可以自己去。

“要不我们再把结婚的事往后推一推吧？”艾萨克说。但是英格尔不同意，要想让艾勒苏自己看家，他们出去办事，那至少得等他长到十岁到十二岁的时候才行。

没办法了，艾萨克必须得想出解决的办法来。事情往往在他们未预料到的时候光临，也许结婚和洗礼一样重要，他怎么知道呢？那一年天气很干燥，看起来又是大旱之年。要是长时间未下雨，他们的农作物会被烧坏了，可是这又都只能听天由命。艾萨克想好了，得去村里一趟，叫个人来帮忙。所以这次又动身了！

而今最让他们烦恼的就是结婚和洗礼了。唉，住在深山老林里的人家必然是问题不少，大大小小一堆。

庆幸的是奥琳终于来了……

他们到底是解决了结婚和洗礼的事，而且进展得很顺利，奥琳提醒他们先办完结婚手续，这样孩子便可以直接接受洗礼了。另一方面，干旱还是没有一点缓和，那块小小的小麦地都被烤焦了，这些原本的天鹅绒毯似的麦地被烤得一塌糊涂，可是没办法啊，都只能听天由命了。艾萨克在小块小块的草地割草，这地方他春天的时候好好施过肥的，可现在却没长出来多少草料。因此艾萨克转战到山上去，而且越割越远，然后用马车拉回来，好像这个男人永远不会感到累似的——因为他有了一辆马车，还有满满实实的农场。但到了七月中旬，他还是不得已把小麦全部当草料割下来了，实在是很无奈的事，现在只能指望那些马铃薯了。

马铃薯长得怎么样？它们也和咖啡豆一样，只是从外国引进来的一种奢侈而没必要的东西？噢，马铃薯可不一样，不管是干旱抑或洪涝，它们依旧不停地生长着。它们从来不畏惧天气，什么也不能将它们打倒，而且能长出来原先十五倍的产物。马铃薯既不像葡萄汁，也不像栗子肉，他们可蒸可烤，而且用处颇广。人要是没了小麦也不能做出面包了，但是只要有了马铃薯就绝不会饿死。烧完火后在灰里烤烤，就是一道晚餐，也可以在水里煮一煮，早餐也不缺了。炒菜的时候，放一点马铃薯就不再需要其他的了。只要你乐意，随便配什么吃都行，一杯牛奶，或是一盘青鱼，都可以。有钱的人家可以拌黄油吃，穷人家只需要拌一点盐就行了。每逢礼拜日，艾萨克把用金双角身上挤下的奶做的干酪跟马铃薯拌在一起，就可以做出一桌美味的马铃薯餐。可别看不起马铃薯——它可是一样宝物！

可是现在，就连马铃薯的情况都不容乐观了。

艾萨克每天观察天气，一遍又一遍。天却还是蓝的，很多个夜晚，看着好像马上就会下起一场及时雨。艾萨克满怀希望，走进屋说，应该要下一场雨了。可是几小时过后，情况毫无变化，这不免让人绝望。

干旱已经持续了七周，热得严重。马铃薯还开着花，愈是干燥，开得愈是反常的繁盛。远远看去，小麦地像是罩上了一层厚厚白雪。这一切什么时候才会结束？年历上对这些倒是什么都没提到——现在这本年历没有之前那么有用了，甚至毫无用处。这一次看起来又像是要下雨了，艾萨克走到屋里，对英格尔说："今晚应该会下雨的，上帝终于开眼了。"

"看起来会下雨吗？"

"没错，马有点发抖，看起来好像会。"

英格尔朝门外看了看，说道："对，你看吧，应该是要下雨了。"

几滴雨从天而降。几小时后，他们吃了晚饭，艾萨克又走出去看了看，天还是一片蓝色。

“哎呀，哎呀，”英格尔说道，“能让这点地衣最后晒一天也不坏。”她尽力安慰他。

之前艾萨克去割地衣，他把能割的都割了，最后囤了一大堆。地衣也是不错的草料，他小心地把它们堆在树林里，还用树皮盖了起来。现在还剩了一点没盖上，这次英格尔正好提起，他觉得反正也就这样了，满心绝望地答道：“干都干了，我也懒得放进去了。”

“艾萨克，你可不能这么做呀！”英格尔说。

第二天，他果然没有把那些地衣搬进去。就像他先前说的，他不会去碰这些东西，更别说搬进去了。就让它们待在那儿好了，反正又不会下雨，就让它们待那儿好了！也许在它们被太阳晒得一点不剩之前，他会把它们搬进去的，可能在圣诞节之前的什么时候。

艾萨克这次真的没什么耐心了，他已经没什么兴致坐在门外的石板上了，也没兴趣摆出一副这个屋子的主人的姿态了。只是马铃薯的花疯狂开着，最后都干掉了。地衣也放在那儿好了，跟他有什么关系？这就是艾萨克！谁知道呢，也许在他这不易激动的简单性格里多少也有一些固执的成分。也许到晚上他看到月亮变化，又会走出门对着蓝色夜空，想着怎样才可以下雨。

那个晚上，看起来又像是要下雨了。

“你得把那些地衣搬进来了。”英格尔说。

“为什么？”艾萨克问道，好像很惊讶。

“唉，你简直废话，看起来要下雨啦。”

“今年都不会下雨了，不信你就等着看吧。”

话虽这么说，但这个晚上，天空开始一片黑沉沉的。透过玻璃他们可以看到外面越来越黑了——没错，已经听到似乎有什么在敲打玻璃了，一些湿湿的东西，不管是什么。英格尔醒来了。

“下雨啦！看看窗子。”

但是艾萨克只是哼了一声。

“雨？哪儿有了。真不知道你在说什么。”

“唉，别装了。”英格尔说。

艾萨克确实是在装——对，正是这样。很明显，真的下雨了，而且下得很大——但下到差点淋湿了艾萨克的地衣的时候，雨就停了。天空一片蓝。“我说什么了。”艾萨克固执地说道。

这场雨对马铃薯根本没什么用。就这样又过了好些天，天还是蓝色的。艾萨克又拉着雪橇去林子里忙活了，而且很卖命，每日弓着腰，不停地划着滑橇和长柄。哎呀，老天啊！都过去好久啦，小孩子都长大了。英格尔搅着牛奶，制作干酪；也不是特别严重，他们总有自己的智慧的，即便在这样艰巨的一年里，倒也不至于饿死。这样又过了九周，居然下了一场及时雨，而且不停地下，连日继夜下了十六个小时，雨下得非常大。要是这雨早两个星期下，艾萨克估计会说：“这雨下得太迟了！”而现在，他却对英格尔说：“你看，还能保住一部分马铃薯。”

“没错。”英格尔充满希望，“你看着吧，其实大部分都能保住的。”

现在一切都在好转，每天都会下一场大雨，地里植物开始转绿了，像是被施了魔法一般。马铃薯还在开花，看起来比以前更严重了，顶上还长出了硕大的浆果，长势很不健康。但是根下到底是个什么状况，谁也说不好——艾萨克甚至都不敢去看。而后英格尔在一丛马铃薯藤子下无意发现了几个马铃薯。“再过五周就长大了。”英格尔说道。噢，天真的英格尔，她总是用那张长了兔唇的嘴说出一些充满希望的话，试图安慰艾萨克。她的声音并不动听，甚至像卡了口的阀门冲出的水气的丝丝声一样，但不管如何，在这片深山老林里，她的话语充满了鼓舞。而且英格尔不管何时都保持着高高兴兴的样子。

有一天英格尔突然对艾萨克说道：“我希望你再去弄一张床来。”

“怎么！”他甚是惊讶。

“嗯，虽然不用急，但是……”

他们开始到马铃薯地里忙碌，按照习俗，他们得在米迦勒节[1]前收完马铃薯。这一年算还可以的，不好不坏，还算中等，他们再次见证了马铃薯的坚强，不畏天气，傲立土中，而且长得越来越好。今年收成中等——还算可以……嗯，也许吧，也不知道他们能否完成之前的收成愿望，一切都得看今年收割结束后的情况了。一天，一个拉普兰人经过，还夸他们的马铃薯长得不错。“村里的比这糟糕多了，”他说，然后一路朝着村庄走去。

趁着霜冻来之前，艾萨克利用最后的几周在地里劳作。牛都放出去了，四处跑，找它们满意的地方啃草。艾萨克觉得干活的时候还能看着它们，倒也不失惬意，时时还听听它们的颈铃声。牛很是调皮，不停去顶撞地衣堆，而羊群也不消停，山上山下乱跑，有的还爬到草房子顶上去了。

一堆大大小小的问题。

有一天艾萨克突然听到一声惊叫，是英格尔的声音，她抱着孩子站在门前的石板上，指着前面——原来是那头牛和漂亮的银双角在交配。艾萨克急急忙忙扔下手里的锄头奔过去，但为时已晚，来不及阻止了。“噢，这个小流氓，它才那么小啊，还差半年啊，还是小牛呢！”艾萨克把它弄进屋里，但是已经晚了。

“哎呀，算了。”英格尔不由感叹着，“也不是坏事，要不然等上一段时间，它就要跟老牛一起产崽了。”噢，这个英格尔，看起来好像什么都不懂，不过她早上把小牛和老牛放在一起，根本就是故意的吧。

冬天到了，英格尔开始了梳毛织布，艾萨克则依旧拉着重重的木材到村上去，木材都晒干了，刚好卖掉还清了债务，现在马、马车、犁，还有耙子就都是他自己的了。他带上英格尔做的干酪到村里去，换回一捆捆的毛线、织布机、梭子，还有横杆。当然，除了这些，还有黑面粉、食物，又添了些木条、板，还有钉子，甚至有一天艾萨克还带回来

① Michaelma，基督教节日，纪念天使长米迦勒。西方教会定在9月29日，东正教会定在11月8日，是英国每年的四大结账日之一。

一盏灯。

“我真不敢相信这是真的。”英格尔惊呼。不过一盏灯是她心里渴望已久的东西。当天晚上他们就亮起了灯，屋里一片明朗，简直像天堂一样。小艾勒苏茫然地看着，还以为是太阳呢。“看看他迷茫的小眼神。”艾萨克说道。有了灯光，英格尔晚上也可以纺线了。

他还带了做衣服的亚麻布，还给英格尔买了一双新革鞋。之前她要的给羊毛上色的染料他也买来了。有一天他还买了一个钟回来。真的是钟吗？没错。这可把英格尔高兴坏了，她激动得什么都说不出来。艾萨克把它挂在墙上，估摸着拨了一下时针，于是钟表开始嘀嗒嘀嗒走了起来。艾勒苏听到声响，睁着圆溜溜的眼睛，然后看他母亲。“啊，你可能不认识这东西。”英格尔说着把小孩抱起来，自己也颇为激动。在这个远离外界的地方，和所有好东西比起来，这个冬天里，墙上的钟表显得尤为重要，不管白天黑夜，它不时发出动听的报时声。

把最后的重物拿去卖掉以后，艾萨克又忙着开始伐木了。砍树，再堆起来，他的这条“街道”越来越长，“城镇”越来越宽。这么一堆木材可以维持到明年冬天了吧。他离家越来越远了，在山坡开出了一大片可以耕种的土地，直通那片马铃薯地。他不能在近处伐树了，顶多把那些枯死的老树砍掉。

当然，他心里很清楚英格尔一直想问他什么时候再做另一个床，她应该会觉得越快越好。有一天晚上，他从山上回到家，看到英格尔躺在床上，她又生下了一个孩子，已经养好了。这个英格尔！那天早上她又要艾萨克到村里去，“那匹马得有点事情做，得让它累一阵。”

“我可没时间做这些无聊的事。”艾萨克说完就走了出去。现在他才明白原来英格尔是特意支开他的。但这又是为什么呢？有他在家不是更方便吗？

“你为什么就不能告诉我有什么事要发生？”他说。

“你再弄一张床，自己到小屋睡。”英格尔说。

床的话，得先做一个床架，还得铺床单和被褥。他们只有些薄毯子，还得等到下一个秋天，等到羊长大了，才能从它们身上割点羊毛下来，做成毯子，两张毯子也不够做一床被褥的。艾萨克现在陷入了困境，晚上他蜷着身子，有些冷，过了一会儿，艾萨克到岩石下的棚子里和牲口一起睡，用草料在自己身上盖了起来。现在艾萨克无家可归了。唉，现在才刚刚五月，过了这个月就是六月份了，然后就是七月……

他们真的挺了不起，在这个林子里不仅为自己造了一所房子，给牲口的棚子也有了，还刨出了一块地，在地里种了各种东西，而这些仅仅花了三年。艾萨克又开始造房子，他这次是要干吗呢？其实是一个新棚子，挨着老房子。他把八英寸长的钉子钉在梁子上的时候，整个屋子都是修棚子的咚咚声。英格尔忍不住出来了，叫他别吵到孩子们。

“也对，孩子们——你进去跟他们说说话吧，唱歌也可以，艾勒苏可以拿木桶盖子敲着玩，我这儿的活儿，只有用那些长钉子固定横梁的时候才显得吵一些，钉木板的话只用两英尺半的钉子，声音小很多啦，像在敲玩具房子似的。”

谁知道艾萨克会不会用力锤锤打打的。食物都放到马厩里去了，有一桶鲜鱼，还有面粉，等等，总比搁在外面好多了。但猪肉有些坏了。当然，他们得先造一个棚子。而孩子们应该尽快习惯这噪声，艾勒苏身体不好，容易生病，而另一个倒是健健康康的，能吃能喝，胖乎乎的，不哭的时候就睡觉。真是可爱的小孩儿！艾萨克想给他取名叫雅各布，但也不反对别人叫他赛维特。英格尔有些事还真能一下子想到点子上。艾勒苏的名字是为了纪念她那边教堂里的牧师取的，而赛维特则是为了纪念英格尔的某位叔叔，他没有妻儿，还是当地的司库，所以让他们的小儿子叫他的名字再好不过了。

又是春天了，新季节新工作。圣灵降临节之前把该做的都做完了。以前的时候，英格尔每天要照顾一个艾勒苏，也抽不出空去帮丈夫，一心绑在大儿子身上。不过现在有了两个儿子之后倒是不一样了，她跑到地里忙前忙后，不仅种马铃薯，还种了白萝卜和胡萝卜什么的。能找到这样的妻子真是很幸运。此外她还忙着织布，种地的间隙时不时跑进家里织上几卷布，给冬天做衣服用。英格尔还把布条染了红色和蓝色，可以给自己和孩子们做衣服。后来她还去买了好几种颜色的染料，自己给艾萨克做了床单和被套。英格尔的织布机虽然做不出很花哨的东西，却都是实用而必需的。

噢，这林子里的一家做得很漂亮；看起来这一年的作物长得也很不错，他们毫无疑问会羡煞旁人。现在这地方还缺些什么呢？嗯，缺一个草棚，一个大棚子，地上应该铺上一层麸皮。早晚会做的。当然啦，别担心，给他们一点时间，这些都不成问题。现在银双角产羔了，羊群们多了后代，棚子里多了羊羔，显得有些拥挤。而他们自己情况怎样了？艾萨克已经可以随心所欲地走路了，小赛维特也洗礼了，至于英格尔，经过了这么多事，必然也要有些改变。你可别以为她吝啬生孩子，这不，她又生了一个孩子，这对英格尔来说可不是什么难事！当然，很明显，英格尔为自己的孩子感到自豪，这些小东西啊。上帝保佑着她的孩子们，英格尔还年轻，可以想生多少就生多少。她并非美人，正因为如此，在她还是少女的时候，也就没什么朋友，还经常被别人看不起，那些年轻男人当然看不上她，即便她能歌善舞，干活也不逊色。别人看不到她身上有什么魅力，转而便另寻对象了。而现在，这个女人是这里的一切，她嫁了人，生了子，像一朵美丽的花儿一样。而艾萨克，这个从来都是认真而沉稳的男人，他就是她的主人她的上帝，他真的不赖，英格尔对此已经很满足了。至于英格尔来这儿之前的日子，他是怎么生活的，这一切英格尔无从知晓。当然，她能想到他那时一定也在养羊，种马铃薯，还自己做些奇奇怪怪叫不出名字的菜。而现在，他拥有了任何像他一样的男人都渴望拥有的东西。

又是一年干旱。有一天，一个叫奥山德尔的拉普兰人牵着一条狗路过，告诉他们，村里的人已经把小麦都割下来当草料了。

“听起来真让人难过。”英格尔说道，“一说到这个就止不住落泪。”

“是啊，不过幸亏他们还可以捕鱼，听说收获还不错。你家的赛维特叔叔还打算在村里造一幢大房子呢。”

“他以前没这么穷困的。”

“没错。以前看起来跟你们差不多。”

“说到我们嘛，真是要感谢上帝，我们现在能自给自足了。我家那边的人都怎么说我们呢？”

奥山德尔摇摇头，也说不出个所以然，显然别人评价的还不少，他都不知道从何说起了。跟所有的拉普兰人一样，这是个友善的，但也是个话多的男人。

“你现在是不是需要吃点东西，或者牛奶？”英格尔说。

“已经很麻烦你们了，不过要是有点什么吃的给这条狗，那还请……”

他们给奥山德尔拿了些牛奶，还有给狗吃的东西。听到屋里的嘀嗒声，奥山德尔忽地抬起头来问。

“那是什么？”

“是我们的钟。”英格尔答话，“到点以后它会发出声音。”英格尔语气有些自豪。

拉普兰人又摇了摇头：“不仅有房子、牲口，其他东西也不少，别人想不到的东西你们都有。”

“是呀，确实，我们有不少东西了。”

“我忘了说，奥琳让我代她问候你。”

“奥琳？她还好吗？”

“她过得还可以。你丈夫在哪儿呢？”

“他应该在地里干活。”

“听别人说你们这块地还没付过地价。”拉普兰人小心地说道。

“付地价？谁说的？”

“不知道，别人这么说的。”

“要付给谁呢？这可是公地啊。”

“对，是这样。”

“这里的每一寸土地每一点东西都是他用自己的汗水换来的。”

“不知道，别人说土地是国家的。”

英格尔搞不太懂：“可能是这样吧。这是奥琳说的吗？”

“我记不清了。”拉普兰人回答，眼神躲躲闪闪，四处张望。

英格尔奇怪他这次怎么不跟她要东西，和所有拉普兰人一样，奥山德尔以前都会跟他们讨点东西的。此时奥山德尔坐在那儿，用手掏着他的黏土烟锅，点起了烟。真是奇特的烟斗！奥山德尔的脸布满皱纹，上面像是刻上了巫师的魔符。

“不用说，那几个孩子肯定都是你的。”他又有些奉承地说道，“他们跟你很像。我都能想起你小时候的样子了。”

英格尔面容不漂亮，甚至可以说是丑陋，还长了兔唇，但是你别以为她会生气。相反，她现在心里充满自豪。即便一个拉普兰人，也能让一颗母亲的心高兴起来。

“要不是你的袋子已经装满了，我肯定要拿些东西给你装进去的。”英格尔说道。

“不用啦，不用麻烦你了。”

英格尔回屋把孩子抱了出来；艾勒苏和拉普兰人待在外面，两个人一下子就熟络起来了，小孩子对那个软软的毛茸茸的袋子充满好奇，伸手想要摸。旁边的狗警觉地站起来，开始叫。英格尔带了一些食物从屋里出来，刚走到门前的时候，她突然大叫了一声，瘫软在石板上。

“你那里是什么东西？那是什么？”

“没什么啊，一只野兔而已。”

“我看到了。”

“因为小孩子要看。这是狗早上咬死了抓来的，我出门就顺手带来了……”

“这些是给你的吃食。”英格尔说道。

第五章

这又是歉收的一年。艾萨克渐渐变得有耐心起来，能平静地接受眼前的情况了，地里的小麦又被烤干了，草料稀少，马铃薯倒是长得还可以，没有遭殃。虽然情况糟糕，倒也算不上最坏。艾萨克还留了一个季度的木材，可以拿到村里去卖掉。海滨渔场旁边的居民渔业丰收，他们有足够的钱买这些木材。不过说实话，谷业歉收倒像是上天安排好的，要不是这样，还真找不到谷仓和打麦场来处理已经收好的小麦了。那就把这看作天意罢了，有时候相信天意也并非坏事。

当然还有一样东西不能忘了。夏天的时候那个拉普兰人跟英格尔说过什么了？——什么还没付过钱来着？付钱，可是他要付什么钱？土地、树林就在那儿，是艾萨克自己一块又一块，又铲又刨地把这里开发出来的，这儿原本只是个无人涉足的森林，他都没让任何人帮忙，甚至吃的也是自己种的，这一切都是他自己一手努力劳动得到的。他常想进村的时候顺便到区长那里问问好了，可区长是个难对付的人，加上艾萨克自己不善言辞，去了之后要说什么呢——去那儿干什么呢？

不料有一天，区长倒是自己骑着马找到了这儿。还带了一人同行，那人背了个装满文件的大包。没错，来人正是吉斯勒区长。他看了看广阔的山坡，还有打理过的木材，光溜溜的，上面覆了一层白雪。他估计以为那一片都是艾萨克的田地呢，因为他这样问道：

“哎，这么大一块地都是你的，你不会以为这些都是白送给你的吧？”

该来的还是来了！艾萨克吓得一句话都说不出来。

“你之前应该先到我这儿来把这块地买下来。”吉斯勒继续。

“是。”

区长滔滔不绝地说了很多，首先估价，然后又说到地界、税费，即交给国家的各项税款。听他解释的时候，艾萨克觉得也不是没有道理。区长转向他的同伴，戏谑地问道：“你自己是检测员，那你估算这块地的面积有多少？”他还没等那人回答，自己就报了一个数字，当然，是估计的。然后他又问了问艾萨克小麦收成有多少，草料多少，以及马铃薯的收成数额，以及地界问题。他们不可能在齐腰深的雪地里绕着这块地走上一整圈，而到了夏天，又根本没人能爬上那个地方去。然而，艾萨克自己清楚林场和牧场有多大吗？——他当然不知道。他把自己能看到的范围都算作他自己的土地。区长告诉艾萨克，国家要求报上确切的地界面积数。“地界越大，你要付的款越多。”

“是。”

“当然不可能你们想要多少他们就给你们多少，而是给你们足够用的土地。”

“是。”

英格尔给客人端了牛奶进来，待他们喝完，她又拿了些过来。这个区长到底是个什么样的人？他摸了摸艾勒苏的头发，看着他玩耍：“你在玩石子啊，这是什么？让我看看。嗯，有点沉，看起来像某种矿石。”

“山上有很多这样的石子。”艾萨克说道。

区长回到正事来：“我想从这儿开始，往南和往西都是你需要的地方吧？把向南这块两弗隆（备注：弗隆，英国长度单位，一弗隆等于一点八英里）的地划给你怎么样？”

“两弗隆，这么多！”他旁边的助手惊呼。

“你应该连两百码都耕不了。”他的上司答道。

“大概值多少钱？”艾萨克问道。

“说不好。得看情况了，不过我在报告中尽量报低一点，毕竟这地方太偏远了，来一趟不容易。”

“但是两弗隆呢！”他的助手又插嘴道。

区长在本子上登记了向南两弗隆，而后又问：

“山上的呢？你需要多少？”

“一直到那边的水边这一块我都要，那边有一个大的水源头。”艾萨克回答。

区长记了下来。“北面呢？”

“那边倒是不要紧，大部分都是荒地，没多少树。”

区长将向北一弗隆的区域划为地界。

“那么东面呢？”

“也不要紧，从这儿一直到瑞典边界都是，根本没多少田地。”

区长再次记好，估算了一下，然后说道：“这块地的面积很大，买的话数额可观，要是靠近村子的话当然更贵，也没人能买。这样吧，我打报告的时候尽量说得少一点，一百块，你觉得可以吗？”他问他助手。

“简直是白送了。”那人回答。

“一百块？”英格尔问道，“艾萨克，我说你没必要买这么大一块地方。”

“说得——没错。”艾萨克终于出声了。

助手急着插嘴：“我也说过了，这块地对你来说根本就太大了，你要拿来干吗呢？”

“可以耕种。”说话的是区长。

他一直坐在那儿，一边做笔记一边在心里估算。小孩子在旁边吵吵嚷嚷，他实在不想再次核对了。再这么待下去，今晚他是回不了家了，兴许明早之前能回去都够呛。他把笔记本塞进袋子里，事情差不多可以了。

“把马牵过来。”他的同伴说道，然后转向艾萨克，“说实话，看你这么辛辛苦苦打理出这一块地，我们本就不该跟你要钱，相反更应该补贴你一些才是。打报告的时候我会这么说的，尽量帮你争取一点，到时候再看看国家要收你多少地价。”

艾萨克——不知道怎么表达心里的感受。当他干完活，想到自己的土地值这么多钱，似乎也并没有多么不高兴。至于那一百块，他当然会想办法还掉的，会尽快的。他没打算想太多，继续种地，和之前做的一样，锄草、种植，再到林子里伐木。艾萨克一向如此，不管会发生什么，他都不会感到焦虑，而只是继续工作。

艾萨克再三向区长道谢，拜托他在政府里为他们说点什么。

“当然，当然。这事我本人也不能做主，但我会把我看到的，以及我想的都告诉他们。那边最小的孩子多大了？”

“马上六个月了。”

“男孩儿还是女孩儿？”

“男孩儿。”

区长倒也不是专横，只是为人比较刻薄，做事欠考虑。按理说，他的助理布理德·奥森，应该是这方面的专家，然而他完全忽略了他的意见，区长自己估算了一下，便擅自做了决定。当然这事在艾萨克和他妻子眼里非同小可，是啊，对他们后来的人，以后的好几代，影响都应该不小。但区长就这样自己把事情定下来了，完全不考虑别人的意见，单凭自己高兴就立下了文件。他倒还算平易近人，从口袋拿出一枚硬币给赛维特，对其余人点了点头就朝马车走去。

突然他回头问道：“这地方叫什么名字？”

“这还得有名字吗？”

“没错，叫什么名字？得给这块地取个名字。”

谁曾想过一块地还要取名字的。英格尔和艾萨克面面相觑。

“叫赛兰拉怎样？”区长问道，说不定根本就是他杜撰的名字，甚至这根本都不是一个名字。但他仅是点了点头，嘴里念了一遍“赛兰拉！”便自顾自地驾着马车离开了。

这事就这么定下来了，什么都是他凭自己心情就定了，无论名字、价格，还是地界，都这样……

几周之后，艾萨克进村后听到一些关于吉斯勒区长的传言，有人说他有一笔账单报不出来，于是有人向上面打了报告。唉，时间都如此，总有人在后面跌跌撞撞地奔着，直到他们追上前面四平八稳的人。

后来的一天，艾萨克又拉着一车木材去卖，待他赶车回来的时候，与他同行的正是吉斯勒区长。艾萨克看到他从大树后面走出来，到马路上朝着他挥手，等艾萨克走近，只说了一句：“您能载我一程吗？”

两人一同驾着车前行，谁都没有说话，区长从口袋里摸出了一瓶酒，喝了几口递给艾萨克，艾萨克婉言谢绝。

“估计这趟路走下来，我的胃会不太舒服。”区长这么说。

他谈起了艾萨克那块地的交易：“我之后很快就把报告交上去了，还提出了我自己的意见。赛兰拉这名字挺好的。说真的，他们本该白白送你这块地，当然，这也不是我说了算的。如果当时我说了，也只会激怒他们，价格倒还是他们来定。不过我最后提议的是五十块。”

“哈，你说了五十？不是一百了吗？”

区长皱了皱眉，思索片刻，然后答道：“我没记错的话就是五十，应该是……”

“您现在去哪儿？”艾萨克问。

“法斯特博顿，去我妻子的娘家。”

“这个时候到那边去有点困难。”

“我自有办法。你能带我走一段吗？”

“可以，我陪你走一段。”

两人回到艾萨克家，那一晚区长住在他们家，睡在小房间了。早上的时候他又拿出酒，说道："我敢肯定这次出门会让我的胃不舒服。"在其他的方面，他和上次无异，还是平易近人，做事果断，只不过比较挑剔刻薄，自己的事倒不怎么关心。也许情况到最后倒也不至于很坏。艾萨克小心翼翼地指出并非整个山坡都是耕地，而是一些零零散散的小块地拼在一起。区长听他这么说，脸上表现出一副惊奇的神情。"当然，这些我都明白了，上次来做报告的时候就搞清楚了。但是跟我来的那个助手布理德，他倒是一点都不知道。布理德没什么好的，他们只会在桌子上搞出结果。见到我登记的那些信息，看到那么少的耕地，草料也不多，马铃薯产量也少得可怜，他们一下子就觉得这块地肯定很贫瘠，你懂吗？相信我，我会尽力帮你的。国家正需要三万两千个像你这样的人。"

区长点了点头，转向英格尔："最小的孩子多大了？"

"才九个月大。"

"男孩儿，是吗？"

"是的。"

"这事你得尽快解决。"他又对艾萨克说道，"现在又有人想买下介于你和村子中间的那块地，他要是买走了，这块地的地价会抬高。所以你得抢在他前面买了，然后随它怎么涨价——这样的话，你之前的投入也算是得到回报了。这块地都是你一手开垦的，要不是，这儿现在都还是一片荒野呢。"

听了他的忠告，他们非常感激，问他这事是不是他本人来处理，区长表示这事还是要由国家来决定，他已经尽力把自己能做的都做了："并且我现在要到法斯特博顿去了，以后都不回来啦。"他坦白道。

他给了英格尔一个奥尔特，这太多了点。"下次你到村里去的时候给我们家带点肉吧。"他说道，"我妻子会把钱付给你的，再带点乳酪什么的，什么时候去都行，孩子们喜欢吃这个。"

艾萨克陪着他翻过了几座山，山路坚固易行，比下面好多了。艾萨克得到了整整一块钱的报酬。

吉斯勒区长就是这样离开了那个地方，之后再也没有回来。人们都说，他走了也不是一种损失，他被别人认定是个可疑的人，是个冒险家；他倒是知识渊博，涉猎极广，但是生活不太检点，还私吞别人的钱。后来有传言说他是被他的上级——阿姆特曼·普利姆县长狠狠批评了一顿之后才不声不响离开的；但是政府没有对他的家庭做任何处理，他的妻子和三个孩子一直留在当地，直到后来，之前那笔报不上账的钱从瑞典寄过来，大家才知道原来他的妻儿并非作为人质被留在这里，而是他们自己愿意待在此地。

艾萨克和英格尔对吉斯勒区长处理他们这事没有什么抱怨，还不知道他的接任者会是什么人，估计又要走一遍程序了！

阿姆特曼县长派了一名职员到村里来担任新的区长。这个人四十岁上下，是某个地方行政官员的儿子，名叫郝耶达尔，他年轻的时候因为经济不允许，所以没有上过大学，就这样走上公务员的道路；过去十五年他的工作便是被迫坐在写字台上撰写文书。因为经济不宽裕，他至今未婚，他的上级——阿姆特曼·普利姆从他的前任县长那里沿用了他，并且，和之前一样，付给他一点微薄的薪资。郝耶达尔接受了这些，依旧在桌子上做着写文书的工作。

艾萨克鼓起勇气前去拜访。

“有关赛兰拉一事的文件？……在这儿呢，部里刚拿过来的，上面还要搞定整个事情，这些被吉斯勒搞得乱七八糟的。”他说道，“部里想知道，是否还要将田里的那笔不小的浆果销售额也算进田产里去，那里是否还有优质木材，附近山林里是否有矿质和金属，这些要不要计算进去。还问到水域，不过有关的鱼产量倒是没有说。吉斯勒似乎掌握了部分信息，不过这人不可信，他走之后我就被调过来处理整个事情，我得亲自到赛兰拉去做考察，并估算一下。从这儿到山上有几英里？当然，部里要求给出确切的地界，所以我们得亲自去把这事搞定。”

“这个季节去那儿确定地界不太容易。”艾萨克说，“怎么样也得等到夏末才行。”

“不管怎样，这事得处理的。部里还等着消息呢，不可能等一整个夏天。我会尽快亲自去勘察的，那地方我早晚都要去的，那儿还有另一块地有人要买走。”

“是不是从我家到村里中间的某块？”

“说不好，很有可能是。买主实际上是这里的一位职员，我的助手，吉斯勒在的时候他就在这儿了。之前他跟吉斯勒说过这事，但是他一直没给他办，说他连一码地都种不了，所以后来他就直接给普利姆县长提交了申请，我奉上级指令来处理这事。这些被吉斯勒搞得一团糟！”

郝耶达尔区长已经到了农场里，带了他的助理布理德。他们越过荒野时身上都湿了，后来穿过了一整片雪地，上上下下地划定地界时，身上更是全湿透了。第一天郝耶达尔区长干得很起劲，但第二天明显有些力不从心了，只能站在那儿指挥助理去干。那些“毗邻的山丘”里的矿质什么的，他们再也没提过，至于地里的草莓什么的，他表示，他们回去的路上要去看看的。

部里对各方面的信息都有明确的要求，当然，还制定了表格。唯一比较合理的是木材的问题。没错，是有些优质木材，不过都正好长在艾萨克准备买下的那块地的范围内，这些只够他自己用，要拿去卖的倒是没有。何况，即便有足够的优质大木材，谁能进来把他们运出去卖掉呢？也只有艾萨克，整日像个滚球一样，把伐下的木材滚下来，再用马车将它们运回家里，用来造房子搭牛棚。

那个让人捉摸不透的吉斯勒，看来制定了一份滴水不漏，让人无法驳倒的报告。继任的这位新区长显然想从中找出纰漏，但他无论怎么看这份报告，它都没有问题。而且他做什么都要咨询并考虑助手的意见，这与老区长的风格截然不同。当然，虽然是同一位助理，但因为他有可能买下这块地，所以某方面提出的意见未必就和之前提的一样了。

“价格怎么算？”区长问。

“不管谁买，顶多只能是五十块了。”助理回答。

郝耶达尔用华丽的辞藻开始撰写报告。之前吉斯勒是这么写的：

“该户应每年缴纳地税，该地税不得超过五十块。因该户无力一次性支付，因此，经过斟酌决定分十年付清，若政府可接受其报价，若不接受则可收回土地及劳动成果。”但是郝耶达尔就改成了：“该户向贵部恭请俯允：准许该户保留其土地，虽至今未获得该地所有权，经该户打理，该地得到颇大改善；申请地税为50块，分几年付清一事望贵部斟酌再定。”

郝耶达尔表示会尽力帮他：“我希望你能获得这份产业。”他说。

第六章

大公牛被送走了，它长得太大，食量又大，他们养不起了；艾萨克想把它带到村里，换一头相差不大的稍小的牛回来。

这是英格尔的主意，她总是叫艾萨克离开家到村里去，当然她这样做自有她的原因。

“你要去的话，最好今天就动身。”她说，“牛现在正好膘肥体壮的，这个季节可以卖个好价钱，你把它带到村里去，那些人再卖到城里去，城里人都不会吝惜花钱买牛肉吃的。”

“知道了。”艾萨克回答。

“希望它在路上别闹腾。”

艾萨克没回答。

“它上星期一直在外面活动，应该对外面的环境已经熟悉了。”

艾萨克依旧不吱声。他身上配了一把大刀，挂在腰间，然后领着牛出去了。

这是一头粗壮硕大的牛，全身光溜溜的，走路的时候屁股一颠一颠的，很难看。四条腿有点短，跑起来飞快，路上的野草被它的胸脯压平踏过，像个火车头。它的脖子还粗得有点畸形，但脖子的力气有如大象。

“只要它不跟你发脾气就行。”英格尔说。

艾萨克思索了一会儿说道：“它要真这么做，我就干脆在半路上把它宰了，然后拿去卖掉。”

英格尔坐在门前的石板上，她感到身上一阵剧痛；涨红了脸。直到艾萨克走远，人和牛一块儿走出了她的视野，她才忍不住呻吟。小艾勒苏已经会讲一点话了，他问母亲：“妈妈痛吗？”——“是，很痛。”小家伙学着母亲的样子，双手按着腰，也呻吟起来。小赛维特在睡觉。

英格尔把艾勒苏抱进屋，拿了些东西让他在地上自己玩，自己躺到床上去。她临产了，人却非常清醒，一边看着艾勒苏，一边盯着墙上的挂钟留意时间。她一声也没叫，也不挣扎，一切挣扎都在腹中进行——最后肚子里的小东西终于滑了出来。这时候她听到床上一声奇怪的哭声，一个细小的声音；这个奇迹一样的孩子，终于降临到了这个世间……现在还不能休息，她抬起头往下看去。这是什么？她的脸顿时煞白，面无表情，也没有任何表示，最后终于发出一阵呻吟；不自然的不可能的一声闷响！

她躺回去。一分钟过去了；她还不能休息，哭声越来越响，她挣扎着再次爬起来，往那边看——噢，天啊！太可怕了！没救了吗，真的没希望了吗——这是个女孩儿！

艾萨克应该已经走出去好几英里了，等他回来还不知道得多久。在不到十分钟的时间里英格尔已经把她生了下来，却让她这样死掉了……

第三天艾萨克方才回到家里，带回来一头饿得半死的小公牛，之前走了那么久，现在它一点都走不动了。

“你的事办得怎么样？”英格尔问道。此刻她一身恶心，还承受着失去孩子的痛楚。

艾萨克办得很顺利。确实，还剩两英里的时候那头大牛果然发起了脾气，他不得不把它拴牢，然后到村里去叫人来帮忙。不过，等到他们回来的时候，牛已经逃走了，他们花了很久时间才又找到。后来顺利地以一个不错的价格卖给了村里的一个人，那人转手卖给了镇上的肉商。

“这头是新买的。”艾萨克说，“叫孩子们出来看看。”

把它拉进门有些困难。英格尔仔细打量这头牛，将它周身摸了个遍，问了问价格；他们把赛维特放到牛背上。“还是想念那头老牛。”英格尔说，“它皮毛光滑，体格健壮，真希望被人宰的时候别太折磨它。”

又是农忙季节，一堆大大小小的事要忙。牲口都被他们放了出来，棚子里搁了一堆要种的马铃薯，今年艾萨克比去年多种了些小麦，想尽办法种好。他把地刨好，留给英格尔去种胡萝卜和白萝卜。一切都和以前一样，进行得很顺利。

英格尔为了掩饰体形上的变化，便在衣服里塞了一袋干草，然后一点一点抽掉，直到最后把袋子也抽走了。终于，有一天艾萨克注意到了她的变化，惊讶地问道：

“怎么了，你这怎么了？是不是发生了什么事？我还以为……”

“没有，这次没有。”

“噢。怎么，你有什么事吗？”

“天命如此吧，我想。艾萨克，你觉得咱们要多久才能把这块地都种完？”

“话虽如此，但是……你是指你已经生出来了，但是——出了意外？”

“嗯，是出了事——对。”

“你自己还好吧——没伤到哪里吧？”

“没有。艾萨克，我想过了，咱们得买一头猪回来养。”

艾萨克无法这么快转换话题，他沉默了很久，最后说道：“好，买一头猪。我每年春天都考虑过这事，不过我们先得有足够的猪食，要有马铃薯，一小块地，还得要点小麦。现在我们这些东西还不够养一头猪，所以先看看今年收成怎么样吧。”

“但是有头猪也不错啊。”

“我知道。”

一天天过去，又下起了雨，田地和草地长势都不错——嗯，看来今年收成应该不坏，不用担心！大事小事交替进行，一切都很顺利：吃饭，睡觉，劳作；每逢周日，艾萨克把脸洗净，梳好头，然后穿上英格尔为他缝制的崭新的红衬衫。这平静的生活本应该继续毫无波澜地进行着，然而这次又发生了一件事：一只母羊带着它的羊羔乱窜，不小心夹进悬崖缝里去了，脱不开身。晚上羊群回来后，还是英格尔数数的时候发现少了两只。艾萨克马上出门去找。庆幸的是这正是礼拜日，没有太多事，不会耽误他工作。他跑遍了山头，到处找；一家人都着急万分。母亲简单地告诉孩子要安静，家里的两只羊丢了，他们要乖乖的。他们的感觉都一样，这是这整个小团体的事，就连母牛似乎都知道发生了什么事，在那里哞哞叫着，因为英格尔时不时跑出门去，朝着林子那边呼叫。现在天色已晚。这在森林是一件大事，甚至是一场灾难。她一次又一次地呼唤艾萨克，可是没有人回答；他应该听不到吧。

这两只羊到底在哪儿呢——在它们身上会发生什么？会不会被熊抓走了？还是有狼群从瑞典或者芬兰那边的山头翻过来把它们吃掉了？其实都不是。艾萨克最后终于找到了它们，两只羊被牢牢夹在石头里，一只断了一条腿，乳房还被割破了。应该被夹在这儿很久了，可怜的小东西可能太饿了，虽然受了伤，还顾着把周围能够得到的草都吃光了。艾萨克小心地把它们救出来，刚放下地它们就迫不及待地吃起草来。小羊羔紧挨着母亲吸起了奶，倒是为肿胀又受了伤的乳房减轻了一点痛苦。

艾萨克找了些石块把那个危险地裂缝填满了。这个恐怖的地方，再也不能让它再压断其他羊的腿了！艾萨克把皮背带从身上解下来，把母羊拦腰环起来，托住那个受伤的乳房。把母羊背到背上后，艾萨克才动身往回走，小羊跟在他身后。

回到家后，他们用夹板和柏油绷带给母羊包扎了伤口，几天后，母羊的那只断腿可以动了，断骨结合处还隐隐作痛。但一切总算又回到原来的样子了——直到不久后又发生了一件事。

日出而作，日落而息，日子似乎没什么变化，对这个山林的住户来说，一点小事情都不可忽视。而这压根不是小事，而是可能影响到他们的命运，让他们快乐幸福，甚至富裕，又或者完全相反的大事。

又是农闲季节，艾萨克刨平了他之前划下的那些木材，一切都和以前没什么两样。他还挖了一些有用的石材，搬到家里去囤着；而后用这些石头围成了一堵墙。一年前，英格尔还会对艾萨克的这些举动感到好奇，时常会问他要拿来干什么，而现在她对此似乎习惯了，所以不闻不问，一心只顾忙着自己的事。英格尔忙着唱歌——这以前她没干过；还教艾勒苏念晚祷文，同样，这事她也是初次做。艾萨克开始怀念起英格尔以前唧唧喳喳问七问八的时候了，以为只有英格尔的好奇心还有听闻整个事之后对艾萨克的赞赏才会让他感到作为一个男人所能得到的满足感，这些让他觉得自己很了不起。而如今，英格尔对他的所作所为都已经见怪不怪，什么都不再问询了，顶多说一句“艾萨克干活真不要命”罢了。“她嘴上说没事，但自从上次那件事以后，她心情一直不好。”艾萨克心里想。

奥琳这次又来探访他们了。要是以前的话，他们会很欢迎她的到来，而如今情况不一样了。英格尔现在心里有些不自在；甚至自从上次别后，英格尔对她开始有了点敌意。

“看来我来得不太是时候。”奥琳意味深长地说道。

“你想说什么？”

“怎么啦，让你们的三个孩子都受洗礼了吗？你现在怎样了？”

“不啦。”英格尔说，“那件事就不牢你费神了。”

“噢。”

奥琳转开话题，开始赞赏孩子们，说他们长得真快，越来越可爱了；看情况，艾萨克看来又接管不少土地，又在建新房子了吧——你们可是一直忙个不停；不过这地方真是不错，很难再找到这么一个地方了。“他这次是要建什么？”

“你自己问问他吧。”英格尔说，“我不太清楚。”

“还是不问了。”奥琳回答，“这倒也不关我的事，我就是过来看看你们过得怎么样；看到你们我都会高兴和快乐。至于金双角，自然更不用担心了，都看得出来，它能在这儿真是再适合不过了。”

她们又寒暄了几句；英格尔态度没有刚才那么生硬了。墙上的挂钟嘀嘀嗒嗒发出美妙的声音，奥琳抬起头，望了望那个钟，眼里竟开始湿润；在她贫穷的生活里，从未能听到如此动人的声音——像教堂的钟声，又像乐器敲出来的和弦——这是奥琳的话。英格尔一下生出了些优越感，觉得自己已经算是小康之家，对这位穷亲戚却还慷慨大方，于是说道：“到这边的房间里来，我给你看看我的织布机。”

奥琳在那儿待了一天，时不时跟艾萨克搭几句话，他做什么她都要赞叹一番。

“听说你在每一面方向都接管了好几英里的地，难道不应该是免费的吗？我看没人会把你的东西生生抢走。”

艾萨克本来就一心想要被赞美，被她这么一说，感觉更是有些飘飘然了，又找回了男人的尊严。“我从国家那里买的。”艾萨克回答。

“啊，原来是从国家那儿买的。他们没在这笔交易中克扣你的钱款吧？你这么忙着造房子干什么？”

“这个，我也说不好。反正没太大影响。”

“你真挺了不起的了，造了房子，发了家，还把大门漆了，看这墙上还挂了一个钟——我想你正在造一栋相当讲究的新房子吧？”

“哎，你可别乱说呀……”艾萨克辩解道。当然艾萨克心里挺高兴的，对英格尔道：“人家客人来这儿了，你就不能给她做点好吃的奶油冻吗？”

“做不了啦。”英格尔答话，“我把所有奶都拿来做奶油了。”

“这可不是胡说。”奥琳急忙插话，“我只不过是个爱瞎打听的笨老太婆罢了，要我说，这要不是造一座讲究的新房子，那肯定就是新粮仓了吧；为什么不呢？你们有这么大的田地和草场，长势又都那么好，还有大量牛奶和蜂蜜，简直就是《圣经》里描述的那样。”

“你们那儿什么情况——小麦收成什么的？”艾萨克问她。

“哎哟，还不是老样子，只要老天爷今年不放火把这些庄稼都烧掉——我讲话真是冒犯老天爷了，赎罪啊。我们这些人都要看天吃饭，不过，你们这儿好多啦，是我们那边根本比不上的，这一点得承认。”

英格尔问了问其他亲戚的情况，特别是她的赛维特叔叔。他是这个家族里举足轻重的人，拥有大片产量颇丰的渔场；他的钱多得简直不知道要怎么花才好。这女人谈起了赛维特，这么一比较，艾萨克的这些简直是小巫见大巫了，她不再问他房子的事，于是艾萨克只好问道：

“对了，要是你真想了解的话，我是打算造一处有打麦场的仓库。”

“跟我想的差不多。”奥琳说，“有头脑的人应该都会这么做，他们不管前前后后怎么想，最后都会那么做的。这地方没有一只壶一个罐子不是你想要的。对了，你刚才说要造打谷场是吗？”

艾萨克有点孩子气起来。奥琳这一番奉承话他听了之后颇为受用，还认真地回答她：“说到我的新房子，那儿是必须有一个打谷场的，我正打算造一个打谷场。”

“真的造打谷场吗？”奥琳说道，左右摇摆着脑袋。

“要是没有打谷场，种出来的麦子怎么办？”

“也对，我也是这么想的。你做的事有哪样没经过深思熟虑的？”

英格尔这时又不太高兴了，那两人说的话让她不怎么爱听，于是插嘴道：

“叫我做奶冻！去哪里找奶冻？难道要到河里去钓吗？”

奥琳急忙劝说：“英格尔，上帝会保佑你的，孩子啊，千万别再提奶冻的事了——像我这么一个老太婆，整天无所事事的，只知道串门！……”

艾萨克坐着待了一会儿，然后突然起身，出声道：“这都大下午的了，我还什么都没干呢，我得去采石头，还要搬回来，那边的围墙还没完事呢！”

“哎，我敢肯定，那么一堵墙得需要不少石头。”

“石头啊？”艾萨克说，“是要不少，看起来简直没完没了了。”

艾萨克走后，两个女人又唠了一会儿家常，她们坐着七七八八地聊了好几个小时。到晚上的时候，奥琳起身到牲口棚里去看看牲口什么情况，棚里有一头奶牛、一头公牛、两头小牛，还有一群山羊和绵羊。“真不知道你们家要发展到什么程度。”奥琳抬起头，望着天空说道。

奥琳在她们家住了一晚。

次日清晨，她动身离开。这次英格尔又送了一大袋东西给她。艾萨克彼时还在石场里忙着，奥琳特意选了另外一条路回去，以免被艾萨克看到。

两个小时后，奥琳却又回来了，走进屋子里来，急急地问道：“艾萨克在哪儿？”

英格尔在洗刷碗筷。奥琳应该经过艾萨克那儿的石场啊，孩子们也都在那儿；英格尔突然意识到肯定出了什么事。

“艾萨克？你要找他干吗？”

“我找他什么事？——啊，没什么，就是刚才走的时候还没跟他道别。”

一阵沉默。奥琳坐在椅子上，英格尔也没再问她什么，她的脚不听使唤地垂在那儿。她那样子分明是出了什么严重的事，她已经吓得不知所措了。

英格尔终于爆发了，她的脸开始扭曲，愤怒地大叫道：“我看到你叫奥山德尔送来的东西了，正是你做的好事！”

“你在说什么……怎么回事？……

“那只兔子。”

“什么兔子？”奥琳声音已经变得轻柔而奇特。

“噢，你还耍赖！”英格尔大叫，“我要用这长柄勺打烂你的脸——等着！”

打了吗？没错，她打了她。奥琳挨了第一下还没有倒，只是不停叫嚷：“臭婆娘，你自己小心，你做的事我都知道！”英格尔说完继续猛打，把奥琳打倒在地，然后扑到她身上，用双膝击她。

“你要杀了我吗？”奥琳问。这个长着兔唇，身材高大的女人，手抓一根巨大长柄勺正跪在她身上。奥琳满身是伤，已经在流血了，但依旧不肯求饶。

“你打算把我也杀死！”

“对，杀了你。”英格尔说着又开始下手，“我就要把你打死为止！”她现在可以确定奥琳发现了她的秘密；现在什么也不重要了。“我要把你这张鬼脸打烂。”

“鬼脸？”奥琳喘着粗气问，“噢！看看你自己是什么玩意儿吧，你那才是鬼脸！”

奥琳很强硬，不肯服软；英格尔打了一阵也没力气了，不得不暂时住手。但是她继续威胁奥琳——双眼怒视她，发誓她还没打够：“我还打！还打！等我拿把刀来，让你尝尝我的厉害！”

英格尔站起身，好像要去找刀，找一把菜刀。不过现在她好似过了最愤怒的时候，所以只是嘴上不停大骂着，奥琳挣扎着起来，又坐到椅子上，她的脸一片青肿，开始胀起来了，还不停流着血。她把额前的乱发一把捋到后面去，拿出一块手帕，朝上面吐了一口；她嘴巴也一片红肿，不禁骂道：“你这个恶魔！”

“你到树林里去嗅探！”英格尔大骂，“都是你干的，你找到了那座坟，你怎么就不给你自己挖一座坟！”

“好，你等着。”奥琳说道，眼里闪着报复的光芒，“我在这儿不跟你废话，不过你等着，这两个房间的房子还有墙上那个钟，我让它们不再是你的！”

“我不会让你拿走的！”

“行啊，你尽管等着吧，让你看看我奥琳没什么做不了的事。”

她们就这样斗着，奥琳很少大骂，也不会高声争吵，但是在她看似轻柔的性格里往往藏着阴险的一面：“那个袋子呢？我把它扔在树林里，你尽管拿回来吧——我才不稀罕你的羊毛。”

“噢，你大概以为我是偷来的。”

“哼，你自己做的事你心里清楚。”

就那袋羊毛两人又吵了一阵，英格尔让她去看那只剪了羊毛的山羊。奥琳冷哼一声，随即答道："还不知道第一头羊打哪儿牵来的呢。"

英格尔道出了收养第一只山羊的人家和住处："你最好小心你的嘴，"她威胁道，"别乱说话，否则有你好看。"

"哈哈哈！"奥琳温和地笑起来，她丝毫不担心，也没被英格尔唬住，"我的嘴，嗯？亲爱的，那你自己那张嘴呢？"她指向英格尔那张长了兔唇的嘴巴，说她简直是人神共愤。

英格尔恶言相向，因为奥琳的肥态，便毫不犹豫地叫她老肥婆——"你就是一头大肥狗。你送我的那只兔子，我早晚会回敬给你。"

"你又说什么兔子？"奥琳说，"可但愿我没做什么比那只兔子更罪恶的事。它长什么样？"

"什么样？你不知道兔子什么样子吗？"

"你这样，长得就跟你一样。"

"滚——你给我滚出去！"英格尔声嘶力竭地大喝道。

"就是你叫奥山德尔带那只兔子来的，我会让你好过。我要让你坐牢。"

"坐牢——你让我坐牢？"

"噢，我知道你嫉妒我，我所得的这一切让你对我心怀怨恨。"英格尔又说道，"自从我嫁给了艾萨克，得到了这些东西以后，你就嫉恨我了。天啊，臭婆娘，我做什么对不起你的事了？你的孩子没一个有出息，在外为非作歹，这些都是我的错？你看不得我的孩子好，因为他们生出来健康美丽，比你家孩子要好，名字也比你孩子好听，这都是我的错吗？"

要说唯一让奥琳抓狂的便是这件事了。她也生儿育女很多次，她仅有的就是她的孩子了；作为一个母亲，她深深地为他们感到自豪，在外吹嘘他们根本没做过的事情，还包庇他们的错误。

"你在说什么？"奥琳说，"你怎么不死了呢！我的孩子跟你这些比起来简直是天使，你竟然敢说我的孩子？他们是上帝赐给我的七个礼物，现在个个都茁壮成长，你再说试试……"

“你们家那个丽斯怎么样了？是进监狱了吧？”英格尔问道。

“她是冤枉的。丽斯本来就是朵单纯无辜的花朵。”奥琳答道。“她现在在卑尔根，住在城里，还戴着帽子——可是你呢？”

“聂耳呢——别人可都怎么说他的？”

“哼，我才不跟你废话……你那个埋在那边的树林里——你怎么把它弄死的，嗯？”

“现在！……一，二，三！滚出去！”英格尔叫着向奥琳冲过去。

奥琳站着没动，连脚都没抬一步。她的淡定让英格尔始料不及，不禁退了回去，嘴里笑声嘟哝：“你等着，我这就去拿刀来。”

“别找了。”奥琳说，“我马上走。至于你，你喊着一二三轰我出门……算了，这事我懒得跟你理论。”

“赶紧的，赶紧滚出我的屋子。”

不过奥琳没听她的话马上出去，于是两人又互相谩骂起来，直到墙上的挂钟敲了半点，奥琳讥讽地笑起来，这让英格尔更是怒不可遏。最后两个人都稍微冷静下来，奥琳这才动身打算走：“我回去还有好远一段路，现在不早了，你拿点东西给我在路上吃，这总可以吧……”

英格尔没答话，她现在也冷静下来了，转身回屋端了一盆水给奥琳擦洗。“水放那儿——你洗洗。”她说。奥琳也觉得应该收拾收拾，不过因为看不到伤口在哪儿，所以乱擦了一阵。英格尔在旁边看了一会儿，然后给她指点。

“这儿——那边也得擦擦，你眼睛上面也是。不，不是那块，另一处；你没看到我指哪儿吗？”

“我怎么看得到你指哪儿。”奥琳回答。

“你嘴上还有好多血，你难道还怕水吗？——它又不会咬你？”

最后还是英格尔给她擦的，又扔了一条毛巾给她。

“我想说什么了？”奥琳冷静多了，一边洗脸一边问道：“艾萨克和孩子们怎么办——要是知道这事，他们受得了吗？”

“他知道了？”英格尔问。

“能不知道吗？他自己看到了。”

“他说什么了？”

“他能说什么？他震惊得说不出话，和我一样。”

又是一片静默。

“都怪你。”英格尔终于撑不住，恸哭起来。

“这是我的错吗？我求你别再把这事跟我扯到一起了行吗！”

“我要跟奥山德尔确认这事，不管怎样我要问个清楚。”

“行，你尽管问吧。”

两个人心平气和地谈话，奥琳的仇恨也没有当初那么严重了。这个机灵应变的奥琳，一看情况不对马上掉了头；她的语气充满对艾萨克的同情，表示他和孩子们要是知道了这事该多么不能承受！

“对。”英格尔心里自然清楚这些，于是又哭了起来，“那件事让我茶饭不思，夜不能寐。”奥琳觉得自己可以帮他们，在他们困难的时候当他们的解救者。英格尔坐牢的时候，她可以上山来帮他们看家，照管牲口。

英格尔停止了哭泣；这停顿太过突然，她竖起耳朵，好似在听什么，又像是在低头思索。

“没事，孩子们那边你不用担心。”

“不用担心他们？我能这么做吗？你怎么能说出这种话来？”

“哎，我知道……”

“怎么啦，这世界上唯有孩子们最让我放心不下。”

“噢，那是对你自己的孩子。”英格尔答道，“但是对我的孩子呢？我只要一想到你那天为了毁掉我，就带了那只兔子过来——你简直太卑鄙了！”

“是我？”奥琳说道，“你说的是我吗？”

“没错，我说的就是你。”英格尔说着又控制不住哭起来，“你简直太狠毒了，居然做出这种事来，我是不敢相信你了，我知道你会偷走所有的羊毛，以后我们家的奶酪也会被你偷回去……”

“你这坏女人居然这么想！”奥琳回道。

英格尔哭一阵说几句，时不时擦一下眼睛。奥琳懒得逼她，要是她不在意这些，那就当奥琳没说好了。奥琳可以跟以前一样，回家去跟儿子聂耳一起过。只不过如果英格尔坐牢了，那受苦的就是艾萨克和无辜的孩子们，奥琳也不忍心眼睁睁看他们这样，不禁又说了句：“你再考虑考虑吧。”

英格尔不再逞强。她一直哭着摇头，两眼看着地面。她像梦游似的走进去，给奥琳包了一袋在路上吃的食物。“又麻烦你了。”奥琳说。

“你总不能一路饿着肚子。”英格尔说。

奥琳走后，英格尔像做贼一样偷偷走出来，仔细听了听外面的动静，石场那边没有什么声音，她又往石场走近了些，只听到孩子们在那儿玩着小石头。艾萨克坐下来，两膝间夹着铁橇，一动不动地靠着它休息。他就那样坐着。

英格尔悄悄找到了树林边一处她插着一个小十字架的地方；十字架已经倒下来了，泥土松了，那地方也被翻了土。她蹲下来，拍了拍手上的土，然后坐了下来。

她来这儿只是想为了搞清楚这个坟被奥琳翻成了什么样子；她现在依旧待在那儿是因为牛羊晚上还未回家。英格尔又坐在那儿哭了起来，不停地摇头，两眼望着地面。

第七章

就这样过了一阵子。

阳光和雨水一样都不缺，这对土壤来说是个好季节；地里的庄稼长势很好。他们即将完成割草工作，囤了不少的草料；甚至都没地方放了。一部分放在远处的岩石下面，另一部分放在马厩里，还有一部分放在屋内的地板下面；牛棚里还被清空了，准备全部拿来装草料。英格尔是个不错的助手和支柱，每天起早贪黑地忙碌着。艾萨克利用每次下雨的机会给新谷仓修房顶，彻底修完了南面的墙。这个工作一旦完成，那就不管堆多少草料都没有问题了；他们肯定可以应付得了，绝不会有问题！

而那巨大的悲痛和灾难已是事实——对，灭掉的罪行将给她带来严重的后果。好事必然不留痕迹，但罪恶往往会受到报复。艾萨克一开始便对此事抱着明确态度，也不多话，只是简单地问他的妻子：“你怎么把她弄死的？”英格尔自然无从所答。过了一会儿他又问道：“你是把她勒死的么？”

“是。”英格尔回答。

“你不应该这么做。”

“是不应该。”她表示道。

“我实在想不到你居然会这么做。”

“她和我一个样子。”

“这话什么意思？”

“她的嘴唇。”

艾萨克沉默了好久，然后才说道：“唉，算了吧。”

此后一段日子里两人都不再提起这件事；日子一天天过着，和往常一样波澜不惊；还有一大堆草料要收进来，地里的农作物收成也很难得的可观，就这样，那件事也就慢慢地被两人抛至脑后。但不管怎样，这件事一直笼罩着这个家庭。他们不指望奥琳会为他们保守这个秘密，这简直不太可能；即便奥琳什么都不说，别人难免也会猜疑。一切无言的证据总能找到表达口；这房子的围墙，还有森林里的那座坟墓，这一切都是那么可疑。奥山德尔那个拉普兰人多少也会漏嘴；英格尔自己也没准会在睡梦中或醒来后透露真相。他们心里已经做好了最坏的准备。

艾萨克也只能顺其自然——除了这样他还能怎么办？他知道为什么英格尔每次临产时都要自己待在家；她想自己面对即将出生的孩子的面目，她想在生出一个带了兔唇的孩子的时候没有别人看到。那三次无一不是如此。艾萨克只是无奈地摇头，为妻子的命运感到难过——可怜的英格尔。他知道了拉普兰人带着一只兔子过来的事，但是他原谅了妻子。两个人的感情比以前更深了，这是一种放纵的爱，两人在患难中相濡以沫。英格尔对他万般宠爱，而这个身材壮实的男人，亦是对她爱到无法自拔。英格尔自己呢，虽然和所有拉普兰人一样穿着皮鞋，又不像那些女人那般瘦小，而是身材壮实。现在正当夏天，英格尔光着脚，膝盖下的腿都露出来——艾萨克无法从这裸露的腿上移开目光。

整个夏天她都在唱着赞美诗，还教艾勒苏念祷文；但是她违背了宗教信仰，对所有拉普兰人感到憎恶，甚至直白地告诉所有路过的拉普兰人。也许又有人要送兔子来了；就像上次那样拿了个袋子，把兔子装在里面；随他们去好了，不想这些了。

“一只兔子？什么兔子？”

“嗬，你真不知道那次奥山德尔带了只兔子来的那事？”

“不知道。”

“行，我倒也不关心这事都有谁知道——那时候我跟孩子都在，他就带了只兔子来我家。”

“天啊，实在太可恶了！然后又怎样了？”

“后面的事你不用在意，你赶你的路吧，其他的都没什么了。这儿有些吃的，你带着吧。”

“你家有没有一块皮革什么的，给我补下鞋子？”

“没有。你要再不走我就要打你啦！”

拉普兰人乞讨的时候态度都是很卑微的，不过若是被拒绝了，他便会变得很恼怒，从而威胁对方。那天有对拉普兰夫妇带着两个孩子路过。一家人站在那儿休息，一边用拉普兰语交谈着，没多久男人走了上来想一探究竟。他走进院子里待了一会儿，过后他妻子连着孩子也都上来了，四个人站在门口的石板上，说着拉普兰语。男人站在门口往里面瞥了几眼；屋里没人。挂钟响了几声，那一家人站在那儿，一脸疑惑。

英格尔似乎觉察到家里有陌生人经过；于是从山上下来，一路跑回了家，果然就看到了拉普兰一家子在那儿，她上前问他们在这儿干什么。“你们在这儿干吗？没看到家里没人吗？”

“呃……”男人支支吾吾。

“你们赶紧出去。”英格尔再次说道，“该去哪儿去哪儿吧。”

一家人慢步挪了出去，似乎不太情愿的样子。“我们只是听了听你家的钟声。”男人解释道，“那声音对我们来说太奇妙了。就这样而已。”

“你能不能给我们一点面包吃？”那个妻子问道。

“你们从哪儿来的？”英格尔问。

"从那面的水边来的，走了一整夜。"

"那现在是要去哪儿啊？"

"要翻过这几座山去。"

英格尔给他们弄了点吃的；当她带着这些吃的出来的时候，那个女人又跟她讨要其他的东西：一顶帽子啦，一点羊毛啦，几小块奶酪啦什么的，说了好多。英格尔没有那么多闲时间，艾萨克和孩子们都还在田里，于是她对他们说道："你们现在可以上路了。"

那个女人开始讨好她："我们上来的时候看到你家的农田了，还有牛羊——那么大一堆，简直像天上数不清的星星一样。"

"对呀，太神奇了。"男人也借口道，"你们有没有一双不要的鞋子可以给我救救急？"

英格尔没多加理会，只是关了家门，然后回到山上去了。男人在后面叫她——她装作没听到，头也不回地走了。但是她清清楚楚地听到了一句话："你是不想买几只兔子吧，对吗？"

他说的话意图很清楚。拉普兰人也许只是无心，但没准真的有人跟他说了什么。又或许这分明就是在中伤她。不管怎样，英格尔把这当作对她的警告——似乎要有什么事要发生了……

日子一天天过着。这是身体健康强壮的一户人家，他们一边忙碌一边等着要发生的事。他们相依为命，像独居在森林里动物一样。他们跟往常一样吃饭睡觉；转眼都已经过去大半年了，马铃薯又要翻新，这一年它们长得又大又富含粉质。而他们等的事还没来——为什么迟迟不来？已经是八月末，马上又是九月份；他们能平安无事地度过这个冬天吗？他们胆战心惊地过着每一天，晚上轻手轻脚地上床睡觉，庆幸又平安躲过了一天。一直到十月的某一天，区长终于带着一人，夹着公文包上门来了。法律踏进了他们的家门。

这番审查花了一段很长的时间。英格尔被秘密审问了多次，但是她一口否认所有事情。森林里的那座坟墓已经被挖开，里面的尸体被带走作进一步检验去了。那个小东西——她还裹着艾勒苏洗礼那时候的衣裳，头上还戴了一顶小帽子。

艾萨克现在要说话了："唉，"他叹气道，"现在我们是没办法了，我以前就说过的——你不应该那么做。"

"是不该。"英格尔答话。

"你怎么做的？"

英格尔没回答。

"你怎么忍心这么做……"

"她看起来就跟我一个样子。所以我就抓着她的脸，然后往旁边扭。"

艾萨克慢慢地摇着头。

"就这样我把她弄死了。"英格尔说完又开始哭起来。

艾萨克沉默了好一会儿："唉，算了，你现在哭已经太迟了。"他说道。

"她头发是棕色的。"英格尔一边啜泣，"就在后脑勺那块……"

这句之后两人都陷入沉默。

日子照常进行，英格尔没被抓起来，法律很是仁慈。郝耶达尔区长问她话时，也和平常一样，只是说道："居然发生这样的事，太可惜了。"英格尔问他是谁告的密，区长说具体是谁他也不清楚；好似很多人都清楚这件事，没准英格尔自己告诉过拉普兰人。

英格尔——是的，她确实跟好多拉普兰人说了奥山德尔的事，说他那个夏天带了只兔子来他们家，让她未出生的孩子长了兔唇。这兔子不正是那个奥山德尔带来的吗？——区长对这事真是一点儿都不了解。但不管怎样，这么荒唐的迷信他是万万不能写在他的报告上的。

"但是我出生前我母亲就是看到了一只兔子。"英格尔又说……

谷仓是建好了；很大，两旁堆着草料，中间是打谷场。现在棚子和临时场所也都被清理一空，全部用来存放草料；小麦也收好了，晒干的麦秆用车全部拉进了谷仓里。英格尔把地里的胡萝卜和红萝卜也都收回家了。这下子农作物都收好了，他们必需的东西都有了，日子一定过得很顺利。艾萨克趁着霜降还没到，又开垦了一片新地，用来种小麦。艾萨克真不愧是个十足的庄稼人。十一月的一天英格尔又说："她要是活着，现在都六个月大了，都能认人了。"

"你现在说这些有什么用。"艾萨克说。

冬天的时候艾萨克在新的打谷场上把麦子都打好了，英格尔也在旁边帮忙，动作和他一样迅捷灵敏；孩子们也在一旁玩耍。麦子颗粒饱满，甚是喜人。新年开始了，路况也好，艾萨克又开始把一车车木材往村子里运；他现在有了一批老客户，夏天晒好的干柴卖得很好。有一天，艾萨克和英格尔达成一致，要把金双角产的一头小公牛带到吉斯勒太太家去，还带了一块奶酪。她很是惊喜，连声问他们需要付多少钱。

"不用了。"艾萨克回答，"区长已经付过钱了。"

"老天保佑他，真的付过了吗？"吉斯勒说道，很是感动。她也给艾勒苏和赛维特回送了一些东西——有蛋糕、图画书，以及一些玩具。艾萨克回家后，英格尔看到这些礼物，转身哭了起来。

"这是怎么啦？"艾萨克问道。

"没事。"英格尔回答，"只是——她到现在该一岁了，应该都能认得这些东西了。"

"没错，但你也知道她要是在的话会怎么样。"艾萨克安慰道，"再说，也许这事没有那么严重。我现在知道吉斯勒的住址了。"

英格尔抬起头，说道："这对我们有什么帮助吗？"

"我也不知道……"

艾萨克把小麦运到磨坊里，磨成了面粉后又带回家。他又开始了伐木，为下一个冬天做准备。他整日不停劳作，至于干什么则都是跟着季节走；从农田忙到树林里，再从树林回到田里。他已经在这儿忙了十六年，英格尔也来了有五年了。只要不出什么差错，他们会这样一直好好地过下去的。但事与愿违，英格尔虽然每日还织着布，照管着牲口，也依旧唱着歌，可是这歌声却无比凄婉，像是一个快要失了声的老钟。

道路一通行之后，英格尔被叫到村里候审。艾萨克守在家里。独处的日子里，他不时冒出一个想法，就是去瑞典找到吉斯勒——这位前任区长一向对他们家很照顾——也许他能想法子帮帮住在赛兰拉的这一家人。但英格尔回到家后，说要问的事她自己都问过了，至于可能要判几年，她也弄清楚了。严格说来，按照刑法第一段，她应该被判终身监禁。但是……她毕竟是在法庭上站起来当堂承认了自己的罪行。村里来的两名证人也是一脸怜悯地看着她，法官的问话也很和善，但她怎么敌得过英明的律师呢。对于普通老百姓来说，律师是不可侵犯的；他们熟悉刑法里的每一段每一字；他们研习了这么久、这么多的东西，当然无论何时，都可以引经据典。是啊，他们就是这样的大人物，除了这些之外，这些人倒也并非全无情理，有时候没那么冷血。英格尔自然清楚法庭是公正的；她也没再提那只兔子的事情，但当她哭着说起自己不忍心让那个先天有缺陷的孩子出来受罪时，法官严肃而平静地说道："但是，你自己也有兔唇，可是这丝毫不影响你的生活呀。"

"感谢上帝，是没什么影响。"她所能说的只有这句话了。她也不想跟他们说起她幼时，以及少女时期所遭遇的一切。

但法官应该了解她的感受吧，因为他自己就有一只畸形足，这导致他甚至都跳不了舞。"至于判刑，"他又说道，"我也很难办。确实，按说应该判终身监禁，但是……我也说不好，也许我们可以减刑，降为二级或三级，也就是判十二年到十五年，或者九年到十二年。政府现在已经成立了一个刑法改革委员会，让法律更人性一些，但最后的结果暂时还不能给出来。不管如何，我们应该往最好的方面想。"

英格尔回家后，心里已经准备好了认罪服法；他们认为没必要即刻将她抓起来监禁。两个月后，区长带着他的新助理从赛兰拉离开后，艾萨克钓完鱼，刚回到家。

英格尔满脸喜悦，温柔地欢迎丈夫回来，赞扬他钓得不错，虽然他根本没钓多少回来。

"我想说倒是——是不是有人来过了？"他问道。

"谁来过啊？怎么啦，怎么会有人来啊？"

"门外有新的足印，应该是穿皮靴的男人。"

"怎么啦——也就是区长和另外一个人而已。"

“他们来干吗？”

“还用得着问吗，你心里清楚。”

“他们要来抓你？”

“抓我？不是，是关于判刑的事。上帝保佑，没有我想的那么严重。”

“是吗？”艾萨克急切想要知道，“不会判那么久了吗？”

“是的。就几年而已。”

“几年？”

“怎么啦，也许你听了觉得多，但我已经很感谢上帝了。”

英格尔没有告诉他到底判几年。那天晚上艾萨克问她什么时候他们会把她抓走，但这也是英格尔不能也不愿说的事。她心里一直默默想着这些，还说起即将来临的事——她说又得去把奥琳叫过来了。艾萨克也想不出更好的办法。

奥琳现在怎么样了？她今年倒是没再上山来过。是不是上次闹翻以后，她就打算以后都不来往了？农忙季节也已经过了，但奥琳还是没有来——她是不是希望他们自己去把她请上山来？这个满身肥肉的老婆子，这个老妖怪，没准哪天她就会自己来的。

最后，她确实是来了。真是个神奇的人物——好像他们之间什么都没发生过；她甚至说自己正在为艾勒苏织一双袜子。

“我就是想来看看你们最近过得怎样了。”她继续。后来才知道她已经带了一袋衣物在附近的树林里放着，看来是打算住下来了。

那天晚上英格尔把丈夫拉到一边，说道：“你不是说过要去打听吉斯勒区长的下落吗，这会儿也不忙，正好可以去。”

“是。”艾萨克答着，“既然奥琳也来了，那我明早就可以动身了。这事现在最重要。”

英格尔自然很感激，谢过了他。

“带点钱在身上——”她说，“把家里的钱都带上吧。”

“怎么了，放在家里不行吗？”他问。

“不要。”她说。

英格尔马上准备了一袋食物，然后包好。艾萨克醒来的时候还是半夜，起身准备出门。英格尔跟出门，站在石板上看着他离开；她没哭，也不抱怨，只是说道：“他们可能随时会过来把我带走。”

“你不知道具体是哪天？”

“是，我也不清楚。我想不会马上就来，但不管怎样……只有你找到吉斯勒，说服了他，没准他就能帮点忙……”

可是现在吉斯勒能帮他们什么呢？什么都不能吧。但艾萨克还是启程了。

英格尔——唉，她当然知道，只是她不愿意说而已。甚至连奥琳没准也是她偷偷请来的。等艾萨克从瑞典回来之后，英格尔已经走了，只剩下奥琳和两个孩子在家里。

对于刚回到家的人来说，这真是极大的打击。他不禁大声问道：

“她走了吗？”

“是啊。”奥琳说。

“都发生什么了？”

“你走后的第二天。”现在艾萨克才知道英格尔让他出门都是计划好的——也知道了她为什么让他把家里的钱都带走。噢，可是她该为自己留一点钱的，那么长的一段路！

但是孩子们什么都不懂，只是想玩艾萨克带回来的一头小猪。而这次出门，他除了小猪之外，毫无收获；他得来的地址已经过期了，吉斯勒已经离开瑞典，又回了挪威，现在特隆金居住。至于这头小猪，艾萨克是一路抱着它回来的，用奶瓶给它喂奶，在山上的时候，把它放在胸前一起睡觉。他一心想着回家后，英格尔看到它该是多么的欣喜；可是现在，和它玩的是艾勒苏和赛维特，它只是他们的一个新玩具而已。艾萨克看着孩子们玩耍，难得这一时从苦恼中抽身出来。除了这些，奥琳从区长那里得到了新消息：政府对赛兰拉土地的事已经做了决定，艾萨克必须到政府去付清款项。这倒是个好消息，至少可以让他从绝望的深渊中解脱出来。艾萨克一身疲惫，衣服也破了，但他还是马上包了一袋食物，即刻动身前往村子。在英格尔离开那儿之前，他或许还有机会见她一面。

但他再次失望了。英格尔已经不在那里了——判了八年。艾萨克只感觉自己身处一片深不见底的黑暗中，整个人突然就像被抽空了一般；区长的话零零散散地传进他的耳朵里——发生了这样的事真是太遗憾了……但愿她能吸取教训……好好改造，出来重新做人，以后再也别杀害自己的孩子了！

郝耶达尔区长在那一年之前已经完婚。他的妻子没打算生孩子——她没有孩子，谢谢你！她一个孩子都没生。

“现在，”区长说，“谈谈赛兰拉的事。最后我奉命来执行此事。部里很客气，至于地价多少都是按我的提议决定的，已经批准了你的申请。”

“是。”艾萨克说。

“这事也忙了有一阵子了，不过我很高兴我所有的付出没有白费。我提出的每一项几乎都批准了。”

“都批准了。”艾萨克一边点头一边说。

“这是地契。你可以在第一次开庭时候来办理地产转移手续。”

“好。”艾萨克答着，“请问我需要付多少钱？”

“每年十块。部里做了点小改动，把原来每年五块改为每年十块。我想，你应该没有异议吧？”

“只要我能付得起……”艾萨克回答。

“只是十年的话……”艾萨克抬起头，略带惊恐地说着。

“这些条件——部里坚持这样。不管怎样，这个价格能买到这么大一块地真不算贵，而且都是开垦种植好了的。”

艾萨克付了那一年的十块，这些都是他卖木柴加上英格尔的奶酪赚来的钱。付了这些，他还能剩下一点。

“幸亏部里不知道你妻子的事。”区长继续，“不然可能要把这块地卖给别人了。”

“是。”艾萨克说。他又问起英格尔的事：“英格尔真的走了，而且被判了八年吗？”

“对。这是不可改变的——毕竟这是法律明定的事。事实上，刑期已经算轻了。你现在还要做一件事，就是划分好你那块地的地界，跟国家的分开来。按照我当时做的记号划出一条直线，界限内的树木都归你所有。我到时会上去视察，看看你的业绩如何。”

艾萨克步履艰难，回了家。

第八章

光阴似箭吗？是的，当一个人渐渐老了的时候。艾萨克还没老，也没有消减当年的活力；只是这些年对他来说太过漫长。他依旧在这片土地上忙着，无暇管理他那粗硬的胡子，随它生长。

这平淡的日子也只有当拉普兰人经过或者家里的牲口出了什么事的时候才会起一丝波澜，等到这些都过去后，一切又回到原样。有一次，来了一群人，他们在赛兰拉打尖、吃饭、喝奶，还跟艾萨克和奥琳打听这几座山上的路。这些人是来标记电报传输线的路线的。又有一次，来的是吉斯勒——没错，不是别人，正是吉斯勒本人。他还是像以前那样，随意且放松，从村里爬上来了。他带了两个人来，还有采矿的工具，锄头，还有铁锹。

噢，还是那个吉斯勒！一点都没变，和以前一模一样；他打过了招呼，好像什么都发生过一样，还跟孩子们说起了话，进屋看了看又走出来，环视四周，打开牛棚和草棚的门，往里看了几眼。

“不错嘛！”他说道，“艾萨克，你还有没有这样的石头？”

“什么石头？”艾萨克问道，一脸迷惑。

“之前有一次我来的时候，小孩子在把玩的那种石头，小块的，很沉。”

这些石头放在伙食房里，用来镇压捕鼠器；艾萨克去拿了回来。吉斯勒和另外两人一边观察一边说着什么，敲敲打打了一阵，又在手上掂了掂：“是铜。”三个人表示。

“你能带我们去你捡这些石头的地方看看吗？”吉斯勒问他。

于是几个人一起上山去。从家里到那儿去其实不太远，但那几人在山上待了两天，寻找矿物的线索，还用炸药爆破了好几处。回来的时候，他们背了满满两袋沉重的石头。

艾萨克趁空跟吉斯勒谈了谈，把自己的事都跟他说了，告诉他自己已经买了那块地，只不过价钱从五十变成了一百块。

“这有什么。”吉斯勒不当回事，“你这块地里有成千上万的钱财呢。”

“嗬！”艾萨克惊叹。

“但是你最好尽快把地契拿去登记好。”

“行。”

“这样，以后政府就不会来找你了，知道吗？”

艾萨克明白。“只是我最担心的是英格尔。”

“嗯。”吉斯勒答道，思索了很长时间，若是平时，他不会这样。“这案子可以上诉，把整件事情再重新调查一遍，很可能可以减刑。或许我们还能申请特赦，不过最后的结果也许差不多。”

“嗯，要真可以这么做的话……”

“但现在不能马上申请特赦，先等一阵。对了，我想说的是……你给我妻子送过东西——肉和奶酪什么的……得多少钱？”

“啊，这个啊，区长您已经付过了。”

“我有吗？”

“反正帮过我们不少。”

“那可不能算。”吉斯勒打断他，“给——拿去。”他抽出好几张一块钱的钞票。

很显然，吉斯勒不是那种白白收别人东西的人。看他那鼓鼓囊囊的袋子，好像很有钱，但到底有没有只有他自己知道。

“不过她在信里说自己过得还不错。”他又想起唯一惦挂的事情来。

“你说谁？——噢，你妻子！”

“嗯，后来她生了个女儿——对，在那儿生了个女儿。小东西很健康。”

“挺好啊！”

“嗯，那些人对她也很好，很照顾她，她这么说的。”

“你听着，”吉斯勒说，“我打算把这些石头拿给一些矿物学专家，检测下里面的成分。要是里面含铜量很大的话，你就发财了。”

“嗯，”艾萨克说，“你觉得大概要多久我们就可以申请特赦了？”

“这个，应该不用很久，申请我帮你写。我会尽快回来的。刚才你说什么来着——你妻子离开这儿后生了个女儿？”

“对。”

“那她是在怀孕的时候被带走的，他们没权力把孕妇带走。”

“真的吗！”

“不管怎样，又多了个提前释放她的理由。”

“嗯，要真可以这样的话……”艾萨克无比感激地说。

对于在各部门走动，写一大堆文件，申请释放孕妇的事，艾萨克一无所知。地方政府当时没有立即关押她，有两个原因：第一，村里没有关押之处；第二，他们想尽量对她宽容。后来的状况是他们没有预料到的。当他们派人来带走英格尔的时候，没有人问过她是否有孕在身，她自己也只字未提。可能她有意隐瞒了此事，想在服刑期间有个孩子做伴；她如果表现良好，自然有机会见孩子。也有可能她觉得情况没有挽救余地，因此打算自己离开……

艾萨克又忙碌起来，挖了沟，又开垦出了新的麦地，当然地界也划分好了，还集了一季的木材。只不过，现在没有英格尔在旁边唧唧喳喳感叹他的工作，所以他做这些都只是习惯罢了，不再有乐趣可言。开了两次庭，他都没有去拿地契，似乎对这件事完全不在意了；直到那年的秋天，他终于强迫自己去把所有手续给办了。现在，一切对艾萨克来说都反常了，他还是和以前一样少言寡语——没错，只不过现在是因为他完全没兴致说话。他实在没办法，所以只得理出一块块兽皮——羊皮和牛皮——把它们拿到水里浸泡，放到树皮里晒干，直到晒成制鞋子的皮革。冬天来了——在首次打麦的时候——艾萨克留出了次年春天要用的麦种，只是要把事情做完；他一向这样，喜欢把所有事准备好，喜欢忙碌；他是个做事井然有序的人。但生活孤独而无味；啊，天啊！又成了单身汉，别的一切呢……

现在的周日还有什么乐趣可言？把身子清洗干净，换上漂亮干净的红衬衫，可是没人看到，穿这些还有什么用呢！现在的周日最难熬，这个没事干的日子只会让他胡思乱想个不停；除了想家里的一堆事，以及还有什么要干的这些以外，就没其他事了。不管什么时候他都要带着孩子，怀里总要抱着一个。听着他们聊天，回答他们的问题，这样至少可以让他分分神。

他把老奥琳留在这儿，因为他找不到别人了。而且奥琳，无论如何，多少可以帮帮忙。梳毛、织布，织袜子和手套，还能做奶酪——这些她都能做，只是她没有英格尔的快乐爽朗，做这些的时候也是毫无兴致的；因为她做的每一样都不是给自己做的。有一次艾萨克从村里的一家商店买了一只陶瓷壶回来，盖子上还刻了一个狗头。这其实可以作烟灰缸用，摆在架子上。奥琳把盖子拿下来，扔到地上。英格尔在家的时候曾剪了几支花，养在玻璃下面。奥琳先是把玻璃拿走，回来的时候狠狠压下去；第二天，所有花全部死掉了。她直接把花压死了。艾萨克实在忍不了她这样；他本不是什么绅士高雅的人，脸上表现出了明显的不快。奥琳也不在意他的脸色；还轻言细语地说道：“这关我什么事？”

“我不想说太多。”艾萨克回答，“但是你不应该碰它们。”

“我是不会再碰那些花了。”奥琳说。不过花都已经死了。

还有，最近怎么老有拉普兰人往上面跑呢？比如奥山德尔，他根本没必要上山，走自己的路就行了。就一个夏天里，奥山德尔就翻山来了两次；没记错的话，他也不放养驯鹿，只是个靠寄人篱下，以乞讨为生的拉普兰人。每次他一来，艾萨克准会放下工作，来和他聊聊村里的事，走的时候还要给他袋子里装满一堆东西。艾萨克忍了他两年了，什么都没说。

奥琳现在又跟他索要新皮鞋了，他实在忍不了了。这还是秋天呢，奥琳整天光是穿着新皮鞋，就不愿意穿木鞋和粗皮鞋。

“嗯，今天天气不错。”艾萨克这么开的头。

“嗯。”奥琳说。

“这些乳酪，艾勒苏，”艾萨克继续，“你早上数的时候不是十块吗？”

“对呀。”艾勒苏回答。

“可是，现在怎么只剩九块了？”

艾勒苏又数了数，然后在小脑瓜里想了想，说道：“是的，不过奥山德尔拿走了一块；本来是十块的。”

这之后是一段长时间的沉默。小赛维特也学着哥哥的样子数了数，然后说道：“没错，一共是十块。”

空气中一片静默。直到最后奥琳觉得自己不得不解释一下了。

“对，我是给了他一小块奶酪，确实没错。我以为这没什么大损失。但这两个孩子啊，话都没能说顺溜就会在后面挑拨离间了。我知道他们是遗传了谁的基因，不过艾萨克，我知道你不是这样的人。”

这话的意思太明显了。“孩子们没什么错。”艾萨克打断道，“我倒要知道奥山德尔对我和我家人有什么好处。”

“什么好处？”

“对，正是我问的。”

“奥山德尔能给你们什么好处……”

“对，不然我为什么要拿奶酪回报他。”

奥琳早就想到这些了，所以准备好了答案。

“噢，我可不认为你要给他奶酪，绝没有这么认为过。不过，艾萨克，第一次提起奥山德尔的人是我吗？如果我曾知道这人的话，你叫我在这儿不得好死。”

奥琳简直太厉害了。艾萨克果然败下阵来，跟以前每一次一样。

但奥琳似乎没有罢休的意思：“你要是觉得我到了冬天也该光着脚，而不该有双像样的鞋子，你就该明白地说出来。三四个星期以前我就说过了，我需要一双皮鞋，但现在还不是没看到鞋子。”

艾萨克问道：“你那些鞋子就穿不了了吗？怎么就不能穿了？”

“怎么不能穿了？”奥琳又回道，好似都有所准备。

“没错，我想知道你的鞋子出了什么问题？”

“我的旧鞋子？”

“对。”

“噢……我为你们家梳毛织布，看管牛羊，照顾孩子——这些你怎么倒是不提了？我想听你说说；你那个犯罪坐牢的老婆，你当时也是让她光着脚在雪地里走吗？”

“她穿的是旧鞋。”艾萨克回答，“去教堂，去串门，或者不管去哪儿，她都那么穿，这些粗皮鞋对她来说已经很好了。”

“对，只不过更好看些，毋庸置疑。”

“是，她一直这样。夏天的时候她顶多在鞋子里塞一点草，你呢，一年四季都是长筒袜配皮鞋。”

奥琳答话：“说到这个，我的鞋子早晚得穿坏，我可不想把一双鞋子一穿就穿坏了，是吧？”奥琳又恢复了平时的低姿态，说话的时候眼睛半睁半开。“说到英格尔，”她继续，“我们过去总是说她‘口是心非’；以前她跟我的孩子们相处了好几年，学了不少东西；结果这就是给我们的报复。因为我有个女儿住在卑尔根，戴了顶帽子，我想正因为这个她才离开南方的吧；要到特隆金去买一顶帽子，嘻嘻！”

艾萨克起身，离开了房间。奥琳现在是把心底都打开，关不上了，她现在把心底所有的阴暗面都展现出来了；没错，这个已经射出了黑暗之光的奥琳。谢谢老天爷，她的儿女没有一个长着一张喷火龙似的裂嘴；他们没有谁因为这个比别人差。对，她的儿女没有哪一个可以那么快就把自己刚生下来的孩子弄死——一下子就把他掐死……

“你说话小心点。”艾萨克咆哮了。为了把话说得更清楚，他又加了一句：“你这个丑老太婆！”

但是奥琳才不在乎自己说了什么；一点也不，嘻嘻！她抬头望着天，继续富含深意地说，长了兔唇是可能做这个干那个，只是没想到能下手这么狠，嘻嘻！

艾萨克应该庆幸自己最后安全地走出了那道门。除了去给奥琳弄一双新鞋子之外他还有什么办法呢？深山老林里的一个庄稼人，如今连叫他的仆人一声“滚”的威风都已不再；不管她说什么或是做什么，她想艾萨克都只能有求必应了。

夜晚愈加冷起来，天上挂着一轮圆月；沼泽地如今都冻上了，而太阳一出来冰又化开，一地的泥泞，难以行走。一个寒冷的晚上，艾萨克到村子里去了，只为了给奥琳买双鞋子；同时身上还带了两块奶酪，打算给吉斯勒太太送去。

半路上，艾萨克看到有另一家住户，看起来是家境富裕，无疑，房子是请了村里的人给盖的，用来种马铃薯的荒沙地也是请了人来开垦的；他自己几乎什么都没做。这个新住户便是区长的助手，布理德·奥森，这个上到请医生下到杀猪都要跟他讨教的人。他还没满三十岁，已经有了四个孩子，他的妻子自然更不用说，她和孩子们一样，都无可挑剔。噢，也许布理德条件应该没那么好，他只是个当差的，工作就是向那些没交钱的人催讨税款，所以理应收入不会太多。他打算靠这块地大赚一笔，所以向银行借了一笔贷款，在荒野里造了一所房子。郝耶达尔的太太给这地方取了个好听的名字，叫作布里达布立克。

艾萨克从屋子前匆匆走过，不想浪费时间往里面看，不过透过窗子他可以看到孩子们都已经起床了，虽然现在还早。艾萨克没有时间耽搁了，他还想趁着路还没解冻，明晚之前赶回家。一个住在山里的人不得不考虑周全，找准时机才能出门。这倒不是他最忙的时间，但还是一路担心着家里的孩子们，他把他们都留给奥琳来照管。

他一边走，一边回想起当初第一次走这条路的情景。都过去好些年了，而最近两年过得尤为漫长；赛兰拉发生了很多好事，当然也有坏的——噢，天啊！而今，在这儿开垦的又多了另一个人。艾萨克自然对这片有十足的了解，当年他上山的时候也注意到了这是块好地方，不过他还是往远了走。当然，这儿离村里更近，但是树木长得没那么茂盛；这地也相较平坦，但是土质不够肥沃，在地表很容易种种东西，但挖深了就没什么发展。那个布理德到时候就会发现这儿不是随便翻一翻就可以种庄稼的。他为什么不在草棚尽头那儿再添一个棚子来放马车和工具呢？艾萨克注意到院子里露天停着一辆马车，车上也没篷子。

他在鞋店定做了皮鞋，又因为吉斯勒太太已经离开了那地方，他便把奶酪卖给了店主。当晚，艾萨克启程回家。地上霜冻得更厉害了，不过这倒也好，容易前行，只是艾萨克这一路步履艰难。谁也不知道吉斯勒何时会来；英格尔又不在家；也许他压根不会来了吧。英格尔离得这么远，这日子就这样一天一天过着……

回来的路上他不想再看到布理德的宅子；所以快到他们家的时候，他特意挑了一条远路，绕过了那地方。一路上他没空搭理遇见的人，只是闷头前行。布理德的马车依旧那么放着——他难道打算就这么一直放着吗？不过，这是他的事。艾萨克自己倒也有了车，还有车棚，只不过这又有什么用呢？他那儿已经不算是一个完整的家了；以前是一个完整的家，而今只是半个罢了。

当他见到半山腰上自己的家时，天已经大亮，他还是满心喜悦，虽然在路上奔波了四十八个小时已经让他筋疲力尽。这是他自己的家宅，炊烟从烟囱里袅袅升起，他刚出现，孩子们便跑出来迎接他。他走进屋，发现里面坐着两个拉普兰人。奥琳极其惊讶地站起身，说道："怎么，你都已经回来啦！"她正在炉子上煮咖啡。咖啡？没错，咖啡！

艾萨克老早就注意到这个了，每当奥山德尔或者其他的拉普兰人来的时候，奥琳就会用英格尔的小壶煮上好长时间的咖啡。她每次都趁艾萨克到林子里或者田里干活的时候偷偷煮咖啡，有时候他出其不意地回来撞到她的时候，她总是一声不吭。他明明知道经常会少一块奶酪或一袋羊毛，但他忍下来了。真不知道为什么这个男人没有把奥琳抓起来，摔个粉碎。艾萨克一直忍着脾气，做着善事，他心里到底怎么想的呢？也许是为了家中的安宁，也许是为了让英格尔可以早日重回自己的身边。他变得迷信起来，做什么事都小心翼翼；即便他这种纯朴的谨慎也是无害的。那年早秋，他发现屋顶上本来牢固的草皮开始下滑。他咬着胡子思索了一会儿，然后像听懂了一个笑话一样笑了笑，找来几根杆子立在上面，这样便可以把草皮钉牢，毫无怨言。还有一件事：他的伙食棚子是简单地挨着高高的崖壁建造的，没有用土填平，后来，总有小鸟从缝隙里钻空飞进去，在里面乱撞，找不到出口。奥琳总抱怨这些鸟不仅啄食了食物，把肉糟蹋了，还在里面拉了一地粪便。艾萨克说道："唉，这些鸟飞不出去，倒也挺可怜的。"所以趁着闲的时候，他又当起了泥匠，对着墙修修补补起来。

真不知道他怎么突然变得这么好脾气；也许他认为自己做得越多，英格尔就能越早回来吧。

第九章

一晃又过去了好几年。

这次又有一队人马来到了赛兰拉；一个工程师、一个工头，带着两个工作人员，他们又是来选定电报的路线的。根据选好的路线，电线得架过房子屋顶，还要开出一条路，笔直地穿过山林。这对艾萨克一家当然没什么坏处，能与外面的世界连起来，这地方也不至于再像从前一样冷寂。

“这个地方，”说话的是那个工程师，“刚好处在穿过峡谷的两条线路的正中处，他们很可能请你当这两条线路的接线员。”

“嗬！”艾萨克惊讶道。

“每年会付给你二十五块的薪水。”

“是。”艾萨克回答，“我要做什么呢？”

“随时保持线路通畅，必要的时候要修理修理，在通线的地方要把旁边的树枝都清理掉。到时候会有人带机器过来的，挂到墙上去，到时候你就能知道什么时候需要处理了。到时候不管你在忙什么，都得马上去解决。”

艾萨克权衡了好久。“冬天的话倒是没什么问题。”他说道。

“这没用。必须全年工作，不管夏天还是冬天。”

“恐怕不行。”艾萨克答道，“除了冬天，其他三个季节我都有自己的工作要忙，没时间干其他的事。”

工程师看了他好一会儿，然后问了一个他始料不及的问题：“你干那些赚的钱是不是更多？”

“赚钱更多？”艾萨克不解。

“是不是你在地里干活赚的钱比给我们干赚得更多？”

“这个，我不清楚。”艾萨克回答道，“这就是我的生活，你知道的——这块地是我的全部。我还有一家子人，还有牲口要养——全都得靠这块地。这已经是我们的生活了。”

“你要是不做，自然还有人愿意做。”工程师说道。

听到这句带威胁的话，艾萨克倒是松了一口气。他也不想让这个大人物失望，于是开口解释道。“是这样的，”他说，“我现在有一匹马、五头母牛、一头公牛。除此之外，还有二十只绵羊、十六只山羊。这些牲口能给我们带来吃的，还有羊毛和皮鞋。我们得养它们。”

“是的，是的，你说得很在理。”工程师打断他。

“所以，我怎么能在农忙季节放着他们不管，然后去忙活电缆的事情呢？”

“你不用解释了。”工程师说，“我叫你家下面的那个人来做好了，就是那个布理德·奥森；他会很高兴接受这份工作的。”他转身向后面几个人简单说道：“好了，同志们，我们继续。”

奥琳从艾萨克的话里听出来他还是那么固执而不讲理，现在她正好抓住这个机会了。

“你刚才说什么了，艾萨克？十六只山羊？明明是十五只。”

她说。

艾萨克看着她，奥琳倒也不怕，直直盯着艾萨克的脸。

“不是十六只山羊吗？”他说。

“不是。”她答道，然后转而用无助的眼神看着那一行人，好像想说这人是多么的不可理喻。

“嗬！”艾萨克轻声叹道。艾萨克扯了一绺胡子，放到嘴里咬着。

工程师带着那些人扬长而去。

现在，要是艾萨克要给奥琳点颜色看看，或者干脆揍她一顿，这不失为一个好机会——简直是天赐良机。现在屋里只有他俩，那几个人走后孩子们也出去了。艾萨克站在屋子中间，奥琳坐在火炉旁边。艾萨克清了清嗓子，好像要说什么，但是又一声不吭。只是因为他从性子里不想要计较。他家有几只山羊他自然比谁都清楚——这个女人疯了吗？他每天都要跟每一只羊私底下说说话，一直都是十六只，难道是丢了一只不成？他记得有一天有个女人从布里达布立克上山来，估计就是那天，奥琳把一只山羊卖掉了。“嗯，”艾萨克说，这段时间他一直是欲言又止。奥琳到底对它们做了什么？她应该没有把它们杀掉，但应该和屠杀差不多，他多少能猜出那十六只山羊的下场。

但他不可能一直傻站在屋子中间，什么都不说。“嗯，”他说，“嗬！所以现在只剩下十五只山羊了，你刚才是这意思吗？”

“正是我说的。”奥琳轻声细语，“但你最好自己数数，这样就明白了。”

现在真是好时机——他可以对她下手：双手把奥琳抓起来，使劲一捏，就能把她捏死。他是可以这么做，但是他最后没有，而是向门口走去，大声说道：“我现在不跟你废话。”然后他走了出去，好似在向奥琳表明，她下次再这样，艾萨克绝不客气。

“艾勒苏！”他大声叫。

艾勒苏去哪儿了，这两个孩子跑哪儿去啦？他们的父亲急需找到他们问清楚一些事情；他们不小了，有些事都知道个大概。两个小孩子远远爬进谷仓的石板下，想要躲起来，不过最后唧唧喳喳的低语还是出卖了两个小东西，艾萨克发现了他们。最后两兄弟像罪人似的爬了出来。

原来，工程师落下了一段彩色铅笔，被艾勒苏捡到了，他跑在后面追他们，想要把铅笔还回去，但那个大人物带着那一行人已经大步往前，消失在森林中。艾勒苏于是没再追上去。他突然冒出了一个想法——只要他不告诉别人，那么这段铅笔他可以自己留着！他找到了赛维特，这样至少有个人来帮他分担赃物了，于是两个人带着捡来的铅笔头爬到地板下躲了起来。噢——就这么一小段铅笔头，在他们眼里就是一件宝物，一个奇迹！他们找到刨木头剩下的刨花，在上面画了一堆；他们还发现铅笔一端是蓝色，另一端是红色的，于是两头换着用。后来听到他们的父亲急切不停地叫他们，艾勒苏小声道："准是那些人回来要铅笔了！"他俩刚才的喜悦一扫而光，开始胆战心惊起来，两颗心脏跳到了嗓子眼儿，紧张不已。两兄弟爬了出来，艾勒苏伸手把铅笔递出来："给，我们没弄坏。"真希望刚才没见过这支笔。

两人扫了一眼，不见工程师。现在两个惴惴不安的心终于可以放松下来，刚才的紧张一扫而光。

"昨天这儿来了个女人。"他们的父亲开口说道。

"没错。"

"那个女人是从下面那地方来的。走的时候你们看见了吗？"

"看到了。"

"她有没有带着一只山羊走？"

"没有。"兄弟俩回答，"一只山羊？"

"她走的时候没有带着一只山羊吗？"

"没有。什么山羊？"

艾萨克彻底迷惑了。那天晚上，牛羊都回到家，他跟以前一样数了数羊——十六只。他又数了一次，甚至数了五次。还是十六只，没有丢。

艾萨克松了一口气。但这又是为什么呢？这个可恶的奥琳，难道连十六只羊都数不清吗？他怒声责问她："你在搞什么？明明就是有十六只羊。"

“总共十六只？”她居然无辜地问道。

“对。”

“嗯，行，那好吧。”

“你还真会数数啊。”

奥琳倒像受了伤似的，问道：“既然一只都没少，感谢上帝，你再也不能认为是奥琳吃了它，可怜的人啊，总算没事了。”

奥琳的诡计没被看穿；他还以为事情都解决了，很是满意。他居然没想到去把绵羊也数一数。他根本不关心牲口的总数。不过，奥琳倒也没有坏透；不管怎样她毕竟帮他管好了家，还有牲口；她只不过是个蠢女人，这是她自己最大的缺点。所以也不用赶她走了——让她在这儿生活吧——不必跟她一般见识。但是，现在的情况真是让艾萨克开心不起来，他整日郁郁寡欢，毫无欣喜之色。

又过去了好些年。房顶上都长了草，甚至后来晚几年才修建的谷仓，顶上也是一片绿草。原本住在森林的老鼠，现在也搬进了仓房里。山雀和其他小鸟也四处飞来飞去。山坡半腰上的鸟更多，甚至连乌鸦也来凑热闹。最惊奇的是，从前年夏天开始，就有很多海鸥飞过来了，它们从海边沿着山坡一路飞到田野里，安下了家。艾萨克的农场现在引来了大批生物。艾勒苏和小赛维特看到海鸥时是什么反应？噢，这是从很远很远的地方寻过来的奇怪鸟儿；倒不是很多，只有六只，全身白色，看起来简直一模一样，在田野里摇摇摆摆地走来走去，有时俯下脑袋啄食青草。

“爸爸，它们为什么要来这儿？”孩子们问道。

“因为海上有了风暴，所以它们来这里避难。”他们的父亲回答。噢，能看到这些海鸥是多么神奇和惊喜呀！

平时艾萨克还会把一些有用或者好的东西告诉他的两个儿子。他们已经到了上学的年纪，只不过学校在好几英里以外的村子里，太远了。因此，每逢周日，艾萨克自己教他们开始识字，从最简单的二十六个字母开始学，但是，对于这个纯粹的庄稼汉来说，也仅限于此，让他传授更多的知识明显不太可能；所以《教理问答》和《圣经》也只能像奶酪一样，被他放在一边。从他对儿子的教育方式看，艾萨克明显觉得男孩子最好不用有太多学识。两个孩子是他快乐的源泉，也是上帝赐给他的财富，他时常想起孩子们小时候的日子，他们的母亲因为他手上沾了树脂，因此不让他碰两个孩子。噢，树脂，这个世上最干净的东西！虽然柏油、羊奶和骨髓都是上好的东西，但是这干净无比的松脂——更不用说啦！

所以两个小孩就在脏兮兮又天真无知的乐园里长大了，但他们有时也会洗得干干净净的，这时候他们又变成了漂漂亮亮的小伙子；赛维特健康可爱，而艾勒苏则文静懂事。

“那些海鸥怎么能料到坏天气要来了？”他问。

“它们对天气很敏感，坏天气会让它们恶心难受。”他的父亲回答。“但它们的症状没有苍蝇那么严重。苍蝇会怎么样我是不知道，不过我想，应该会发痛风，或者头昏什么的。但是别打苍蝇，那样会让它们更严重的——孩子们，记住了！另外还有一种马蝇不一样，它们会自己死掉。到了夏天，它会突然出现，但是某一天，又突然消失掉，消失的时候意味着它的末日到了。”

“它会怎么死掉呢？”艾勒苏问道。

“它体内的脂肪会硬化，然后它就躺着死了。”

每一天他们都能学到新东西。比如，怎么从高处的石头上往下跳，怎么保持舌头在嘴里的位置才不会咬到它。当他们长大了一点，想在去教堂做礼拜的时候让身上闻起来有香味，就会到山上采来艾菊，往身上轻轻擦拭就可以了。他们的父亲简直聪慧过人，教他们辨认各种石头，打火石什么的，还告诉他们为何白色的石头比灰色的更坚硬；不过当他捡到打火石的时候，他要用它们做成打火机并用它打火。他还告诉他们有关月亮的知识，解释为什么当你能左手紧握拳头遮住月亮的空缺处，它就是上弦月，而用右手能做到的话就是下弦月；记住，孩子们！很多次，艾萨克讲得越来越偏门，神秘十足。某一个星期五，他宣布跟人类穿针眼儿相比，一匹骆驼死后进天堂的难度更大。又有一次，他告诉他们天使的荣耀，说星星点缀在天使的脚后跟上，而并非镶嵌在她们的平底靴子上。艾萨克的教学简单又实用，刚好符合一个远居山林的庄稼汉的身份；村里的教师估计会对这些很不屑，不过艾萨克的孩子们却觉得这大大充实了他们的精神生活。他们受教育和训练就是为了了解他们自身的小世界，还有什么比这更好的呢？到了秋天宰牲口的季节，两个小家伙异常好奇，同时又万分惊恐，为即将被宰的牲口感到难过不已。艾萨克一手抓着牲口，一手准备打下去；奥琳在一边搅拌鲜血。长满胡须又聪明的老山羊被放出来了，两个孩子站在角落里偷看。“可恶的冷风，吹得好痛。”艾勒苏说着，转过身去擦眼睛。小赛维特则是直接大声哭了出来，叫道：“可怜的山羊！”杀死了山羊，艾萨克过来告诫他们：“杀牲口的时候，千万别站在旁边，也不要同情它们，更不要说‘可怜的东西’，不然这样的话它们会更挣扎，也就更难杀死了。记住这个！”

又过去了几年，春天快到了。

英格尔写信回来，告诉他们，她自己过得很好，还在那边学了不少东西。她的小女儿也已长大，十一月十五日是她的生日，生下来第二天就取了名字，叫丽奥波尔丁。小女儿会各种手艺，刺绣编织都不在话下，很是心灵手巧。

尤其让艾萨克惊讶的是，这封书信完全出自英格尔本人之手，拼字书写全都由她自己执笔。信上的字艾萨克认不太全，只得带到村里去，叫店里的人读给他听；但艾萨克听了一遍就记住了，回到家之后，信的内容已经牢记在脑子里。

这个时候，他严肃地坐在桌子一端，铺开信，朗声给孩子们念。那时候他恨不得奥琳也在旁边，听到他轻而易举就可以流利地念出信里的每一个字，不过他倒不会那么直白地去叫她来听呢。念完信，他对两个儿子说道：“看看，艾勒苏，还有你，赛维特，这封信是你们的母亲亲手写的，她在那边学了不少知识，还有你们的小妹妹，她也比我们当中的任何一个都懂得多。可都好啦！”两个孩子坐在那儿，一声不吭，陷入了沉思。

“噢，真是了不起啊！”奥琳说。

她说这话是什么意思？难道她怀疑英格尔在讲假话，还是她根本就不信任艾萨克的读信能力？奥琳心里究竟在想什么，谁也搞不懂，此刻她面无表情地坐在那儿，满口恶话。艾萨克懒得搭理她。

“等你们的妈妈回来以后，孩子们，你们也得学着写字了。”她向两个孩子说道。

奥琳把挂在炉子边要烘干的衣服移开，又移了移一只水壶，又把衣服移到一边。她不停地忙着，同时心里也一直不知道在想什么。

“这儿样样都不可挑剔了。”她最后说道，“我想该买包咖啡回来了。”

“咖啡？”艾萨克脱口问道。

奥琳平静地答道：“这么久以来，每次我都是拿自己的钱买的，但……”

对艾萨克来说，咖啡是梦和童话里的东西，像彩虹一样有些遥不可及。奥琳简直是异想天开。不过他倒也没对她发飙；不过想起她之前和拉普兰人做的那些交易，于是恨恨地说道：“行，我给你买，会给你买的。要一袋咖啡，是不是？怎么不干脆买一磅？直接给你买一磅好了，你应该想要。”

“没必要用这种口气，艾萨克。我的兄弟聂耳，他那儿有咖啡；下面的布里达布立克，他们家也有。”

“没错，那是因为他们没有牛奶。他们那些地方一滴牛奶都没有。”

“可能如此。但你既然能看书识字，读起信来毫不费力，你应该知道咖啡是家庭必备的物品吧。”

“你这可恶的东西！”艾萨克说。

看到艾萨克发火，奥琳坐了下来，一声不吭。

“说到你家的英格尔，”她开口道，“恕我直言……”

“你尽管说，我洗耳恭听。”

“她早晚会回来的，又在外面学了一身本事。没准会戴着挂珠子插羽毛的帽子，是吧？”

“没错，是有可能。”

“嗯。”她继续，“她可以用她高雅讲究的方式来答谢我，既然她现在已经是这么时髦又讲究的人。”

“你？”艾萨克脱口问道。

奥琳恭顺地回答：“对，当时正是我在中间略施小计，她才走的呀。”

艾萨克惊得哑口无言；他所有的话都堵到了嗓子眼儿，却不知道说什么，他坐在那儿盯着奥琳。他没幻听吧？可是奥琳却坐在那儿，完全若无其事的样子，好似刚才什么都未曾说过。不，准确地说是艾萨克自己完全迷惑了。

他摇摇摆摆地走出了屋子，脑子一片空白。奥琳，那个老巫婆，满身肥肉，一肚子坏肠子的丑婆子——为什么第一年他没有把她扭断？他百感交集，极力让自己恢复平静。可最后还是没办法静下来，即使是一向处变不惊的他，遇到这样的情况也很难冷静！换作别人也一样。

接下来的事情比较讽刺。艾萨克进了牲口棚，数了数山羊。山羊，还有羊羔，一个都没少。又数了母牛、猪，还有十四只母鸡和两只小牛。“啊，我居然忘了数绵羊。”他自言自语。于是装出一脸担忧，唯恐又少了绵羊的样子去数了数绵羊。艾萨克心里很清楚绵羊少了，实际上他很早就知道了；但他为什么还装着完全不知情的样子呢？其实是这样的：上次奥琳骗他说少了一只山羊，虽然事实上根本没有少；他也闹了一场，但无济于事。每一次和奥琳的战争都是以他的失败告终。一直到了秋天宰牲口的季节，他这才发现少了一只母绵羊，他当时本可以叫奥琳来解释，但他没有那个勇气，甚至那次之后他也依旧不敢叫奥琳来给他个交待。

但今天，艾萨克，他决定把这事给捅破了。这次奥琳已经叫他忍无可忍，他来来回回数了好几遍，伸出食指大声地数数——如果奥琳刚好在外面，那让她听见正好。他说了奥琳不少坏话，说得很大声；她这个奥氏喂羊法还真是奇特啊，居然能把羊给喂没了，唉，这不还刚丢了一只母绵羊吗。她这个彻头彻尾的贱女人，她自己心里有数！噢，艾萨克真希望她就站在外面，听到他骂她，给她点颜色看看。

他从牲口棚走出来，又到马厩里数了数马；数完这批他就要进去了——进屋去跟奥琳好好算账。他走得很快，以至于好像满心怒气把衣服都吹起来了。透过窗子看到奥琳依旧若无其事，好似什么都不知晓。她从屋子里走了出来，出现在门前的石板上，脚步稳健而丝毫不慌乱，正拿着一个袋子朝牛棚走去。

“那只扁耳朵的母羊，你把它怎么样了？”他问。

“母羊？”她问。

“没错，若是现在还在的话，应该已经产了两只羊羔了。你拿它们怎么了？它本来能生两只羊羔的，你现在让我损失了三只羊，懂吗？”

奥琳完全呆住了；这种情况让她措手不及；她一直摇头，好似随时会瘫软下去——差点就摔倒弄伤了。她现在脑中转得飞快；她一向可以急中生智，解除麻烦；这次应该也不会例外的呀。

“我是偷了山羊和那头母绵羊。”她最后平静地说道，“但你觉得我能拿来干什么？你觉得我自己能把它们一下子吃了吗？”

“你能拿来干吗，你自己很清楚。”

“哟！说得好像在你们家连饭和肉都吃不饱，还要偷吃才行。不过，我想声明，这么些年，我还不至于饿到这个地步。”

“那么，你把我的羊弄到哪里去了？是不是拿给奥山德尔了？”

“奥山德尔？”奥琳放下桶，抱着双手，“但愿我不用承担更多的罪责！你在说什么呀，什么母羊、羊羔？你说的那只山羊，就是那只扁耳朵山羊吗？”

“你这可恶的女人！”艾萨克气结，转身要走。

“哎呀，艾萨克，你也真是奇葩，我说你什么好呢——你看，你家里应有尽有，这么一大群绵羊、山羊，棚子里都挤满了，你从没知足过。我怎么知道是哪只羊，又是哪两只羊羔呢？你应该感谢那世世代代慈悲的上帝，你该谢谢他。现在是夏天，过不了多久就是冬天，到时又是产羔季节，还要多出三倍来呢。”

噢，奥琳这个女人！

艾萨克像一头被激怒的熊一样哼声走了。“我当初怎么那么笨，居然没在第一天就把她杀了！”他嘴里骂骂咧咧的，骂自己是蠢货。“白痴，我简直是废物！不过现在也还算太迟；不过再等等，今晚还不是时候，明天吧……等到明早就可以下手了。到时候一下子丢了三只羊，看她还有没有脸提咖啡！”

第十章

第二天注定要发生什么大事。农场上来了位客人——来人是吉斯勒。原野上的夏天还未开始，尽管道路难行，吉斯勒还是步行上了山；他脚蹬一双锃亮的高头皮靴，戴了一双黄手套，看起来仪表堂堂；旁边还有个村里人帮他提着东西。

实际上，他这次来访，是打算跟艾萨克买山上的一块地——正是那块有矿石的山地。价格怎么算呢？对了，他还带来了英格尔的消息——是个好女人，显然大家都喜欢她；他到特隆金去了一次，见到了英格尔。“艾萨克，你这儿干得不错。”

“嗯，差不多。你见到英格尔了？”

“你都在这儿造了什么？给自己鼓捣了个打谷场是吗？自己打小麦吗？干得不错，看来上次我走后，你又新翻了一大块地啊。”

“她还好吗？”

“嗯？噢，你妻子啊！——好，她很好，在那儿挺适应的。咱们到隔壁房间去，我要跟你谈谈。”

“房间还没收拾好。”奥琳插话道。至于为何不让他们进去，奥琳自然有自己的原因。即便这样，两人还是进了小房间，还把门关上了。奥琳在厨房里，什么都听不到。

吉斯勒坐下来，使劲拍了拍大腿，这就是他——艾萨克的命运掌控在他手上。

“你那块有铜矿的地还没卖给谁吧？”他问。

“没有。”

“那就好。我打算自己买。我不止看到了英格尔，还见了其他人。她不久就能回来，没猜错的话，这个案子已经上奏给国王了。”

“国王？”

“没错，正是国王。我去跟你妻子谈了谈——有人帮忙的，不是很难，当然——我们谈了很久。‘哎呀，英格尔，你还好吧？’‘嗯，没什么可抱怨的。’‘想回家吧？’‘当然想。’我告诉她：‘你不久就能回家了。’艾萨克，我之所以说这么多，只是想告诉你，她是个好女人。她没有哭哭啼啼，甚至一滴眼泪都没有掉过，整个过程都是笑着的……他们给她做了手术，嘴唇缝了起来，不再是兔唇了。‘那么，再见啦。’我说，‘我向你保证，你不会再待很久的。’”

“然后我去拜访了监狱长——他接见了我，当然，这也没什么难办的。‘有个女人关在这儿。’我说，‘她应该释放出狱，回家去——她叫英格尔·赛兰拉。’‘英格尔？对，有的，她表现很好——我想我们不能关她二十年。’他说。‘是的，我想你们不会的。’我说，‘她在这儿已经待了很久。’‘很久？’他问道，‘你知道她犯了什么罪吗？’‘整个事情我都了解。’我说，‘我曾经是她那个区的区长。’‘噢。’他说，‘你介意坐下来说说吗？’他的措辞都很恰当。接着监狱长又说：‘我们对她和她的小女儿都是竭力照顾的。原来是贵区的人。我们已经给她买了一个缝纫机；在这儿，上上下下的车间她都走过了，还教了她很多手艺——纺织、家务、染色、裁剪等。你说，她关在这儿太久了？’嗯，对于这个我心里早就准备好了答案，不过现在还不想说，以后再细谈。我只说她的案子情况太复杂，应该再查一遍；现在刑法已经过改革，说不定她就该刑满释放了。然后我跟他提到了那只兔子。‘兔子？’监狱长问道，‘没错，一只兔子。’我继续，‘所以她那个孩子带了兔唇。’‘噢。’他笑起来，‘我明白你的意思了。你是不是觉得因为这样，所以他们应该酌情减刑？’‘他们根本没这么做，因为这个情况都没有提过。’‘嗯，不过也不能算太糟。’‘但是对她来说，已经够糟糕了。’‘你相信一只兔子就能有这么大的神力吗？’他问我。‘至于这个，’我说，‘那只兔子到底有没有魔力，我暂时还不想讨论。问题是，一只兔子出现在一个自己长了兔唇的孕妇面前时，她会怎么想。’嗯，然后他在那儿沉思了片刻。‘嗯。’过了一会儿，他开口道，‘也许，有可能。我们确实没有想过那个情况，而我们一向的工作不过也就是接管别处送过来的犯人；关于刑期的话，也不会重判。英格尔现在还在刑期内。’”

“于是这个时候，我就向他提出了之前的想法和观点。‘这个案子一开始就有一个严重的疏忽。’我说。‘疏忽？’‘是的。首先，她不应该被跨州带到这个地方服刑。’他的表情一下子就僵硬了。‘是的，确实不应该。’他说，‘可是你也知道，这与我们无关。’‘其次，’我说，‘她怀有身孕在这里关了两个月，当局居然一直都没有注意到她的症状。’我看得出来，他被我说倒了；哑口无言了好一会儿，然后才继续问我：‘你是奉命来此调查的吗？’‘是的。’我回答。于是，他开始夸英格尔怎么怎么好，而且又强调了一遍，说教了英格尔不少技艺，为她做了不少事——还教她识字了，他说。还有，小女孩出生后，他们把她送到外面的一户正经人家寄养，等等。我于是告诉他英格尔走了之后这边的情况。留下了两个小孩子，只有一个老婆子照看，以及其他所有的我都说了。‘我带来了她丈夫的申诉、’我说，‘让我呈递给有关部门，看是否能彻底翻案或者提出特赦申请。’‘我想看一下他的申诉书。’狱长说。‘好的。’我说，‘明天探监的时候我会带过来。’”

艾萨克坐在那儿，听得入神——太神奇了，这简直像是来自异域的神话故事。他两眼牢牢盯着吉斯勒的嘴。

吉斯勒继续："我直接回到了旅馆，开始撰写申诉书；你知道，这全是我自己写的，只不过最后签上了你的名字——艾萨克·赛兰拉。不过，你千万别以为我会批判他们的监狱制度什么的，我一个字都没提。第二天，我带着这份申诉去了。'请坐。'我刚进门，狱长就说道。他把我写的东西读了一遍，一边读一边不时点头，最后说道：'确实写得非常不错。只不过，想要翻案也不是那么简单，但……''稍等，'我说，'我这儿还有另一份文件，应该有用。'你看，我这下又把他将住了。'嗯，'他急着说道，'昨天开始我就一直在想这件事，我想，申请特赦的话也是有一定的理由的。''申请特赦会得到狱长的支持吗？'我问。'会的，当然。我会竭力帮忙的。'然后我向他鞠了鞠躬，道谢说：'这样的话，特赦应该是没有问题了。长官，请允许我代表一名受害妇女和她的家庭向您表示感谢。'之后他说：'我想，这个案子贵区就不必再多调查了。这个女人——只要您认识她就行了。'我当然知道，他打算私下解决这事，所以我也同意了，我说再去搜集资料的话会花太多时间……"

"讲完了。艾萨克，整件事就是这样。"吉斯勒看了下时间，"让我们言归正传。你愿意再带我去一下上次那块地里吗？"

艾萨克有点呆；让他一下子转换话题谈点别的事有些困难；他一心想着英格尔的事，来来回回问了好多问题。吉斯勒告诉他，那份申诉书已经提交至国王那里，然后会在第一轮国会的某次会议就做出决定。"简直太神奇了。"他感叹道。

几个人一同进山了；吉斯勒，他的助手，以及艾萨克，在山上待了好几个小时。不多久，吉斯勒就沿着矿脉圈出了一块矿地——那便是他打算买下的范围。他这儿走走，那儿看看，到处都是他的脚印；虽然做决定都很果断，但他不是笨人，所以不会有差错。

当几人背着一袋矿石样本回到家，吉斯勒拿出纸笔，坐下来开始做记录。他一边写着，一边时不时说话："嗯，艾萨克，这次的地没上次那么大，不过，我会付你两百块。”他又在写写画画了，“别忘了，我走之前想去看看你的打谷场。”他又说。他注意到织布机上红红蓝蓝的画，问道：“这是谁画的？”那是艾勒苏画的，是一匹马和一只山羊；他用他的彩色铅笔在织布机和所有木具上都涂了个遍，因为没有纸。“有些画得还不错。”吉斯勒说着给了艾勒苏一枚硬币。

吉斯勒继续写了一会儿，然后抬起头，说道“不多久还会有人上来买这附近的地。”

他的随从接口道：“已经有人在买了。”

“嗬！谁啊？”

“噢，第一家，就是住在布里达布立克的那家人——别人这么叫的——那家男人叫布理德。”

“他——嗬！”吉斯勒不屑地哼了一声。

“然后还有一两家也买了。”

“真怀疑他们有没有那个能力。”吉斯勒说，这时才注意到屋里还有两个孩子，他把赛维特拉过来，又给了他一枚硬币。吉斯勒总是这么不一样。这时候他的眼睛看起来似乎有些酸痛，泛着血丝。可能缺乏睡眠，也可能是喝了烈酒。即便如此，他看起来干劲丝毫不减，写一会儿说一会儿，而且毫无疑问，他一心想着他的文件，因为他突然又抽出了一张纸，开始写了起来。

最后终于写完了。

他转向艾萨克：“噢，我得说，这份交易不会让你一夜暴富，不过交易条款以后还可以改动，有什么需要商讨的，我们到时再定。不过现在我可以先付你两百块。”

艾萨克对整件事都感到莫名其妙，不过这两百块着实是个奇迹，对艾萨克来说是个不小的数目。当然，他现在能得到的只是一张纸，而非现金，随它好了。此时此刻艾萨克心里又想着另一件事。

“你觉得她会被特赦？”他问。

“嗯？噢，你妻子啊！是这样，只要一有人发电报到村里，我会即刻发电报去特隆金问清楚她是否已被特赦。”

艾萨克听到电报这个词，这也太神奇了。仅仅是一条穿过电线杆的电缆，就是架在地上的一个东西。一听到电报这事，艾萨克不得不怀疑吉斯勒的大话，于是不无担忧地问道：“要是国王没通过呢？”

吉斯勒说道：“如果是这样的话，我还有补充的材料，也就是整个事件的经过的一份陈述。到时候他们一定会放了她的，毋庸置疑。”

然后他念了念他写的文件，也就是那块土地的交易合同。先支付现钞两百元，待到出产矿石后，或者将铜矿转卖之后，艾萨克可享受到很高的分红。“在这里签一下你的名字。”吉斯勒说。

艾萨克当然很想立刻签名，但他并非读书人；他这辈子也就偶尔在树林里的树皮上写过自己名字的首写字母；但现在那个可恶的奥琳正在旁边看着，所以他拿起了笔——真是奇怪的东西，轻得像一片羽毛——他好不容易握好了笔，在纸上签好了自己的名字。接着吉斯勒又挥笔在上面加了些什么，大概是一条备注，然后让他的助手以证人的身份签了名。

搞定了。

但是，奥琳还在那儿待着不走，动也不动地站着——她确实僵硬着站在那儿。怎么回事？

“把桌子准备一下，开饭了，奥琳。”艾萨克说，语气里带了一分刚签完名字的高傲。“粗茶淡饭，希望别介意。”他转向吉斯勒说道。

“闻起来很香。”吉斯勒说，“应该有肉和酒。给你，艾萨克，这是付你的钱。吉斯勒说着拿出他的包——一个和书本一样大小厚度也差不多的包——从里面抽出两包钞票，放在桌子上。

“你自己数数。”

他没动，也没说话。

“艾萨克。”吉斯勒叫他。

“是，好的。”艾萨克沉浸在一阵喜悦中，一时间没有回过神来，自言自语道：“你都帮了我这么多忙，我真不应该再向你讨要什么。”

“这儿应该是十块十块的——这边是二十张五块的。”吉斯勒打断他，“我希望不久你能得到更多的分成。”

这个时候奥琳才从一片震惊中缓过神来。这事终究是发生了。她已经摆好饭菜。

第二天，吉斯勒走到河边去看磨坊。它造得很是精巧；对，是给比较矮的人用的，但出自一个男人之手，倒也很结实耐用。艾萨克带他沿着河边往上走了一段，看了另一个准备好好利用的瀑布。要是身体还能行的话，他打算在这儿建一个利用水力运转的锯木坊。“唯一不方便的是，”他说，“这儿离学校太远了：我得把孩子们送到村里去读书。”不过吉斯勒总是能神速地看清整个局面，他觉得这事根本没什么好担忧的，“会有越来越多的人来这里买地定居的，不久就会建一所新学校。”

“唉，但愿如此，只希望那时他们还没长大。”

“不过，为什么不让他们住到村里的一个农场里去？到时你可以载他们去，带食物也方便。三个星期后你把他们接回来——再过六个星期，又把他们送过去。我想这对你不是难事吧？”

“嗯，也许可以。”艾萨克说。

唉，要是英格尔在家就好啦。他有房子、土地，有高贵的物品，还有一大笔钱以及他充沛的精力；他像个钉子一样坚硬。健康和体力——没错，一个男人的健康和体力，未损耗的旺盛的精力。

吉斯勒走后，艾萨克想了很多以后会发生的事情。是啊，他们家的大恩人吉斯勒走的时候说了，他会尽快发电报回来的。“两周后你就可以到邮局去一趟。”他就是这么说的。这事本身就是个奇迹。这时候艾萨克开始忙着给马车添一个座位了。没错，一个座位，装草料的时候可以先拿下来，有人要赶马车的时候再装上去。他弄好后，凳子简直洁白如新，似乎要再涂黑一点才行一样。这么一来，事情就多起来了！首先，整个房子都要粉刷一遍。其次，这几年来他都一直在想着再造一个带桥的存放谷物的房子。当然，他还要尽快把锯木坊落实，把麦地都围起来，再造一只在山那边的小河里用的船。他想做的事情有一大堆。他一直这么卖命地忙活着——但终究敌不过时间；没错，时间总是过得太快了，都不够用。本来还是星期日，一眨眼就又是一个星期日了！

无论如何，粉刷必须得做；已经决定了，必须要做的。一座灰不溜秋、光溜溜的房子立在那儿，好似只套了两只空空的袖子。现在离农忙时节还有段时间；春天恐怕还不会马上到来；虽已是万物复苏，但地上的霜冻还未解开。

艾萨克带了些鸡蛋到村里去卖掉，买回了油漆。这些颜料只能拿来粉刷一座房子。至于谷仓，已经刷了大红色。这次他买了黄褐色颜料，单单用来粉刷房子用的。奥琳每天都嘟囔着："是嘛，我早就说过这里早晚会变得越来越华丽的。"当然，奥琳应该能猜到她在赛兰拉的时间马上要结束了；她个性要强，这些都能承受得住，只不过多少有些心酸。至于艾萨克，他现在也不想跟她翻旧账；即便奥琳都快走了还会做点小偷小摸，把东西都顺走。他送了她一只小羊，这些年她在他们家帮了不少忙，报酬也不多。奥琳对孩子们还不坏，她也不是刻板的一类人，不会严厉苛责他们；她对他们自有一套办法，往往先听他们说完想说的，然后多少再让他们做点自己想做的事。要是孩子们在她做奶酪的时候围在身边，她也会给他们一点尝尝；要是星期天他们要求不洗脸，她也会放过他们。

艾萨克给房子刷了一层粉之后，又到村里去买回了所有他能带回来的颜料。总共粉刷了三种颜色，窗格子和房子四角都刷了白色。晚上艾萨克回家的时候，看着半山腰自己的房子好似童话里的一座宫殿。现在，有了人烟的荒野简直辨认不出来了，这是他们的福祉，在平平淡淡的生活里渐渐生出了一个梦，有人住在那儿，孩子们在外面打闹玩耍。森林往外延伸，漫无边际，最后与蓝天连成了一线。

但是当艾萨克再次下山去买颜料的时候，店主交给他一个印有纹印的蓝色信封，还要他付五斯吉林。这是一封电报，吉斯勒区长发来的。上帝保佑吉斯勒，他是个好人！他在电报上简短地写了几个字，说英格尔已被释放："归期在即。吉斯勒。"这个时候艾萨克感觉整个店铺都在旋转；柜台和店里的人似乎一下子越来越远。艾萨克不是听到而是感觉到自己说了一声"天啊！赞美上帝！感谢上帝！"

"如果她及时离开特隆金的话，"店主说，"最晚明天就能到这儿了。”

“啊！”艾萨克说。

他一直等到了第二天。来的是从停船的码头带信过来的邮差，而非英格尔。“看来下周她才能到了。”店主说。

这样也好，再等等也行——艾萨克还有一堆事情要忙。他怎么能把家里的地置之不管呢？他又回到家里，用马车运肥料，很快就运完了。他用撬棍捣土，很快，地上的冰冻慢慢消融。太阳很大，大片大片的冰都化了，地上冒出了春草；牛儿也来觅食。艾萨克犁了田，过几天又种上了小麦和马铃薯。哈，还有两个小家伙也来凑热闹，像两个精灵；他们有一双有福的手，他们的父亲除了观看之外还能干什么呢？

艾萨克到河边把马车里里外外清洗了一遍，然后安上座位。他告诉孩子们要出门了，他要到村里去一趟。

“但是你今天不走路去了吗？”

“今天不走了。我今天一时兴起打算赶着马车去。”

“我们不能跟着去吗？”

“你们要乖乖待在家里。你们的亲妈妈马上就回来了，她会教你们很多事情的。”

艾勒苏一心想学本领，他问道：“爸爸，你在纸上写字的时候是什么感觉？”

“这个啊，没什么明显的感觉，好像手上什么都没有。”

“但是，它会不会自己动，就像溜冰一样？”

“什么会滑动？”

“写字的笔啊，你写字用的笔。”

“嗯，是钢笔。但是你还得学会怎么用它，以后你会懂的。”

不过小赛维特想的完全是另一回事，跟笔无关；他只想驾马车；马还未拴上，他直接坐了上去，然后以最快的速度驾起了车。艾萨克见状，只好把他们俩都放上了车，然后带着他们驾了好一段路。

第十一章

艾萨克赶着车，一直来到荒野上的一处水潭前面才把马车停住。这原野上的水池黑不见底，水面静如平镜。艾萨克知道这可以干吗？除了湖水，他的生活里很难找到其他可以当作镜子的东西。他仔细看了看打理得干净清爽的自己，身上穿了一件红色衬衫；他拿出一把剪子，把胡子修理整齐。真是个臭美的汉子，他是不是打算将自己蓄了五年的胡子剪掉，这样就能变得更漂亮些？他一边剪，一边对着水面看。当然，他其实应该在家里剪掉的，只不过他羞于在奥琳面前做这些；在她面前穿上那件红色衬衫已经够难为情了。他剪了一大片，剪下的胡子掉进了水里。马在那边等得不耐烦，开始迈开步走动了。艾萨克又打量了一番焕然一新的自己，满足地站起来。他觉得自己似乎一下子年轻了好几岁——谁知道是不是，也只不过是减轻了一些重量罢了。艾萨克赶着马车朝村里驶去。

第二天，邮船靠岸了；艾萨克从店主的码头旁的一块石头上站了起来，环视四周，依旧不见英格尔的影子。有游客从船上下来，带着一家老小——老天啊！——却还是没有英格尔。他本来是坐在后面的石头上躲着偷看的，但现在没必要躲躲藏藏了；他爬下来，朝那艘汽船走去，只见一桶桶一箱箱的货物朝岸上滚，人和包裹也出来了，却依旧没看到艾萨克正在等的。那边有人——一个女人，拉着一个小女孩儿，在出口那里，正准备下船。只不过那个女人比英格尔漂亮多了——虽然她也挺不错的。什么——可是——正是英格尔！艾萨克“嗯”了一声，一步并作两步地走到那边去迎接她们。“还好吗？”英格尔伸出手打招呼；手有些冷，因为旅程劳累，脸上有点苍白，加上路上还生了一场病。艾萨克呆呆地站在那儿，最后才终于说道：“嗯，今天天气不错。”

“我早就看到你了。”英格尔说，“不过我不想跟别人一块挤出来。你是今天刚到村里来的吗？”

“对。是的。嗯。”

“家里怎么样，都还好吧？”

“都好，谢谢你。”

“这是丽奥波尔丁，她一路上倒是比我能受得住。这是你爸爸，丽奥波尔丁，快过来握握手。”

“嗯。”艾萨克说，感觉很奇怪——噢，他突然觉得双方像陌生人似的。

英格尔说：“你上去看看，船上还有一架缝纫机，是我的。还有一个箱子。”

艾萨克松了一口气，上船找去了。船员给把箱子指给他，但是缝纫机却不知道在哪里。英格尔只得亲自上去找。是个形状奇特很精致的箱子，是方形的，上面是个圆盖子，还有个手提柄——这就是他们那地区的缝纫机！艾萨克一手架着缝纫机，一手扛着箱子，转身对妻子和女儿说道：“我先把这些搬出去，马上回来接她。”

“来接谁？”英格尔笑着问他，“你不会以为她还不会走路吧？她可都长这么大了。”

他们朝着艾萨克停马车的地方走去。

“你新买的马？”英格尔问，“那是什么——在马车里装了座位？”

“那是自然。”艾萨克说，“我想说什么啦：你要吃点什么吗？东西我都买好了。”

“路上再说吧。”她说，“丽奥波尔丁，你能自己坐上去吗？”

但是她的父亲不放心，生怕她摔到车轮下面去。

“你跟她一起坐吧，你来赶马。”

他们驾着马车走了，艾萨克在后面走。

他一边走，一边看着前面坐在马车上的妻女。那正是英格尔，穿得和以前不一样了，看起来真不错，兔唇也没有了，只在上唇留了一点小疤痕。说话的时候也没有丝丝声了，而且口齿清晰，真是一个奇迹。她在黑色头发上包了一块红白两色的头巾，看起来清丽动人。她从马车上转过身来，对艾萨克说道：

“可惜你没带条毯子来，晚上降温，我怕孩子会受凉。”

“她可以穿我的外套。”艾萨克说，“我在林子里放了一条毯子。”

“噢，你在林子里放了一条毯子吗？”

“对，我没有一路带着，怕你今天没到。”

“嗯，刚才你说什么来着——孩子们，还有家里的一切都还好吧？”

“嗯，谢谢你。”

“我猜他们现在都是大小伙子了吧？”

“没错，正是这样。他们都会种马铃薯了。”

“噢！”孩子们的母亲叫道，一边摇头一边笑着，“他们都会种马铃薯了？”

“怎么不会，艾勒苏帮着做这个，赛维特帮着做那个。”艾萨克自豪地说。

小丽奥波尔丁要吃东西。噢，这个漂亮的小姑娘！马车里的小美人！她的声音悦耳动听，带着特隆金的口音。英格尔时不时地给他翻译。她和哥哥们有许多共同点，棕色的眼睛，还有从母亲那儿遗传下来的椭圆脸蛋；当然了，都是她的亲骨肉，怎么能不像她呢！艾萨克对着自己的小女儿，竟然有些难为情，不敢看她的小鞋子，还有她细长的棉袜子以及短上衣；小姑娘看到从未见过的父亲时，做了一个屈膝礼，然后朝他伸出她的小手。

进山以后，他们停下来休息吃饭，还给马喂饲料。丽奥波尔丁在石楠丛里一边吃一边跑来跑去。

“你倒没怎么变。”英格尔看着丈夫，说道。

艾萨克眼睛瞟着别处说道：“你觉得我没变吗？不过你倒是变得越来越高贵了。”

“哈哈！哪里，我现在是个老女人了。”她打趣说。

艾萨克明显不知所措了。他无法镇定自若，却只是冷淡，还有些害羞，似乎自惭形秽。他的妻子现在应该多少岁了？肯定不止三十了——但是，她又不可能大于三十岁。艾萨克虽然已经在吃着饭，又忍不住扯了一根草在嘴里嚼起来。

“什么——你在吃草吗？”英格尔大笑着说。

艾萨克把嘴里的草扔掉，吃了一大口饭，走到大路上，把马的前蹄高高举起来，然后让它用后脚站立。英格尔很是震惊。

“你要干吗？”她问。

“噢，只是好玩罢了。”艾萨克说着把马放下来。

不过他这么做是要干吗？难道只是一时兴起，还是想掩饰他的尴尬？

他们又上路了，三个人步行走了一段路，不久到了另一处农场。

“那是谁家的？”英格尔问。

“是布理德的，他买下来了。”

“布理德？”

“他管那儿叫布里达布立克。地倒是不少，不过没多少树。”

路过那儿的时候他们一直在谈论这块地，艾萨克注意到布理德的马车还是在露天放着。

孩子有些困乏了，艾萨克把她轻轻放在怀里抱着。他们继续一路走，丽奥波尔丁很快就睡着了。英格尔说道：

“用毯子把她包起来，让她在车上睡吧，这样睡得安稳些。”

“马车太晃了，非得把她弄醒的。”艾萨克说着，继续把女儿抱在怀里。他们穿过了原野，又进了山林。

英格尔“吁”的一声把马停下来。她把孩子接过来，叫艾萨克去把缝纫机和箱子挪一挪，空出一块来给丽奥波尔丁睡。

“晃吗？完全没有吧！”

艾萨克把东西全部挪到旁边，把他的小女儿放在毯子上，再把衣服叠成枕头，枕在她的脑袋下。又开始驾车了。

两口子话着家常，已经很晚了，天边的夕阳还未退去，空气中一片温暖。

“至于奥琳，”英格尔说，“她睡哪儿？”

“睡小房间。”

“噢！和孩子们一起吗？”

“他们睡在大房间的另一张床上。你走之后，我在那间又添了一张床。”

“看看你，”英格尔说，“跟以前完全没两样。这双肩膀，当年不知道扛过多少重东西，现在看来也差不多。”

“嗯，也许吧。我想问，你这些年在那边都怎么过的？忍受得了吗？”噢，艾萨克现在满怀柔情；他嘴上问着，心里却在犹疑。

英格尔说：“倒没有什么可抱怨的。”

他们深情款款地谈着话，艾萨克又问她走得累不累，要不要到马车里歇一段。“不，不用啦。”她说，“但我不知道自己今天怎么了，生过了一场病之后一直觉得饿。”

“怎么，你想吃点吗？”

“嗯，先把马车停一会儿吧。”

噢，这个英格尔，兴许根本不是自己想吃，而是为了艾萨克着想呢。上一顿饭他光顾着嚼草根了，都没好好吃饭，得再吃一点。

这是个明亮而温暖的夜晚，还有好几英里的路要走。他们又坐了下来。

英格尔从箱子里取出了一个袋子，说道：

“我给孩子们带了些东西。到那边的树林里看看吧，那边暖和些。”

他们穿过一片地，走进了树林里，她打开袋子，给他看那些东西：有给孩子们的带扣背带裤；有在纸上端印着字样的临摹本；每人一支铅笔，以及两把小刀。还有一本给她自己看的好书。“看，还写了我的名字，是一本祈祷书。”这是狱长送给她的，说是留作纪念。

艾萨克默默欣赏着这些东西。她取出一包小衣领圈——全是丽奥波尔丁的。还有一条给艾萨克的黑色围巾，像丝绸一般滑亮。

“那是给我的？”他问。

“没错，是给你的。”

他小心翼翼地拿起来，摸了摸。

“你喜欢吗？”

“很不错——戴上这条围巾，我可以走遍天下了。”

但艾萨克的手指太粗糙，勾住了这奇特的丝质围巾。

包里的东西都拿出来了。但当她把这些都包起来后，却坐在那儿一动也不动了；他能看到她的腿，还有她腿上红边的长筒袜。

“嗯，”他说，“这些都是城里的东西吧？”

“毛线是在城里买的，不过都是我自己织的。太长了——都能盖住膝盖了——你看……”

过了一会儿，她听见自己低语道：“噢，你……你还是一样——和过去一模一样！”

停了这一会儿之后，英格尔坐上马车，由她来驾车。“我还买了一袋咖啡。”她说，“不过今晚还不能吃，都没煮过呢。”

“今晚根本没有吃咖啡的必要。”

一个小时之后，太阳落下去了，开始转凉。英格尔下来走路。他们给丽奥波尔丁紧了紧衣服，看着她睡得这么沉，两人相视而笑。两口子又开始谈起心来。英格尔的声音叫人心神荡漾，再没有人说话的时候能像她这么清晰悦耳了。

“我们现在不是只有四头母牛了吧？”她问。

“当然不止。”他很自豪，“现在有八头。”

“八头啦！”

“我是指，算上公牛在内。”

“你有没有出去卖过黄油？”

“卖过，还卖过鸡蛋。”

“什么，我们现在养鸡了？”

“当然养了，还养了一头猪。”

英格尔听闻这些消息，简直高兴坏了，不由“吁”地一声停住了马。艾萨克自然是无比自豪，继续说着，想让她彻底高兴下去。

“那个吉斯勒，”他说，“你还记得他吗？不久前他来过一次。”

“噢？”

“我把一块铜矿的矿地卖给他了。”

“嗬！你说什么——什么铜矿？”

“就是铜。在背面临水的那块山上。”

“你——你是说他付过钱了？”

“对，他付了。吉斯勒不会白要的。”

“那么，你得了多少钱？”

“嗯，这个嘛，说来你可能不敢相信——不过确实付了两百块。”

“你卖了两百块！”英格尔叫道，再次激动地“吁”一声停住马。

“是的，我得了两百块，而且地价也付清了。”艾萨克说。

“啊——你简直是个奇迹！”

的确，再次见到英格尔，并且让她成了富人的妻子，艾萨克感到惊喜万分。他没忘了告诉她，自己如今再也没有外债要偿还，也不欠店里或其他人什么东西了。不但吉斯勒付给他的钱他分文未动——而且自己还有一笔一百六十块的存款。噢，他们真要感谢上帝！

他们又说起了吉斯勒，英格尔把他怎么救自己出来的整个过程都告诉了艾萨克。看来，那对他也并非易事；为了英格尔的特赦，他着实花了很长的时间，而且多次到监狱长那儿走动方才解决。此外，吉斯勒还给几位国会议员以及部分官员上书；当然这些都是瞒着监狱长去做的，他知道后大为光火，不过也是预料之内的。但吉斯勒毫不畏惧；他申请翻案，重新审判，调查，等等。最后国王也签了字。

前区长吉斯勒一直对他们一家人很友善，这让夫妻俩疑惑不解；他们除了嘴上道谢外，也没有什么可作酬谢的——所以理解不了他的做法。英格尔在特隆金的时候也问过他这个问题——但他没回答。

“在这个村子里，他就只关心咱们一家。”她说。

“他这么说的？”

“对，他憎恨村子里的人，说早晚给他们点厉害瞧瞧。”

“啊！”

“早晚他们会尝到苦头的，到时候会为失去他这么一个人而悔恨不已的。”他说。

他们走到了树林边际，已经能看到家了。除了主宅，还多了好些建筑，都涂得漂漂亮亮的。

英格尔甚至都认不出这儿了，呆呆地停下来。

“你——你可别说这就是我们的家——这些都是吗？”她惊呼道。

小丽奥波尔丁终于睡醒，坐起身来，她是完全睡饱了；他们把她抱下来，让她自己走。

“我们到了吗？”她问道。

“到了，这儿是不是很漂亮？”

屋子那儿有小小的人影在动；正是艾勒苏和赛维特，正在朝这儿看。现在他们跑过来了。英格尔忽地打了个寒战——脑袋有些冷，忍不住吸着鼻子，咳嗽不止——甚至她的眼睛也变得红通通的，满是眼泪。坐船很容易感冒——叫人眼睛忍不住流泪！

但是，走近的时候，两个男孩突然止步，茫然地盯着前面的人。他们早就忘了母亲长什么样子，而这个小妹妹又素未谋面，甚至父亲——他走近后他们才认出来。他把厚重的胡子都剪掉了。

第十二章

现在一切终于安好。

艾萨克播下了麦种，耕了耕土，再用滚筒把种子滚进地里去。小丽奥波尔丁嚷着要坐上去。坐上去？——当然不能，她太小了，还不懂。哥哥们都清楚，父亲根本没在滚筒上安座位。

不过父亲看到小丽奥波尔丁已经这么信任地走近他，还是高兴不已。他跟她聊天，告诉她在田里要怎么走才不会让泥土沾在漂亮的鞋子上。

“那是什么，快过来让爸爸看看，今天穿蓝上衣了吗？对，穿了蓝上衣。腰上还系了腰带呢。还记得乘那艘大船回来的事吗？那些引擎——看到了吗？对——现在回家找哥哥们去，他们会找东西给你玩的。”

奥琳走了。英格尔重拾以前的工作，每日在屋里打扫一番，或者到院子里收拾收拾。与奥琳相比，可以说她略胜一筹，做起事来干净利落；她自己一向与众不同。现在家里多少有了些变化，即便是老屋墙上的窗玻璃，也擦得干净透亮。箱子、盒子也都清理过了。

不过这只是开始的几天、几个星期罢了；时间一久，她对这些开始感到乏味，没多少干劲了。她觉得没必要把所有时间都拿来清理棚屋什么的，她有自己的计划。英格尔跟城里人学了些手艺，现在不能荒废了。她又搬出了纺车和织布机——确确实实，她比以前更敏捷利落——简直太快了——嗬！——特别是艾萨克在一边看的时候；他简直不能理解为何一个人的手指可以如此灵活——她那双大手上的十指细长灵巧。但英格尔有时候要即刻放下手里的活，去做其他的。哎呀，算了，毕竟现在事情确实比以前多了，她也不再像以前那么耐心；她渐渐有些焦躁不安起来。

首先，她买回来的那些花——有球茎和剪枝，这些微小的生命需要照看。窗玻璃太小了，窗台又太窄，根本放不下花盆。其次，家里连花盆都没有。因此艾萨克得做几个小花盆来种秋海棠、吊钟花和玫瑰。还有，窗台也不够——一个房间怎么能只有一扇窗子呢！

除此之外，英格尔又在说了："噢，还有啊，我还需要一个熨斗，家里连一个像样的熨斗都没有，我缝制衣服的时候得要一个熨斗来把衣服熨平，不然没法做出好的衣服来的。"

艾萨克向她保证会到村里铁匠铺那儿去订做一个上等的熨斗。噢，艾萨克已经做好准备，不管她怎么要求，要做什么，他都会满足她；因为他看到英格尔学了不少本领，变得越来越聪明，无人能比。此外，她说话也变了，比以前更文雅，说话声音柔和，用词也讲究。她不再像以前那样朝着他大喊："快来吃饭！"她现在会说："饭都准备好了，用餐吧。"现在什么都不一样了。以前的艾萨克会简单答应一声，或者什么都不说，继续忙上一阵才去吃饭；但他现在会说："谢谢。"而且说完马上进屋吃饭。爱往往让聪明的人变成傻子：很多时候艾萨克会连声说"谢谢，谢谢。"噢，虽然都只是一些小事——但毕竟真是大不一样了。每当艾萨克直白而粗鲁地说"大粪"的时候——像一个十足的农民那样——英格尔会说成“肥料”，她说：“你要为了孩子们着想。”

她对孩子们非常上心，教授他们很多本领，又教他们识字。很快小丽奥波尔丁就学会了针线活，而男孩儿们都能读书认字，这样他们去学校上学以后就能很快跟上进度。三个孩子里面，艾勒苏最为聪慧，而小赛维特——准确说，实在不怎么样，鲁莽又顽皮。他还敢去转母亲的缝纫机上的旋钮，桌子和椅子也被他用新小刀削得乱七八糟。英格尔经常威胁说要把小刀没收掉。

当然，孩子们还拥有随处皆是的牲口，艾勒苏自己的彩色铅笔也还留着。他甚是爱惜那支铅笔，甚至都不愿意借给他的弟弟妹妹玩；只不过，随着墙上红蓝色图案越来越多，他的铅笔也越来越小。最后艾勒苏不得不择时借给赛维特，只有周日的时候才给他，而且只能画一幅画。赛维特对此颇为不满，但艾勒苏根本不容许他与自己讨价还价，因为艾勒苏双臂比他长，也更健壮，即便打架也不会吃亏。

但是那个赛维特啊！他经常到树林去找鸟窝；有一次又说起了一个老鼠洞，讲得津津有味，很是夸张；又有一次还说自己在河里亲眼看到一条和人差不多大小的鱼。很明显只是他自己在乱说；他能把水里的鱼说得会飞上天；这就是赛维特，不过也没那么坏。母猫生出小猫后，也是赛维特拿了牛奶去喂它们的，因为母猫对艾勒苏满是敌意。但赛维特就喜欢站在那儿看着一团蠕动的小动物，还有它们毛茸茸的小爪子。

他还会看鸡：昂首挺胸毛羽美丽的公鸡；低着头咕咕叫的母鸡，看它们在沙地里啄食，或者下蛋后像受了重伤似的大叫不止。

当然还有那只大阉羊。小赛维特以前就知道不少，加上又看了些书，但怎么也想不到它居然有那么好看的罗马型的高鼻子，天啊！他无论如何都说不清。但他能做的比那个更好，因为在大阉羊出生的时候他就认识它了，他了解它，还成了它的亲人和伙伴。曾有一次，他心里突然充斥着一种奇特而简单纯朴的感觉，那个感觉叫他印象深刻。这个时候，大阉羊正在田里懒洋洋地吃着草，它突然抬起头来，停止了咀嚼，望着别处出神。赛维特不觉也往着同一个方向看去。没有——没什么特别的。但赛维特心里又升起一股莫名的感觉。

“它好似看到了伊甸园。”他想。

还有母牛——孩子每人分了两头——这些擅长游水的动物，脾性温和，无论何时去抓它们，都不会逃跑；小孩子们可以随意在它们身上拍。还有那头大白猪，只要照顾得好，它会特别注意自身；会留神听各种声音，很是可笑，很爱吃，还总像个小闺女似的难缠又碰不得。还有那只大山羊——赛维特总要有一只大山羊，一只死掉以后马上会有另一只来顶替。还有什么能像它这样，又严肃又滑稽吗？有时候它可以看管那一大群羊，但有时又对它们心烦起来，于是就地躺下来。这个长着大胡子，一脸凝重的老山羊，这下子简直像亚伯拉罕的祖先一样。但是，它又会突然站起身，追赶前面的羊群去了，身后留下一阵阵臭味。

地里田间的日常生活就这样过着。偶尔有旅人经过，会问：“这儿弄得怎样了？”

艾萨克这时候就会回答道：“还好吧，谢谢你。”

艾萨克不停地忙碌着，并时不时拿出历书来参考，晚上注意月亮的变化，随时注意着天气走势，心里有数后才又继续工作。通向村里的路已经被他踏宽了，可以驾着马车下山，不过大多时候他还是愿意自己背运；一袋袋乳酪、松脂，一捆捆树皮、兽皮，还有黄油和鸡蛋，所有能拿去卖的他都是这么运下山去卖掉的，然后换回来别的东西。不过，夏天的时候他不常下山去——只有一个原因，也就是从布里达布立克家下去后那段路——最后一段——太难走了。他跟布理德·奥森提过，建议他把路修一修，也相信他会帮忙，布理德倒是答应下来了，不过最后一直没兑现。艾萨克也不想再跟他提这事了，宁愿背着下山去。英格尔往往会说：“我真想不出来你以前都怎么办的。”噢，他干什么总能找到办法的。他的鞋子又厚又重的，简直难以想象，下面垫的是铁鞋底，虽然扣子是用铜钉做的——但一个人能穿上这样一双鞋子走路还真是奇迹。

有一次，他下山时碰上几伙人在原野上忙着；打洞，竖电线杆。有些人是村里来的，布理德也在那儿，按理说他自己有田地，应该在家里忙着种田才对，艾萨克想不通他怎么会抽出时间来做这些。

领头的人问艾萨克能否卖给他们一些电线杆，艾萨克婉言拒绝了。多付点钱也不行吗？——不行，噢，艾萨克现在做起生意来比以前灵活多了，所以果断拒绝了。若是卖给对方，当然可以赚一点钱，不过这样一来木材就不够了，这对他没什么好处。负责的工程师亲自过来跟他商量，他还是回绝了。

“我们倒是有电线杆。”工程师说，“不过如果从你那里买的话比较方便，不用从下面再运上来。”

“但我没有多余的木材。”艾萨克说，“我还打算多锯点木头来用，还有几间房子没造好呢。”

这时候布理德·奥森插话道：“这要是我，艾萨克，我肯定会卖给他们的。”

尽管艾萨克很有耐心，还是忍不住朝布理德看了一眼，说道：

“嗯，我猜你也是。”

“哎呀——你什么意思啊？”布理德问道。

“但我不是你。”艾萨克说。

有几个工人在那儿忍不住笑了起来。

对，艾萨克让他邻居尴尬自然是有他的道理的；有一次他在布里达布立克那儿看到三只羊，有一只他认识——正是那只扁耳山羊，奥琳卖掉的那只。艾萨克一路走一路想着，让他养好了；布理德和他老婆可以买到他们想要的一切东西，那就替我养着吧！

造一个锯木坊一直是他的心事，他以前就说过了。去年冬天，道路还冰冻的时候，他就把委托商店从特隆金买来的原木锯和配件都运回来了。零件都放在牛棚里，为了避免生锈厉害涂上了油。他还买了些横木来搭架子用；随时都可以开工，不过他还是把这事往后拖了拖。这是怎么回事呢？是他开始倦怠，还是体力减退了？他自己也说不清楚。也许别人没觉得怎样，但艾萨克自己感觉很意外。他脑子没什么问题吧？若是放在以前，他怎会惧怕一点体力活呢；但自从上次他在河上造好了一个差不多大小的磨坊以后，他多少变了吧。或许可以到村里叫叫人来帮忙，不过他还是想独自完成；他应该哪天就开工了——到时候英格尔还可以当帮手。

他把这个计划告诉了英格尔。

“嗯，我这段时间想造一个锯木坊，不知道你有没有空帮忙？”

英格尔想了想：“有——吧，我尽量。你打算造一间锯木坊？”

“对，是这么想的。已经想好怎么做了。”

“会不会比那间磨坊难盖？”

“难很多，要难十倍。因为得做得很精准，不能出一点差错，而且锯子本身要放在最中间的位置。”

“你能行吗？”英格尔不假思索地问道。

艾萨克有些生气，答道：“这个你就等着看吧。”

“你就不能找个懂这些的人来帮帮忙吗？”

“不需要。”

“那么，你肯定做不好的。”她又说。

艾萨克举起手来抓着头发——好似熊举着熊爪。

“这正是我担心的。”他说，“可能我自己真干不了，所以才要跟你这么懂行的人请教。”

是他的气话。但这什么用处都起不到。英格尔只将头一扬，不客气地转过身，说不会帮他盖锯木坊。

“好吧，这样吧——”艾萨克说。

“难道你要我站在河里，浑身湿透，然后病倒在床吗？这样的话，你还指望谁去做针线活、喂牲口、看家，还有其他一堆事情谁来干？”

“对，确实如此。”艾萨克说。

不过，他需要帮忙的也不过是死角的柱子，还有两面稍长一点的墙中间的那几根柱子而已，没其他的了。英格尔——难道他真的因为在城里住过一段就变成了这个样子吗？

事实是英格尔真的变化太大了；相比他们共同的利益，她如今更关心的是她自身的。她虽然重操纺车和织布机，但她更喜欢缝纫机；从铁匠铺买回来熨斗后，她就准备全心做专业的裁缝了。她现在有自己的专业了，先是为丽奥波尔丁做了几件小上衣。艾萨克夸衣服做得精巧，也许是夸过了，英格尔暗示说这根本没什么，她要是真要做，能比这做得好多了。

“不过太短了。”艾萨克说。

“城里都是这样的款式。”英格尔说，“你不懂这些。”

艾萨克自知说过了，为了表示歉意，说要买些布料给英格尔做衣服，或者别的什么。

“做一件斗篷怎样？”英格尔问。

“可以，只要喜欢就行。”

英格尔同意他买些做斗篷的料子，并且详细说了要什么样的。

不过，她在做斗篷的时候需要拿给别人参观参观；所以，每当男孩们下山到村里上学去的时候，她自己也要跟着去。这次短途旅行虽然看起来只是小事，不过给别人留下了很深的印象。

第一站是布里达布立克，女主人和孩子看到有人路过，出来看个究竟。只见车上坐着英格尔和两个孩子，正一脸得意地驾车往山下走，英格尔身上披着一件斗篷。布里达布立克的女主人看到这一幕，好似被刺痛了一样；她穿不穿斗篷倒无所谓——感谢上帝，她可没兴致弄这些幼稚的显摆！——但是……她家的孩子们，已经长成大姑娘的巴布罗，还有老二黑格尔以及老三凯瑟琳，他们正是上学的年纪。以前还住在村里的时候，两个大一点的孩子都到学校去上学的，但是自从移居到荒郊野外的布里达布立克之后，两个孩子不得不辍学，成了异教徒。

“兴许你需要点吃食给孩子们？”女人问道。

“吃食？看到这个箱子了吗？这是我从外面带回来的行李箱，满满当当都是吃食。”

“都有什么吃的？”

“有什么啊？有不少肉，猪肉什么的，除了这些，还有面包、黄油、奶酪之类的。”

“嗯，看来你在赛兰拉衣食无忧了。”对方说道；她那几个面黄肌瘦的孩子睁着圆溜溜的眼睛听她们谈起吃食，不禁咽了咽口水。

“那他们去哪里住呢？”那位母亲问道。

“铁匠家。”英格尔说。

“噢！”对方说，“不错，我的孩子们马上也快回学校去了，到时候会住在区长家。”

“噢！”英格尔说。

“嗯，也可能去医生家，或者牧师那里。当然了，布理德在那边交好的都是大人物。”

英格尔装作无意地弄了弄斗篷，故意把一点黑绸子花边显露出来。

“在哪里买的这件斗篷？”女人又问道，“从外面带回来的吧？”

“我自己做的。”

“啊，啊，是啊，正像我说过的：你们家这么富裕，富得流油了……”

英格尔继续驾车前进，她正感到鸣鸣自得；估计到村里后要高兴得忘乎所以了。郝耶达尔区长的夫人看到那件斗篷后很不高兴；赛兰拉家的这个女人不知道自己是谁了吗，忘了那五年是在哪里过的了吧。不过英格尔至少是大大显摆了一把，鞋店家、铁匠铺家以及校长的女人都要她也帮忙做一件——但是这得等一阵子了。

很快就有不少人登门拜访英格尔了。还有一两个女人特地从山那边翻过来，想一睹英格尔的斗篷。奥琳可能有意无意跟这个或者那个说了本不想说的事。还有人带来了英格尔家乡的消息；她用咖啡招待那些客人，还会带他们去看她的缝纫机！沿海一带和村里的年轻姑娘们也会成群结队来向英格尔讨教；此时正是秋天，她们手里多少都有些私房钱，都想置办新衣服，因此才来寻求帮助。当然啦，在外生活过的英格尔熟知最新的时装，偶尔也会帮她们裁上几件。

英格尔自己也对客人的来访而振奋不已，很是高兴；当然，她技艺精巧，而且对客人很和善，帮了不少忙；她不用样板就可以裁好一块料子。有时候她会免费用自己的机器为别人踩上一条长缝，然后开玩笑地说：“拿去——自己总会把扣子缝上去了吧！”

将近年底的时候，英格尔被叫到村里去，为一些大户人家缝制衣服。英格尔婉言拒绝了，因为还有一家子需要照料，牲口也得喂，家里的大事小事都得她操管，她又没有仆人替手。

没有什么？仆人！

有一天她和艾萨克说起这事。

“要是有个人来帮忙就好了，我就可以拿更多时间来缝制衣服。”艾萨克无法理解。“帮忙？”

“没错，帮忙做做家务的一个女仆。”

艾萨克不以为然，甚至还在厚厚的胡子里笑了几声，只当听到了一个笑话。“对，我们应该请个仆人。”他说。

“城里的主妇们都有仆人。”英格尔说。

“嗬！”艾萨克说。

说实话，艾萨克现在状态不怎么好，既不温柔也不满足，是的，所以他已经开始忙活着锯木坊的事了。这可不是两三天能完成的，需要细工慢活才行，他不能一手抓着大木头，另一手还要拿水平仪，同时还要把杆端固定好。不过孩子们从学校回来后，这就容易多了；孩子真能帮点忙，亏了他们！特别是赛维特，他可是钉钉子的一把好手，而艾勒苏则擅长掌握铅垂线。一周后，艾萨克和孩子们居然把基柱安好了，牢牢地连在和梁木一般粗厚的横条上面。

一切顺利——每部分都稳健地进行着。但，不知何故，艾萨克开始一到了晚上就疲惫不堪。不仅仅是盖一座锯木坊而且要盖好的原因，还有一堆其他事要忙活。草料都割好了，但小麦还没收割，不久就得收进来堆好；还有马铃薯也一样，马上就得收进来。孩子们倒是帮了大忙。他没有向他们表示感谢，他们家从来都这样，但孩子们还是让父亲非常高兴。许多次，忙到一半，他们会停下来，坐着一边休息一边聊天，父亲会寻求孩子们的意见，比如下一步该做什么。这往往是孩子们最为骄傲的时刻，他们也学会了三思而后行，避免出差错。

“要是秋天的雨季之前还没把锯木坊的顶子盖好，那就太可惜了。”他们的父亲说。

要是英格尔还跟以前一样愿意帮忙就好了！不过，看起来英格尔没有过去那么壮实了，也可以理解，毕竟她在监狱里生活了那么久。此外，她的想法也都变了。真奇怪，如今她毫无思想，对什么都不关心；这个淡漠无情的女人还是英格尔吗？

有一天她说起了被她弄死的那个孩子。

“我怎么这么笨，居然做这事。”她说，“我不应该把她掐死，而是带她去把兔唇缝起来，像我一样的。”如今她再也不会偷偷到森林里的那座小坟墓那里去了；过去她曾经用双手拍平了上面的土，还竖了一个小十字架。

但不管怎样，英格尔终究没那么无情；她对其他的孩子们爱护有加，把他们收拾得整整洁洁的，还给他们做新衣裳；有时还会熬夜给他们补补破掉的衣服。她一心只希望孩子们活在世上能有所作为。

麦子收好了，马铃薯也都收进来了。

冬天来临。而他们的锯木坊没有在秋天盖好顶子，但这也是没办法的事——毕竟也不是生与死的事。还有下一个夏天呢，时间很充足。

第十三章

和以前一样，冬天依旧一堆农活要忙活；搬运木材，还有修理工具、用具什么的。英格尔做着家务，闲下来的时候也不再做针线活。男孩们又下山到学校去考试了，又是一个漫长的学期。很多年来，冬天的时候兄弟俩一直共用滑雪鞋；只要两个人都在家，就可以好好利用这双滑雪鞋；一个用着的时候另一个就等着，或者站在后面看另一个滑雪。是啊，虽然只有一双鞋子，但他们能好好利用；他们认为这是最美好的事情了。他们既天真又快乐。但是上学以后就不一样了，学校里的孩子们都人手一双鞋子，甚至布里达布立克家的孩子，看起来似乎都有自己的鞋子。所以最后的结果是，艾萨克得再做一双新鞋子给艾勒苏，赛维特就用原来的那双。

艾萨克做的不止这些了；他给了孩子们考究的衣服，还有耐用的靴子。做完了这些，艾萨克到店子里去问有没有戒指。

“戒指？”店主问道。

“是的，戴在手上的戒指。我现在家境厚实，也该给我的妻子买一枚戒指了。”

“你是想要银的，还是金戒指，还是单单镀金的黄铜戒指？”

“我想就要一只银的吧。”

店主思索了一会儿。

“听我说，艾萨克，”他说，“要是你真的想买一个合适的，让你的妻子戴着不会掉身价的话，我建议买个金戒指。”

“什么！”艾萨克大声说道。没准他其实在心里已经犹豫了很久是否要买一个金的。

他们就这件事商量了好半天，最后决定先量下指头的宽度。艾萨克想了很久，一直摇头，觉得花费太大。但店主除了金戒指，其余的都不予订购。艾萨克回家路上，一直为自己的决定暗暗高兴着，但又有些犹疑不安，因为毕竟买了那么奢侈的一件东西，但这一切又全是出于对妻子的深深爱意。

那一年的冬天下了一场不大不小的雪，新年伊始，道路通畅，村里的人开始将电线杆搬运上山，每隔一段就卸下来一堆放着。他们带了一大队人马，越过了布里达布立克，又穿过赛兰拉，直到遇见另一队人，然后带着电线杆一路沿着那边的山坡下去——所有路线也就完工了。

日子一天一天过着，波澜不惊的。不管怎样，这儿能发生什么呢？春天来了，又到了把电线杆竖起来的季节。布理德·奥森依旧和那堆人在一起，即便这时候他本应该在自己的田地里忙活农务。

“真奇怪他哪来的那么多时间。”艾萨克想。

艾萨克自己几乎忙得连吃饭睡觉的时间都没有；他有那么一大片田地需要耕种，好不容易才赶着时间把活儿都干完了。

接下来他赶着农闲的时候，把锯木坊的屋顶盖好了，又开始组装机器零件。大家看啊，他造的这座锯木坊结实坚固，它像个巨人一般屹立在山上，发挥着作用。锯子可以锯木，像锯木厂一样可以砍木头了。艾萨克到村里之后随处观察过，而且观察得很细致。造好的这个锯木坊结实小巧，他自己建起来的，心里极为满足；他在门上刻上了日期以及自己的名字。

但是，那个夏天，赛兰拉的确发生了不同寻常的事情。

修电路的工人们已经远远越过了荒原，上了山。一天晚上，最领头的一队人来到他们家，请求借宿一晚。赛兰拉一家提供给他们那个谷仓。没几天后，又一队人也来了，依旧借宿在赛兰拉。工作已经进行到前面去了，早就越过了他们的田地，但工人们还是会回来到谷仓里过夜。终于，一个星期六的晚上，负责的工程师来了，给工人们发了工资。

看到那个工程师后，艾勒苏感觉自己的心脏在怦怦地跳，然后偷偷潜出了家门，以免被问到彩色笔的事。噢，这下子要出事了，又压根找不到赛维特的影子；看来他得独自面对了。艾勒苏沿着屋角悄悄溜走，像个幽灵一般，准备去找他母亲，求她把赛维特叫回来。现在的艾勒苏正在孤军奋战中。

赛维特对这件事却不怎么上心——当然了，毕竟他不是主犯。他们走了一段路，然后坐下来。艾勒苏突然说："现在，你就说是你干的！"

"我干的？"赛维特说。

"你比我小，他不会对你怎么样的。"

赛维特想了想，看到哥哥确实有麻烦；加上他现在在请求自己帮忙，这样让他觉得很有面子。

"好吧，兴许我可以帮帮你。"他用大人的口吻说道。

"好，这样就太好了！"艾勒苏说，接着把最后一段铅笔给了弟弟，说："现在是你的啦。"

两人走向屋内；但是艾勒苏突然想起来锯木坊里还有事没干完，更准确地说，是在磨坊里；这件事他必须自己盯着，而且要花不少时间——而现在还没完成。于是赛维特自己进去了。

工程师坐在那儿，给工人发钞票和银元。发完以后英格尔端了一只大奶罐和一个杯子，叫他喝牛奶。他向她道过谢，然后跟小丽奥波尔丁说起话来，这时候看到墙上红蓝双色的图画，立刻问是谁画的。“是你吗？”他转向赛维特问道。这个男人，兴许觉得是为了回应英格尔的热情招待，所以连声称赞墙上的画，想要取悦她。英格尔自己呢，倒是照实解释了一番，说是男孩们画的——他们俩画的。她还没回来的时候，家里还连一张纸都没有呢，所以孩子们就随处乱画，墙上到处都是。但她一直舍不得擦掉那些画。

“为什么擦掉呢，就放着吧。”工程师说，“你刚才说没有纸？”他拿出来厚厚的一摞纸，“呐，拿去画吧，下次我再带一点来。你们还需要笔吗？”

赛维特握着铅笔，上前一步，给他看自己手里没剩多少的铅笔头。看到后，男人又给了他一只新的彩色铅笔，甚至都没削过。

“现在，你们又可以从头开工啦。不过，如果我是你的话，我会把那匹马画成红色，山羊画成蓝色。没见过蓝色的马吧，是不是？”

工程师别过他们，又上路了。

同一晚上，又有个村里的人揽着一只篮子来了——他从里面掏出一些瓶瓶罐罐的东西递给了工人们后又回去了。但是，他走后不久，外面突然一片安静；有人演奏起了手风琴，夹杂着男人响亮的说话声，有人在唱歌，还有人跳起了舞，就在赛兰拉这儿。有一个人邀请英格尔出来跳舞，而英格尔——谁能想得到呢——她咯咯笑着，然后真的就跳了一会儿。之后就又有人来叫她跳，她那一晚跳得忘乎所以。

英格尔——谁知道她心里到底在想些什么？这或许是她第一次跳得这么尽兴；被那三十个男人追求和邀请，而现在只有她，没有别的女人来跟她争奇斗艳。这些粗硬结实的电线杆工人——正是他们让她尽情跳起了舞！为什么不跳呢？艾勒苏和赛维特已经在小房间里睡下，丝毫没被外面的声音影响到；只有小丽奥波尔丁还没睡，在她妈妈跳舞的时候在旁边出神地看着她。

艾萨克时刻忙着田里的农活，刚吃过晚饭就又出去了，回来后，本打算就寝，不知道谁给了他一瓶酒，于是这个男人也喝了几口，然后坐在旁边看他们跳舞，丽奥波尔丁坐在他膝盖上。

“看你跳得很开心。”他柔声对英格尔说，“今夜你这双脚可够蹦跶的了。”

再过了一会儿，音乐停下来后，舞会也结束了。工人们准备撤离了——他们要到村里去接着玩，估计第二天要在那儿待一整天，周一早上再回来。散场后，顷刻间，赛兰拉陷入一片沉静；两个年纪稍长的工人留了下来，转身进了谷仓，准备睡觉。

夜里，艾萨克醒了过来——却不见英格尔的影子。难道她去看奶牛了吗？他起身，穿过院子，到牛棚那儿去看。“英格尔！”他呼唤着，可是没人回答。几头奶牛转过头看着他。周围一片寂静。他不假思索地照旧清点了一下牛羊；有一只母羊有个坏毛病，晚上老喜欢待在外面，这次又不在棚子里。“英格尔！”他又叫了一声，依旧没人答应。她该不会跟那群人下山去了吧？

夏天的晚上明净而温暖。艾萨克在门前的石板上坐了一会儿，而后起身到森林里去找那只母羊。他在树林中发现了英格尔。英格尔，还有另外一个人。他们坐在石楠丛里，她正在手指上转着他的鸭舌帽，两个人在聊天——看起来他们又在追求她啦。

艾萨克慢悠悠挪着步子朝他们走去。英格尔转过头来，看到他后坐在那儿低下了头；一下子变得全无生气，好像一块布一样耷拉着。

“嗯，你知道那只母羊又没回家吗？”艾萨克问，“噢，不知道吧，当然不知道。”他说。

那个年轻的电线工捡起他的帽子，一边退走一边说道：

“我得追赶他们去了。”他说，“那么，晚安。”

没人回答。

“所以，你坐在这儿。”艾萨克说，“兴许是想多在外面待一会儿吧？”他说完转过身，朝家里走去。英格尔跪起来，而后站了起来，跟在后面走。于是丈夫在前，妻子在后，两个人就这样走着。他们走回家去。

英格尔趁机思索了一会儿，然后想到了个说辞。

“我是出来找那只母羊的。”她说，“我看到它又出来了，后来刚好有个工人帮我一起找。我们刚坐下没多久你就来了。你现在要去哪儿？”

“我吗？我还是自己去找吧。”

“别，别去啦，你回家歇着吧。要找的话，那也应该是我去。你回家躺着吧，你得好好休息。再说了，那只母羊也可以在外面待着——反正也不是第一次了。”

“然后被野兽或别的什么吃掉是吗？”艾萨克说完，自顾自地朝前走去。

英格尔在后面追。

“别，别去了，真不值得。”她说，“你得休息。我去吧。”

艾萨克终于妥协了。但他也不让英格尔自己去找。两个人于是一同进了屋。

英格尔刚进屋就急着去看孩子们；先到小房间去看了看男孩们——好像是再平常不过的一件事一样；对，看起来确实是，但她在尽力跟艾萨克和解——在她那一番似乎合情合理的解释后，她希望艾萨克那一晚能比以前更爱她。但是没有，艾萨克没那么快就回心转意；他想看到英格尔真的痛苦，并且彻底悔改。对，那样才会让他好过一些。为何在树林里，艾萨克看到她的时候她会瘫软？那一瞬间的羞愧吗——如果这一切可以这么快就算了，那她为何当初要那样做？

一直到第二天，他依旧是一脸冷漠；正是周日，他自顾自忙着，看看锯木坊，又看看磨坊，再就是到田里看看，带着孩子们，或是一个人。英格尔有一次试过想跟他去，但他一转身就走。

“我要到河上去。”他说，“那里还有活要忙……”

他心有芥蒂，但只是自己忍着，没有发泄出来。噢，艾萨克确实有伟大的地方；像以色列人一样，承诺过后即便被欺骗，也依旧选择相信。

到了周一，气氛多少没有之前那么紧张了，随着日子一天天过去，周六晚上的不快也渐渐淡了。时间可以治愈一切；吐一口唾沫，抖一下肩膀，吃一餐饭，睡个好觉，就连最悲恸的苦楚都可以忘掉。事实上，艾萨克的烦恼本也没那么严重；再者说，他还不确定英格尔是否背叛了他。而且，除了这些，马上又是收获的季节。最后一点，也是最重要的一点，线路工程即将结束，很快他们就能过上清净日子。这是一条明亮宽敞的路，一条国王的路，它穿过山林，两旁竖着电线杆，杆端电线架空而过。

最后一次发工资是在下一个周六，艾萨克但愿那时候自己不在家——最好是这样。他带着乳酪和黄油，下山前往村子里去，周日的晚上才又回来。睡在谷仓里的男人都走了，差不多都走了，因为此刻只有一个男人跌跌撞撞地背着一个袋子从谷仓里走出来——大概是最后一个了吧。但艾萨克看得不太是时候，因为谷仓地上还放着一个袋子。袋子的主人去哪里了艾萨克一点儿也不关心，因为袋子上还放着一顶鸭舌帽——这让艾萨克愤怒不已。

艾萨克提起袋子狠狠地扔进了院子，把帽子也飞了出去，然后紧紧关上门。他走到马厩里，透过玻璃观察那边的动静。他心里应该在想："让袋子放那儿好了，帽子也放着。这人太可恶了，不值得我去计较。"——兴许是这样想的。但是到那个家伙回来取包的时候，艾萨克一定会出去扭住他的胳膊，将他的胳膊扭肿。以至于把他踢出门外让他永生难忘——艾萨克当然会做的，他绝不手软！

所以艾萨克离开了马厩的窗户，返回牛棚，从里面向外观望，心里还是无法平静。那个袋子是用绳子拴住的，那个可怜的家伙连一把锁都没有，现在绳子已经松了——艾萨克突然觉得自己是否对那个袋子太过分了。不管怎样——他始终不知道自己是否做得对。刚刚他还在村里看到了那把新耙子，订购的全新货——噢，这么神奇的一把耙子，简直让人景仰，刚刚运到。那样一种东西肯定会带来好运的，而天上引导着众人步伐的神，此时此刻应该正在看着，看他是否有福气享受这样的一件神物吧。艾萨克一向视天如神；是啊，他自己可以清楚地感觉到神的存在，那个秋收的夜晚，他在森林里就有幸看到了，那一眼叫他毕生难忘。

艾萨克走到院子里，站在袋子旁。他仍在犹疑不决；然后把帽子往后一掀，抓了抓头发，看起来似乎要不顾一切干上一架；那高傲又冷漠的神色让他看起来像个西班牙人。但是他心里估计又在这样想了："我是什么啊，又不是什么大人物，不过是一个普普通通种着地的农民而已。"于是，他手脚麻利地把袋子系好，把那顶帽子也捡起来，一齐又带回到谷仓里去。于是这件事就这样作罢。

他从谷仓里出来后，他向磨坊走去，穿过院子，穿过所有地方，但透过窗子依旧不见英格尔的影子。那算了，好吧——她喜欢待哪儿就待哪儿好了——无疑她应该在床上，除了床上她还能去哪儿呢？但是，早些年，英格尔那时候还不像现在，那时候还单纯，她几乎从不休息，每次他进村去以后，她都会在屋里等他到很晚。如今却已然变了，所有东西都变了。就比如说他把那枚戒指送给她时她的反应。还有什么事能比这个更让他感到挫败的吗？艾萨克一向低调，根本都不敢告诉她那是一枚金戒指，只说"这不是什么很贵重的东西，不过你可以戴在手指上试试。"

"是金的吗？"她这么问的。

"是，不过不够粗。"他说。

然后她是这么回答的："没有，够粗的了。"不过又加上了一句："也是，确实不够粗，不过还是……"

"别说啦，根本一点都不值钱。"他终于说了这么一句，感到失望透顶。

不过英格尔收了这枚戒指后还是很高兴，并且戴在了右手上；做针线活的时候显得尤为漂亮显眼；有时候，村里的姑娘上山来要什么东西或跟她讨教什么的时候，她会让把戒指拿给她们坐着戴上一会儿。傻瓜艾萨克——他根本不知道这只戒指让她感到多么骄傲！……

一整夜独自坐在磨坊里听瀑布声简直太无聊了。艾萨克没做错什么，根本没必要躲起来。他离开了磨坊，穿过田野，走回了家——然后进屋去。

说实话，感到羞愧的该是艾萨克自己了，又羞愧又兴奋。因为他的邻居布理德·奥森坐在屋里，正喝着咖啡。没错，英格尔还没睡觉，他们两人只是坐在那儿，安静地说着话，一边喝着咖啡。

“艾萨克回来啦。”英格尔极其高兴地说道，站起身来给他倒了一杯咖啡。“晚上好。”布理德也愉快地跟他打招呼。

艾萨克看得出来，布理德刚刚在修电路的工队离开前跟他们度过了最后一晚。他看起来精神不佳，不过依旧友好，而且看起来兴致很高。他又自吹自擂了一番：哪有时间来做电缆的工作啊，自己的田地要忙不过来——但是工程师盛情邀请，着实不好推辞。正是如此，布理德才不得不接受了线路检测员的任务。当然不是为了钱，他可以在村里赚上比这多好几倍的钱，只是他不好意思拒绝。他们还在他家墙上装了一个小机器，很神奇的东西，有点像电报。

没错，布理德不仅是个没什么本事的废物，还是个吹牛大王。即便如此，艾萨克对他倒并无怨恨，相反，那天一回来，看到屋子里的不是陌生人而是他的邻居，这让他终于放下心来。艾萨克有作为一个农夫的冷静，不易暴露情绪，沉稳而固执；他和布理德聊天，并对他的肤浅点头称赞。“再给布理德倒一杯咖啡。”他说。英格尔照做了。

英格尔提起那个工程师；他真是个非常友好的人；看到了孩子在墙上画的画，还说要把艾勒苏带到自己手底下做事。

“去他那儿做事？”艾萨克说。

“对，到城里去。写文书什么的，到办公室去做职员——因为他很喜欢艾勒苏的画和字。”

“嗬！”艾萨克说。

“那么，你怎么看？我还得让孩子去受坚信礼，那也是一件大事。”

“对，确实是大事。”布理德说，“而且，那个工程师说要做什么事，就一定会做到。我了解他，你信我没错。”

“但我想，这个农场不能少了艾勒苏。”艾萨克说。

此后是一片叫人难受的静默。艾萨克一向不是这么好说服的。

“但是，如果孩子自己打算去的话，”英格尔最后开口，“而且他有这份才华。”又是一阵沉默。

布理德笑着打破了沉默：“可惜了，他没娶我家的女儿，我女儿可不少呢，巴布罗最大，是个姑娘。”

“是个挺好的姑娘。”英格尔客气地说道。

“对，我也这么想的。”布理德说。“巴布罗真不错，人又聪明伶俐——现在要去区长家当助手了。”

“去区长家？”

“对，我不得不让她去——区长夫人一心让她过去，我不好推辞。”

眼看天就快亮了，布理德起身离开。

“我有一个袋子和一顶帽子放在谷仓里面。”他说，“我是说，要是那些工人没顺手牵羊拿走的话。”他又开玩笑地加了一句。

第十四章

时间飞逝。

最后，艾勒苏是到城里去了；英格尔坚持的。他在那里待了一年，也受了坚信礼，之后就在工程师的办公室里有了个固定的职位，而且越来越擅长撰写文书方面的工作。偶尔他会写信回家，用的是红色或黑色的墨水，看起来简直像是作画。再看信里的措辞，他时不时跟家里要点钱，说是为了应付生活开支，比如说要买一只手表和表链，这样早上就可以准时起床，上班的时候才不会迟到；同样，还有烟斗和烟草，就像城里的其他年轻职员们都有的那样。他还跟他们讨要零花钱，还要上夜校，去学习画画和体育；要钱支付各种符合他身份地位的东西。总之，让艾勒苏在城里继续生活下去，花销可真不少啊。

“零花钱？”艾萨克问，“是装在口袋里的小票子吗？”

“没错了，应该是这样。”英格尔说，“也就是不会身无分文，虽然那不用太多，但什么时候总有一两块可以拿来花。”

“嗯，也就是说，”艾萨克严肃地说，“今天一块，明天又一块……”他情绪转变只因对艾勒苏的惦念，希望他能早日回家。“这样的话，多少钱才是个尽头啊。”他说，“要这么过下去，我可供不起；你必须写信跟他说，以后没钱给他了。”

“噢，挺好啊！”英格尔生气地说。

“再说赛维特——他哪里有什么零花钱？”

英格尔回答：“你又没去过城里，城里人都那样。赛维特在家根本不需要零花钱。何况说到钱，等到他的舅姥爷老赛维特过世以后，赛维特根本不愁钱花。”

“你根本不知道。”

“不，我很清楚。”

这么说没错，老赛维特说过要让小赛维特继承财产的事。赛维特叔叔知道艾勒苏，也多少听说了他在城里做的那些事，这让他很不满意；他点了点头，咬了咬嘴唇，自言自语，说一个跟他同名——也叫赛维特的侄子——绝不会过上穷困潦倒的生活。但这位赛维特叔叔的巨大财富是什么呢？难道除了那个无人管理的农场还有他那个渔场之外，他还有一笔一般人都相信的巨资吗？没人能说出个所以然来。除此之外，赛维特叔叔是个老顽固；一心想要小赛维特过来跟他同住。他坚持说能和他住在一起是莫大的荣幸；既然工程师把艾勒苏带走了，那么小赛维特就该交由他抚养，他会好好照顾他的。

但要如何做呢？让小赛维特离开他们家吗？——这是坚决不能的。他现在已经是艾萨克唯一的帮工。再者说，孩子自己也不是很希望去和他那个大名鼎鼎的舅姥爷一起住；他曾经去他家住了一次，但是最后还是回自己家了。他已经受了坚信礼，体格健壮，长成了大小伙子；他的两颊已经长出了茸茸的胡子，两手粗壮，像顺从的奴隶一般。他现在干起活来像个大人。

如今，若是没有赛维特帮忙，艾萨克自己很难单独建起那座新谷仓——不过最终是建好了，谷仓上有桥楼，还有通风口，等等，跟牧师宅子里的那座谷仓一般大。的确，这座谷仓只有一半用了木料，屋顶上也覆盖着木板，但造得格外结实，四角都用铁钩牢牢钉住，铺的是艾萨克自己在锯木坊里锯来的一英寸厚的木板。赛维特在干活的时候不止钉一两个钉子那么简单，他把厚重的横梁举起来的时候累得要晕过去。赛维特和父亲配合得天衣无缝，在他身边安静沉稳地工作着；他不愧是另一个艾萨克。他虽纯朴简单，但一到圣日，也会上山采撷艾菊，将身子擦拭得清香扑人方才到教堂做礼拜。丽奥波尔丁因为是姑娘，又是家里唯一的女孩儿，故而有些娇生惯养。就比如那年夏天，很抱歉，但没有糖浆她晚上就不吃稀饭了——简直咽不下去。而且家务方面她从不帮忙。

英格尔还一心想着请个用人；一到春天她就会跟艾萨克提起来，每次艾萨克都毫不犹豫地拒绝了。裁布，缝制衣服，还有那些精巧的针织活英格尔无一不在行，更不用说绣几双花布鞋了，当然前提是她得有足够的时间！所以到了后来，虽然艾萨克还不停嘟囔着抱怨，但心里已经有些动摇了。噢，这可是头一次！他对此曾作了很长的一篇演讲；倒不是为了正义和理智，也并非出于骄傲，而是，哎呀！是由于软弱，还有当时对那个想法的愤怒。但现在，他似乎因为自觉惭愧而打算做出让步。

“现在正是需要请个用人帮忙做家务的时候。”英格尔说，“再过几年，丽奥波尔丁也可以帮帮我了。”

“帮你？”艾萨克，“你到底需要帮什么啊？”

“帮什么？你还真是的，你自己不也有帮手吗？赛维特可是一直跟着你。”

这种毫无意义的争辩，艾萨克该说什么才好？他回答道：“行，好吧，等你的女佣来了以后，你们大概可以把犁田种地还有收割什么的全都包下来了；到时候我和赛维特可以干别的去了。”

“可能吧。”英格尔说，“不过我要声明：我马上要叫巴布罗上来了，她已经写信回家说了这事。”

“什么巴布罗？”艾萨克说，“你是指布理德的那个女儿吗？”

“没错，她现在在卑尔根了。”

“我不同意让布理德那个叫巴布罗的女儿上门来。”他说，“你请谁都可以，但不能请她。”

不过这总比全拒绝都好吧，艾萨克只是不同意叫巴布罗来，但没说以后不允许请用人。

布里达布立克的巴布罗不是艾萨克偏好的那种姑娘；她和她父亲一样，浅薄又不正经——没准她母亲也是那个样子——粗心大意的，毫不稳重。她在区长家也没待多长，仅仅一年就走了。受过坚信礼后，又到鞋店去做了一年的帮工。在那儿她才开始虔诚地信仰宗教，救世军到村里来的时候，她参军去了；胳膊上别了一枚红袖章，带着一把吉他。她去卑尔根还是去年的事，就穿着那身衣服，乘坐店主的船去的。她自己给布里达布立克的家里写了一封电报。艾萨克见过那封电报；一个一头卷发的年轻姑娘，胸前还挂着一条长表链。小巴布罗的父母对他们的女儿深感自豪，只要有人来访，总要把那封电报拿出来炫耀一番；她学了一副城里的做派，在他们看来似乎是一件极为光耀的事情。不过，看起来，她应该不在军队里面了，那把吉他兴许也不再弹了。

“我把那张照片带给区长太太看过了。”布理德说，“她都认不出她来了。”

“她打算在卑尔根定居吗？”艾萨克不无怀疑地问。

“怎么不呢，除非她还要到克里斯提尼亚去。”布理德说，“她在这儿能干什么呢？她现在谋了一份新差事，为两个年轻的职员管家务，他们没有妻儿，也没有女眷，给她的工资很优厚。”

“多少？”艾萨克问。

“她倒没在信里准确说。但不管如何，很明显，肯定比这儿的一般人家付得多。因为，她圣诞节还收到了礼物，其他时候也会有礼物，而且不会从工资里克扣。”

“噢！”艾萨克说。

“你不想把她请到你家里去吗？”布理德问。

“我？”艾萨克吃了一惊，说道。

“没有，当然不会了，嘻嘻，我只是随口一提罢了。巴布罗在那儿过得够好了。我想说什么了？对了，你下山的时候有没有注意电报路线有哪里出问题没？”

“电报路线？没有。”

“啊，这样啊……自从我当了线路检测员之后就没出过什么问题。而且，我家墙上还安了一个警报器，一有情况就会发出警报。这几天我得抽空去看看线路情况怎样。还有一堆事情要处理照看，一个人还真忙不过来。但只要我在这里当检测员，继续办公职的话，我就决不能失职。如果我没接线路检测员的工作，当然……可能也不会太久了……”

“怎么了？”艾萨克说，“你不打算继续干了吗？”

“这个，我现在还说不好。”布理德说，“我还没决定。他们又要我回村里去任职了。”

“谁叫你去的？”艾萨克问。

“噢，所有人。区长又叫我回去做他的助理，医生要我去给他当司机，牧师太太也多次提起要我去帮忙，只可惜两地离得太远了。艾萨克，上次你卖掉的那一大片地怎么样啦？他们应允给你付的钱都付了吗？”

“是的，是这么回事。”艾萨克回答。

“但是，吉斯勒买这块地来有何用？那块地一直就在那儿啊——太奇怪了！这么些年过去了，也没见他拿来做什么。”

确实很奇怪；艾萨克自己也不止一次思考过这个问题；他甚至去找区长说了这事，还跟他要了吉斯勒的地址，打算写信给他……啊，真是个谜。

“我也说不清。”艾萨克说。

布理德丝毫不掩饰自己对这个买卖的好奇。

“他们说除了你那块地，山里还有其他矿产。但我们只能傻乎乎地坐在这儿，一无所知，真让人懊恼。我打算哪天自己上山去一看究竟。”

“但是，你对金属矿产什么的了解吗？”艾萨克问。

“这个啊，略知一二。也跟一两个人咨询过了。不管怎样，我打算去开采出点什么来；我总不能让一家老小就靠这一小块地生活。绝对做不到。你那儿不仅有木材，还有肥沃的土地，当然不成问题，我这儿都是荒地。”

“荒原上的地也不坏。”艾萨克打断他说道，“我自己的也一样。”

“但是不能排水。”布理德继续道，“没办法弄。”

当然可以办到。那天下山的时候，艾萨克发现又多了几处新翻的空地，其中两处比较低，临近村子，还有一处在布里达布立克和赛兰拉之间的山上——如今人们都来开垦了；当初艾萨克第一次上来的时候，这儿还只是一块荒地。新来的三家是别的区来的，看起来那些人略有学识。他们并非借钱来造房子的；而是上山来待了一年，把地刨好后就走了，消失得无影无踪，好像死了一样。其实这样做刚好；先刨地，其次耕种。现在离艾萨克家最近的是艾瑟克尔·斯特隆家。他是海尔格兰人，很聪明，还没结婚。他跟艾萨克借了一把新耙子来开地，一年后他自己就造好了一顶棚舍，一间草房屋还有两头牲畜。他把那儿叫做曼尼兰，因为在夜晚的月光映照下，这儿恍若仙境。他家无女眷，而且因为路途太远，夏天的时候很难找到帮手，即便如此，他自己也能把家里的事处理得有条不紊。不像布理德·奥森，刚在山上造完家宅就拖家带口地上来住了，那么一小块地都不够养他们。布理德·奥森知道什么是排水系统，知道怎么开地吗?

布理德只知道游手好闲。有一天他路过赛兰拉，声称只是来找珍贵的矿藏。当天傍晚他回来了，什么都没找到；他摇着头说虽然没有准确找到矿产，但发现了一些迹象。他说不久还要再上山一次，穿到瑞典那边的山林去彻彻底底寻一遍。

当然，布理德果然又上山来了。毋庸置疑，他是迷上了这项工作；不过这次他表示是为了电报线路来的，得好好将整条路线都检查一遍。田地交给他妻子和孩子来管了，或者说是他自己管理了。布理德频繁造访让艾萨克感到厌烦；每次他一来，艾萨克会离开房间，留英格尔和布理德坐在那儿谈心。他们能谈什么呢?布理德经常到村里去，总能带些大户人家的消息回来。英格尔呢，和他不一样，她说的是去特隆金的那次了不起的旅程，以及在那儿居住的种种生活。她离开后的这几年里，变得越来越健谈，跟任何人都能唧唧喳喳八卦几句。是啊，她再也不是以前那个直性子又简单的英格尔了。

姑娘和女人们时不时上山来找英格尔，不是让她帮忙裁一块布料，就是让她帮着在缝纫机上踩一条长缝出来，英格尔每次都能让他们满足而归。奥琳也来过，估计是不自禁吧；春天和秋天分别来过一次；花言巧语，声音轻柔，但明显很虚情假意。“来看看你们过得怎么样。”每次她都这样说。“一心想来看看孩子们，我很喜欢他们，简直是小天使。喔，他们现在都长大啦，真不可思议……老是想起来他们小时候的样子，那时候还是我照顾他们呢。你们家又新盖了这么多房子，简直是一座小镇了。是不是打算跟牧师住宅那儿一样，也在谷仓顶上挂一座大钟？”

有一次，奥琳来的时候还带了另一个女人，两人和英格尔度过了愉快的一天。英格尔身边围坐的人越多，她裁裁缝缝得越带劲，挥着剪刀，熨烫衣物，像在表演一般。这往往让她回忆起学习这些技艺的地方来，那时候车间里还有许多其他的工友，英格尔没有特意瞒着是从哪里学来的这些本领，她告诉她们这都是在特隆金学的。提起这些的时候，好似她待的不是牢狱，而是一个学校，一个学习机构，在那儿不仅可以学到针线活、读书写字，还能学到装饰、染色等一切在特隆金能学到的东西。谈到那个地方的时候，她好像说起自己的家；在那儿她认识了多少人啊，主任、女领班、服务员等，回到这儿之后她觉得空虚无聊，而且跟以前熟悉的人和物都不再有关联。她甚至让人觉得她犯了感冒——山上的冷空气她受不了。回家后因为身体虚弱，她已经不能从事户外工作了，因此才要请一个用人来替手。

“是啊，上帝保佑。”奥琳说，“你怎么可以不请一个用人呢，你又有钱又有学识，还有这么好的房子，什么都有了！”

被同情后，英格尔毫不掩饰她的高兴。她继续踩着她的机器，连房子都在震动，手上的戒指闪闪发光。

“就是那个，你自己看吧。”奥琳对同来的那个女人说道，“我说的没错吧，英格尔手上有一枚金戒指。”

“你们要看看吗？”英格尔说着摘下戒指。

奥琳无比好奇地看着那只戒指；她像一只猴子在抚弄干果一样，把戒指放在手里仔细观察着上面的商标。

“喏，我说得没错吧，英格尔是个不缺钱的主儿。”

另外那个女人小心翼翼地接过戒指，满脸谦卑地笑着。

“你可以在手上戴一会儿。”英格尔说，“不用担心，不会坏的。”

英格尔友好而亲切地跟她们说起特隆金的大教堂，她是这样开头的：“你们没见过特隆金的大教堂吧？噢，当然没有啦，你们都没去过那儿！”听她那么夸赞，好似那座教堂是她自己的，她不停地吹捧着，告诉她们它多高多宽；它简直是个奇迹！七个神父可以同时站在教堂里布道，而且谁也听不到其他人的声音。“你们没见过圣·欧拉夫井吧？就在教堂的正中间，靠边一点，是个无底井。对啦，我们去的时候每人带了一块小石子，到那儿以后就往里面投，不过根本到不了底部。”

“到不了底啊？”那两个女人嘟囔着，摇了摇头。

“教堂旁边还有别的上了千年的古迹。”英格尔很有兴致地高声道，“首先，那儿有一只银箱子，是圣·欧拉夫自己用过的银箱子。还有小的大理石教堂——全部是大理石盖的——战争的时候曾被丹麦占领过……”

两个女人该回去了。奥琳把英格尔拉到一边，把她带出去，进了伙食房——她知道奶酪都放在那儿——还把门关上了。

“怎么了？”英格尔问。

奥琳小声说：“那个奥山德尔，他再也不敢来了。我跟他说了。”

“噢！”英格尔说。

“我跟他说，他对你干了这些事，看他还敢不敢来。”

“噢。”英格尔说，“不过那事以后他也来过很多次了。而且他爱来就来好了，我又不怕他。”

“对，你是不怕。”奥琳说，“不过我清楚他的老底，要是你需要，我可以帮你告他。”

“噢！”英格尔说，“不用了，你没必要这么做。不值当。”

不过有奥琳站在她这边，英格尔还是很高兴；当然，这花了她一块奶酪，但是奥琳连声道谢：“我就说过啦，正像我一直说的：英格尔是个慷慨大方的人，从不记恨以前的事，也从不小家子气！对，你当然不怕奥山德尔啦，但我已经不让他再上来了。这是我能为你做的最起码的事。”

英格尔于是说道：“话又说回来，他要是来了能怎么样呢？他再也不能伤害我了。”

奥琳竖起了耳朵问道：“噢，你大概有什么方法吧？”

“我以后不会再生孩子了。”英格尔说。

她们道了别，现在两人手里都有了一张王牌：因为奥琳分明已经知道，奥山德尔那个拉普兰人早在前天就死去了……

为何英格尔不想要孩子了呢？并不是她和丈夫关系不好，他俩在生活里不是爱吵吵闹闹的人——很是和气。偶尔有些不快，但也不至于会大吵一架，而且往往很快就好了。有许多次英格尔忽而变回旧时的样子，在牛棚或田地拼命干活，好似恢复了往日的健康。这样的时候艾萨克会一脸感激地看着妻子，倘若他是那种善于表达的人，也许会说：“嗯，这是什么意思，嗯？”或者类似的话。但他总能憋很久，最后才吐出几个赞扬的字眼儿。所以无疑的，英格尔觉得这么做没必要，于是之后也就停手了。

她即便到了五十岁应该还可以生育，而现在她看起来还不到四十。她在牢里学了各式本领——是否也学会了耍花招呢？跟女杀人犯待了那么长时间，她回来之后已经是个受过训练和教育的人；而且有的男人——比如监狱的看守和那里的医生应该也教了她不少东西吧。有一天，她跟艾萨克说有个年轻医生对她所犯的那个小罪的看法：“为什么杀死婴儿也算犯罪呢？——对，哪怕是健全的婴儿。他们只不过是一团肉而已。”

艾萨克问：“那么，他自己是不是生性残暴？”

“他才不会！”英格尔叫道，然后解释说他平时对她是如何如何的好；而且正是他叫了另一个医生来帮她做了缝唇手术，还给她接生了一个孩子。现在只看到浅浅的疤痕了。

仅仅一个疤痕，没错。而且她自有不同于别人的地方，身材修长，不肥胖，皮肤黝黑，还有一头茂密的头发；夏天的时候，她大部分时间都裸着双足，穿着褶边的短裙；英格尔不怕会露出腿来。艾萨克看过她的腿——谁没看过呀！

他们没有吵架，当然没有。艾萨克根本没有吵架的本领，而且他老婆还嘴的时候反应比过去更灵敏了。艾萨克这么沉闷的人，想要跟他好好吵上一架还真是不容易。她没几句话就能把他搞得晕头转向，根本不知道怎么回嘴；再说了，他那么喜爱她——爱得无法自拔。所以有的时候他根本不会还嘴。英格尔毫无怨言；他在许多方面都是个优秀的丈夫，她也就顺其自然了。她还有什么要抱怨的呢？艾萨克不是个让人轻视的人，她当初也可能嫁给一个不如他的人。他累垮了，是吗？现在种种迹象表明他有时候明显的疲惫，但也不算严重。他和以前一样保持着那时的健康以及未损耗的精力，和她一样。在他们中年的婚姻生活中，他和她一样，至少还可以完成自己的任务。

但他身上有什么特别华丽美好的东西吗？没有。到这里就显出她的优越性来了。英格尔也许时不时在心里想起她见过的比他好的上等人；那些仪表堂堂的绅士们执手杖、用手帕、戴颈圈——噢，这些城里的绅士们！她让艾萨克保持原样，也没给他特殊待遇。他只是个农夫，是住在森林的乡巴佬；若不是兔唇的缘故，一开始她也不会嫁给他；当然不会了。是的，她完全可以选一个更好的！他能给她的仅仅是房子和生活，都是这么寒酸；而且她完全可以在村里找个人嫁掉，至少还有邻居和朋友，而不用像现在这样住在深山老林里。这儿已经不适合她生活，她应该去寻求另一种生活方式。

真奇怪，同一个人居然可以对一样事物完全变了看法！英格尔再也不会因为又多了只牛犊就兴高采烈了；当艾萨克带着满满一篮子鲜鱼从山上回来后，她也不会欣喜若狂地拍着手欢呼了；当然不会啦，她毕竟在外面生活了六年，已经见过大世面了。最近她叫他进屋吃饭的时候，语气也不再那么温柔动听了。“饭准备好了，你要来吃吗？”她现在都是这么招呼他的。听起来有些冷淡。艾萨克最开始还觉得奇怪，这么说话太奇特了；明明是一种丝毫不关心，“随便你吃不吃”的让人讨厌的语调。他回答：“是吗？我不知道饭好了。”于是英格尔还会说他应该知道的，猜也能猜到，看看太阳就知道差不多该吃饭了。艾萨克不再说什么。

不过，他现在也抓到她的把柄了——那次她正要偷他的钱。倒不是说艾萨克在钱方面吝啬，只不过那钱确确实实是他的。噢，那次差点就被她拿走，差一点就要浪费了！不过，即使是那次，她也不算是犯了不可弥补的大错。她拿钱是为了艾勒苏——给她那个在城里的宝贝儿子艾勒苏，他又跟她要钱了。难道让他身无分文地混在那些上等人家的孩子中吗？不管怎样，她总就有一颗慈母的心。开始她是要向孩子父亲要钱的，不过最后发现似乎不适合，只好自己拿了。不管是艾萨克一开始就有所怀疑还是偶然发现——不管怎样，反正是被抓了现行。英格尔马上就感到有一双手把自己提起来，身子从地上飘了起来，然后重重地又摔到了地上。这阵势把她镇住了——像一场雪崩一样。艾萨克两手力大如牛，现在丝毫不减当年。头往后一仰，英格尔不禁呻吟，双肩发抖，松开了拿到手的钱。

尽管是这个时候，艾萨克依旧一言不发，尽管英格尔没有要阻止他的意思。最后他只是喘着粗气说了这么一句：“啐！你——你不配主宰着这里！”

她简直读不懂他了。噢，这是积了多久的苦楚，现在才终于发泄出来。

痛苦的一天，漫漫长夜，接着又是新的一天。艾萨克走出门去，在外面躺了下来，尽管如此，外面的干草总得收进来；赛维特又跟着父亲去了。英格尔只有小丽奥波尔丁和牲口陪伴；但她觉得无比寂寞，时不时哭泣，一边不停摇着头。她一生中除了这次，只有另外一次才像这样难过；她想起了那一天，她躺在床上把刚出生的婴儿掐死的那一天。

艾萨克和儿子去哪里了呢？他们没有闲着；不，他们花了一天和一夜的工夫，暂时放下割晒草料的工作，在河上造了一只木船。噢，一只粗糙得有些寒碜的木船，不过和他们做过的所有东西一样坚固耐用；他们现在有船了，今后可以带上渔网去捕鱼。

他们回到家，外面的干草依旧干燥如故。他们本打算由着它自生自灭，不过居然没有任何损失，反倒还获利了；接着赛维特挥舞双臂高喊道："噢！妈妈晒过草了！"艾萨克往下面的田野里望了望，说："嗯。"艾萨克当然注意到有些草料被动过了。英格尔现在应该在屋里吃午餐。他前天刚骂了她，还"啐"了一口，她现在还帮着晒草料，实在不容易。而且晒草料的活儿干起来着实不简单，她应该是拼了命干的，因为还要给牛羊挤奶……"进去吃点东西吧。"他对赛维特说。

"你不进来吃吗？"

"不了。"

没过多久，英格尔走了出来，一脸恭顺，站在门前的石板上说：

"你也稍微为自己想想，进来吃点东西吧。"

艾萨克不由得嘟囔了一声"嗯"。但最近很难得能看到英格尔这么恭顺，因为他的固执多少有些动摇了。

"要是你能在我的耙子上再装两根牙，我就能多干点牧草活儿了。"她说。没错，她走向她的丈夫，走到这个一家之主面前，恳请他做一件事，而且她因为他没有转身而去而感激不已。

"你做得不少了。"他说，"又耙草又运回来，做得够多了。"

"没，还不够。"

"我现在没时间修理耙子。你也知道马上要下雨了。"

说完艾萨克转身干自己的活去了。

毫无疑问，他只是不想让她继续干活；因为他修耙子只需要一两分钟，而英格尔会花上不止十倍的时间干活。但是最后，英格尔照例拿着那把没修过的耙子，倔着一股劲继续割晒草料去了；赛维特拉着马和运草车过来了，于是三人合力，一起挥汗如雨地开始忙着把草料都搬进来。这活儿干得可真舒心，艾萨克不禁又想起了那引导众生的神灵——从头一块钱到收进第一批干草。还有，那条船；想了小半辈子，如今这条船终于造好了，正漂在湖中央。

“哎呀，上帝啊！”艾萨克说。

第十五章

这是个奇怪的夜晚——一个转折点。英格尔以前的那种状态已经持续了好长一段时间，幸而艾萨克那次从地上把她拎起来，才又步回正轨。两人没有谁提起发生过的事。那次之后，艾萨克一直心怀愧疚——不就是几块钱吗，身外之物罢了，艾萨克其实完全可以给她的，因为作为父亲，他自己也希望可以给儿子花。再者说——他的钱不就是英格尔的钱吗？这下子轮到艾萨克因愧疚而变得恭顺起来了。

又经历了不同的时期；看起来，英格尔又改变她的想法了；她又变得不一样了，不像以前那样讲究了，越发认真起来，又变回了以前那个认真而有头脑的移居到此的农民的妻子。真难想象，一个男人这样一拉扯，居然会产生如此奇迹！但是倒也说得通；她原本就是个健康而强壮的女人，只不过后来因为人为的原因，在一个浮躁的环境里生活了那么久，才会走上歪路——幸好她遇上的是个脚踏实地的稳重男人。这个男人从未离开过这个地方，从未离开过他的这个家。任何东西都不会让他动摇。

又是各种各样的时期。接下来的这一年又闹了旱灾，看着地里的庄稼一片片倒下，人类的信心遭受着巨大考验。一片片庄稼都枯死了，而马铃薯——这神奇的马铃薯——倒是没有枯掉，相反却在开着花，而且开得越发娇艳。葱绿的草地满是疮夷，而马铃薯继续开着花。虽说天上的万物之神指导着它们，可是这草地依旧一片片地倒下了

有一天吉斯勒来了——前区长吉斯勒终于是来了。他居然还在人世，而且上山来了，真是鼓舞人心。他这次来做什么呢?

看起来，吉斯勒此次登门并未带来什么大惊喜，既不是来购买开矿权，也不是签署文件之类的。吉斯勒穿得有些寒酸，头发和胡子已经花白，眼圈也比以前红得更严重了。而且，这次没有人帮他拎包，文件直接装在口袋里，甚至一个公文包都没有。

“还好吧？”吉斯勒打招呼。

“好啊！”艾萨克和英格尔同时答道，“这才是我们想见的客人啊！”

吉斯勒点了点头。

“非常感谢你帮助过我的那些事——在特隆金的时候。”英格尔说。

艾萨克点头同意，说道：“没错，这是我们两人欠你的人情。”

但吉斯勒——一向不是喜欢客套的人；他说：“是啊，我正打算到瑞典去。”

尽管赛兰拉一家人因为干旱而忧心忡忡，但见到吉斯勒还是让他们非常高兴；他们热情地用家中最好的东西招待他，并且为了对他过去所做的一切表示感谢，他们愿意做他们力所能及的事来报答他。

吉斯勒本人看起来没什么烦心之事；他一下子变得很健谈起来，望着外面的稻田点点头。他气色不减当年，身板站得很直，看着像是兜里装着好几百块钱。他的到来让他们内心一片明亮，瞬间有了活力；倒不

是因为他开了什么闹腾的玩笑，而只是因为他天生是个能滔滔不绝跟他们谈话的人。

“好地方，赛兰拉是个不错的地方。”他说，“艾萨克，你来这儿定居之后，现在一个接一个又来了好几户人家，光我看到的就有五家。除此之外，还有其他的吗？”

“总共有七户。有两户从大路上是看不到的。”

“七户啊，差不多该有五十口人了吧。这么说，不久这儿的人会越来越多吧。我听说，你们这儿已经办起了学校？”

“对，确实办起来了。”

“对吧——我以前不是说过吗？完全给你们用的一所学校，在下面的布理德家附近，差不多在中间那儿。真没想到这个布理德居然当上了农场主！”吉斯勒说到这个不由得笑起来，“对了，艾萨克，我经常听别人说到你；说你是这一带最勤劳肯干的。我很高兴听到这些消息。对了，还有那个锯木坊，你造好了吧？”

“对，一般般而已。不过足够我用了。我还时常为山下的人家锯点东西。”

“真不错！这样很好啊！”

“区长，要是你愿意去看看那边的锯木坊，可以去看看，我很想听听你的看法。”

吉斯勒点了点头，很内行的样子；当然了，他要亲自看看，好好检查一番。接着他又问：“你有两个儿子，对吧——那一个怎么样了？在城里吗？在办公室任职吧？嗯？”吉斯勒说，“这个看起来身强体壮的——对了，你叫什么名字？”

“赛维特。”

“那个呢？”

“艾勒苏。”

“他是在一个工程师的办公室里任职吧？——到那边去学什么呢？是个饿肚子的差事。还不如跟我呢。”吉斯勒说。

“是。”艾萨克为了礼貌，这样回答道。那个时候他有点同情吉斯勒。噢，这个男人，看起来应该请不起助手吧，估计自己都要努力赚钱才能糊口。那件夹克衫——袖口的位置已经磨损了。

“你要换上一双干袜子吗？”英格尔拿出一双自己的袜子问道。这是她以前最讲究的时候穿的；又细又薄，还戴着褶边。

“不用了，谢谢。”吉斯勒打断她，即便自己身上可能已经湿透了。“跟着我要好多了。”他又开口道，指的是艾勒苏，“我很需要他。”他从口袋里掏出一只银烟盒，坐在那里用手指把玩着。估计这是他身上仅剩的有点价值的东西了。

但吉斯勒有些焦躁不安，一会儿玩玩这个，一会儿玩玩那个。他把烟盒放回口袋，又开始发起了一个新话题。“但——那是什么啊？怎么了，草地都变白了。我还以为是影子呢。地面全干了。赛维特，跟我走一趟。”

他突然从椅子上站起来，饭都没吃，转身就走，走到门口才想起来谢过英格尔的饭食。说完就消失了，后面跟着赛维特。

他们穿过山林和田野，走到河边。吉斯勒一路不安地四处观望。“到了！”他大叫一声停了下来。接着解释道：“你们旁边有一条足以把麦田淹没的河流，你们怎么能眼睁睁看着它干掉呢？我们得想办法，让那片草地在明天就可以变绿！”

赛维特，完全被震惊了，半响只回答道：“是。”

“从这儿斜着往下挖——懂吗？挖在一道斜坡上。地面是水平的，所以得想办法挖出一条水沟。你们那边有一个锯木坊，我想，你可以去那里找几块厚木板来吧？太棒了！你赶紧跑回去取一把鹤嘴锄和铁锹来，先从这里挖；我也得回去画一下线路图。”

他跑回了家里，长筒靴因为湿透了而一路嘎吱作响。他叫艾萨克做好水管，能做多少就做多少，然后埋在不能挖通水沟的地方。艾萨克表示水不可能流这么远一段路；没到地里，半路上就可能被渗透到干燥的土里去了。吉斯勒解释说一开始需要一段时间，没多久就可以流过来了。“明天的这个时候田里和草地就能一缕如新了。”

“嗬！”艾萨克说完拼命把所有的长板子装进箱子里去。

吉斯勒接着又赶到赛维特那里去。“挖得好——继续——我有没有说过你身强力壮？记号我已经挖好了，你顺着它们挖就行。要是有大块石头什么的挡在前面，就绕着挖过去，但是要保证水平线——保持一样的深度。你懂我的意思吗？”

接着他又回到艾萨克那里。“那一根已经做好啦——真棒！不过需要的不止这根，可能要六根。艾萨克，继续做。你要知道，明天我们就能让你的田地一片绿了，麦子就有救了！”吉斯勒在地上坐下来，双手拍打着膝盖，满脸欣喜地神侃起来，他的想法简直像闪电般跳跃着。“这儿有沥青、填絮什么的吗？太好了——什么都有了。你知道的，一开始两边会有点漏水，但过后木头一膨胀，就会紧得像瓶盖一样。你居然连沥青和填絮都有！什么，你说造了一只船？船在哪儿？就在河上？太好了！我还得到那儿去看看。”

噢，吉斯勒还真是说做就做，走得比闪电还迅速——他这次似乎比以前更咋咋呼呼。他干起活来一时头脑发热，一时又全然不管，不过效率倒是很高。当然，毕竟他也有过人之处。不过，他确实有些夸口了——明显的，明天这个时候不可能像他说的那样，所有的田地都变绿。但吉斯勒毕竟是机敏且果断的；没错，吉斯勒是个很奇特的人。也正是他挽救了赛兰拉那一整年的庄稼。

“你做了多少了？还不够。你铺的木板越多，水就可以越快地流过来。你能做到的话，最好做成二十或者二十五英尺长的。这儿有那么长的木板吗？有啊，太好了；都拿过来——收割的时候你就知道有用了！”

他又不安了，再次到赛维特那儿去。“做得好，赛维特；做得好极了。你老爸像写诗一样在做一行行水管呢，还得做得比我计划得多很多。你过去扛几根过来，我们马上开工。”

整个下午他们都是经常地来回跑；赛维特从没见过这么紧张的活儿，他实在不习惯这样高效的工作方式。三个人忙得连吃饭的时间都没有。但毕竟水已经流过来了！虽然他们不得不在这儿或那儿挖得深一些，水管也时高时低地调整，但不管怎样，水终究是流过来了。三个男人一直忙到夜里，直到快完工了，还要检查哪里还有疏漏。当水终于流进了最干燥的地方时，赛兰拉一片欢天喜地。“我没带表。”吉斯勒说，“几点了？没错，明天这个时候这儿将是一片绿地。”

半夜的时候，赛维特起来到外面看情况如何，他发现父亲已经出去做同样的事了。噢，让人欣喜若狂的一刻——这是个伟大的日子！

第二天，吉斯勒又怠惰起来，没了前一天的热情，一觉睡到了大中午。他也没有费力爬过山到那边去看那只船；要不是他已经答应过，他甚至都不想去看那个锯木坊。即便对灌溉工作感兴趣，他也没当初那么热情了。当他在一夜过后看到艾萨克家的田地并没有如他所说的变绿，他沮丧起来。他根本没想过水是怎么流的，时时刻刻不停地流着，浇灌了这么一大片田地。他现在终于不再坚持原来的说法：“可能需要点时间——也许明天你们都还看不到什么变化，但是别担心，总会有效果的。”

稍晚一点，布理德·奥森走了进来，带了一些石头样品，让吉斯勒给他看看。“这次跟普通石头不一样，我有预感。”布理德说道。

吉斯勒根本懒得看一眼。“你就是这么种地的？整天在山上晃荡找财路吗？”他责问道。

布理德显然不愿意接受前任上司的责骂；他把前区长看成和自己一级的，尖酸而丝毫不带尊重地回敬道：“你以为我还在意你说的……”

“你还是这么幼稚，到处浪费光阴。”吉斯勒说。

“你也不看看自己？”布理德说，“你现在怎样了？我倒是想知道。你自己不是在这儿买了一处矿地吗，得到什么了？哈！还不是放在那儿，毫无用处。对啊，你这样的人才有资格拥有矿地，是吧？嘻嘻！”

“滚出去。”吉斯勒说。

布理德没待多久，扛起他的样品下山回家去了，连一声再见都没说。

吉斯勒坐下来，若有所思地翻看文件。看起来他是迷上了采矿，这下子想好好研究下铜矿事业，看看合同，好好分析下。原来是优质矿土，几乎是纯铜矿。他必须及时开发，不能置之不管。

“我这次上山的目的是把事情彻底处理好。”他对艾萨克说，“我已经想过了，打算尽快动工。雇一大批人来，早点让工程落实，你怎么看？”

艾萨克只觉得同情这个男人，因此对这事没发表什么意见。

“这件事跟你也有关，你知道的。到时候得需要很多人，没错，很多工人，到时肯定少不了要吵吵闹闹的。山上还要爆破——不知道你能否受得住。不过，还有啊，我们开工的这一块地界到时候会有更多的人过来，你的农产品什么的到时候可以在这儿找到市场。而且，价钱都由你自己来定。”

“是。”艾萨克说。

“另外，矿产里还有你的分成——你知道的，会有一大笔分成。艾萨克，这可是一笔不小的数目。”

艾萨克说：“你已经付给我不少了，够多的了……”

次日，吉斯勒急急启程，朝东而去。他要去的是瑞典。艾萨克表示要送他一程，吉斯勒拒绝了：“不用了，谢谢。”看到他自己一身寒酸地上路，他有点难过。英格尔为他包好了一袋丰盛的食物，带着在路上吃，她把最好的东西都拿出来了，还特意做了点薄饼一同包在里面。即便这样，她还是觉得不够，于是还拿了一罐奶油和不少鸡蛋给他。不过他不肯带那么多，英格尔满心失落。

吉斯勒未能像往常一样，离开的时候大方地给赛兰拉一家付伙食费，未免觉得面子上过不去；所以他装作自己已经付过钱，好似刚给了他们一张大钞，然后对小丽奥波尔丁说道：“来，我也要送给你一样东西。”说完他给了她一只银盒子，正是他的那只烟盒。“你可以洗洗，然后拿来放大头针什么的。”他说。“真算不上是个礼物，要是在我家里的话，可以送她点别的；家里东西不少……”

吉斯勒虽然走了，但是他的灌溉工程却依旧发挥着作用；它日夜不停，浇灌了那片土地，一周又一周发挥着奇妙的作用。田野变青了，马铃薯停止开花了，小麦也迅速地长高了……

山下的那家新住户也上山来，要看这里的奇迹。那个叫艾瑟克尔·斯特隆的邻居——还未结婚，家里没有女眷，一切全靠自己打理，他也从曼尼兰跑上来看。那一天他兴高采烈，告诉艾萨克说刚不久有一位姑娘答应了夏天会过来给他当帮手——终于算是了却了一桩心事。他没说是谁，艾萨克也没问，其实正是布理德的女儿巴布罗。还得先发一份电报过去，才能把她从卑尔根叫来；虽然艾瑟克尔并不大方，可以说是吝啬，但他还是付了那笔钱。

今天正是山上的水利工程把他吸引过来的；他从这头看到那头，兴致很高。他那块地上没有一条大河，不过就一条小溪；他也没有做水管的厚木板，不过可以挖一条条水沟出来；这还是可以办到的。至今为止，他的田地因为地理偏低，在下面的斜坡上，旱情还不是特别严重。不过，要是干旱一直持续下去，他的田地最后也得实施水利了。意识到自己需要什么之后，他急着回家了。不，他就不进屋去坐了，实在没有闲空；他晚上就要马上挖渠。所以他转身下山去了。

这个男人的做派可绝不是布理德的风格。

噢，布理德现在可以在各个农场间奔走，告诉他们“赛兰拉家做了了不得的水利工程”这个重大消息了。“你们这么拼命干活是没有用的。”他会这么说，“瞧人家艾萨克，他就那么挖挖，也没多长，就可以把那片地整个都灌溉了。”

艾萨克虽然好脾气，但是一心希望可以摆脱这个经常上门吹牛皮的布理德。布理德每次都说是为了检测线路才来；既然他现在是公职人员，就应该鞠躬尽瘁，保证线路通畅。不过，电报公司已经好几次因为他失职而斥责过他，而且一再邀请艾萨克接任这份工作。当然了，布理德断然不会时刻惦挂电路检测的工作，现在他最关心的是山上的矿藏。这才是他已经为之癫狂的理想。

他现在更加频繁地来赛兰拉了，信心满满的，表示找到了宝藏，摇头晃脑地说：“我现在还不能坦白告诉你，不过我不介意透露一下，这次我收获可不小。”简直是浪费时间和精力又一无所得。不过，每天晚上他回到自己的小房子里，总会把一小袋样品放到地上，然后坐下来抽烟，似乎为了养家糊口再没有谁像他这么奔波劳苦似的。他在一小块酸性地里种了点马铃薯，把房子周围的杂草都割掉——这便是他所谓的劳作了。他生来就不会种地，而往往结局也只有一个。他屋顶上的草皮已经七零八散了，通往厨房的台阶也因为潮湿而腐烂不堪；地上扔着一块磨刀石，院子里的马车也依旧在露天放着，无遮无盖。

不过也亏了这些小事压根不会让布理德烦恼。看到孩子们在地上滚着磨刀石玩，他不但没生气，反而一脸溺爱和宽容，甚至还帮他们滚。这个是好脾气又懒散的男人；从来不会对人刻薄，却又是个没有恒心，软弱且毫无担当的人。不过，他到底还会想办法糊口，维持一家老小每天的消耗；不管怎样，他在努力养活家人。但是，也总不能指望店老板养活他们一家人吧，他已经无数次告诉过布理德了，这次又认真地重申了一次。布理德承认他说的没错，并且承诺一定要改变现状——把田地卖掉，很可能卖一个好价钱——然后用卖地赚来的钱偿还他欠店主的债务！

噢，布理德当然可以随时卖掉，即便可能亏本——他留着这块地做什么呢？他又怀念起那个村子来了，怀念那里轻松繁闹的生活，还有那个小商铺——那儿总比让他在这儿种地更合适些，不用理会外面的纷纷扰扰，躲起来过他的小日子。他能忘记圣诞树和圣诞晚会吗？能忘记立宪纪念日的宴会吗？能忘记在会议室里举办的各种义卖吗？他想要和同道中人相处，想和他们一起谈天说地，交流新闻和观点。可是这儿他能和谁聊天去呢？赛兰拉家的英格尔曾一度让他以为找到了同类，但她后来完全变了——她现在再也不会和他天南海北地乱侃一通了。而且，英格尔坐过牢，对于他这样身份的人——不，坚决不能深交。

没错，他离开村里纯属一个错误；他把自己与世隔绝起来了。他对区长请了新的助理心怀怨气，医生也找了别人来为自己开车，是他自己离开了那些需要他的人。他离开以后，别人也照样过得风生水起的。而那些取代了他原位的人——说实话，也并不怎么样嘛。准确地说，他，布理德，应该被风风光光地请回村子里去才对！

此外，还有巴布罗——他为什么一心想把她送到赛兰拉去帮工呢？

这个嘛，是他跟妻子磋商之后一起决定的。要是没出差错的话，还可以为女儿谋个好未来，没准他们一家都可以跟着享福了。在卑尔根为那两个年轻职员管理家务当然也不错，但这样下去她确保能有什么前途吗？巴布罗是个漂亮姑娘，而且本身爱美，不管怎样，来这儿工作对她来说应该是上策。因为赛兰拉家有两个儿子呢。

但是当布理德发现这个计划根本没指望了的时候，他打算另辟新途。毕竟，把女儿嫁给英格尔做儿媳妇并不算什么攀龙附凤的事——她可是坐过牢的。所以，除了赛兰拉家的两个小伙子外，还有别的人选——比如说艾瑟克尔·斯特隆。他有一个宅子、一处农场，就靠自己一点一点建起了家宅，此外还一点一点养了家畜，吃穿不愁；而且还没结婚，又没有女人愿意过来帮工。“对了，我坦白说，如果你要了巴布罗，你会发现她是当你助手的不二人选。”布理德对他说，“这是她的照片，你可以看看。”

过了一周左右，巴布罗果然来了。艾瑟克尔当时正忙着割晒草料，白天割草，夜晚收进来——正好巴布罗来了！简直是天降神物。巴布罗很快就让他看到了她的吃苦耐劳；她洗衣服，打扫房屋，煮饭挤奶，还会帮忙割草，她都做了。艾瑟克尔决定付给优厚的薪水，从而确保不会因此失去她。

她在这儿可不仅仅是照片上的那个漂亮姑娘。她身材笔直修长，声音有些嘶哑，各方面都懂事而且富有经验——她不再只是个小女孩儿了。艾瑟克尔一直搞不懂她为何身材瘦弱，脸色憔悴。

“我看你的脸可以认出来是你。”他说，“但你和照片上不一样。”

“因为旅途太过劳累，”她说，“而且一直呼吸城里的空气。”

确实，因为没多久她就养得饱满起来了，看起来气色也恢复了健康。“我说得没错吧。”巴布罗说，“那么一段旅途多少会伤了身体，再加上一直都在城里生活。”她偶尔也会透露一些在卑尔根生活所受的诱惑——在那儿生活不得不小心。但是他们坐下来聊天的时候，她又请求他给她带一份报纸——一份卑尔根的报纸——这样她偶尔可以读读报纸，看看外面的世界。她以前已经养成了读报的习惯，也会去剧院看戏，或者听音乐会，所以在这样的地方生活就显得有些枯燥无味。

艾瑟克尔为这个夏天多了帮工后的成就感到满意，因此也答应会帮她带一份报纸回来。不过，他也厌倦了布理德一家频繁地造访，他们一家老小时常过来蹭吃蹭喝。他一心想表达对这个帮工姑娘的谢意。每到周日的晚上，巴布罗调试琴弦，一边弹着吉他，带着略微沙哑的嗓音和着吉他声轻轻唱起歌谣——还有谁比这个姑娘更能让艾瑟克尔感到快乐温馨的呢？艾瑟克尔完全被这优美的异乡歌谣感动了，他真真确确感觉到有一个人坐在他简陋的小屋里唱着歌。

没错，整个夏天他还了解到了巴布罗性格的其他方面，不过总的来说，他还是满意的。她有她自己的爱好，而且回话的时候很快；或者说很爱回嘴了。就拿那个周六的晚上来说吧，艾瑟克尔自己到村里去买东西的时候，巴布罗本不该离开那儿，不管牲口也不看房子的。两人就这件事吵了几句。她到哪儿去了呢？她说是回家了。虽然只是回布里达布立克去了，但……那天晚上艾瑟克尔回到家，巴布罗没在，他把牲口赶回家，给自己做了些吃的，然后才进屋睡觉。直到第二天清晨巴布罗才回来，还带着责怪的口气说："我只不过想回家踩踩木地板。"艾瑟克尔不知道该如何回答，因为他自己住的是草房子，下面是踏平的泥地。不过后来他说了这么一句：至于木地板，他可以自己弄些厚木板来，早晚能铺上木地板的！听他这样说，巴布罗有些懊悔；她毕竟不是刻薄的人。所以即便是个星期天，她依旧会跑到树林里采些新鲜松脂回来铺地。

这样，看到她这么好，做得又无可挑剔，艾瑟克尔还有什么好说的，他只有把前晚进村时给她买的一块方头巾送给她。本来他想先留几日，等到她做了什么更让他尊敬的事之后再送给她。哎呀！她显然很是欣喜，即刻就在头上试了试——没错，她还转过头来问他好不好看。当然，她天生丽质；要是她乐意，还可以配上她的旧皮帽子，她戴起来肯定会漂亮极了！巴布罗听他这么说，高兴地直小声笑，还说了几句好话来回应他："我要是去教堂做圣餐礼拜，就要戴这条头巾，而不是戴帽子。不过在卑尔根，大家都戴帽子的，只有乡下的女仆才不戴呢。"

两人于是言归于好，感情甚至比以前更深了。

当艾瑟克尔拿出从邮局买回来的报纸后，巴布罗坐下来读起世界新闻来：卑尔根某条街的珠宝店发生了抢劫案；两个吉普赛人在另一条街吵起了架；在某个港口发生了骇人听闻的消息——一个新生婴儿被缝在剪了袖子的旧衬衫里。

“我想知道谁这么残忍。”巴布罗说。跟往常一样，她读起了商场物品价格表。

就这样，一个夏天过去了。

第十六章

赛兰拉发生了巨大的变化。

跟以前比起来，这个地方甚至已经叫人难以辨认。锯木坊、磨坊，各式各样的建筑——这个早先的荒野如今满是人烟。而且越来越多的人开始入住此地。变化最大而且最奇怪的应该是英格尔了，她再度变得机敏灵活，聪明伶俐又善良温柔。

去年的那件大事本身很难改变她的自由不羁吧；有时她又会变回以前的她，偶尔会再跟别人谈起“机构”和特隆金的大教堂。噢，本不是什么紧要的事，她现在已经褪下了那枚金戒指，也把原来那条短裙放长了几英寸。她不像以前那么没心没肺了，这儿也慢慢安静下来，登门拜访的人渐渐变少；如今村里的妇女和年轻姑娘们也鲜少再上山来，因为英格尔不乐意见到她们。没有一个生活在深山老林的人有时间去理会那些无聊之事的，快乐和胡闹是两码事。

在老林里，每个季节总有它的奇特之处，但有一点是不变的：总有一阵沉闷的惊天动地的声音响彻山林，让人觉得被周围空气都包围了起来；漆黑的森林，亲切的树木，一切都让人感到亲切又沉闷。在那儿，一切思想都可以发生。在赛兰拉的北面有一湾小湖，仅仅是一洼水沟，面积甚至还不及一个鱼池。水里游着一些永远不会长大的小鱼，在那儿生长老死，没有用途——天啊！完全没有任何用处。那天晚上，英格尔站在那儿仔细寻听牛铃声，可是周围一片死寂，她什么都没有听到。后来英格尔听到湖里传来一阵低沉细小的歌声，没错，正是小湖里的小鱼发出的声音，恍恍惚惚，细小得让人以为是幻觉。

住在赛兰拉的人都有这么一种好运气，每年春天和秋天，他们都能看到一群群灰天鹅飞过荒原上空，空中传来它们的鸣叫声——唧唧喳喳的。好似它们成群结队地飞过的时候，整个大地都静止了。而这片天空下的人类，他们心里不会感到自己的渺小吗？他们继续劳作，而这之前，他们先要调整呼吸，以为有人给他们传达了信息，正是那些天外来客。

他们那儿一年四季发生着让人惊叹的奇迹；冬日里的繁星，冬季还常有北极光，苍穹中飞起一片羽翼，好似天府之国里的篝火。还有很多的时候，虽然不是很频繁，也不常见，但时不时地总能听到天空有雷声划过；多是发生在秋天里，阴沉沉的，人和兽都感到不可侵犯。在屋子附近啃草的牲畜会紧紧挨到一起，站在那儿等雷鸣打完。它们垂着脑袋——为什么呢？等待末日的降临吗？人也一样，那些在荒郊野外听到雷声就垂头等候的人，他们又是在等待什么呢？

春天——没错，春天带来的是紧迫是快乐以及欢天喜地。但是秋天呢！它阴沉沉的叫人害怕，只能在夜晚的时候虔诚地念起了祷文；天空已经向他们发出了警告，他们都亲眼目睹过。人们某一天会出门寻东西——男人去找木料，而女人则去寻找因觅食野蘑菇而走失的牛羊，然后他们各自满怀心事地回到家来。他们是不是不小心踩踏了一只蚂蚁，将它的前半身踩碎，粘在路上，致使后半身无法动弹？或者太过走近松鸡的巢穴，使得母松鸡不得不飞扑着翅膀高声鸣叫，把他们赶走？即便是那些最受牛儿亲睐的野蘑菇也不是毫无意义的，它们不仅仅是白色的空有之物。那些大个的蘑菇不会开花，也不动弹，不过能给人带来颠覆感。它们简直是一头怪物，像一扇动物的肺，裸露着立在那儿——一个脱离了身体的肺脏。

英格尔后来变得无精打采，这片森林把她压迫得透不过气来，她开始信仰起了宗教。她这样做有什么用呢？可是住在荒山老林里的人只能这样。那儿的生活并不追名逐利，那里的人满心都是虔诚的信仰，对死亡的畏惧以及有些夸大的迷信思想。也许，英格尔自己感觉比别人更害怕来自天庭的考验吧，这总让她耿耿于怀，她知道天神是如何用那双传说中的眼睛，在夜晚的时候下来视察民间的；没错，他早晚会发现她的。她在日常生活里修行的机会不多；没错，她可以把手上的戒指埋进衣服箱子底部，也可以写信给艾勒苏叫他皈依宗教；但做了这些，她也只能努力干好活，不让自己闲下来，其余的就再也不知道还能做什么了。对了，还有一件事，她尽量穿得朴素一些，顶多在周日的时候在脖子上围一块蓝色缎带。错误而没必要的贫穷做派——但那毕竟是她已经看轻世事、自律以及禁欲的表现。那条蓝缎带并不是新买来的，而是从丽奥波尔丁嫌小的帽子上裁剪下来的，不仅褪了色，而且还有些脏——英格尔如今把它视作神圣的物品在圣日的时候佩戴。对，可能她做得有些过头，扮作穷人，极力模仿那些住在山洞里的穷人——但即便如此，如果把这件东西当作最神圣的饰物来佩戴能给她带来心理上的慰藉，那么为何不让她这么做呢？就给她留一点宁静吧，她有这样的权利！

她尽心尽力地做了很多活，做得很是完善，已经超出了她本该做的。即便家里有两个大男人，但英格尔总趁着他们不在的时候偷偷把锯木的活儿都做了。她如此折磨委屈自己的身体有何用处呢？她只是这么毫不起眼的一个躯体，没什么大价值，她的生死也不会引起那片地方以及国家的注意，而只有在她的这个家里，她才能体现出自己的价值。在这里，她甚至是伟大的——可以说，是最伟大的；她很可能会觉得自己经受的一系列考验是值得的。她丈夫说：

“我和赛维特，我们俩已经讨论过这事了，认为锯木的活儿你不用干，这样身体会累垮的。”

“我这么做只是为了寻求良心上的安定。”她回答。

良心！这个字眼儿让艾萨克不得不又陷入沉思。他现在不再年轻，思想也渐显迟钝，但每次做什么事还是有一定分量的。他想，良心一定是不可小视的东西，不然也不会让英格尔变化如此大。不管怎样，英格尔的变化也带动了他的变化；他跟英格尔一样，变得愈加温顺，也总是心神不宁的了。那一年的冬天，日子过得阴郁过得毫无活力；他想找个别人找不到的地方把自己封闭起来。为了保护自己的树林，他又买了附近的一块国家的树林，临近瑞典，长着大片优质的树木，他也没叫任何人帮忙，自己伐树。赛维特被吩咐在家监督母亲，别让她做太多活。

因此，那些短暂的冬日，艾萨克早晨摸黑出去，晚上天黑了才又回来。并不常是披星戴月，因为它们不常出现，有时候还是早上刚走过的路，晚上回来却已经被白雪湮没，找路也是相当费事。有一天晚上终于出事了。

那晚他已经快要到家，趁着月光，他依稀可以看到赛兰拉在不远处，清晰地与森林划开界线，但因为地上已经覆雪，因此看起来有些矮小。白雪已经厚厚地盖到了半墙上。他如今堆积了不少的木材，本想在宣布它们的用处的时候叫英格尔和孩子们震惊欣喜一番的，他们绝对不会想到他要用它们来干吗——那座大建筑在他心里已经成形。他坐在雪地里准备休息一下，马上回家肯定会显得太累了。

他的周围一片沉寂，只愿上天保佑这一刻的安宁吧，因为它太美好了。艾萨克是个在老林里开荒的人，此刻他默默凝视四周，思考着下一步该开垦哪一片地。他在心里想象着把大石块搬到一边——这可是他的长处。而今，他也知道他的这块土地上有一块光秃秃并被刨深了土地，里面满是矿藏。那儿的水洼上都浮着一片片的金属薄膜——他一定要把它挖出来。现在，他已经用眼睛划出了一个个的方块，已经计划好了，并计算起来。他要把这块地变成绿油油到秋天硕果累累的农田。噢，只有耕耘过的土地才是有价值的好地；他认为这样才通情达理，而且是一种无上的喜悦……

他站起来，却觉得眼前一阵茫然。嗯，他这是怎么啦？没什么，只不过是坐着休息了一下，可是现在眼前却什么站在那儿。一个活物，一个神灵一样的东西。灰色绸带——不，没有东西。他只觉得很是奇怪——晃晃悠悠往前迈出了一小步，再往前却看到了一双眼睛，一张大脸，有人直勾勾看着他。这个时候，附近的白杨树唰唰地响了起来。任何人都知道白杨树林什么时候都会发出唰唰的恐怖声音。可是，艾萨克却从未听过如此恐怖如此叫人毛骨悚然的声音，他整个身体都在发抖。他把一只手往前一伸，而这却是他做出过的最没用的动作了。

面前的这东西到底是神是鬼？是神神怪怪还是实实在在的活物？艾萨克平日经常赌誓，希望可以见到更为高级的神灵，有一次他确实见到了，但是那次见到的看着不像上帝。这有可能是圣灵吗？如果是，那它为何又要站在一片虚空里，除了眼睛和面容，别无他物呢？如果它是为他而来，要来取走他的灵魂，那他也只能听任自然了。不管怎样，这一天早晚要到来的，他总会到天堂去，与那些受过福祷的灵魂共聚一堂。

艾萨克一心想看接下来会发生什么；而此刻他依旧战栗不已。他面前的这个东西似乎向他发出一股冷气——这肯定是一个魔鬼！此时此刻，艾萨克不禁慌神起来。这肯定是一个恶魔了——可是它来这里干什么呢？他，艾萨克，刚刚做了什么了？什么也没有做，只不过在这儿坐着歇了一会儿，在想象中耕了一会儿地——这肯定没什么要紧的吧？除了那个，他现在实实在在想不出自己做了什么可能得罪它的事；他只是一个饥乏交替并且刚在林子忙活了一天准备回家的伐木匠，单单要回到赛兰拉的家里去——他想这应该没什么害处吧……

他又往前伸出了一步，不过只是一小步，而且，说实话，他即刻又收了回来。眼前的那景象依旧没有消失，艾萨克皱了皱眉，仿佛在怀疑什么似的。即便是一个魔鬼那又怎样，随它去好了；魔鬼又不是全能的，比如说，过去那个卢瑟不是差一点把魔鬼给杀死了吗；还有好多人用十字架标志和耶稣的名字赶跑了魔鬼吗？倒不是说艾萨克准备跟眼前的魔鬼大干一场，他当然没想要坐下来对它嘲笑一番，只不过他已经放弃了开始要拼拼命，死后进入极乐世界的想法。他又往前迈了两步，在胸前画着十字，直直朝面前的东西冲过去，大叫着“奉耶稣之名！”

嗯，听到自己的声音后，他神志恢复了过来，跟先前一样了，而且再次看到了半山腰上的赛兰拉。面前的两只眼睛也消失不见了。

他慌神地急匆匆跑回家，放弃了跟幽灵再战的想法。当他再次安全到了家门口，感到不再危险而且有力气之后，才清了清嗓子走进屋，像个男子汉一般——对，像一个天不怕地不怕的男子汉。

英格尔看到他脸色惨白，上前问他原因。

被他这么一问，他和盘托出了刚才遇鬼的事。

“在哪儿？”英格尔问。

“就在那边，离我们家不远的山上。”

英格尔没有表示猜疑。当然，英格尔不曾夸赞他，但这次也绝非有责怪或轻视他的意思。可以理解，英格尔最近心情变得愈加愉快起来。所以她也没问具体，只说了一句：

“你看到魔鬼本人了？”

艾萨克点头说：他看到的应该就是魔鬼本人。

“你怎么把它赶跑的？”

“我用耶稣的圣名把它吓跑了。”艾萨克说。

英格尔摇着头，她吓坏了，很久后才缓过神来，把晚饭摆上了桌席。

“不管怎样，”最后她说道，“以后你不能自己到林子里去干活了。”

她甚是担忧艾萨克的安全——他当然知道这一点。他做出天不怕地不怕的样子，和往常一样，而且表示有没有人陪他去林子里干活都无所谓。但他这么说也只是为了让英格尔安心，别因为他遇鬼的事就吓坏了。他有责任保护他的女人和孩子们；他是个男人，是一家之主。

英格尔看穿了他的意图，说：

“噢，我知道你是为了让我不害怕。不过你也得带着赛维特一起去。”

艾萨克轻哼了一声。

“说不好哪天在林子里突然生了病什么的——你最近身体不太好。”

艾萨克又是轻蔑地哼了一声，生病？劳累什么的还说得过去，但是生病？英格尔真没必要把他当傻子一样地担心他；他身体还很结实，完全没问题，该吃吃，该喝喝，干活也不费劲，他的身体非常好，完全没问题！有一次，他伐树的时候，树木倒下来，弄坏了他的耳朵；但他根本没把这当回事。他把耳朵安回去，然后日日夜夜戴着一顶帽子盖住，居然有一天自己愈合了。如果是内科症状的话，他就自己把干草糖浆放在牛奶里煮一煮，然后服用，让自己发汗——这是一种很老的民间偏方，在铺子里可以买到。割破手的话，他可以用家里随时备用的含盐液体清洗清洗，没几天也能愈合。所以赛兰拉家从来不用请医生来。

不，艾萨克没有生病。即便是最健康的人也可能遇鬼，更何况他那次之后没发觉有一点不适；相反的，鬼还让他力量变强了。

冬天到了，春天来临之前的这段日子可以说都还差强人意。他，这个当家男人，觉得自己是个十足的英雄；他自己能处理，只要相信他，什么都能解决的。必要的时候，他自己就能驱鬼！

不管怎样，现在白昼变长了，天空一片明朗；复活节也过去了，艾萨克也搬完了他的一堆木料。一切都很顺利，熬过了又一个冬天的人类现在终于可以好好呼吸了。

第一个活跃起来的人又是英格尔；她很长一段时间没有这么高兴过了。为什么这样呢？只有一个原因：英格尔又怀孕又要养孩子了。她的生活风生水起的，一切都很顺利。在犯了那样的罪之后，居然还能生儿养女，老天对她太仁慈了！她简直不敢奢望还有这样的恩赐。对，她真的很幸运，非常幸运。有一天艾萨克自己也发现什么，问她：“看起来你好像又怀了孩子，你怎么想？”

“对，感谢上帝，一定是这样的。”她回答。

两人都大为震惊。当然不是说英格尔已经过了生育的年龄；艾萨克觉得她不论在哪方面都还没有很老。只是，又要多一个孩子了……哎呀，好吧……小丽奥波尔丁一年要有好几次到下面的布里达布立克去上学——她一走，家里一个小孩子都没有了——除了这个，丽奥波尔丁自己也已经长大了。

过了几日，艾萨克果断放弃了一整个周末——从星期六晚上一直到星期一早晨——下山到村里去了。他出门的时候也没有说去那里干吗，但是回来的时候，带了一个姑娘来。

“这是简森，”他说，“来做帮工的。”

“你简直在胡闹。”英格尔说，“我根本不需要帮工。”

艾萨克说现在正是需要帮工的时候。

不管是否需要——这毕竟是他体贴和大方的表现；英格尔因此感到既羞愧又感激。那位姑娘是村里铁匠家的女儿，现在要和他们一起住了；无论如何，过了这个夏天再说，以后的事再看情况。

“还有啊，”艾萨克说，“我给艾勒苏发了一份电报。”

这大大让英格尔震惊；这个母亲大吃一惊。一份电报？他是想用自己的体贴入微让她心神不安吗？最近她正为城里生活的艾勒苏感到忧心难过——那么一个邪恶又不安全的地方；她给他写过信，谈到了上帝，告诉他有关他父亲在家常年劳累身体渐渐不支的事，等等；而天地面积逐日扩大；小赛维特自己根本应付不过来，而且早晚有一天他要去继承舅姥爷的财产——这些她都写到了，还一同寄去了他回家用的盘缠。但如今艾勒苏已经习惯了城市里灯红酒绿的生活，不想回来过农民的日子；他回到家里来做什么呢？整日面朝黄土背朝天，放弃所有学到的知识吗？他的原话是这样：“说真的，我还不想回去。如果能给我寄些布料回来，我倒还可以省去了做衣服的布料钱。”这是他在回信里说的。果然，他母亲给他寄去了做衣服的布料——时不时给他寄去大量做内衣的料子。但自从她皈依了宗教，有了信仰之后，才发现艾勒苏在销售布料，得来的钱拿作其他开销。

他父亲当然也知道这一点。他只是只字未提罢了；他知道艾勒苏是他母亲的宝贝儿子，每次她摇着头在他面前哭哭啼啼，最后总是寄给他一块又一块的布料；他当然知道一个普通人根本不需要这么多做内衣的料子。总之，现在简直太不像话，作为一家之主的艾萨克，必须以父亲的身份来干涉这一事情了。没错，他花了一大笔钱叫商店老板给他发了一份电报；首先，一份电报肯定会让艾勒苏有点反应；其次，这是艾萨克最能让英格尔高兴的消息。他是背着女用人的行李箱步行回来的；但即便如此，他还是很高兴，心情如同那次他买了一枚金戒指回来一样……

那次之后情况有所缓和。为了给丈夫表现她是如何贤良淑德，英格尔每天都很努力地干活。她又像以前一样，爱对他说："你是要把自己累死吗！"或者还有："这可不是一个人能干得了的活。"还有："好了，别干啦，快进来吃饭，我给你做了薄饼！"为了让他高兴，她会说："现在我倒是想问问你，弄了那么大一堆木材想干吗，接下来又要做什么啦？"

"怎么啦，我现在还不能说。"艾萨克神神秘秘地说。

对，就像以前一样。自打孩子出生后——是个女孩儿，个儿很大，非常可人，身体又结实且健康——打那以后，这个侠骨柔肠的艾萨克当然要感谢上帝带来的福祉。不过他到底打算造什么呢？这又让奥琳有八卦可以传了——赛兰拉家又要造房子啦，是靠着主宅的侧房，新建的。赛兰拉现在人可不少哇，还请了个女用人呢；还有艾勒苏，他也快回家了；又生了个可爱高贵的小女孩儿，刚生没多久——如今老房子只能作临时的主宅偶尔用一下，如此罢了。

当然，有一天他还是忍不住把真相告诉了英格尔；她那么急于知道他的意图，尽管没准她早就从赛维特那里探到消息了——他们两人经常一块儿窃窃私语——不过听闻消息，她还是异常震惊，将双臂垂下，说："你又在胡闹了——这不会是真的吧？"

艾萨克内心自然无比自豪，接着回答道："怎么啦，你今后还要在这儿养儿育女，这是我起码应该做的吧。"

现在，家里的两个男人每天都要出去搬石头回来给新屋子砌墙。他们各自尽自己最大的努力在一起合作：年轻的身强力壮动作敏捷，负责选定适合用的石头；另一个老的呢，一双长手臂健壮而有力，轻易就能用起撬棍。每当完成一项艰难的工作时，他们就停下来趁空休息一下，再用两人共有的含蓄简洁的方式闲谈。

“那个布理德，他说要把地卖掉。”父亲说。

“对。”儿子接话，“他那块地能值多少钱？”

“嗯，我也想知道。”

“你没听到什么消息？”

“没有。”

“我听说是两百块。”

父亲思考了一会儿，然后说道：“你怎么看？觉得会是一块好石头吗？”

“那得先把外壳弄掉再说了。”赛维特说着站起身来，递给他父亲一把榔头，自己抡起了大锤子。他挺直身板，抡起大锤重重地砸下去，接着又抡起，一上一下用力忙着，面红耳赤，满身是汗。他打了重重的二十下，发出雷鸣般的轰锤声。他不惜力气地狠狠砸着，几次下来他汗流浃背，于是把塞在裤腰里的衬衫往上一撸，将胸膛露了出来。为了更好地锤打，他每次都要把脚踮起来。一直锤了二十下。

“好了！我看看！”父亲说。

儿子停下来，问道：“有裂痕了没？”

两人躺倒，仔细观察那块石头；检查这野兽，这个魔鬼般的东西；没有，还没有裂开。

“我打算自己用锤子锤几下。”父亲说着站了起来。这是更艰难的工作，全凭力气；不过大锤开始发热变红，后来锤头砸碎，直接变钝了。

“怕是锤头会脱落。”他说着，停下来，“真是不如从前了。”

噢，这绝不是他的意思，他不可能觉得自己不如从前！

这个身材健壮的父亲，为人简单、善良又隐忍，他只不过想让儿子来最后的几锤，把石头砸开。之后，石头已经一分为二。

“哎，你真是一把好手。”父亲说道，“没错，还真是……布里达布立克说不定能搞出点名堂来。”

“嗯，我也这么想的。”儿子回答。

“那块地差不多已经刨好了。”

“但房子得翻新。”

“没错，这是必须的。都得翻一翻——看来一开始工程量浩大啊，不过……我想说的是，你知道你妈妈每周日都要到教堂做礼拜吗？”

“知道，她似乎说过。”

“噢！……嗯。你随处看看，哪里有适合拿来给新房子做门板的石头。看到过合适的没有？”

“没有。”赛维特说。

接着他们继续忙了起来。

两天后他们一致觉得砌墙的石头差不多已经够了。这正是星期五的晚上，父子两人坐着歇息，一边聊了起来。

“嗯——你怎么看？”父亲说，“也许，对于布里达布立克，我们要不要考虑一下？”

“你这是什么意思？”儿子问道，“拿它来做什么呢？”

“这个，我也还说不好。那儿有个学校，就在从这儿下去的一半路那儿。”

“那又怎样？”儿子问，“反正我不知道能拿它来做什么；那块地不值得买。”

“你是这么想的吗？”

“不，我不是那个意思……除非艾勒苏打算接管。”

“艾勒苏？这个，不，我也不知道——”

很长时间的沉默，两人各自思索着。父亲起身收拾工具，装好，准备要回家了。

“对，除非……”赛维特说，“你要不先问问他吧，看他怎么说。”

父亲这样结束了此事：“这个到时候再说吧，我们现在还没找到合适的门板呢。”

次日正是星期六，为了带孩子越过山头，他们不得不早起。那个女用人，简森，跟他们同去，因为她得当教母，而其他的教母还得到英格尔那边的娘家去找。

英格尔好好打扮了一番；穿了一身高雅的纯棉衣服，领口和袖口镶了白边。孩子们的白色衣服下摆也镶了一圈蓝边；她刚生不久的孩子的确神奇，现在已经会笑，而且开始牙牙学语了，还会躺在床上听着墙上时钟的嘀嗒声。名字是他父亲取的，这是他的特权，他要自己做主——只要相信他就行了！他先是一直在犹豫到底是叫雅各冰还是丽贝卡——这两个名字都与艾萨克有点联系；最后他去找英格尔，小心地问她：“你觉得丽贝卡这名字怎么样？”

“怎么了，挺好的啊。”英格尔说。

听到这话，他不由自主站了起来，又摆出一家之主的口气，“她不取名字就算了。”他高声说道，“但一旦取名字，就得叫丽贝卡！我决定了。”

当然，他也要陪他们到教堂去，不仅是要抱着孩子，还有一点：这也是礼数所需。让丽贝卡到教堂受洗礼，后面没有一堆人跟着怎么能行！艾萨克把胡子修理干净，换上了红色衬衫，仿若回到了他年轻的时候；外面热气逼人，他却套上了一套新冬装，而且还刚合身。尽管如此，艾萨克仍不是考究不是爱炫耀的人，比如说，他现在脚上居然穿了一双厚重的皮靴子。

赛维特和丽奥波尔丁留着看家。

他们乘着船划过小河；相较以前，当然便利许多，以前都要绕很远的路。划到半路，英格尔解开衣服给孩子喂奶，艾萨克注意到她脖子上挂着什么亮晶晶的东西。在教堂的时候他就注意到她又把那枚金戒指戴到手上去了。噢，英格尔——她终于受不了啦！

第十七章

艾勒苏回家了。

他已经离家好几年，长得比他父亲都高了。一双手白且长，上唇长出了淡淡的黑胡须。他也不端着架子，反倒很快就表现出了自然而亲切的样子，他母亲见状更是欣喜交加。他和赛维特一齐住在小房间里；兄弟俩相处得很和睦，两人还时常互相逗乐。很自然地，艾勒苏也要分担起造新房子的任务了，但因为不习惯体力劳动，所以他干起来极易疲乏且痛苦。更糟糕的是，有时候赛维特不在家，剩下他和父亲两人的时候，艾勒苏与其说是来帮忙的，倒不如说是累赘。

赛维特去了哪里呢？其实是奥琳前几日上山来给老赛维特带话，说他命在旦夕；所以，小赛维特必须得下山去一趟了。这个时候出意外真是要命的事——紧要关头还把赛维特叫走了，简直没有比这更糟糕的事。但这也是没有办法的事情。

奥琳说："说实话，我没多少时间过来送信；要不是因为……我对这里的孩子们都很喜爱，他们几个，而且，至于小赛维特，要是我可以帮忙弄到这笔财产……"

"那么赛维特叔叔的病情很严重吗？"

"严重？上帝保佑我们。他现在已经是每况愈下了。"

"他是卧病在床了吗？"

"卧病在床？你怎么能在上帝宣判桌的面前将死亡说得这么轻巧？不行了，你的赛维特叔叔以后再也不能在这个世界上驰骋了。"

听她这话，估计赛维特叔叔已经活不久了。英格尔一再力劝小赛维特马上出发。

但是赛维特叔叔，这个无可救药的老家伙，他根本没有卧病在床，而且，其实根本就没有在床上。赛维特到那儿之后，看到那块小地方乱七八糟的；春天的活儿都没干完——甚至连冬天的粪便都没有运出去。至于那个说命在旦夕的人，连一个影子都没看到。赛维特叔叔现在已经苍老不堪，过了七十，身体病弱，衣衫不整地在房间里晃荡，一旦生病，常常在床上躺好几天。这儿的各个方面都需要有个人来帮忙打理，比如说，搁置在牲口棚里的已经生锈的渔网。噢，无论如何，他还没有走到生命的尽头；他还能吃馊了的鱼，甚至拿着烟斗吞云吐雾。

赛维特看到这个情况，刚来没到半个小时，便打算回家。

"回家？"老头子问道。

"我们正在造一栋新房子，父亲自己忙着呢，没人帮忙。"

"噢！"他这位舅姥爷说道，"不过，艾勒苏不是已经回家了吗？"

"对，不过这活儿他干不来。"

"那你来这儿干什么呢？"

赛维特告诉他是奥琳带话给他们的，包括她说的老赛维特命在旦夕。

"命在旦夕？"老头儿一下子叫了出来，"她说我快死了？这个蠢老太婆！"

"哈哈哈！"赛维特笑道。

老头儿严肃地盯着他看："嗯？你是在取笑一个将死的老头子吗，你可是继承了我的名字啊！"

不过赛维特太过年轻，装不出悲伤的表情；他对这个舅姥爷也不怎么在意。他又要求回家去了。

"噢，你也是这么想的，是吧？"老头儿再次发问，"以为我快死了才叫你来的，是吗？"

"是奥琳这么说的。"赛维特回答。

他的舅姥爷沉默了半晌，接着说道："你既然都来了，是否该帮我把那张渔网修好。我有东西要给你。"

"嗯。"赛维特说，"什么东西？"

"这个，你就不用问了。"老头子不高兴地说着又到床上躺着去了。

显然这是一桩需要点时日搞定的事。赛维特心里很不舒爽。他走出去，四周观察了一下；所有东西都没人看管照理；活儿多得叫人绝望。过了一会儿赛维特走进屋，老赛维特已经起身，站在火炉前取暖了。

"看到那个了吗？"他指了指脚前地上的一只橡木箱子。实际上，这是一只专门用来盛放瓶子的有夹层的箱子，很像旧时那些法官出巡和其他大人物出门旅行时携带的那种箱子，不过现在箱子里没有装瓶子；这是老头儿担任地方司库的时候用来装文件和合同的。现在箱子里装的是他的账簿和钱票。坊间传说他有数不清的巨额财富；村里人总会摇头晃脑地说："唉！要是我能拥有老赛维特那一箱子的财产就好了！"

赛维特叔叔从箱子里取出一份文件，郑重地说道："你识字的吧？"

小赛维特对阅读并不很在行，不过从字里行间他多少读懂了些东西：老赛维特去世后，所有财产将由他继承。

"就这样。"老头儿说，"现在想干吗都随你吧。"说着他又把文件放进了箱子里。

赛维特没什么太大的反应；而且，那份文件上写的也都是他以前就知道的东西；在他年幼时，他就听大人说过老赛维特的财产今后会由他继承。至于看不看那笔财产则又是另一回事了。

“我想，箱子里应该有什么贵重东西吧。”他说。

“比你想象的还多。”老头儿轻描淡写地说道。

他对这个外甥感到既生气又失望；他把箱子锁好，又到床上睡觉去了。他躺在床上，一样样给他清点以前的事迹：“我在这个村子当地区司库，管理公家的财产已经有三十年了；我不需要跟任何人寻求帮助！我倒是想知道，是谁跟奥琳说我要死了？只要我乐意，我随时可以吩咐三个人派一辆马车去请一位医生过来。年轻人，别在我面前轻狂！看来，你都等不及我死掉了一样。文件我给你看过了，你也都看好了，现在文件就在箱子里——我要说的就是这些。不过你若是现在就想不管不顾离开的话，帮我带句话给艾勒苏，叫他过来。尽管他没跟我重名——那也叫他来。”

尽管被老赛维特威胁了，不过小赛维特还是在想了想之后说道：

“好的，我会叫他过来。”

赛维特回到家的时候奥琳还在赛兰拉。她还趁空去下面拜访了，去看了看艾瑟克尔·斯特隆和巴布罗，回来后一脸神秘，对他们小声道：“巴布罗那个姑娘最近长胖了不少——不知道怎么回事。可别说这是我说的！赛维特回来啦？不用问是什么新闻了吧，我想？你的舅姥爷赛维特过世了吗？唉，可以理解，生老病死是自然规律，快进棺材的人了。什么——还没死？哎呀，这样啊，我们应该庆幸才对啊，这可是很认真的话！你说我简直是在胡闹？噢，你叫我说什么好！我怎么知道你舅姥爷躺在那儿，是在上帝面前装死的呢？我以前怎么说了，我说活不久了。即便国王来了，我还是会坚持这么说。你说什么了？不是他自己躺在床上双手抱胸说马上就要到尽头了吗？”

没人再跟奥琳辩论，她那张厉害嘴巴没几句就能把对方驳倒。一听到赛维特叔叔要叫艾勒苏去，她立马插进话：“我没有乱说吧。老赛维特把亲戚叫去，只是想见见亲骨肉；唉，他来日不长了！艾勒苏，你不能拒绝他。趁他还在的时候，赶紧去看看。咱俩同路，一起去吧。”

奥琳在离开赛兰拉之前又把英格尔拉到一边八卦了几句巴布罗的事：“可别说是我说的——但是我真看出来了！看来她是要当那家的女

主人，掌管那块地了。唉，总有人天生富贵命，也总有其他的人一生出来就跟海里的沙子一样一文不值。谁能想到这个巴布罗也能有此等出息呢！是啊，不用怀疑艾瑟克尔，他这么踏实肯干的人早晚会发家的，地也有，什么都有，跟你们家一样一样的——谁知道这山上有什么奇迹呢，英格尔，你知道这话不假，你也天生好命，当初还是你自己来的呢。巴布罗，她箱子里有点羊毛；也不是贵重之物，冬天的羊毛而已，我没跟她讨要，她也从没想过要给我。我们顶多就说‘日安’和‘再会’，客套一番，她刚出生那会儿我就认识她了，那时候你还在机构里学习，那几年我都住在赛兰拉……”

“丽贝卡在哭了。”英格尔打断奥琳。不过英格尔给了她一点羊毛。

接着就是奥琳千恩万谢起来：对呀，她不是跟巴布罗说过，像英格尔这样慷慨大方的人很少有吗；她可不小家子气，什么都舍得给别人，即便穷得家徒四壁也不会抱怨。对，进去看看那个可爱的小天使吧，像丽贝卡这样跟妈妈这么像的小孩儿哪里还能找到啊——简直是独一无二的。英格尔记不记得以前说过再也不会养孩子了？啊，现在她可以看到了吧！对，应该听听那些不年轻的妈妈自己生养小孩儿的经历，谁能知道天主的旨意呢。这些都是奥琳说的。

说完这些，这个一脸皱纹苍白可怜又八卦成性的老太婆一路小跑着去追前面的艾勒苏去了。她要去见老赛维特，要让他看看她奥琳是怎么说服艾勒苏过来的。

不过艾勒苏根本不需要别人说服，让他过去毫无困难。而今，艾勒苏明显比以前好多了，无论如何，比开始是好了许多。他从幼时开始，一直是个通情达理且亲切而和善的孩子，只是身体不够强壮而已。这次他原本不想回家，这不是毫无原因的，对于他母亲因灭婴而坐牢的事他很清楚；在城里他没听到别人提一个字，但是一回来，村子里所有人都记得这事。而且，现在要接触完全不一样的环境和群体，这对他并非没有影响。他变得更加敏感，感情也比以前更加细腻。他知道一把叉子和一把小刀是同等重要的。作为一个生意人，他一直用的新货币单位，而在这儿，人们沿用的依旧是旧时的银元单位。是啊，他自己又不愿意翻山越岭到另一边去；在这儿，在家里，他不得不把自己的优越感强压下去。他已经很努力地去迎合别人，而且成效也还不错；但他一直没有安全感。比如说，一两周前他刚刚回到赛兰拉，虽然那时候已经是盛夏，他还是给自己买了一件轻便的春装外套；他把衣服用钉子挂了起来，原本是可以把衣服翻过来，这样就能露出里面的那块写有他名字的银牌。还有他的那只手杖——走路的时候用的手杖，实际上是用一把伞柄做成的，他把伞架拆开，取了下来；但现在他用起这把手杖，也不再像在城里的时候那样了；以前他可以随意挥着，而今，他却只能把它紧紧夹在大腿侧，不让别人看到。

对，艾勒苏翻山越岭到那边去没什么可意外的。他又不会盖房子，他只擅长书写信件之类的，这不是每个人都可以信手拈来的，也许在家里，除了母亲，再不会有其他人重视这门艺术。他心情欢快，穿过山林，远远把奥琳甩在了后面；他会在前面等她。艾勒苏像一只初生的牛犊，莽莽撞撞的，心里有些焦急。艾勒苏抄了另一条路，绕开农场，他担心别人看见。因为，说实话，一路上他穿着那件春装外套，还拄了手杖。在山的那边，他说不定有碰见人的机会，当然也会被人看到；说不准还有机会去一下教堂。这样，身着这件显得累赘的春装外套的他被太阳晒得满身是汗又欣喜雀跃。

他们在造房子这方面丝毫不觉得缺了他。赛维特又回到了艾萨克身边，在干这种活的时候，一个赛维特可以顶一堆艾勒苏，他能从早到晚不停地忙活。把屋子架起来的确费了他们不少时间；因为是从主宅接出去的，他们只需要盖三面墙。木材上问题就少了许多；他们可以在锯木坊里锯木，同时盖屋顶的板子也解决了。终于，在一个风和日丽的日子，房子整个儿都盖好了，就在他们的面前，屋顶盖了，地板铺了，连窗子也都安好了。此时正是农忙季节，也没有时间再忙屋子的事了，所以安装厚木板和漆房子的事只能先缓缓。

这个时候，吉斯勒带着一大队人马从瑞典那边翻山越岭过来了。同行的人都坐在马背后座上，是一匹匹油光滑亮的骏马，还配了黄色的马鞍。他们应该是富裕的行者；这些如此结实粗壮的男人，沉重的身体把马都压弯了腰。在那些人当中夹着一个步行的吉斯勒。这一大队人里，除了吉斯勒，就是另外的四位绅士了。除此之外，还有两个仆人，各自牵了一匹驮马。

一行人在农场外下了马，接着吉斯勒说道："这是艾萨克——正是这个农场的主人。你好，艾萨克！你看，我就说过嘛，我又回来啦。"

吉斯勒一切未变。尽管他是步行的，但他的姿态却并未显出低人一等。没错，他佝偻的背上挂着一件破旧而寒酸的长褂子，但他依旧显得神气不已。他甚至说道："我和这几位绅士们打算上山去看看——他们还可以减减肥。"

那几位先生都很和气友善；听完吉斯勒的话以后，几人笑了笑，对艾萨克说，此次前来多有打扰，还请原谅，他们已经自备干粮，也不会把他的东西都吃光，只希望夜里有个容身之处。兴许可以让他们住在新房子里？

他们休息了一会儿，吉斯勒走进屋来看过英格尔和孩子们后，一行人转而朝山上进发，直到晚上方才回来。下午的一段时间里，赛兰拉一家时不时听到远处传来的轰隆声。之后一行人带回了一袋袋新的矿石样品。"是青铜。"他们对着矿石点了点头，说道。几人很有学问地谈了大半天，一边在他们画的图纸上研究着。几人中有一位工程师和一位矿石专家；还有一位看起来像是一个大农场的农场主，也或者是工厂的厂长。他们提到架空铁道和电缆牵引。吉斯勒时不时插几句话，发表自己的意见；他说的时候几人都在洗耳恭听。

"河流南边的那块地是谁的？"他们当中有人问艾萨克。

"国家的。"吉斯勒很快替他回答了。他机智而且灵敏，手里正握着那份艾萨克签了字的土地合同。"我以前就告诉过你——是国家的。"他说，"以后不用再问了。你若是不相信我，也可以自己去检查。"

那晚稍晚的时候，吉斯勒把艾萨克拉到一边，说道："现在你说说，咱们要不要卖掉那些矿？"

艾萨克说："嗯，说到这事，区长你不是已经跟我买了，而且付过钱了吗？”

“没错。”吉斯勒说，“我的确把地买下来了。不过这块地售卖或耕植出来的成果，你也享有部分分成；你愿意卖掉你的那份分成吗？”

这完全在艾萨克的理解范围之外，所以吉斯勒又解释了一番。艾萨克是开荒种地的农民，他不能开矿；吉斯勒当然也不能自己挖矿。钱，资金啊？噢，他要多少就能卖多少，完全不用担心！只不过他没有足够的时间，他自己已经万事缠身了，常年在国内四处奔走，不仅要照管南方的财产，还有北方的财产也需要打理。现在吉斯勒一心想卖给这几位瑞典的先生；他们是他妻子的亲戚，他们所有的人，都腰缠万贯。

“你明白我的意思了吗？”

“我一定照你说的办。”艾萨克说。

真奇怪——这样完完全全的信任让吉斯勒原本不安的心定了下来。“哎呀，我也不能保证这是你最明智的做法。”他若有所思地说道。然后，他突然打定了注意，继续道：“你如果愿意把一切交给我，让我自己去处理这些，我敢保证，绝对比你自己做得收效更好。”

“嗯，”艾萨克开始说了，“你一直是我们家的大恩人……”

不过吉斯勒听到这话之后皱起了眉头，打断了他：“行，那就这么办了。”

次日清晨那几人坐下来写字据。这是一桩很严肃的交易；先要拟定一份以四万克朗购买矿产的合同，其次还要写一份吉斯勒将此部分所有财产交予妻子和孩子的文件。签名的时候艾萨克和赛维特在旁边做证。一切定妥之后，绅士们表示要买艾萨克的那份，还出了一个很荒唐的价格——五百克朗，不过被吉斯勒制止了。“不要开玩笑。”他说。

艾萨克自己是完全不懂这些事的；他只知道自己之前就把这块地卖了，还收了地价。不过，不管怎样，他不太相信克朗——这可跟银元不一样。不过相反，赛维特对这桩买卖倒是挺清楚。他心想，这些人谈协议的口气有点儿奇怪，好像在开家庭会议似的。那些陌生人会有一个这么说：“亲爱的吉斯勒，你的眼睛不应该这么红。”而吉斯勒声音严厉，含糊其词地答道：“对，我知道不应该这样，不过我们都不能得到这个世界上一切应该得到的东西！”

看起来好像是这样的：吉斯勒太太的亲朋好友们为了不让他今后再上门纠缠财产之事，为了彻底摆脱他，所以用钱买通了吉斯勒，以绝后患。当然，毫无疑问，矿产本身是有价值的，没人可以否认这一点；但这里太过偏远，而且那几人也表示了只想接手矿区，接着再倒卖出去，让别人来继续开发。这么说也无可厚非。而且，他们坦白说了，现在这种状况，直接卖出的话能获利多少还说不好。如果真有人接手，而且开采出了矿产，那么那四万克朗对它之后的价值来说就只是它的一个零头。要是没人买，放在那儿，那花出去的钱也就白花了。但无论如何，他们想全权掌管这片矿区，不想分一部分出去，所以打算花五百克朗将艾萨克的分成买下来。

“我是他的代理人。”吉斯勒说，“他的那部分，如果少于卖后总价的十分之一，我都不会卖。”

“四千啊！”其他人惊呼。

“四千，”吉斯勒说，“那块地是他的，它值四千。地不是我的，而我拿到了四万。你们好好考虑下吧。”

“是，但是——整整四千克朗啊！”

吉斯勒站了起来，说道：“买不买随你们。”

几个人在那儿思考了好一阵，又窃窃私语，之后到院子里去，商量了好长的时间。“备好马。”他们吩咐仆人道。一位绅士进了屋，拿了一笔钱给英格尔，算作支付咖啡、鸡蛋还有食宿费。吉斯勒一脸不在乎地踱着步子。他一向精明。

“去年弄的那个水利工程怎样了？”他问赛维特。

“所有庄稼都保住了。”

“我上次在这儿看到的土墩都被你们铲平了，是不是？”

“对。”

“你们家农场上还需要一匹马。”吉斯勒说道。他倒是什么都注意到了。

一位先生上前来了：“既然这样，我们把这事定了吧？”他说。

几个人又走进了新房子，点了四千克朗交给艾萨克，给吉斯勒拟定的文件也写好了，他一把塞进兜里，好像那张纸一文不值。“好好保存。”他们对他说，“过几天银行存折会寄到你妻子那里去。”

吉斯勒皱了皱眉，打断道：“很好。”

但那几人跟吉斯勒的交易还没算完。他倒没有开口要什么；只是站在那儿，他们也知道他想要什么：也许之前他就提出了要求，让他们给他一点好处吧。当头的人拿出一大把钞票给他，吉斯勒也仅仅是又点了点头，说道：“很好。”

“我想我们得跟吉斯勒干一杯。”另一个说。

几个人喝了一杯，这事也就定下来了。他们一齐跟吉斯勒辞别。

正当这个时候，布理德·奥森上山来了。他来这儿干吗？布理德一定是听到了前一天山上的爆破声，意识到山上的矿藏必定有什么情况。这次造访原是打定主意来做交易的。他直直地从吉斯勒面前走过，到那几位先生面前站定；他在附近找到一些奇特的石头，很不一样，有的血红如印，有的灰白如银；对山上的每一个犄角旮旯都了如指掌，随便哪里都可以找到；他知道哪里有长长的矿脉——还不清楚是什么矿。

“你有样品吗？”那位矿石专家问道。

当然，布理德有样品。不过他们不能直接上山去看看吗？也不算远。样品，样品——噢，有好几大袋子呢，满满地装了好几箱子。不过，他没带过来，都在家里——他还得下山去取。不过这还不如直接上山去现场采一些来得快，如果他们愿意等等的话。

那几人摇摇头，动身上路了。

布理德在他们身后失望地目送他们。如果说开始他还有存留一丁点希望的话，现在已经荡然无存了；命运之神没有眷顾他，一切都以失败告终。幸好布理德不是那种容易垂头丧气的人；看着那几人骑马离开，最后他朝着他们的背影大喊一声：“祝你们旅途愉快！”这次又让他失望了。

接着他对吉斯勒——他的前任上司——又谦卑起来，也不再把他当作自己的平辈看待了，态度很是尊敬。吉斯勒故意拿出了他的包，谁都看得到那包鼓鼓囊囊的钞票。

“要是区长可以帮帮该多好啊。”布理德说。

“还是回家去好好种地吧。”吉斯勒说，一点忙也不肯帮。

“其实让我推一车样品上来也不难，不过直接叫他们跟我上山到现场去看看不是更简单吗？”

吉斯勒根本没理睬他，转身对艾萨克说道：“你看到我那份文件在哪儿了吗？那是至关重要的东西——关系到几千克朗。噢，找到了，夹在这堆钞票里面。”

“那些人什么来头？”布理德问。“就单是骑马出行，还是干吗？”

无疑，之前吉斯勒有些烦躁不安，现在算是静下心来了，但他还有点精力和热情，足可以再干点活；他跟着赛维特到山里去，带着一张大纸，把小湖以南的地方画了一份地图——天知道他要干吗。几个小时后他回到农场上，布理德还在那儿，不过吉斯勒根本没理睬他的疑问；他满身疲惫，挥手叫他走开。

他昏昏沉沉地睡到了次日清晨，太阳出来的时候他方才起床，恢复了元气。“好一个赛兰拉。”他说了一句，走到门外站着，朝四周看了看。

“所有钱都归我吗？”艾萨克问。

“所有？”吉斯勒问。“天啊，老兄，你不知道你应该得的远比这些要多吗？实际上，根据合同规定，我现在应该付钱给你。但之前的事你也都看到了——只能这么办。你得了什么？按照老币算，才不过几千块罢了。我觉得你家农场应该再弄一匹马来。”

“是。”

“对了，我知道有一匹。郝耶达尔那个家伙的助理，他那块地简直被他搞得乱七八糟，只知道挨家挨户兜售东西。他的牲口已经卖掉不少，估计这匹马他也愿意卖。”

“我会问问看。”艾萨克说。

吉斯勒挥了挥手，说道：“地主，农场主——就是你啦！房子、牲口、耕好的地你都有了——他们想饿死你也不可能！”

“是的。”艾萨克说，“天主创造的东西，我们该有的都已经有了。”

吉斯勒对那地方大大地赞叹了一番后，溜进屋找到英格尔。“你可以帮我做点在路上吃的食物吗？”他问道，“就要一点薄饼——不加黄油和奶酪；饼里的营养已经足够。不，照我说的办，我不能带太多。”

又出来了。吉斯勒有些心神不宁，他走进新屋子去，坐下来写文书。之前已经打好了腹稿，所以没多久就写好了。他高傲地向艾萨克解释道：“这是一份要寄到国家内务部的申请，你知道的。对，我同时要照管的事情有一大堆。”

吃食弄好以后，他提起袋子准备走，猛然间又想起了什么似的，回头说道：“噢，对了，我想我上次还欠你们点什么——当时我取出一张票子，然后随意往马甲兜里一塞——后来看到了才又记起来。太多事情要处理了，一下子脑子有点乱……”他往英格尔手里塞了点钱，然后启程离开。

对，那个看起来神气十足的吉斯勒走了。没有垂头丧气或是到了穷途末路的样子；后来他到赛兰拉来过一次，此后过了好几年他才离世。每次他离开之后，赛兰拉一家人都把他当作朋友一样想念。艾萨克本打算问他对买下布里达布立克这事的意见，不过还来不及问。估计他不会赞同的吧；可能觉得买那么大一块耕地拿给担任公职的艾勒苏经营太冒险了。

第十八章

后来赛维特叔叔也过世了。艾勒苏在那儿照顾了他三个星期，直到他去世。葬礼是艾勒苏一手操办的，一切顺利；从邻近村舍家里买了金钟倒挂花；将一面借来的旗子升起一半，又到商店里买了黑纱把百叶窗遮住。艾萨克和英格尔也被叫去了，他们参加了葬礼。艾勒苏以主人的身份用茶点招待了来宾；对，尸体出来后，他们还唱起了圣歌。入殓的时候艾勒苏还发表了合适的讲话，他母亲既自豪又感动，一直用手帕擦着眼睛。一切都进行得井井有条。

接着艾勒苏跟着父亲一道回家，虽然艾勒苏极力把手杖藏在袖子里，不过还是不得不当着父亲的面带着他那件春装大衣。一直到他们坐上船之前都没出什么差错，上船后他父亲不小心坐到了那件衣服上，听到一声破裂声。“那是什么？”艾萨克问。

“噢，没什么。”艾勒苏说。

不过他也没有把那根断了的手杖扔掉；一回到家，他就急着找管子，打算拿来修理手杖。那个本性难改的赛维特说：“我们可以修好的，听着，去弄两块结实点的木板把它包起来，然后用蜡线紧紧绑起来……”

“我要用蜡线把你紧紧绑起来。”艾勒苏说。

“哈哈哈！是吗，没准你还要用一条红吊袜带绑得整整齐齐的吧？”

“哈哈哈！”艾勒苏自己也忍不住笑了起来。不过他去跟母亲要了一只旧顶针，把顶磨掉，做了一圈很不错的金属套。噢，别看艾勒苏手又长又白，做起事来也不是完全没有办法。

两兄弟还是像以前一样经常互相逗乐。

“赛维特叔叔的遗产都是我的了吗？”艾勒苏说。

“你已经拿到了？有多少啊？”赛维特问。

“哈哈哈，先不告诉你有多少，你这个老财迷！”

“好吧，不管怎样，反正都归你了。”赛维特说。

“五千到一万吧。”

“银元？”赛维特情不自禁叫出声来。

现在艾勒苏已经不用银元来说了，不过这个时候他也不想否认，所以只是点了点头，不置可否。

直到第二天，他才又提起了这档事。

“昨天你把所有的都给我，你不后悔吗？”

“笨蛋！当然不。”赛维特说。他说是这么说，但是——五千呢，整整五千啊，这毕竟不是小数目！如果他哥哥不是个小气的印第安人的话，就应该分一半给他。

“那么，实话告诉你吧，”艾勒苏解释道，“这笔财产毕竟也不能让我发大财。”

赛维特震惊地盯着他。“嗬，不会吗？”

“对，说实话，没什么厉害的。根本不是你说的横财。”

当然，艾勒苏对账目也略有了解，赛维特舅姥爷那只装钱的箱子，他打开过并且检查了里面的账目；他不得不把账目都清算了一遍，并且做出了一份资产负债表。老赛维特没有指使这个外甥下地干活或者补渔网，而是让他处理一堆最混乱的数字，还有他从未见过的最奇怪的簿记。比如，一个人好多年前为一只山羊或一捆干鳕鱼付过了税，不过现在根本没看到有肉或鲜鱼；这时老赛维特会在脑子里搜寻一下，然后说：“他付过了！”

“是的，我们把他划掉。”赛维特说。

艾勒苏真适合干这种工作：他聪明灵活，总是安慰病人说一切都好，两人相处得很融洽，有时候甚至会互相开开玩笑。艾勒苏或许在某些方面傻头傻脑的，他的这位舅姥爷也一样；两人一起起草了一份内容详尽的遗嘱，遗嘱对象不仅有小赛维特，还有老赛维特服务了三十年的村公社。噢，真是一个伟大的日子！“我再也找不到比你更好的人来帮我做这些了，艾勒苏小家伙。”老赛维特说。盛夏季节，他派人去买回羊肉；鲜鱼上市的季节，他又叫艾勒苏从箱子里取出现金来付钱。两人生活得和和美美。他们还把奥琳叫来了——再没有人比奥琳更适合当一个吃客，也再没有人能比她更适合出去宣传老赛维特生前最后一段时间是多么慷慨大方的了。双方各自获利。“我们也得为奥琳做点什么。”老赛维特说，“她守寡多年，家境贫困。反正给小赛维特的已经足够了。”艾勒苏只在遗嘱上修改几笔就可以了；在最后加一个附注就可以。看，奥琳现在也是遗嘱的受惠对象了。

“我一定会照顾你的。”赛维特舅姥爷说，“如果我这次好不了了，不能再起身的话，我一定留心不会把你漏掉的。”奥琳宣称自己已经说不出话来了，她倒不是真的说不出话来了；她感动得涕泪交流，从心里感谢他。谁也不会像奥琳那样一下子把世俗财礼和“来世必得千倍好报”联系起来。不，她不是说不出话来。

但是艾勒苏呢？开始他对老赛维特的财产持乐观态度，但随后他把心里不同的想法也说了出来。起先他只是试探性暗示了一下：“这账目好像不太对。”他说。

“这个，不用担心。”老头儿说道，“我走后，这里的钱财足够分的。”

“也许你还有其他财产？”艾勒苏说，“存在银行里什么的？”因为外面有这样的传言。

“嗯，”老头儿说，“或许有这么一回事。不过，不管怎么样，还有养鱼场、农场、房子，还有牲口，红色、白色的奶牛什么的——总之，艾勒苏，我的孩子，你就不用操心了。”

艾勒苏想不通养鱼场有什么值钱的。不过牲口他倒是见过的，总的只有一头牛：一部分红色，一部分白色。老赛维特一定是神经错乱了。此外，还有些账目根本算不出来；简直是一团糟，全是混乱的一堆数字，特别是采用了新货币单位之后，更是乱七八糟。这位地区司库经常以为小单位克朗就是银元。难怪他以为自己很有钱呢！把账目都理清以后，艾勒苏担心根本没剩下多少钱。或许单单让收支平衡都有难度。

对，赛维特可以轻易答应让他来继承舅姥爷的财产！

兄弟俩又拿这事开玩笑了。赛维特根本不在意这事，一点儿也不；没准，说实话，如果他放弃的是五千块钱，应该会有些懊悔。他明白跟老赛维特重名只是投机取巧，他根本没有权利去继承他的任何财产。而今他强行叫艾勒苏去接管那些东西。“当然了，这应该是你的。”他说，“来，我们得写一份声明。我很想看你成为一个富翁，不过到时候千万别目中无人！”

没错，他们俩经常拿这事互相打趣。说实话，赛维特是艾勒苏留在家的最大的原因；若是没有赛维特，他的日子估计更煎熬。

实际上，艾勒苏越来越娇懒了；在山那边的三周闲散生活对他来说未必是好事。他去过教堂，而且也在外人面前炫耀过了，甚至还遇到几位姑娘。然而，在赛兰拉这儿可没有那样的生活。简森——那个女仆人算什么，除了一个帮工，什么都不是，配赛维特还差不多。

“我倒想去看看布里达布立克的巴布罗，不知道长成什么样了。”有一天艾勒苏说。

“可以啊，去艾瑟克尔·斯特隆家看吧。”赛维特说。

星期天，艾勒苏去了。没错，他出过一次门后，变得信心满满，从前的豪情全都回来了。他在艾瑟克尔的小屋侃侃而谈，精神焕发。巴布罗是不可小视的，不管怎样，在这附近，她毕竟是最特别的年轻姑娘。她弹吉他，语调欢快；她身上不涂抹艾菊，而是真正的香水，在商店里买的那种。而艾勒苏，表示自己只是回家度个假，没多久就要回城里办公去。虽然说实话，在家里也还不坏，住在老房子里，有自己的小房间，不过和城里究竟是不能比的！

“是不能比，你说得没错。”巴布罗说，“城里和这儿简直是天壤之别。”

艾瑟克尔自己跟这两个人简直格格不入；他觉得跟这两人在一起很无聊，还不如去看看农场，留下那两人爱怎么聊都行。艾勒苏自吹自擂起来，说自己怎么到山那边去经办舅姥爷的丧事，当然，他没有漏掉在棺材旁边作的那一番讲话。

当他起身准备回家的时候，他请求巴布罗陪他走一段。不过，很遗憾，巴布罗却不愿意。

“你那儿都有这个习惯吗？”她问道，“女人得送男人回家？”

这话对艾勒苏来说简直是不小的打击；他的脸唰地红了，知道自己得罪了她。

尽管如此，接下来的那个星期日他又去了曼尼兰，这次还带了他的手杖。他们又向前一次那样高谈阔论，而艾瑟克尔也照旧出去了。“你爸爸的那块地挺大的。”他说，“而且，看来似乎正在盖房子。”

“对，他弄得挺不错的。”急于卖弄的艾勒苏说，“他买下来毫无问题，不过对我们这样的穷人来说就是另外一回事了。”

“你什么意思？”

“噢，你没听说过吗？不久前有几位瑞典来的百万富翁从他那儿买了一处矿地，铜矿。”

“真的吗？这样的话，他可以卖很多钱吧？”

“非常多。嗯，我不喜欢吹牛皮，不过几千是肯定有的。我想说什么来着？盖房子？你自己已经堆了一堆木材在这儿了，打算什么时候动工？”

巴布罗不由得说道："永远也动不了工！"

这么说未免太过夸张而且不合实际。秋天之前艾瑟克尔就已经准备好了石材，冬天时就都用车拉回家了。现在正是农闲季节，地基墙、地窖以及其他的部分也砌好了——唯一剩下的就是上面需要用木盖的部分。他打算在今年秋天之前把一部分房顶盖好，而且打算找赛维特过来帮几天忙——艾勒苏觉得这么做可行吗？

艾勒苏想了想，满不在乎，然后笑着问道："那为什么不叫我来帮忙呢？"

"你？"艾瑟克尔肃然起敬道，"我觉得叫你来做这些太屈才了。"

噢，在这片荒原上能找到一个欣赏自己的人真让人不由得愉快起来！

"怎么，我倒是担心自己这双手干这类活不太行。"他巧妙地答道。

"让我看看。"巴布罗说着看了看他的手。

艾瑟克尔又成了局外人，于是离开了房子，留那两个人在那儿闲谈。他们俩同年，而且又一起上过学，曾经在一起玩耍、亲吻、互相追逐。如今，两人可以轻描淡写地谈起过去的日子——交换各自的回忆——显然，巴布罗多少想在自己的幼时伙伴面前显摆一下。诚然，这个艾勒苏不像办公室里的年轻男士们那样，戴一副斯文的眼睛，手上再配一块金表，但不可否认的是，在这个穷乡僻壤里，他已经算是一位绅士了。她拿出自己的照片给他看——以前她就长那样，"当然现在都变了。"巴布罗叹了一口气。

"怎么，你现在怎么啦？"他问。

"你不觉得我从那之后开始就变得难看了吗？"

"变难看了？怎么会！嗯，坦白告诉你，你其实比以前漂亮多了。"他说，"比以前丰满了。这难道叫难看吗？噢！你真是的！"

"你瞧瞧，这件衣服好看吗？前面和后背都露出了一点。还有这边的那条银项链，这也得花不少钱；是我在一个年轻职员家工作的时候，他送给我的。不过最后弄丢了。确切说也不是弄丢了，而是因为没有回家旅费，所以拿去卖掉了。"

艾勒苏问道："可以把照片送给我做留念吗？"

“纪念？嗯。不过你回送我什么呢？”

噢，艾勒苏当然想好了，只不过不敢说。

“等我回城里后照一张寄给你。”他只能这么说。

巴布罗把照片收了起来，说道：“不行，我只有这一张了。”

他年轻的心灵一下子被黑暗笼罩，不由得伸手去抢照片。

“哎，现在就先送给我吧。”他笑着说。于是他趁势吻了上去。

自那以后两人相处就舒心多了。艾勒苏变得越发兴高采烈精神焕发。他们在一起嬉笑怒骂，打情骂俏，成了要好的朋友：“你刚才牵我手的时候我感觉像天鹅毛一般柔软——我是说，你的手。”

“哦，你早晚有一天要回到城里去的，不会再来这儿，到时候就只剩下我了。”巴布罗说。

“你觉得我是那样的人吗？”艾勒苏说。

“唉，我敢说你在城里一定有喜欢的人。”

“没有，那儿没有。说实话，我根本没有订过婚。”他说。

“不可能，你肯定订过婚，我知道。”

“真的没有，我发誓，真没有。”

他们就这样说了好一会儿。艾勒苏这下子是完全坠入情网了。

“我以后想给你写信。”他说，“可以吗？”

“当然可以。”她说。

“若不是知道你对我有意，我也断然不敢冒昧给你写信的。”他突然升起一丝妒意，问道：“我听说你已经许配给这儿的艾瑟克尔了，这可是真的？”

“艾瑟克尔？”她轻蔑地说道。这样他心情一下子就又明朗了。“我今后要好好留心他！”这会儿她好似又后悔了，说：“不过，艾瑟克尔对我挺好的……我说想看报，他就去给我买了，还经常送东西给我——送了不少。他确实不错。”

“噢，当然了。”艾勒苏表示赞同，“他本人可能真的很好，不过还是……”

巴布罗似乎想到了艾瑟克尔，突然紧张起来，她站起身对艾勒苏说道："你现在赶紧离开，我出去看看牲口。"

第二周的星期日，艾勒苏比以前来得晚了很多，手上还拿着一封信。确实是一封信！这封信叫他兴奋了一整个星期，花了好久的时间，最后终于写完了。他开头这样写道："致巴布罗·布里德森小姐。佳人芳容，数次有幸睹之，欣喜之情，无法言表……"

他来得这样晚，巴布罗应该都已经关好了牲口，没准都上床就寝了吧。不过这不要紧——事实上，这样反倒更好。

不过巴布罗还没有睡，在小屋里坐着。她表情冷淡，毫无要和他亲热的意思——艾勒苏暗自思忖艾瑟克尔是不是抓到了她的什么把柄从而威胁她。

"这是我说好要写给你的信。"他说。

"谢谢。"她说着打开信，读了起来，听声音似乎没有特别感动。"真希望我的字也可以写得那么好看。"她说。

艾勒苏大为失望。他做错了什么——她怎么啦？艾瑟克尔去哪儿了？他不在屋子里。也许他厌倦了艾勒苏每个周日的来访，所以出门去了吧；或者是前日进村被什么事情缠住了吧；反正不在家里。

"这么可爱的夜晚你为何要坐在这个沉闷的地方？"艾勒苏问她。

"出去散散步吧。"

"我在等艾瑟克尔。"她回答。

"艾瑟克尔？这么说，你是离开了艾瑟克尔就活不下去了吗？"

"没有。不过他回来后总得有点吃的。"

时间一分一秒地过去了，他们俩再也不如从前那般亲近；巴布罗还是那么别扭和冷漠。他又给她讲起了在山那边的种种，尤其不忘提那次讲话："我即使没有说太多，还是有很多人流了眼泪。"

"是吗？"她问。

"还有，一次星期日，我去了教堂。"

"那儿有什么新闻呢？"

"新闻？哦，没有新闻。我也随便看了看，据我所知，那个牧师不怎么样，没什么特点。"

时间一点点过去了。

“要是今晚艾瑟克尔又看到你在这儿，他会怎么说？”巴布罗突然说道。

瞧她说的！简直重重击在他的心上。上次说的话难道她都忘了吗？他们不是约好了今晚他过来吗？艾勒苏被深深地伤到了，低语道：“你要是想的话，我这就走。只是，我做错了什么？”他的嘴唇都在发抖。很显然，此刻他心中是莫大的痛苦和烦忧。

“你做错了什么？噢，你什么都没有做错。”

“好吧，可是你今天晚上到底是怎么啦？”

“我怎么啦？哈哈哈！不过仔细想一想，也怪不得艾瑟克尔要生气了。”

“好吧，我马上走。”艾勒苏再次说道。但她依旧保持淡漠，看到他痛苦万分地坐在那儿，她却不以为然。这个女骗子！

现在他已经满心愤怒；起先他只是微妙地暗示了他的不悦：她可真是个好姑娘，简直是女性同胞们的榜样，嘀！但这番话未曾起到丝毫效果——噢，他后悔没有继续隐忍下去而是说了这些话，他什么都不该说的。但他没有那么做，说道：“早知道你会这样，我今晚压根就不会来。”

“噢，你不来又会怎么样？”她说，“你只不过会失去一个卖弄你心爱的手杖的机会。”

噢，这个巴布罗，她在卑尔根生活过，她知道怎么去讽刺一个男人；她见过真正的手杖，所以现在她开始问他挥着一把用旧伞柄做的手杖有什么意思。但他让她继续说下去。

“我估计你现在要把送给我的那张照片要回去了。”他说。他想，如果这一招还不能触动她，那实在找不到别的可以触动她的事情了。因为对于荒野中的人们来说，跟别人要回送出去的礼物是最让人不齿的行为。

“这得看情况了。”她含糊其词。

“噢，还给你也没问题。”他豪气地说道，“不用担心，我很快就寄还给你。那么也请你把信还给我吧。”艾勒苏站起来说道。

很好！她把信还给了他。但是她递过去的时候眼睛里盈满了泪水。这个女仆姑娘内心被他触动了，她的朋友要抛弃她了——要永别了！

“你也没必要离开啊。”她说，“我根本不在乎艾瑟克尔会怎么说。”

但是占了上风的艾勒苏不打算服输；他谢过她，和她道别：“当一个姑娘那样生气的时候，男人是没有其他路可走的。”

他离开了那儿，挥舞手杖，一路吹着口哨朝自己家走去。哈！没过多久巴布罗跟上来了，她叫了他一两声。不错，他停下了脚步，是的，可是却又像一头受了伤的雄狮。她在一处石楠丛里坐了下来，露出后悔的神色；她惴惴不安地在手里玩弄一根树枝。过了一会儿他又变得柔情起来，想要吻她，就算是最后的告别之吻。不，她没有同意。“就跟上次一样跟我亲热一下啊。”他乞求道，在她身边快步地走来走去，索要一吻。但她不愿意和他亲热，站了起来。她直直地站在那儿，毫无反应，看到这样他只得点头悻悻地走了。

待到看不见他了，艾瑟克尔不知道从哪个树丛里走了出来，把巴布罗吓了一跳，问他：“怎么回事——你从哪儿来的？要去哪儿啊？”

“没去哪儿，我下来时得路过这里。”他回答，“只不过看到你俩刚好走上来。”

“噢，是吗？我敢说，这对你有不少的好处吧？”巴布罗突然愤怒地叫了起来。她现在可不怕他了。“我倒想知道，你在这里鬼鬼祟祟地想要做什么？这跟你有什么相干？”

艾瑟克尔压着心里的火气：“嗯，这么说他今天又来啦？”

“嗬，来了又怎样？你想拿他怎么样？”

“拿他怎么样？我倒想问问你和他到底怎么回事呢？你应该感到羞耻。”

“羞耻？嗬！我建议你还是少说这话为好。”巴布罗说，“你是想让我每天像个死尸一样坐在家里不动吧？再请问你，我为什么要感到羞耻？要是你想找别人来给你看管这房子，我随时可以走。如果还想我留着，那么我要说，请你闭上你的臭嘴。现在我回去给你准备晚饭和咖啡，做完这些，我想干吗就干吗。”

他们就这样一路吵到了家。

事实上，艾瑟克尔和巴布罗的关系一向不怎么好，时不时就要吵一架。她在这儿帮他管了两年的家，以前就经常会吵架；大多数是因为巴布罗说要寻另外的人家。他不希望她离开，希望她安定下来，跟他一起分享他的房子，和他一起生活。他知道要是再少了帮工以后生活会是多么艰难。她也多次表示过她不会离开——多是在她热情的时候。但是两人一旦因为什么发生口角，她又会威胁他说要走。要是没有什么事，她就以去看牙作借口出去。走，离开这里……艾瑟克尔感觉应该想办法把她留住。

留住她？巴布罗若是不想留下来，他不管怎么努力也是留不住的。

“嗬，所以说你又打算走了吗？”他说。

“想走又怎么样？”

“你想走就能走吗？”

“当然，怎么不行？你不会以为因为冬天快来了我就怕了吧……只要我乐意，我随时可以在卑尔根找到另一户人家的。”

然后艾瑟克尔很镇定地说道：“反正你得过好一阵子才能走，至少你在怀孕的时候是走不了的。”

“怀孕？你在说什么？”

艾瑟克尔盯着她看。这姑娘疯了吗？没错，他之前应该再耐心等待一段时间的。如今他已经有了留住她的手段，而过去他过于自信，那是个错误；本来也没必要对她太苛责让她抓狂。当然，那年春天他也不该喋喋不休地叫她去种马铃薯——他自己就可以种。一旦他们结了婚，他就有大把时间对她趾高气昂地随意吩咐；在那之前他应该多想着迁就迁就她。

但是——这个艾勒苏真是太坏了，这个在外任职，挥着手杖还毫无羞耻的衣冠禽兽。他怎么可以跟一个已经与人定了终身——如今还怀有身孕的——姑娘乱来？简直太不可理喻了。在这之前，艾瑟克尔还没有碰到与他竞争的男人，可是现在，一切都不一样了。

“这是给你买的新报纸。”他说，“除了这个，我还另外给你买了一些其他的东西。也不知道你想不想看。”

巴布罗表情冷淡，他们一起坐在那儿，喝着碗里滚烫的热咖啡，但她的回答却冷若冰霜：“我想是你已经允诺了一年多的要给我买的金戒指吧？”

但是，她说得不全正确。因为虽然确实是戒指，但不是金的。他从未允诺过要给她买金戒指——不过是她自己一厢情愿的想法而已。是一枚银戒指，有一对交叉的镀金搭手，里面是银的，上面刻着店名和商标等。啊，倒霉的是她去过卑尔根！巴布罗见过真正的订婚戒指——跟她说也没用！

“那么一枚戒指啊！哈！你自己留着吧。”

“那你说说戒指它有什么问题？”

“它有什么问题？我也不知道有什么问题。”她说着站起来收拾桌子。

“怎么啦，你现在先戴上去试试啊。”他说，“以后等我有条件了再给你换个好的。”

巴布罗没有回答。

今天晚上的巴布罗怎么这么不客气。送她这样一枚新戒指——她至少应该温和地向他道个谢吧。肯定是那个一副城里人做派的职员把她迷得神魂颠倒了吧。艾瑟克尔忍不住说道：“我想知道艾勒苏那个家伙老是跑来这里干吗，你俩是什么关系？”

“和我什么关系？”

“对。他就这么没见过世面，看不出来你现在是什么情况吗？他脑袋上没有长眼睛吗？”

听到这话，巴布罗马上转过身来：“噢，你不会是觉得因为这个就抓到了我的把柄吧？告诉你，你想错了。”

“嗬！”他说。

“没错，而且我也不会待在这儿了。”

不过艾瑟克尔只是轻轻笑了笑；不是在她面前哈哈大笑，不是这样；因为他不打算惹怒她。接着他像是哄小孩子一样，好脾气地说道："巴布罗，乖一点，你知道，这是你和我的事。"

当然，最后巴布罗让步了，也没有当初那么激动了，甚至最后还戴着那枚银戒指沉沉地睡着了。

不用担心，到了一定时候两人总归会和好。

是的，草房子里的两个人和好了。但是艾勒苏呢？他的情况更加不乐观。他对巴布罗的寡情和冷漠耿耿于怀。他完全不了解她的歇斯底里，只把她的发作当作她的残酷；巴布罗那个来自布里达布立克的姑娘，即便她在卑尔根待过，但也未免过于自视甚高了……

他用自己特有的方式将那张照片退还给了她——一天夜里，他亲自带着它到了她睡觉的草房子前，从门缝里塞了进去。他并没有粗暴地弄出很大动静，当然没有，而是轻手轻脚地弄了很长时间，可最终还是不小心把她弄醒了。她撑着胳膊，问道："你怎么了？因为是晚上所以不知道从哪里进来了吗？"他站在那儿，感觉心被刺了一下，他明白她那样的语气分明是对别人说的，心上感到一阵刺痛。

他走回了家——没用手杖，也没吹口哨。他再也不想逞强了，心痛如刀割，让他已经完全没了心情。

这件事就这么结束了吗？

某个星期天他又下山了，只是想去看看，偷偷观察情况。他反常而耐心地在草丛里等待，两眼紧紧盯着草房子。最后那边终于有了点动静，单这景象真就要了他的命：艾瑟克尔和巴布罗一起出来的，两人朝牲口棚走去。两人卿卿我我，好一副恩恩爱爱的样子，没错两人刚度过了一段美好时光；他们互相手挽着手，他正要帮她喂牲口。噢，他没看错！

艾勒苏看着两人，看起来失魂落魄；他好像一下子泄了气。或许，他心里只有这样的想法：她这会儿正在和艾瑟克尔·斯特隆手挽着手，亏她做得出来，前不久她还双手环着我的腰呢！他俩进了牛棚，已经看不见了。

算了，随他们去！难道他就这样趴在草丛里什么都不干了？怎么可以这样呢——怎么能平平地趴在草丛里什么都不做呢？再说了，她算什么呀？他可是个男人啊。哈！振作起来。

他双脚一跳，站了起来。拍了拍身上的杂草和灰土，重新站直了身板。而这个时候他发泄愤怒和绝望的方式也很奇怪：他把所有不快都抛之脑后，然后唱起了一首非常浅薄的民歌。而且，他特意高声唱起了当中最不堪入耳的部分。

第十九章

艾萨克从村里带了一匹马回来。没错，正是这样；他从区长助手那里买来了这匹马；吉斯勒说得果然没错，这匹马正是主人拿来卖的，不过总共花了他两百四十克朗——合六十块银元。如今马的价格涨得太夸张了，想当初艾萨克还小的时候，最好的马也才卖五十块。

不过为什么他不自己养一匹马呢？这事他不是没考虑过，他也曾想过买一匹漂亮的小马——而且足足观望了两年。不过只有把花在农场上的精力分散出来，才可以养好一匹马，所以他不可能在等到一匹马可以派上用场，能驮东西之前都把田地放着荒废掉。不过区长助理却是这么说的：“我不喜欢为了养一匹马而花更多的钱；我出门工作之后，光靠家里的女人根本弄不到足够喂它的草料。”

艾萨克老早就想买一匹马了，这主意在他心里藏了好几年；并不是因为吉斯勒说的话他才去买的。同时，他也用心做了很多准备工作；做了一个新隔间，还有夏天要用来牵它的缰绳。至于马车，倒是已经有现成的了。如今最重要的还是草料问题；当然，这一点他是断然没有忽视的，要不然他去年怎么会拼命地又耕出最后的一块地，就为了让它长出更多的草料，在保证留住一头奶牛的同时还足够喂养一匹马呢？如今这块地已经播下了青饲料的种子，打算为生产小牛的奶牛提供饲料。

没错，艾萨克想得已经很周到，只为了让英格尔像过去一样为他拍手，称赞他。

艾萨克还从村里听到了其他新闻：布里达布立克要出售一些田产什么的，已经在教堂外面贴了公告。少量庄稼——干草和马铃薯——可以一并拿走。没准牲口也全顺道送了；只有几头小牲畜，没有大的。

“他难道打算把家里的所有东西都卖掉，什么都不留吗？”英格尔惊叫道，“那他去哪里住啊？”

“住在村里。”

这是事实。布理德已经打算回村里去了。本来一开始的时候他还打算说服艾瑟克尔·斯特隆，让他和巴布罗一同在那里住，不过艾瑟克尔没答应。布理德绝不会破坏艾瑟克尔和女儿的关系，所以他也没有强求，即便这是继他的家业败落之后的又一沉重打击。艾瑟克尔是打算在秋天之前就把新房子盖好的，既然这样，为什么他和巴布罗不可以搬到新房子里去住，然后让布理德住在老房子里呢？不！这就是布理德，他看问题和那些在荒野里定居下来的普通农民绝对不一样；他理解不了艾瑟克尔盖新房子是为了给越来越多的牲口腾出房子，那间旧草房到时候要拿来做牲口棚。即便他解释了好半天道理，但布理德依旧不明白，他认为人类比牲畜重要，这一点是无可厚非的。不，在这儿定居下来的那位根本不这样看，在他的眼里，必须先考虑牲口；反正一个大活人冬天的时候也可以找到安身之处。但是现在巴布罗出面了：“这么说，你觉得牲口都比我们重要了是吗？我现在才知道这一点。”就这样，艾瑟克尔因为没有收留她家人就要跟他们树敌了。不过他是不会屈服的。艾瑟克尔可不是个好脾气的笨蛋，相反，他现在越来越留心了；他明白如果那么一大家子搬进来，那就得他拼命给他们养家糊口了。布理德叫女人少说，他表示自己是厌倦了深山老林里的生活才想到村里去换换环境的——也正是这个原因他才要卖掉房子。

噢，不过说实话，并非布理德自己在卖房子，而是银行和店老板娘在卖布里达布立克，只是为了顾全布理德的面子才说是他卖的。他觉得这样才可以不让自己丢脸。不过，碰到艾萨克的时候他并没有垂头丧气；他安慰自己说他毕竟还是那儿的电路检测员；怎么说这儿还有个固定收入呢；以后还可以一路升到区长或者其他的位置。当然，这一变化还是叫他有些不舍和难过；毕竟这么多年了，这块地是自己亲手开垦、耕种过的地，已经生出了感情，要告别当然没有那么容易。但是布理德这个家伙，他一向不是那种会长时间沮丧不已的人，这正是他最大的优点和最值得肯定的地方。这是他平生第一次突然兴起要当一个耕种者，那只是一时冲动。当然，这件事最后以失败告终了，不过他又以他一贯的空想作风开始做其他的，而且进展顺利；谁能说不是呢——没准他那些矿产样石不久就会给他带来一大笔财富呢！而至于巴布罗呢，他已经将她安置在曼尼兰了，他可以保证，她现在绝对不会离开艾瑟克尔·斯特隆的——明眼人都能看得出来的。

布理德·奥森曾经说过，只要他身强体壮，可以为自己以及那些尊重他的人做点事就足够了。孩子们也慢慢长大，而今他们已经不小，可以到外面的社会上自食其力了，他这么说。黑格尔已经到青鱼养殖场那里工作了，而凯瑟琳也到医生家做帮工去了。现在家里只剩下最小的两个孩子——罢了，罢了，还有一个也快生了，是啊，但不管如何……

艾萨克还听说了村里另一个新闻：区长的太太生了一个孩子。英格尔对此颇感兴趣："男孩还是女孩？"

"怎么了，他们也没说是男是女。"艾萨克说。

以前区长夫人在妇女俱乐部里一直爱谈论穷人家里居高不下的婴儿出生率，说最好给她们选举权，这样就可以对她们自己的利益有发言权，不过现今她自己倒是也生了孩子。现在她不好再侃侃而谈那些了。是的，牧师的太太就说："她以前就喜欢管别人的事——如今自己的都没有管好，哈哈哈！”之后这句话也成了传遍全村的妙语，大家都知道是什么意思——英格尔当然也知道，什么都不懂的只有艾萨克。

艾萨克只知道工作，忙碌自己的事情。他现在已经是个富人了，有一个很大的农场，虽然有了那笔意外之财，但他没有乱花；而是把钱存了起来。如果他是生活在村里的，兴许外面花花绿绿的世界会影响到他；外面是个浮华烦躁的世界，还有这些或那些讲究和做派；这样一来，他也许会买上一堆没有实际用处的多余东西，平时也会穿着他那件本来只有周日才穿的红衬衫。而这个远离闹市的深山老林，正好让他摆脱了毫无节制的生活方式。在山里，他可以呼吸到新鲜的空气，每逢周日，清早起来洗漱一番，还可以到河里去净身。至于那几千块钱——噢，那是老天的恩赐，理应完好无损地存下来。除此之外他还能做什么呢？他地里产的庄稼，还有牛羊奶，这些就已经足够应付他每日的开销了，甚至绰绰有余。

当然，艾勒苏就懂得多了；他建议父亲把这笔钱存到银行里去。想法倒是不错，不过，艾萨克一直拖拖拉拉到了现在——没准其实根本就不会拿去存。倒不是艾萨克根本不想采纳儿子的意见；因为后来事实也证明了，艾勒苏不笨。现在正是割晒草料的季节，他带着一把大镰刀，想尽一己之力——不过再怎么努力他还是无法掌握这东西。他每次都紧紧跟着赛维特，让他帮自己磨刀。但艾勒苏有一双长长的手臂，翻起草来，没人能比得上他。现在，他正和赛维特、奥利波尔丁还有女佣简森在田里忙着收割这一年的第一季干草。艾勒苏尽心尽力割着草，不断耙着草料，直到手上起了泡，这才不得不用破布包扎了一番。前一周他一直没什么胃口，而今干起活来却也不差劲。这个孩子不知道经历了什么事，看起来似乎是经历了失恋一类的事；这让他终生难忘的哀愁倒是叫他重又振作起来。还有，你们看，他现在已经抽完了从城里带来的烟草；照理说，这已经足以让一个职员去用头撞门并在不少事情上发泄不满情绪了。但是没有，艾勒苏反倒变得更稳重更坚定，身板也挺得更直了；变成了一个名副其实的大丈夫。即便是经常拿他逗乐的赛维特现在也不能难倒他了。今天，两人俯身趴在河边的大石头上喝水，赛维特又挖苦他了，说要弄点优质的地衣晒干了给他当烟草抽——“要不然你试试抽生地衣？”他说。

“我给你抽下试试。”艾勒苏说着伸手把赛维特的脑袋按进了水里。噢，这家伙！赛维特回到家之后头发还在滴着水。

看到儿子干活越来越有劲，艾萨克不禁想道：“看来艾勒苏比以前好多了。”他对英格尔说道：“嗯——我在想，艾勒苏会不会打算在家里长待下去？”

她也特别地慎重起来：“我也说不准。不，我估计他不会的。”

“嗬！你跟他说过这个了？”

“没有——嗯，对，我跟他提过一点，可能是。不过我想他是不会长待的。”

“我现在想弄清楚——你说要是把一块地给他自己……”

“你什么意思？”

“如果弄一块地给他自己管理会怎样？”

“不会怎样。”

“怎么，难道你跟他说了什么？”

“说了什么？你自己难道不明白吗？不，我看艾勒苏不是干这个的料。”

“别坐在那儿说他的坏话。”艾萨克公正地说道，“反正我看到的就是他如今在地里干得很棒。”

“嗯，可能吧。”英格尔顺着他说。

“我就搞不懂你为什么要否认那个孩子，他有什么问题呢？”艾萨克大声说，明显不高兴了，“他现在每天都在提高，你还想要求他怎样？”

英格尔嘟囔着：“是这样，他不再是以前的那个他了。不然你可以去跟他谈谈背心的事看看。”

“背心？你什么意思？”

“他说以前在城里的时候，一到夏天就要穿上白色的背心。”

艾萨克听到这个，沉思了一会儿。他怎么也想不通。

“那么，他就不能买一件白背心吗？”他说。艾萨克觉得这有些不可理喻；当然，这应该只是女人的疯话罢了。在他看来，那孩子要是想穿白色背心，完全可以穿啊，没人阻止他；不管怎样，他不理解这有什么好大惊小怪的，所以想放下这个问题继续说点别的。

“那么，如果把布理德的那块地买下来给他经营，你觉得怎样？”

“给谁？”英格尔说。

“他啊，艾勒苏。”

“给他布里达布立克？不行，这个不值得你去操办。”

实际上，这件事情她已经跟艾勒苏谈过了，她早就从那个守不住嘴的赛维特那里听说了这事。再说了，为何要让他为这事保密呢？他父亲告诉他不正是为了让他去探探口风吗？这也是他头一次把赛维特当作中间人了。那么，艾勒苏又是怎么回答的呢？跟以前他在家信里说的一样，不行，他不愿意抛弃学得的知识，去当一个无名之辈普普通通过一辈子。这正是他说的。当然了，他母亲也曾劝说了一番，但是艾勒苏丝毫不加理睬；他对自己的人生有他自己的规划。年轻人的想法一直深不可测。很可能自从上次的事情发生了以后，他不愿意待在这里，与巴布罗做邻居。谁知道呢？但他和母亲谈起这些的时候信心满满的，说他以后在城里一定能谋到比现在这个高很多的职位；他可以去级别更高的官员那里当职。他会越来越好的，会在外面有大出息的。可能在不久的几年里，他就当上了区长或者灯塔的管理员，没准还会在海关局那里谋到一官半职的。这么多的路正向这个有学识的年轻人敞开着。

不管怎样吧，他的母亲最后也想通了，赞同了他的观点。她现在对自己的事还有些担惊受怕；外人对她的成见还未彻底消除。上一个冬天她时不时还会读读某一本祈祷书，正是从特隆金的那个机构里带回来的。而今看来，艾勒苏某一天会当上区长呢！

“怎么就不会呢？”艾勒苏说，“郝耶达尔区长以前不也只是我在的那个部门任职的一个小职员吗？”

前程似锦啊。他母亲也劝他不要放弃自己的事业堕落下去。一个在深山老林里生活的人能有什么大出息啊？

但是为何艾勒苏现在要在父亲的农场上拼命干活呢？谁知道啊，兴许有他自己的理由。也许是因为他那天生的骄傲和自尊心吧，他不想让人看轻；而且，在他离开家之前给父亲留下一点好印象倒也不是坏事。说实话，他在城里还欠了些零零碎碎的债务，最好可以马上还清——这样可以保持他的信誉。不过这可不是一百来块钱的事——实际上数目不小。

艾勒苏才不是傻子，相反，他有他自己的精明狡猾之处。他看到父亲回了家，知道他会坐在窗子前往外看，于是趁着这机会不如多卖卖力，加把劲干活——反正这没什么坏处，而且没准对他有所帮助呢。

艾勒苏多多少少变了。不管是什么，总之已经在他心里扭曲，慢慢腐坏了。他本身不是坏人，但是已经被污染了。是不是在过去的那几年里他缺少了大人的指引？他的母亲又能为他做什么呢？无非就是在一边支持溺爱。她被儿子缥缈的似锦前程迷得晕头转向，时不时还在他和他父亲之间说好话调和矛盾——这事对她来说完全没问题。

但最后她的反对还是让艾萨克不耐烦了；在他看来，买下布里达布立克绝对不是一件坏事。那一天，艾萨克上山的时候还勒住马，停下来不以为然地看了看那块经营不善的田地；没错，只要好好管理，这会是一块良田。

“怎么不值得操心了？”他又在问英格尔了，“不管怎样，我是真心实意为艾勒苏好，我只想帮帮他。”

“如果你真的关心他，那就不要再提布里达布立克的事了。”她答道。

“嗬！”

“是的，他不像我们一样，他自己理想远大。”

当然，艾萨克有些底气不足，这话让他一下子虚了下来。但他已经把话说出来了，想让她服输还有点难，他现在还不想就这样放弃自己的想法。

“他必须照我说的办。”艾萨克突然宣布道，好像还怕英格尔听不到一样，吓人地提高了音量，“对，你现在听好了，我绝不会罢休的。

那块地正处中间，旁边有学校，该有的都有了；我倒是想知道，他还有什么其他大能耐？有这么一个儿子非得让我活活饿死——你是不是觉得那样更好啊？还有，你能告诉我为什么我这个亲生儿子会反对——反对他的亲爸爸吗？”

艾萨克没有再说下去；他知道说得越多情况只会越糟糕。他原是准备要换一套衣服的，已经把进村时穿的最好的衣服都拿出来了；不过这下子他又改变主意了，他打算直接穿身上这套——究竟是怎么回事啊？“你最好去告诉艾勒苏。”他接着说。

英格尔回答：“你最好自己去说，他不会听我的。”

那么，很好，艾萨克是一家之主；艾勒苏他敢不答应试试！不过，也不知道他是不是害怕失败，所以又转过头来说道：“没错，我确实应该自己去说。不过我还有一堆事要做，这个要忙那个也要忙，我还得处理其他事呢。”

“嗯？……”英格尔惊讶地说道。

不过艾萨克又走开了——没有走太远，就在家附近的田地里，但不管怎样，反正他是走开了。他满腹心事，必须得找个地方把自己藏起来。其实是这样的：他今天从村里带来了第三条新闻，这跟前面两条根本不能同日而语，这条重大多了；他把这个秘密藏在了树林边上。看，正竖在那儿呢，用袋子和纸包了起来；他打开包，嗬，是一台大型机器。看啊！有红有蓝，真好看，一堆堆锯齿、刀片，还有接头、扶手、螺丝钉和车轮——是一台割草机。不，要不是为了这台新机器，艾萨克今天还不打算去把那匹新马牵回来呢。

他站在那儿，露出一副不可思议的敏锐表情，在心里从头到尾默念了一遍店老板跟他强调过的说明书；他这儿拉拉弹簧，那儿转转螺丝栓，接着给每一个小洞、每一个缝隙都涂上了润滑油，做完这些又起来把整台机器从上到下好好看了一遍。艾萨克长这么大从未体验过这样的一个小时。他拿起笔，在一纸文件上写下了自己的名字——毫无疑问，真是一件惊险的大事情。正像之前他买来的那把新耙子一样——也是零零碎碎好多弯曲的奇怪部件，都需要他好好装上去。更不要说安装那台巨型的圆形锯木机了，当时可算是分毫不能差，不能东摇西晃，否则就等着它支离破碎吧。但是这一台机器——它简直就是一张爬满了钢丝弹簧、钩子、器械还有成千上百个螺丝钉的网——英格尔的缝纫机比起来简直就是一个微不足道的书签！

艾萨克将柄杆披在自己身上发动起了机器。真是一个奇迹般的时刻。难怪他把自己当马使呢！

因为——万一机器没装好，不但发动不起来，而且四分五裂了怎么办呢！不过，幸亏这一惨剧没有发生；机器可以割草。当然可以割草啦，他可是站在那儿好好研究了好几个小时呢。太阳慢慢下去了，他再次披起了柄杆，将它发动起来；没错，这个东西可以割草。当然应该割草啦！

当一天的炎热散去，降起了露水，男孩儿们一人带了一把大镰刀出来割草，准备第二天用。艾萨克看到自己的家近在眼前了，说道："今晚把镰刀收起来，你们可以把那匹新马牵出来，再把它牵到树林边去。"

说完这些话，他没有像从前一样进屋去吃饭——别人都吃过了——而是从原地转过了身，朝着来时的方向走回去。

"需要带马车吗？"赛维特在他后面喊道。

"不用了。"他父亲说着继续往前走。

他现在满腹神秘和高傲，每走一小步，都要把小腿甩起来，每一步都走得沉稳有力。这倒像是一个手执武器，正在迈步走向死亡和毁灭的勇士。

两个儿子牵着马跟来了，一见到那台机器，都愣住了。这是深山老林里的第一台割草机，也是村里的第一台——红蓝两色，光彩夺目，叫人移不开视线。接着他们的父亲，一家之主的这个男人，用一种轻描淡写的语气说道——好似这机器根本不值一提——"过来把柄杆套上去，开着试试。"

开始是由他们赶马；接着是父亲赶。噗！机器一路发出这样的响声，没多久他们割完了草。两个儿子手里什么也没拿，什么也没干，只是笑着跟在后面走。父亲停下来，转过头看了看。嗯，割得不够干净。

他四处动动螺丝钉，把刀片调得离地面更近一些，又上去试了一遍。不行，这次还没好，不够平，时高时低的；刀具好像有点跳动。父亲和儿子们在一起又研究起来，看问题出在哪里。艾勒苏找到了说明书，读了起来。“在这儿，说明书上讲的是开动的时候需要坐在座位上，如此，机器才可以开得更平稳。”他说。

“嗬！”他父亲说道，“没错，正是这样，我知道。”他回答道。“我已经将这整个儿好好研究过一遍了。”他站起来，走到座位上坐了下来，再次开动；这次开得稳多了。突然机器不动了——刀片根本没有割草。“吁！现在又是怎么一回事？”父亲从座位上下来，不再信心满满，而是满腹疑惑地下来检查机器。父亲和两个儿子一起在那儿四处研究，肯定是哪里出了问题。艾勒苏拿着说明书站了起来。“这儿有个螺丝钉还是什么东西。”赛维特说着从草丛里捡起了一个东西。

“噢，那就对了。”父亲说道，好像正是因为这东西掉了，机器才不能好好运行，“我正在找这个螺丝钉。”但是他们根本找不到可以把这个螺丝钉安进去的螺丝洞——天知道那个螺丝洞会在什么地方呢。

也正是在这个时候，艾勒苏才意识到了自己的重要性；正是他找到了那本印着铅字的说明书。要是没有他，他们该怎么办啊？他对着那个洞眼儿特意指了好半天，解释道：“根据说明书上画的图来看，那个螺丝钉应该安在这儿。”

“没错，是应该安在这儿。”他父亲说道，“我之前正是把它安在这儿的。”接下来，或许是为了重拾他失去的威信，他叫赛维特在草里再找找，看还有没有其他松掉的螺丝钉。“应该还有一个螺丝钉。”他说，一股子自作聪明的神气，好似那台机器的整个构造全清楚地印在他脑子里，“你没找到另一个吗？罢了，罢了，看来应该还在洞眼儿里没有松掉。没事了。”

父亲接着又发动起来。

“等等——这儿不对。”艾勒苏叫道。噢，艾勒苏拿着说明书站在那儿，他手里那张纸就是真理；千万不能忽视了他！“那个弹簧应该朝外装。”他对父亲说道。

“对，怎么啦？”

“是啊，不过你把它朝着里面装，安错了。这个钢丝弹簧，装的时候得朝着外面，不然螺栓会跳出来刮到刀片。你自己可以来看看这里的图。”

“我把眼镜落在家里了，看不太清。”他父亲温和地说道，“你看得清楚些——上面怎么说你就照着安吧。我现在不打算回家去取眼镜了。”

现在情况一切正常了，艾萨克站了起来。艾勒苏在后面叫他：“你要开得很快才行，这样才能割得更好——这上面是这么说的。”

艾萨克开啊开，一切都很顺利，机器时不时发出“噗噗噗”的声音。艾萨克所到之处都留下来一条长长的，整齐的，躺着断草的路，只需要把草收起来就可以了。现在可以看到他的家了，女眷们都从屋里走了出来；虽然小丽奥波尔丁老早就学会走路了，不过英格尔还是把她抱在怀里。女人和女孩儿——总共四个——全都急急忙忙跑出来了，一群人争着看眼前的这个奇迹般的庞然神物。噢，这是艾萨克的时刻。如今他穿着节日盛装，身披夹克衫，头戴高帽，神气十足地坐在高高的机器上，虽然他汗流浃背，却由衷地为自己感到自豪，觉得自己是个伟大的男人。他在周围的四个角里转弯，然后割一会儿，接着再转弯，前进，割草，还从女人们站的地方开过去；她们惊得目瞪口呆，这是她们从未见过的东西，而机器则一路发出噗噗的声音碾了过去。

接着艾萨克停下来，走下了割草机。当然，他急切地想知道站在地上的女人们在说什么；她们究竟会说什么呢？他听到屏着呼吸的压抑的叫声，好似害怕惊扰到他这神圣的工作，她们低低地互相询问，语气充满敬畏，这些都被他听到了。他作为一位仁慈而和善的一家之主及统治者，鼓励她们道：“好啦，我就先割这么多，你们明天可以把它们翻开来晾晒。”

“你没有时间先进来吃个饭吗？”欣喜得忘乎所以的英格尔说道。

“没时间了，我还得去忙点其他事。”他回答。

他又开始给机器涂上油，想让他们看到他正忙着这项科学工作，根本抽不开身。弄完这些他又开动机器，继续割草。就这样，过了好久，女人们终于回家去了。

艾萨克满心欢乐——赛兰拉一家人都沉浸在一片欢乐里！

下面的邻居们将会很快上山来一睹究竟的。艾瑟克尔·斯特隆一向对任何事都感兴趣，估计明天就要来了。而布里达布立克的布理德，不出今晚，准会登门。艾萨克当然不会不愿意给他们看他的机器啦，他会耐心地给他们讲解，告诉他们应该怎么用，以及一些其他的。他会说，没有人能用镰刀把草割得这么平这么整洁。不过这得花钱，当然了——噢！这么一台红蓝两色的机器必然要花大价钱啦！

艾萨克高兴坏了！

但是当他第三次停下来准备上油的时候，天！他的眼镜从衣服兜里掉了出来。而且，更糟糕的是，两个儿子都看到了。在这件不算很严重的事情发生的背后是否有一股更强大的力量——对他过分的骄傲做出了警告？那天他曾经一次又一次取出这副眼镜，戴上后研究说明书，但是一个字都没读懂；幸亏有艾勒苏帮忙。哎呀，老天爷啊！毋庸置疑，有学识究竟是很有用的。接着，艾萨克打算放下架子，放弃那个让艾勒苏在深山老林里种地的计划；他今后对这件事将不会再提半个字。

两个孩子没有把眼镜当作大事看；一点儿也没在意。总爱开玩笑的赛维特倒是说了几句，当然了，这可是他最擅长的。他扯了扯艾勒苏的袖子说道：“走吧，咱们回家去，把这些镰刀扔火里烧掉算了。反正爸爸自己会开着这台机器把所有草料都割完的！”这实实在在是一句玩笑话罢了。

第二十章

赛兰拉不再是荒野中冷冷清清的一家，如今那儿大大小小一共住了七户人家。仅仅在割草季节中的一段短短的时间里，就有一两个人上山来，表示要参观那台割草机。当然，最先来的是布理德·奥森，不过后来艾瑟克尔·斯特隆也来了，接着便是山脚下的村民们——没错，住在最下面的村民也来了。奥琳也翻山越岭过来了，那个老不死的奥琳。

这次她又带来了她那个村子的新闻；不带一点八卦过来绝非奥琳的作风。关于老赛维特的事也有，他的财产都已经清算过了，他所有的遗产加起来根本等于没有。简直少得可怜！

说到这儿奥琳紧紧抿住了嘴唇，从这个看到那一个，怎么啦，居然没有人感叹一声吗——房顶没有塌下来吧？终于艾勒苏第一个憋不住笑了起来。

“让我们想想——你是跟舅姥爷重名的人，对不对？”他轻声问道。

小赛维特也是轻声回答道：“确实是。不过我把他过世后可能留给我的东西都送给你了。”

“总的有多少钱？”

“五千到一万之间。”

“银元？”艾勒苏突然学着他弟弟的声音叫道。

无疑，奥琳认为现在开这种玩笑真不是时候。噢，空赠她一场欢喜了；虽然在老赛维特坟头她拼命地挤出了几滴像样的眼泪。艾勒苏应该知道自己写过的那些——什么为了在奥琳余后的几年里给予她以慰藉和支持，现将赠予她多少数目的钱款等。但是支持在哪里呀？到头来原是空欢喜了一场！

可怜的奥琳；他们或许会给她留一点遗产——作为今后照亮她余生的一缕金色光芒！奥琳这一辈子没有得到这个世界的恩惠，靠妖言惑众度日——没错，真是靠着卑劣行径和骗人伎俩挨过一天又一天；唯一的长处就是用她的尖利毒舌传播各种丑闻的能力；是的，仅仅如此。没有一件小事比这种来自死者的一点小财产，更加能够让她陷入糟糕的境况了。她一生种地，养儿育女，把自己所有的技艺传授给他们；为了他们乞讨，甚至说不定还为他们偷过东西。但她就这么努力着想要让他们过好——这是她作为一个贫穷母亲所用的方法。她的力量并不比那些政治家们差劲；为了自己以及她的家人，她深谙明察秋毫之术，只是为了每次都能得到一块奶酪或一丁点羊毛。她也可以靠着这份虚情假意，随机应变地过活。奥琳——或许老赛维特曾经以为她是个年轻的妇人，风韵犹存，双颊红润。可是如今她的确是老了，她那脸上已饱经风霜，甚至只剩下一副行尸走肉的躯体。她终究会死，而她最终会葬身何处又有谁知？她家并没有祖坟；是没有，最后的她应该是会被葬进一个普通坟墓里，和万千陌生人的尸骨放在一起吧；对，这将是她的一生——奥琳，她生了下来，而后死去。她也曾经年轻过。在她的晚年里，是否会有最后的那一点馈赠留给她？是啊，那最后一抹金色余晖，为此，这个一生过着奴性生活的妇人将合起双掌万般感谢的。正义会带给她这最后的恩赐；因为她已经为了儿女尽心尽力，不管是偷是骗，她毕竟尽了力。一瞬间——黑暗将会像从前一样笼罩她的内心；她会睁圆双眼，贪婪地伸出手指问道——多少钱？什么，就这些了吗？她会这么说。她又会变回从前的样子。但不论如何，一个多次生养多次创造生命的母亲——是值得拥有一笔优厚的奖赏的。

但一切事与愿违。老赛维特的账目经过艾勒苏清算之后已经理顺了大概；农场、奶牛、养鱼场以及渔网顶多只能填补亏空罢了。但很多事情都多亏了奥琳情况才不至于更坏；她一心想多分到一点财产，所以她多年来的八卦性子帮了不少大忙，那些她还没忘记的，或者有人为了保全别人面子而特意忘掉的陈年旧账都被她翻了出来。噢，这个奥琳！现在她再也不会说老赛维特的坏话了；他是好心才留了遗嘱的，身后一定留了不少遗产，但是部里派了两个职员来处理，而且还瞒过了她。奥琳恨恨地威胁说，总有一天这些会传到上帝的耳朵里的。

奇怪，对在遗嘱中提到她这事，她丝毫未感到奇怪；毕竟，这是一种荣耀；应该不会再有第二个像她这样的人被写进遗嘱里了！

赛兰拉一家人对这一打击倒不以为然，他们已经有所预料。确实，英格尔还是无法理解——赛维特叔叔一直那么富有……

“如果他的钱没被盗走的话，他应该还会像一个正直的富人那样站在耶稣和上帝的面前。”奥琳说。

艾萨克站着，准备出门到田里去忙活。奥琳说道：“真可惜你就要走了，艾萨克；要不然我还可以看看那台新机器。大家都说你买了一台新机器，是吗？”

“是的。”

“对啊，外面都在传呢，说它割起草来比一百把镰刀还要快。你家里还缺什么呀，艾萨克，什么都有啦，又这么富有！我们那里的牧师买了一把双柄犁；但那算什么呀，怎么能跟你比，我一定要当面跟他那么说。”

“赛维特在这儿，让他给你看看机器好了；他比他父亲会用。”艾萨克说完走了出去。

艾萨克出门了。那天中午在布里达布立克有一场拍卖会，他打算去；现在走过去刚好。倒不是说他要买下那块地，而是因为那场拍卖会——这是原野中举行的第一场拍卖会，不去参加的话似乎不太妥当。

他走到曼尼兰的时候看到了巴布罗，本可以打个招呼就过去的，不过巴布罗叫住了他，问他是否要下山去。“对。”艾萨克说，再次准备走。正是因为正在拍卖的是她家，所以他才不想跟她多说。

“你去参加拍卖？”她问道。

“参加拍卖？啊，我只是下去看看。你和艾瑟克尔还好吧？”

“艾瑟克尔？不，我不知道。他已经去拍卖会了，不知道他能不能跟别人一样，去赚点便宜。”

如今巴布罗肚子愈大，身体愈重了——对，而且嘴巴也愈加刻薄！

拍卖会已经开始了；艾萨克听到区长的叫卖声，还有一群人。走近一看，发现并非全部都是自己认识的人；有一些是从其他地方来的，不过布理德还是像以前一样说说笑笑，身着盛装四处忙碌着。“下午好，艾萨克。你能来此参加拍卖会真是我莫大的荣幸。谢谢，谢谢，是啊，我们做了这么多年的邻居和朋友，从来没有发生过不愉快。”布理德突然伤感起来。“是啊，一想起来就要离开自己待过的，亲手开垦经营，已经有了感情的地方，真是叫人难过。但一个人若是命该如此，还能怎么办呢？”

“或许吧，但你以后一定会更好的。”艾萨克安慰道。

“是啊。”布理德顺着他说道，“说实话，我觉得会的。我没有后悔把这儿卖掉，一点儿也不。我不能说我用这块地发了大财，不过也许这一天早晚会来的；孩子也已经长大成人，都要离开家了——对，虽然我老婆又要生一个，但是……”突然布理德又跟他坦白了一个消息：“线路检测员的工作我不干了。”

“什么？”艾萨克问。

“电报线路的工作我不干啦。”

“不干电报线路的工作了？”

“没错，从新年开始。再说了，干那个有什么好处呢？假如我出去工作，为区长或者医生开车，但我还得在任何时候都把电报检测放在第一位——不，这一点意义都没有。叫那些有一堆时间的人来干那还差不多。但是拿那么一点微薄的工资，就得上山奔波，到山谷里检测电路，这活儿可不适合布理德。而且，我和电报办公室里的人有些过节儿——他们又故意跟我过不去。”

区长不断重复念着农场的投标价；已经喊到了几百克朗，据估计，这块地方是值这个价钱的。现在每次只是五或十克朗地慢慢往上加。

“怎么了，没错——艾瑟克尔在出价。”布理德突然叫出声来，兴冲冲地穿了过去。“什么，你难道也打算买下我的农场吗？你自己要管理的还不够多吗？”

“我是为别人出价的。”艾瑟克尔闪烁其词。

“好吧，罢了，这对我也没什么坏处。我不是那个意思。”

区长又将棒槌举起来，又有人出了新价钱，一下子加了整整一百克朗；没人再加上去，区长又把价钱重复了几次，过了一会儿他的棒槌落下来，拍板成交。

这是谁出的价？

艾瑟克尔·斯特隆——帮另一个人买的。

区长在本子上记下来：作为代理人的艾瑟克尔·斯特隆。

“你是帮谁买的啊？”布理德问道。“当然这跟我没关系，但是……”

此刻区长那一桌的几个男人聚在那儿议论纷纷。有一位是代表银行来的，另一位是店老板的助手，有一些纠纷，债权人感到不能满意。布理德被叫了过去，但没心没肺又满心欢喜的布理德只顾点点头表示同意，突然他抬高了声音，向在场的所有人宣布道：“既然我们已经举行了拍卖会，而且还劳烦区长大老远地跑过来，我愿意把我农场上的所有东西一并卖掉：马车、牲口、耙子还有一个磨刀石。我现在留着也没用了，所以全都卖掉！”

接下来就是拍卖小件东西。布理德的老婆也和他一样，没心没肺，满心欢喜。尽管她挺着大肚子，却在另一张桌子上售卖起了咖啡。她觉得当售货员也很有趣，因此满面春风；甚至当布理德上去讨咖啡喝的时候，她还逗趣让他跟别人一样，也要付钱。而布理德居然还真掏出了他干瘪的钱包，付了账。“像你这样的才是好太太。”接着他向众人说道：“上哪儿找这么善于持家的老婆去？”

那辆马车不值多少钱——它在院子露天放了太长时间；但是最后艾瑟克尔足足多付了五克朗才把马车买到手。买完后艾瑟克尔就不再买其他的，但是看到这个一向谨慎的男人买进这么多东西，大家还是感到非常震惊。

接着是牲口售卖。他们全都被小心地关在牲口棚里，这样才可以随时牵出来。布理德要是没了养牲口的农场，那他还要牲口干什么？布理德没有养奶牛，只有刚开农场时候的两只山羊，现在是四只；除了这些还有六只绵羊，也没有养马。

艾萨克买了一只扁耳朵绵羊。当布理德的孩子刚把它从牲口棚里牵出来的时候，他即刻就出价了，所有人都看着他。赛兰拉的艾萨克家境殷实，地位也高，根本没有必要再买绵羊。布理德的老婆也从咖啡生意中停了下来，说道：“对，艾萨克，你可以把它买走；确实，它已经老了，不过每年都会产两三只羊羔，这也是真的。”

“我知道。”艾萨克说，直直地盯着她。“我以前见过这只绵羊。”

回家的时候，他同艾瑟克尔·斯特隆一道走上山去，拿一根绳子牵着他的绵羊。艾瑟克尔一路无言，看起来有些焦躁不安，不知道心里在想什么。艾萨克想，从表面上看，他不应该有什么烦恼的事；他的庄稼长势良好，大部分草料也已经收进了房子里，现在他又在给这栋房子盖木建部分。艾瑟克尔把一切都安排得有条不紊，虽然思想略显迟钝，但一切都很顺利。现在他又购进了一匹马。

“所以你现在买下了布理德的房子？”艾萨克问，“打算自己管理吗？”

“没有，不是给自己买的。我是替别人买的。”

“嗬！”

“你怎么想呢？会不会觉得我买得太贵了？”

“怎么，没有啊。是要好好经营，那会是块好地方。”

“我是帮我一位在海尔吉兰的兄弟买的。”

“唷！”

“我心里估计是打算跟他换一换。”

“你想——跟他对换？”

“可能更希望我这么做的是巴布罗。”

“对，也许是。”艾萨克回答。

两人一路沉默，走了很久。接着艾瑟克尔又说：“他们还老过来叫我接任电报线路的事。”

“电报线路？嗯，对，我听说布理德已经不干了。”

“嗯。”艾瑟克尔笑着说道，“倒不是布理德自己辞职不干的，而是被他们辞退了。”

“是吗？原来如此。”艾萨克说，想为布理德找些托词，“无疑，干这个得花不少时间。”

“他们已经警告过他，说新年要是干得再不好，就把他辞退。”

“嗯。”

“你觉得我接替他的工作值不值？”

艾萨克思索了好长时间，然后回答道：“对，这份工作待遇优厚，确实，但还是……”

“他们给我的更多。”

“多少？”

“双倍。”

“双倍？这样的话，那么，我觉得你可以再好好考虑一下。”

“不过他们把让我检测的线路加长了。不，我不知道怎么做才是最明智的——我这里不像你那儿一样，有那么多的木材可以出售，但现在我要造房子，需要买进不少东西。买这些东西得花不少现钞，而我现在田里的东西和牲口又没有多少可以卖成现钞的。这么看我是得先把线路检测员干上一年再说了……”

他们两个人谁也没想过也许布理德会“干得好一点儿”从而继续这

份工作。

当他们到达曼尼兰的时候，奥琳已经到了，是从山上下来的。这个老怪物，满身肥油，像一条爬行的蛆虫，已经七十多岁了还四处乱跑。她正坐在小屋里喝咖啡，看到两个男人上来，知道不得不避让了，于是只好走出了屋子。

“下午好，艾瑟克尔，欢迎从拍卖会上回来。你不介意我来看看你和巴布罗过得怎么样吧？看来你们的日子是越来越好了呀，看看，又在造新房子了，以后会越来越富有的！还有艾萨克，你买了一只绵羊吗？”

“对。”艾萨克说，“没准你也见过它吧？”

“我是否见过它？没见过……”

“长了两只扁耳朵，你可以来看看。”

“扁耳朵？你这话是什么意思？然后又怎样？我要说的是：最后是谁把布理德的农场买去啦？我刚刚还坐在这儿跟巴布罗讨论来着，说谁会在那条路上成为你们邻居，我就是这么说的。巴布罗这个可怜的人儿，她坐着就哭了，当然，这是理所当然的啦；但是上帝又在曼尼兰赐给了她一个新家……扁耳朵？我这辈子见过的扁耳朵绵羊可多了去了。艾萨克，我跟你说啊，你那台新机器可不是我这把年纪的老家伙能看得清搞得懂的。我也不问你它花了多少钱了，怕是这个数字我也数不过来。艾瑟克尔，你要是见过了，你就知道我为什么要这么说了；简直就和以利亚和他发火的双轮战车一样；上帝请饶恕我这样说……”

把草料都搬进屋以后，艾勒苏开始准备回城事宜。艾勒苏已经给工程师去信，告知近日将起程回城。但他收到了让他颇为意外的回信，说目前境况萧条，财政需要紧缩，因此将取消原本由艾勒苏担任的职位，转而由他的上司自己接管。

太倒霉了！不过仔细一想，一位区检测员要请一个办公室职员来干什么呢？以前他可以把年轻的艾勒苏带走，确实，这没错，可以向生活在原野中的这一家人显示他是一位大人物；如果说他给艾勒苏提供穿衣吃饭一直到他接受坚信礼的那天，那么艾勒苏自己也的确用他的文书工作报答了他。但是现在这孩子长大了，情况和以前肯定不能一概而论。

“不过，”工程师说，“如果你一定要回城里来，我也会尽力帮你在别处谋一份差事，虽然这很难——因为现在很多年轻人都在求职，职位供不应求，所以找一份差事并不容易。请代我问候……”

当然了，艾勒苏是要回城里去的，这一点毋庸置疑。他能自甘堕落吗？他要在世上扬名四海。关于事情变化，他在家里只字未提；说了也没什么用，而且，说实话，整件事让他颇感不快。

总之，他什么都没说。赛兰拉的生活又让他有了改观：这儿虽然生活简朴而平庸，但也是宁静而让人麻木的，不失为理想的生活方式。在这儿他没有什么可以炫耀的，那副眼镜对他来说毫无用处。过去在城市里的生活让他从人群中分裂了出去，打造成了一个虽然优秀但是又脆弱的人；他真的开始感觉到自己就要成为一个无家可归的人了。他又开始喜欢艾菊的味道了——这事就不提了。但这些事情是毫无意义的，比如这个乡村里的少年在清晨的时候站在那儿聆听少女们挤牛奶，心里想着：听呀，她们正在挤牛奶；这涓涓细流般的声音美妙极了，它不像城市里救世军的军乐以及汽船的警报声。它是流进奶桶里的音乐般的声音……

赛兰拉一家人是不会过分表现感情的。艾勒苏害怕离别那一刻的到来。他已经准备好了行李；母亲再一次拿了一大袋做内衣裤的衣料给他，临出门，又有人受父亲嘱托拿了一些钱给他。钱——艾萨克真的舍得给他钱吗？但事实确实是这样，正是钱。英格尔小心地跟他道明这应该是他父亲最后一次给他钱了；因为艾勒苏不是要自己到外面去闯荡了吗？

“嗯。”艾萨克说。

家里充斥着一股严肃又安静的气氛；在一家人这顿离别餐上，每个人吃了一只煮鸡蛋，赛维特已经站在了门口，准备帮他哥哥拿行李，送他下山去。现在是艾勒苏向一家人道别的时候了。

他先跟丽奥波尔丁辞行。一切都还好，她也跟他说了再见，举止合适。接着是就简森那个女用人，她坐在那儿一边纺羊毛，一边跟他说了声再见——但两个女孩子都直勾勾盯着他看。她们真讨厌！只因为他的眼睛或许红了一些。他和母亲握着手，当然，她大声地哭了出来，也不管他原本非常讨厌看别人哭。“再——再见，上——上帝——保佑你！”她啜泣着吐出几个字。最难的还是和他父亲道别，跟他道别最为难过。噢，又让人产生了多少的回忆啊；他是一位辛劳而可靠的父亲；他曾经把孩子抱在双臂里，给他们讲解海鸥还有其他的飞禽走兽，还有田地里的所有奥秘；这些就发生在没多久以前，才刚刚过去没几年……父亲倚着窗子站在那儿，然后忽然转过来，抓住儿子的手，急躁地说道：“那么，再见。那边的新马脱了缰绳。”说完他冲向门外，急匆匆离开了。噢，其实正是他自己刚刚故意把那匹马的缰绳松开了的，而那个淘气的赛维特，他也知道这事，他站在外边一边看着父亲一边笑。再说了，那匹马不过是在那块留茬田里。

艾勒苏和家人的告别仪式终于结束了。

接着他母亲肯定要走出来，站在门口的石板上，再次哽咽着说：“上帝保佑你！”然后给他点儿什么东西，“把这个拿着吧，你不用谢他，他说过了，你不用谢。别忘了写信回家，要经常写。”

是两百克朗。

艾勒苏往下面的田里望去：他的父亲正用力地把一个拴马桩往土里打；虽然土地很柔软，但他看起来好似得费不少劲儿。

兄弟俩沿着大路向山下走去；他们到了曼尼兰，巴布罗正站在门口的石板上，叫他们过去。

“你又要走了吗？艾勒苏？不，那么，你们一定得进来坐坐，至少喝一杯咖啡再走。”

他们走进小屋，艾勒苏已经没有因为失恋而痛苦了，也没有跳出窗外去服毒的想法了；不，他只是把他那件轻巧的春大衣放在自己的膝盖上，特意把里面的银牌显出来；然后他用手帕娄了娄额前的头发，文雅地说道：“今天天气真不错，难道不是吗——简直妙极了！”

巴布罗也是镇定自若；她把玩着手指上的银戒指，还有戴在另一根手指上的金戒指——对，一点儿没错，她还有一枚金戒指——此外她身披一条从脖颈直到脚踝的长围裙，好像要对不管什么从那儿经过的人说，她的身材并没有走形。当咖啡煮好了，客人都在喝着的时候，她先是拿起一块白布做了一会儿针线活，接着又在一个领圈上做了做钩针活，同时还做了不少姑娘们做的手工活。巴布罗并没有因为他们的来访而感到不适，而是大方自然；他们毫无拘束地交谈，而艾勒苏也能适时地显出自己的年轻潇洒。

“你把艾瑟克尔藏到哪儿去啦？”赛维特问道。

“噢，他就在附近的什么地方。”她回答完后停了下来，转而问艾勒苏：“这么说，以后不太可能在这儿看到你啦？”

“很可能是这样。”他说。

“是啊，一个习惯了城里生活的人哪能瞧得上这里啊！我只希望我可以跟你一道进城去。”

“你说的不是真心话，我知道。”

“不是真心话？噢，我知道城里的生活是什么样子，这里的生活又是什么样子；而且，我在的那个城市比你的要大，仅仅凭这些——你说我会不想吗？”

“我刚才不是这个意思。”艾勒苏急忙解释，“你可是在大城市卑尔根生活过的人。”奇怪，他怎么这么焦躁！

“我只知道，要不是还可以看看报，这地方我是一天也待不了的。”她说。

“但是，艾瑟克尔和其他的一切呢——我在想这个问题。”

“至于艾瑟克尔，这不关我的事。你自己怎么样？——我想，城里应该有人在等你吧？”

听到这个，艾勒苏不免要卖弄一番，他闭上眼睛，舌头轻轻舔着食物：说不定城里真的有那么一个人在等他。若不是赛维特也在场，他肯定不会放弃这个机会，好好报复她一下！但是他现在只能说：“你可不要乱说！”

“嘀，”她说——她今天确实表现得有些不知羞耻，厚脸皮——“是啊，我是胡说八道！你以为住在曼尼兰的人能有什么指望？我们怎么能和伟大的你比呢——天壤之别呀。”

噢，让她见鬼去吧，关他艾勒苏什么事；她的面颊分明有些脏兮兮的，还有，连他这双天真的双眼都能看得出来她怀了身孕。

“你不能弹一下吉他吗？”他问。

“不能。”巴布罗打断他，“我刚才要说的是：赛维特，你要是有空了，能不能花一两天过来帮艾瑟克尔盖盖房子？明天从村里回来之后，就过来开工，你看行吗？”

赛维特想了想，说：“可行，应该没问题。不过我没有合适的衣服。”

“今天晚上我就到你家去把你工作的衣服拿下来，明天你一回来就能用了。”

“好。”赛维特说，“要是你可以的话。”

而今巴布罗有些过分热情起来：“噢，只要你可以过来就好！这儿的夏天也快结束了，得赶在秋天降雨之前把房子盖起来，房顶也得封上。艾瑟克尔一直想跟你说这事，但是，唉，他就是不好意思说。你要是来就是帮我们大忙啦！”

“我会尽力帮你们的。”赛维特说。

于是这事就这么定下来了。

但是如今却轮到艾勒苏难堪了。他能看得出巴布罗聪明能干，为了她自己以及艾瑟克尔谋利益，叫人过来帮忙盖新房，老房子也留了下来，但是她这么做未免太过明显；不管怎样，她目前还不是这房子的女主人，而且不久之前她还吻过他——这个东西！难道她就一点儿不觉得羞耻吗？

“对。”艾勒苏突然说，“我肯定及时回来，给你的孩子当教父。”

她瞥了他一眼，生气地答道：“教父，没错！现在我倒想知道，是谁在胡说八道了？等到我写信给你要寻教父的时候你再回来也不迟。”艾勒苏除了僵硬地笑一声并且急着想抽身离开还能怎么办呢！

“多谢招待！”赛维特说着从座位上站起身来。

“多谢招待！”艾勒苏也说道；但是他没有像一个喝了咖啡表示感谢的男人那样鞠一躬；对，他才不要那么做——这么一个毒舌的丑八怪，让她见鬼去吧。

“让我看看。”巴布罗说道，“噢，我在城里的时候也看到那里的年轻人都在衣服上戴着这块银牌，不过要比你的大很多。”她说。“对了，赛维特，你回来以后晚上在这里睡吧，我晚上去把你衣服取回来。”

跟巴布罗也道过别了。

两兄弟又动身了。艾勒苏完全没被巴布罗搅了兴致；就让她见鬼去吧——而且，除此之外，他现在兜子里还有两张大钞呢！兄弟俩都小心地避免提起伤心事，比如跟父亲告别时他的奇怪表现，还有母亲的痛哭流涕。为了避免在布里达布立克停留，两人绕了远路，还就这个小花招开了个玩笑。但是，在他们终于看到了前面的村子后，这时也该是赛维特返回家去的时候了，两人突然全没了之前的英雄气概。比如说赛维特，他伤感地说道：“我想，估计你离开了以后，家里要冷清许多。”

艾勒苏听到这些，却吹起了口哨，低下头去看自己的鞋子，还在找手指上的一根刺，胡乱掏着口袋，全是些纸片，他说，搞不清……噢，要不是亏了赛维特最后那个举动，他们俩估计要一直这么尴尬下去了。“摸一下！”他突然高声叫道，在哥哥的肩膀上摸了一把，然后跳开了。这样之后情况缓和多了；他们隔了一些距离向对方喊了一句“再会”，然后各自朝着自己的方向走开。

算是命运还是机会呢——不管它是什么吧。艾勒苏现在回来了，回到了城市里，回到那个已经不再欢迎他的岗位。但同样的，这也让艾瑟克尔·斯特隆得到了一名盖房子的助手。

他们在八月二十号的时候开始盖房子的工作，十天后屋顶就盖好了。噢，这座房子单从外面看并不好看，而且甚是低矮；最大的优点可以说它是一栋木房子，再也不是用草盖的了。而且，至少冬天的时候牲口们可以住进华丽非凡的棚子里去了，而今那儿还是给人住的。

第二十一章

九月三日那天找不到巴布罗。但不是说她彻底失踪了，而是说她不在房子里。

艾瑟克尔尽其所能做起了木匠活；还努力想为新房子装上一扇玻璃窗户以及一道门，他把所有时间都投入了这项工程里。但中午已经过了好一会儿，还不见人来喊他吃饭，他只好自己走进小屋里。里面没有人。他给自己做了点吃的，一边吃一边四处看。巴布罗所有的衣服还都挂在那儿；她估计上别处去了吧，应该是这样。他又回到新房子那里忙碌去了，忙了一会儿，又回到小屋里去看——不，屋里还是没有人。她肯定在哪儿躺着吧。他出去找她。

“巴布罗！”他喊着。不，他已经寻遍了房子周围，还到周边的树林找了很久，一边叫一边找了也许有一个小时——无人应答。直到走了很远，他才发现她躺在一处被树林遮蔽的地上，溪水从她脚边流过去，她赤着脚，光着头，背部也全都湿透了。

“你怎么躺在这儿？”他说，“刚才怎么不答应我呢？”

“我答应不了。”她回答，声音沙哑得几乎听不到。

“怎么啦——你掉进水里去了？”

“对。滑进水里了——噢！”

“现在还疼吗？”

“啊——现在不疼了。”

“不疼了？”他说。

“对。扶我回家。”

“那个……哪儿去了？”

“什么？”

“那个——孩子呢？”

“不。已经死了。”

“已经死了？”

“是。”

艾瑟克尔整个人陷入一片空白，呆呆地站在那里。

“那么，你把孩子放哪里了？”他问。

“你没必要知道。”她说，“扶我回家吧。他已经死了。只要你稍微扶着我肩膀我就可以走。”

艾瑟克尔把她扶回了家，让她在椅子上坐下来，她身上还滴着水。“已经死了吗？”他问。

“我已经告诉过你他死了。”她回答。

“那么，你对他做了什么？”

“难道你还想闻闻他吗？我不在家的时候你弄了什么吃的没有？”

“可是你为什么要下到水边去？”

“到水边去？我是去找一些嫩松枝。”

“嫩松枝？拿来干吗？”

“拿来刷水桶。”

“那条路上没有嫩松枝。”

“你干你的活去吧。”她说道，声音沙哑，有些不耐烦，“我当时在水边干什么呢？我只想拿些嫩松枝来做扫帚。刚才问你有没有什么吃的，你没听到吗？”

“吃的？”他说，“你现在感觉怎样了？”

“已经很好了。”

“我想我得去请医生上来。”

“那你试试吧！”她说着站起身来，要找干衣服换上。

“好像你钱多得没地方花一样！”

艾瑟克尔回去干活了，但根本没干多少，只是弄出锤锤打打的声音，好让她听见。最后他装好了门框，缝隙处和窗框边缘都用草根的土糊上了。

那一晚巴布罗无心吃饭，但依旧四处走动，一切照旧，不停地忙这忙那——到了挤奶时间她又到牛棚里给牲口挤奶，只不过在跨进门槛的时候比以前更加小心谨慎。她晚上照例到草棚里过夜。艾瑟克尔进去看过两次，她都睡得很沉。这一晚她睡得很香。

次日清晨她差不多恢复了。只不过声音太过沙哑，几乎说不出话来，加上脖子上又划了一道长长的伤口。他们不能再在一起交谈了。几天后，这事便不再被提起，因为其他的事渐渐袭来，旧事便也就抛在了一边。按理说，新房子盖好后应该先放几天，让木料间紧靠固定些才对，但现在没有那么多时间了；他们得马上搬进去，好给牲口腾出屋子。所以房子盖好后他们就搬了进去。接着就是种马铃薯，之后又是把麦子收进来。日子就这样过着，和从前一样。

但有足够的迹象——不管大还是小——表明，在曼尼兰有些东西已经变味了。如今巴布罗感觉自己和别的普通用人一样，待在这儿很不自在，也没有在此长待的必要。艾瑟克尔发现自从那个孩子死后，自己对她的掌管力已经渐渐变弱。他过去曾经信心满满地想：等到孩子生出来就好啦！可如今孩子是来了，却又走了。甚至最后巴布罗把手指上的戒指都褪了下来，一枚也不再戴了。

“你这样做是什么意思？”他问。

“我什么意思？”她抬起头说道。

但现在很明显，她已经打算背信弃义离开他了。

而今他已经在小溪里找到了婴儿的尸体。并非是他特意去搜寻，去过问这事；他几乎完完全全知道尸体会在哪里，只是他懒得去找。而今他无意看到后，却再也放不下这事了。鸟儿在上空盘旋，开始只是唧唧喳喳乱叫的松鸡和乌鸦，之后在叫人眩晕的高空中出现了两只老鹰。开始只有一只鸟看到有东西埋在那里，而后便和守不住话的人一样，开始往外疯传。艾瑟克尔从漠不关心中被唤醒，他找了个机会到那个地方去看。他看到那个小东西埋在一堆蕨草和嫩枝下面，用衣服包着，外面还裹了一块毯子。怀着满心好奇和惊恐，他把毯子打开一角观看——眼睛闭上了，漆黑的头发，是个男孩，双腿交叉着——这便是所有他能看到的。裹布本来是湿的，现在已经干了；整个尸体就像被拧得半干的衣服。

他不忍心光天化日地把他留在那儿，或许在他心里，他担心这样会给自己和农场带来不幸。他跑回家带了把铁铲来，挖了一个很深的墓穴；但因为离小溪太近，所以水流了进来，他不得不把墓地移到离河岸更远一些的地方。他工作的时候，原本害怕被巴布罗寻到的心情全都消失了；心里升起的反而是一种对抗和愤恨的心情。让她来吧，他会叫她整洁且体面地把尸体包裹起来，不管他是否已经死了！他心里很清楚失去孩子以后他随之就失去了什么；他现在要面对的是将失去一个助手，然后孤单一人在这个农场上忙活——就这样，永远这样下去，自己应付农场如今与初期比已经翻了三倍的牲口。让她来吧——他才不怕！但是巴布罗——她或许已经猜到他在哪儿干着什么了吧；不管怎样，她反正没有来，艾瑟克尔自己尽全力好好包裹了尸体，然后把他放到新的墓穴里去。他照原先那样在墓顶上盖上草皮，把所有东西都盖好。当他做完之后，树丛中便只看到一个青色的小土墩了。

他回家后看到巴布罗正在家门外。

“你去哪里了？”她问。

他心里的苦涩应该已经散尽，因为他只是这样回答道：“没去哪儿，你呢，去哪里了？”

噢，但是他脸上的表情肯定让她害怕了；她没再说什么，转身进了屋。

他跟在她后面也走了进去。

“你听着，”他直白地问了出来，“你把这两枚戒指褪下来是什么意思？”

巴布罗，她现在也许觉得应该让他一步，于是笑呵呵地回答道：“哎，你今天太严肃了——我忍不住想笑！不过你要是想让我平时也把它们戴上，那又怎样呢，我照做就是了！”接着她把戒指拿出来，套在手指上。

但是看到他一脸傻笑的满足表情时，她胆子又变大了。“我想知道，除了这个，我还做错了什么？”

“我没什么要抱怨的了。”他回答，“你只要跟从前一样就好，我指的是，跟你开始到这儿来的时候一样。”

两个人要想长期相处并总是气味相投并不容易。

艾瑟克尔继续说下去：“我把你父亲的农场买下来，是因为想到或许你更想去那里住，这样的话我们可以搬过去住。你觉得怎样？”

噢，他又在让步了；他一心害怕她离他而去，害怕没有了帮手，农场和牲口就再无人帮忙照管——这些她都知道！“是，你以前这么说过。”她冷冷地答道。

“没错，我是说过；但是没得到任何答复。”

“答复？”她问，“噢，听到这些让我恶心。”

艾瑟克尔完全可以认为自己已经非常宽宏大量；他让布理德一家人继续留在布里达布立克，而且他把农场上的丰收粮食全部买进来了，但他只运走了几车干草，马铃薯全都留给他们了。巴布罗现在还跟他作对真是太不可理喻了；但是她根本没把他的话当一回事，反而问道：“所以你现在打算把家搬到布里达布立克去，让我家人无家可归是吗？”

他没有听错吧？他目瞪口呆坐了一会儿，清了清嗓子打算好好解释一番，但最后却什么也说不出来；只能答道："不过，他们不是打算搬到村里去吗？"

"别问我。"巴布罗说，"没准你已经在那儿为他们找到了一个住处？"

艾瑟克尔还是不想跟她争吵，但他忍不住让她看出了他对她这番话感到惊讶，有一点儿惊讶，"你变得越来越不可理喻了。"他说，"虽然看起来你本意并不想伤人。"

"我说什么就是什么意思。"她回答，"还有，你为什么就不能让我家人搬到这儿来？——回答我这个问题！这样我妈妈还可以给我打打下手，不过，兴许你觉得我干什么活，压根儿不需要帮助吧？"

当然她这么说也有些道理，但大部分都是说不过去的。如果布理德一家来了，那么他们就要住到小屋里去，这样一来艾瑟克尔就找不到地方给牲口住了，它们还得跟以前一样挤在那个破烂的棚子里。这个女人想干什么？——难道她脑子里一点智商都没长吗？

"听着，"他说，"你可以请一个女佣来帮你。"

"现在——冬天快来了，农活最闲的时候？不，我以前需要的时候你就该想到了。"

至于这个，她又确实说得没错，当她身缠重活或者生病之时——才是她最需要帮助的时候。但是巴布罗老是自己就把工作做完了，好像一切都不是什么大事；她和平常一样动作机敏，脑子聪明，自己就把工作做完了，从没提起过要找人来帮忙。

"嗯，我无论如何也搞不懂了。"他无奈地说道。

沉默。

巴布罗问道："那你把父亲的检测员工作接任过来是什么意思？"

"什么？这是谁说的？"

"这个啊，别人都这么说。"

"怎么……"艾瑟克尔说，"别人确实这么说，兴许最后会是事实；我不否认这个。"

"噢！"

“不过你为什么问这些？”

“没什么。”巴布罗说，“不就是你不仅要把父亲从家里赶出去，还要抢他的饭碗嘛。”

沉默。

噢，这已经到了艾瑟克尔忍耐的极限了：“我可以告诉你，”他叫了出来，“你一点儿也不值得我为你以及你们家做的所有！”

“噢！”巴布罗说。

“不值得！”他把拳头重重地砸在桌子上，然后站了起来。

“你吓不了我，你也别想吓倒我。”巴布罗呜咽着说道，一边往墙边退。

“吓你？”他重复了一遍，鼻子里轻蔑地哼了一声，“我现在就想坦白问你，你对孩子做了什么？是你把他淹死的吧？”

“淹死？”

“对，我在河里看到他了。”

“噢，你看到他了？你已经——”她原本想说“闻过他了吗”，但是看到他的脸色知道这不是开玩笑的时候，所以没敢说，“你到那里去过，而且找到他了？”

“我看到他泡在水里。”

“是。”她说，“应该是吧，因为就是在河里生出来的；我滑进河里后就再也站不起来了。”

“你滑倒了？真的假的？”

“是真的，我还没爬上来孩子就出来了。”

“嗯，”他说，“但是你出门之前就带了一块包裹的布，你是不是做好了要滑进去的准备？”

“包裹布？”她重复道。

“就是一块白布——你从我一件衬衫上剪下来的。”

“是的。”巴布罗说，“那是我带去准备装嫩松枝回来用的。”

“嫩松枝？”

“对。我不是告诉过你要拿它们来做什么用了吗？”

“是，你确实说过。你说还可以拿那些嫩松枝来做一把扫帚。”

“对，不管是做什么吧……”

这次两个人对着大吵了一番。吵了一会儿就平息下来，一切又恢复了平静。但是可以说，没有彻底平静——不是，而只能说还过得去。巴布罗比以前小心谨慎而且更加恭顺了；她知道时刻都会有危险。但正是因为如此，曼尼兰的生活才更加压抑和难受——两个人既不坦诚相见，也没有欢天喜地，而是互相提防起来。这种情况不会保持太久，但是只要她存在一天，艾瑟克尔就得逼着自己安心活一天。他把这个姑娘带到这儿来，看上她而且占有了她，把自己和她的生活紧紧联系在一起；这一切若是要改变并非易事。巴布罗熟知这里的一切：锅碗瓢盆放在哪里，山羊奶牛何时产羔，冬天的草料够不够，制作奶酪和食物分别需要多少牛奶——一个陌生人是绝对搞不清这些的，即便知道，让他再去寻一个陌生人来帮忙也绝非易事。

噢，但是艾瑟克尔也曾多次想过辞掉巴布罗另寻一名姑娘过来帮忙；有时候她太恶劣了，他都不免害怕。虽然他很幸运，有时候可以跟她和睦相处，但她偶尔发作的凶狠面貌和残酷行为让他退避三分；不过她确实长得俏丽，偶尔也可爱动人，甚至会把头深深埋进他的臂弯里。过去确实有过那样的时候——而今却全不见了踪影。不，谢谢——巴布罗再也不会有楚楚动人的时候了。但想要改变这些绝不容易……“那么，我们马上结婚吧。”艾瑟克尔劝她。

“马上？”她说，“不行，我得先进城去看牙，牙齿都要掉光了。”

所以除了照常过日子以外，没有别的办法。而且巴布罗现在不拿薪水了，实际上比她该拿的要多得多；每次她跟他要钱的时候，他都会给，然后她像收了一份礼物一样谢过他。但是艾瑟克尔完全搞不懂她那些钱花哪儿去了——她在深山老林里能拿钱去干什么？她是不是存了私房钱啦？但一年到头她这些钱有什么好攒的，又为何而攒呢？

艾瑟克尔有许多搞不明白的事。他不是给她买过一枚金戒指吗？那之后他们关系也好了一阵子；但没有一直好下去，远远不是；但他总不能不断地给她买戒指吧。总之——她是不是打算离弃他了？女人真是奇怪的东西！是不是哪里有个拥有良田和牛羊的男人等着她？有时候艾瑟克尔忍不住因为这个女人的胡作非为气得用拳头砸在桌子上。

真是个奇怪的女人。巴布罗脑子里除了卑尔根还有那些城市生活之外别无其他。这无可厚非。但既然如此她为何还要回来呢？这可恶的女人！他父亲发去的电报应该远远不能撼动她的想法吧；她肯定有其他缘由。现在她正在这里，从早到晚，一年又一年，她看什么都不满意。这里没有得体的铁桶，只有木桶代之；也没有深底的平锅，而只有煮锅；不能散个步走到牛奶厂去，而是不停地在一处挤奶；只有厚重的靴子、黄色的香皂，以及塞满干草的枕头；没有军乐队没有喧闹的人群。这样的生活……

那次大吵过后他们又多次发生过口舌。噢，真是时不时就要吵架！“你要是聪明的话，就不应该再说了。”巴布罗说，“以后别再提你对我父亲做过的那些以及各种事。”

艾瑟克尔说：“好吧，我倒是做了什么？”

“噢，你自己心里很清楚。”她说，“但不管怎样你不可能当得了检测员。”

“是吗！”

“是，你永远都别想了。除非我亲眼看到你当上，否则我是不会相信的。”

“兴许你是想说我不够格？”

“噢，你足够优秀了，好得不得了……不管怎样，你不会读也不会写，我就从来没见过你拿起一份报纸看过。”

“至于这个，在我需要的范围内，我既会读也会写。但是你，整天不停唠叨，搞得我心烦。”

“好吧，那么我们就摊开来讲好了。”她说着把那枚银戒指从手上拿下来扔到桌子上。

“噢！”过了一会儿他说，“还有一枚呢？”

“哦，要是你想把你送给我的戒指都讨还回去，那我还给你。”她说着试图把金戒指也取下来。

“你爱怎么恶心就怎么弄好了。”他说，“如果你以为我在乎……”他走了出去。

当然，理所当然地没过多久巴布罗就又把两枚戒指戴回去了。

后来，她根本不再把他关于死婴的话当一回事。她只是哼一声甩下头。她从来不承认自己的罪行，只是说：“那么，你以为是我把他淹死的吗？你自己住在深山老林里，能知道外面发生什么吗？”有一次，当他们说起这些，她好想跟他解释，让他看清自己是多么死板顽固。在卑尔根的时候她就知道有两个女孩儿干过同样的事；但是有一个太笨了，她没把婴儿杀死，而是让他在外面冻死，因此被判了两个月的监禁；另一个没事。“不，”巴布罗说，“现在的法律已经不像过去那么无情了，再说，也不一定会被人发现。”曾经有一个住在卑尔根旅馆里的女客人杀死了两个婴儿；她是克里斯提尼亚人，还戴一顶帽子——帽子上插着羽毛。她因杀死第一个而被判了三个月，然而第二个一直没被人查出来过。

艾瑟克尔听她说着这些，更加害怕这个女人了。他曾私下思考，试图看清这一切，但最后却发现她是对的。他自己把这些事看得过于严重了。巴布罗下流粗俗，根本不值得他重视。灭婴这样的事在她看来根本不值一提，没什么严重的；作为一个女用人，她只会从她庸俗不堪，道德败坏的角度看待这一问题，这原本就在意料中的。这一点很明显；在接下来的日子里，她从来不愿花上一个小时去思考问题，她还是一如既往地轻松过活，毫不拘谨，永远浅薄无知，永远只是个女佣。

“我得去看看牙。”她说，“还要买一件新斗篷。”现在有一种流行了几年的新式中等长度的斗篷，巴布罗要买一件来穿。

她居然把这一切看作理所当然，艾瑟克尔还能说什么呢？而且他也不总是怀疑她；她自己也并没有坦白自己的罪行，她一次又一次否认了所有，没有义愤填膺，也没有过于坚持，而是把这当作很平常的一件事，就好像一个女佣否认自己打破了一只碟子一样，也不管是否是她做的。但是过了一两周，艾瑟克尔实在忍无可忍了。有一天他突然在房间中央定定地站着，好像突然醒悟出了真相。天啊！大家肯定都看到过她大着肚子的样子，太明显了——现在她的身材已经恢复到从前的样子了——可是孩子上哪儿去啦？要是有人来找怎么办？他们早晚会问起来的。他们应该到教堂的墓地去体体面面地把孩子葬好，而不是随便葬在树林里或是他的农场上……

“不，这样只会让人家大惊小怪。”巴布罗说，“他们一定会把他解剖、验尸什么的。我可不想惹麻烦。”

“只希望以后不要惹上更大的麻烦。”他说。

巴布罗只是简单问道：“有什么好担心的？就把他放在那里好了。”对，她还笑着问：“难道你是怕他会来找你吗？别想这些没意义的事了，以后都不要提了。”

“嗯，好吧……”

“是我把孩子淹死的吗？我告诉过你了，我滑进了河里，然后他自己淹死了。你脑子里那些事情我真没听说过。还有，不论如何，不会有人发现这事的。”她说。

“同样的事，可是当初赛兰拉的英格尔就被人发现了。”艾瑟克尔说。

巴布罗想了一会儿：“嗯，我不担心。”她说，“现在法律已经不一样了，你要是读过报纸就会知道。有很多人干过这样的事，却都没有受到任何惩罚。”巴布罗又在向他解释和开导他了——让他把一切都看开些。她在外面生活过，外面的世界是什么样子她也了解，这一点不是没有用处的。此刻她坐在这儿，配他还真是绰绰有余。她接二连三提出了三点：首先，那事她并没有干过；其次，即便她做过这事，本身也不是特别严重；最后，这件事永远不会被人发现。

“在我看来，什么事都会被人发现的。”他反对。

“绝对不是。”她回答。接下来，不知道是想让他惊讶，还是为了鼓励他，又或许是虚荣作祟，她为了自吹自擂一番，总之，她道出了一件颇让他意外的事情。“我自己就干过一件从未被人发现的事。”

“你？”他说，完全不敢相信。“你做过什么？”

“我做过什么？杀了一样东西。”

可能，她一开始并不想说太多，不过她还是说了下去；他怔在那儿，睁圆了眼睛盯着她。这绝不是什么值得夸耀的胆量；仅仅是她的自吹自擂和庸俗的炫耀而已；她只是想靠此抬高自己。他却沉默了。

“你不相信我吗？”她喊道，“你还记得报纸上登的那则关于在海港那里发现死婴的新闻吗？那是我干的。”

“什么？”他说。

“婴儿的尸体啊。你难道不记得了吗？上次你给我带的那份报纸，我们一起在上面看的。”

过了好一会儿他叫出声来：“你一定是疯了！”

被他打断后，她反而更兴奋了，好似给了她一种人为的力量，以至于她甚至开始讲述起了细节：“我把他装在箱子里——当然，那时候他已经死了——他刚生出来我就把他弄死了。后来我们出港的时候，我在船上把他扔进了海里。”

艾瑟克尔一脸阴沉一语不发地坐在那儿。她一直在说，这已经是多年前她刚来曼尼兰时候的事了。所以，从这件事上他应该知道并非所有事情都会暴露的，绝不是这样！如果大家做的事情都会暴露，那么这世界会变成什么样子？城里那些已经结婚了的人，他们做过的事可怎么办？他们把孩子杀死在腹中——还都是请医生来做的。他们只想要一个孩子，顶多两个，所以只得在孩子出生前请医生来把他们做掉。噢，艾瑟克尔应该明白这样的事情在外面根本没什么大不了的！

“噢！”艾瑟克尔说，“那么我想，这个孩子也是你请医生来做掉的吧？”

“不，我没有。”她尽量小心翼翼地回答，“我不小心流产了。”她说。即便是这个时候她估计还想说明即使她做了这事，也没什么大不了的。很显然，她已经习惯把这样的事情看得很淡；现在对她毫无影响。也许杀死第一个孩子的时候还有些不适应，有点难办；但是第二次呢？她如今想起旧事，只觉得恍若隔世：这只是一件发生过的而且可以解决的事。

艾瑟克尔心情沉重地走出了屋子。他对巴布罗杀死了自己的第一个孩子这事倒不十分在意——这事与他无关。在她来他家之前怀过一个孩子这事他也不在意；她不是纯洁的姑娘，也不会装作纯洁，事实上还很淫荡。她毫不隐瞒她在性爱方面的知识，而且在黑暗中教了他不少东西。也不错。但是这个孩子——他肯定不情愿失去他；这样一个小男孩儿，一个包在一条裹布里的白净的小东西。如果这件事真是她干的，那么她就真的伤害了他，艾瑟克尔——把他引以为傲的纽带剪断了，而这是无法弥补的。但也很有可能是他误会了她，不管怎样，也有可能是她不小心滑进了水里。但是那条裹布——她从衣服上割下来带走的那块布……

就这样，时间也一点一点过去，到了吃晚饭的时候，接着又到了晚上。最后艾瑟克尔躺了下来，他在黑暗里睁着眼睛，一直过了好久方才入睡，这一觉就睡到了次日早晨。又是新的一天，过了这天，还是一天又一天……

巴布罗还和以前一样。她见过世面，原野里别人以为很严重的事情在她眼里无非都是小事一桩。这在某种程度上也是好事；她既聪明过人，顶得上他们两个；又坦然过人，也顶得上别人两个。她本身看起来绝不是凶恶的怪物。巴布罗是个怪物吗？当然不是。她是个漂亮的姑娘，蓝色的眼睛，还有微微挺起来的鼻子，干活的时候又动作敏捷。她或许彻底厌倦了农场上的恶生活以及那些需要不断刷洗的木桶；也许也厌倦了艾瑟克尔以及她过的那种冷清单调的生活。但是她从未杀过一头牛，艾瑟克尔在夜里也从未发现她拿着一把刀站在他面前对着他。

只有一次他们恰好又谈起树林里的那具尸体。艾瑟克尔还在坚持说应该把他埋到教堂边那块神圣的墓地去；但她又坚持说就这样已经足够。接着她说了一番道理，试图证明她这想法合情合理——噢，真够厉害的，她看得够远；还能用她那小得可怜的野人脑袋去思考问题。

“如果这事暴露了，我会去找区长谈谈；我以前在他家服务过。还有，区长夫人会帮我求情的，我知道。不是所有人都能找到这样的人来帮他们说话，而那些人也都逃过了呢。对了，还有父亲，他认识所有的大人物，自己还当过助理什么的。”

但是艾瑟克尔只是摇着头。

“怎么，这有什么问题吗？”

“你认为你父亲真的什么都可以解决吗？”

“你都知道！”她愤怒地叫起来，“你把他和我们一家都害了，不仅抢走了他的农场，还把他的饭碗抢走了。”

她自己似乎认为最近她父亲的名誉被毁了，她也因此遭受损失。那么艾瑟克尔还能说什么呢？他只是一个与世无争的人，一个工人。

第二十二章

那个冬天，曼尼兰那儿又只剩下了艾瑟克尔一个人。巴布罗已经离开。是的，这就是结局。

她说这一次进城不会花太多时间；跟去卑尔根不一样；她可不想在这儿待到牙齿全部掉光，最后像一只小牛的牙一样。

“去一趟得花多少钱？”艾瑟克尔问道。

“我怎么知道？”她说，“不过不会花你一分钱的，我会自己赚钱。”

她也解释了为何现在去最好；现在只有两头牛需要挤奶，而春天之后会多出两头，此外，山羊也要产羔，之后就是农忙季节，得一直忙到六月了。

“那么随你吧。”艾瑟克尔说。

之前说是不会花他的钱，一点儿都不会。但是动身的时候总得需要钱吧，也不用多，路上的盘缠，看牙的钱，除了这些，她还得买一件新斗篷以及其他七零八碎的东西。不过，当然啦，如果他不情愿的话……

“你现在自己应该有足够的钱了。”他说。

“嗯。”她说，“不过，全花光了。”

“你难道一点都没留吗？”

“留一点？你乐意的话可以打开我箱子看看。以前在卑尔根的时候工资比现在还多，也没留下什么钱。”

“我可没钱给你。”他说。

他一点儿也不觉得她还会回来，此外她的任性也已经让他彻底没耐性了；最后他都已经寒心了。即便最后他给了她一点钱，但这钱根本不算什么；不过她出门前顺手把家里一大批囤积的食品也带走了，他并不在意。甚至他还驾着马车送她下山，一直到了可以直接等轮渡的村里。

这件事也就这样了。

他原本可以自己应付农场上的活，之前他就学会了怎么做，但现在要命的是牲口问题；他若是出门的话，家里牲口就无人照管。村里的店老板曾极力劝他去把奥琳请来帮一个冬天，之前她也在赛兰拉做过几年的帮佣；虽然她年事已高，但还可以对付一般工作。艾瑟克尔的确叫人去请了奥琳，但是她没有来，也没有回信。

现在，他既要在森林里伐木，还要收打他的少量麦子，此外还得照看他的牛羊。他过着安静而寂寞的生活。他时不时会看到赛维特从赛兰拉下山到村里去，运下一车又一车的木材，或者兽皮以及农作物，但鲜少看到他从村里买回什么东西；赛兰拉现在几乎已经什么都不缺了。

时不时能看到布理德·奥森跋涉路过，最近尤其频繁——不知道到底是怎么回事。看起来，为了保住检测员这一工作，他想利用最后的一点时间努力，让电报办公室的人们觉得他是不可缺少的。巴布罗离开之后，他从来不曾进来看他，而是直接从宅前走过——这个还赖在布里达布立克、不肯搬走的人如今摆出这副架子，这实在跟他的身份不符合。有一天，他招呼也没打，正打算走的时候，艾瑟克尔叫住了他，问他打算何时搬出那里。

“巴布罗你怎么解释，你怎么把她赶走的？”布理德回嘴道，一句话又引出另一句：“你既没给她帮助，也没给她钱就把她打发出门了。你害她差点到不了卑尔根。”

“噢！所以说她在卑尔根了，是吗？”

“没错，她在信里说最后到那儿了，但一点儿也没提到感谢你。”

“我清楚地告诉你，我要把你赶出布里达布立克。”艾瑟克尔说。

“好啊，你太仁慈了。”对方说着哼了一声，“不过到了新年我们自己会搬走的。”他说完头也不回地走了。

巴布罗果然是去了卑尔根——没错，艾瑟克尔早就想到了，他并没有把这事放在心上。放在心上？不，一点儿也没有；摆脱了她对他来说是好事。但不管怎样，一开始的时候他还抱着她会回来的希望。说来很不合理，但不论如何他已经过分地喜欢上了那个姑娘——对，那个女魔鬼！她自然也有她可爱动人的时候，叫人难忘的时候，他特意给她那么少的旅费，无非是想阻止她去卑尔根。可如今她还是到了那里。家里还挂着几件她的衣服，还有一顶缀着羽毛的草帽，用纸包着放在屋顶上，可是她还没回来取走。哎呀，可能他有些伤心了，仅仅有一点。好像为了嘲讽他，就像困境中的一个笑话一样，他为她订阅的报纸还是每周如期送到，一直要送到新年才停止。

好吧，算了，他还有别的事情需要考虑。他得做个男子汉。

来年春天他还要在北面墙外搭建一个新的牲口棚；赶在今年冬天把木材都伐好，再把厚木板都锯好。艾瑟克尔原本没有多少木料可言，只有在他农场外面的地方才有几处零星的茂密树丛，所以他打算伐下靠近赛兰拉的这一块，将木头运回锯木坊的时候才可以抄最近的路。

一天早上他又给牲口喂了一餐，以便让它们撑到晚上，走之前把所有门都关好，然后到树林里伐木去了。除了一把斧头和一篮食物之外，他还带了一把铲雪的耙子。天气很恶劣，前一天已经下了一场很大的暴雪，不过现在已经停了。他一路沿着电报线走到了伐木的地方，然后把夹克衫脱下来，开始工作。树砍下来后，他把旁侧的树枝都砍下来，留下干干净净的树干，再把小树枝一堆堆地放好。

布理德·奥森走上来了——无疑，经过了昨天的暴雪，线路出问题了。也或许布理德并没有什么特别的差事，而只是出于对工作的过分热情——噢，这个布理德！他最近对工作确实特别努力。这两人不曾交谈，甚至不曾举手打个招呼。

天气又有变，风吹得越来越严峻。艾瑟克尔虽然看到了，但是没有停下工作。离中午已经过了很久，他甚至还没吃东西。接着，他伐下一棵冷杉，他本想努力躲开，但是已经被撞倒在地上。他完全不知道怎么一回事——但已经发生了。一棵大冷杉从根动摇：人想让它往这边倒，但是风却想让它往另一边倒——结果风取得胜利了。他原本可以脱身，但是地面被厚雪覆盖了。艾瑟克尔没站稳，一脚踏空，掉进了一块巨岩的石缝里，身子被树木压得无法动弹。

那么，后来怎么样了呢？他本来应该还可以脱身的，但是，很不巧，他跌得不能再尴尬了——筋骨没断，他自己能感觉到，但人却弯曲在那里，怎么都拔不出来。过了一会儿他好不容易把一只手抽出来了，剩下另一只手支撑着，可是斧头离得太远，根本够不到。他四处看了看，像一头被困住的野兽一样思忖着；四处探寻，一边想办法把自己从树底下抽出身来。他在心里暗自想着，布理德下来的时候一定会经过这里，所以他给了自己一个机会喘息。

最开始他并没有特别担心，只是因为耽误了干活的时间而懊恼不已。他心里对眼前的危险丝毫不在意，更不用说担心会有生命危险。纵然，他真真切切感觉到了支撑身体的那只手已经渐趋麻木僵硬，陷在裂缝里的那条腿也渐渐冻僵了；但是不要紧，布理德马上就能到这里了。

布理德没有来。

暴雪越下越大，艾瑟克尔感觉雪暴打在他脸上。噢，雪下得真大啊！他对自己说，甚至还没有感到特别担忧——当他眨眨眼睛从雪缝里望出去，这才意识到事情真的严重了！过了好一会儿他终于大叫了一声。在这样的狂风里，这一声根本传不了多远，但它应该能沿着电路线一路往上，传到布理德那里。艾瑟克尔躺在那儿胡思乱想：要是他能抓到斧头，没准还可以劈出一条路来！要是他可以把手举起来也好啊——它正被什么尖利的东西刺着，是一片石头边缘，石头片正一动也不动地在那儿，安静地刺着他的手背。不管怎样，要是那片可恶的石头不在那儿就好了——但估计没人听说过有哪块石头能做出这样叫人感动的善事来。

现在天色渐晚，越来越晚了，大雪还在纷纷扬扬下个不停；艾瑟克尔身上已经盖满了雪。一层一层的雪无情地拍打在他的脸上，起先还会融化掉，之后他的脸越来越冷，雪也就再也不融化了。对，现在情况真的紧急了！

他大声叫了两声，等待回音。

他的斧头也被厚雪覆盖了；他只能看到露出来的一点长柄。他的食物在那边，高挂在一棵树上——要是他能够得着，就可以饱餐一顿了——噢，他一定会狼吞虎咽吃上几大口！接着他又增加了他的愿望，越来越多：要是可以披上他的外套该多好——越来越冷了。他又高声喊了一声……

布理德来了。他停下脚步，定定地站在那儿，听到喊声后朝他这边看过来；他站在那儿只短短看了一眼，好似想搞清楚出了什么事。

“帮我把斧头递过来，可以吗？”艾瑟克尔有些微弱地叫道。

布理德却快速将目光转向了别处，虽然他已经完全清楚了这是怎么一回事；他朝山上的电缆望过去，好像还吹起了口哨。他这是什么意思呢？

“这儿，帮我把斧头递过来一下，行吗？”艾瑟克尔抬高了声音。“我被一棵树死死压在这儿了。”

但此时布理德很奇怪地对他的职责表现出了极大的热情，他一直在看着电报线缆，同时不停吹着口哨。值得注意的是，他吹口哨吹得兴高采烈的，好像在报复一样。

“噢，你是想看着我死掉吗——连给我递一下斧头都不愿意吗？”艾瑟克尔叫了起来。正在此时，好像远处的电缆出了问题而布理德必须即刻赶去修理似的。他走开了，不久就消失在了大雪中。

噢——那么好吧！但是，这样一来，好吧，如果艾瑟克尔可以不靠别人帮忙自己就能够到斧头，那么事情也可以解决。他绷紧了全部的胸肌，想把压在他身上的大树移开；大树确实动了，他感觉到树木在抖动，但给他的只是一阵阵抖落下来的雪花。他又试了几次，终于放弃了。

天已经黑下来了。布理德已经走了——但他能走多远呢？艾瑟克尔又叫了几声，其中还不客气地喊了几句直白的话："你真的要像个杀人犯一样，想眼睁睁看我死在这里吗？"他叫出来，"我身陷危险，你一点良心都没有吗？不用说，即便是一头牛，也应该拉一把。但是，布理德，你这个狼心狗肺的东西，你居然对一个活人见死不救。噢，你放心，我会叫更多人知道这事的，你就看着我躺在这里，连帮我把斧头拿过来都不肯……"

沉默。艾瑟克尔又绷紧了身子想把大树抬起来一点，他抬了一点儿，但也只是再次抖了一堆雪。他再次放弃，叹了一口气；他已经筋疲力尽，此刻正昏昏欲睡；家中小屋里还关着一群牛羊，它们从早上到晚上滴水未沾，粒米未进，估计已经饿得在那里大叫了。如今没有巴布罗照看它们了——没有了。巴布罗走了，她逃走了，带走了那两枚戒指，金的银的，都带走了。天已经全黑了，对，晚上了，接下来就是夜晚；罢了，罢了……还有那刺骨的寒冷；他的胡子已经冻住了，他的眼睛很快也会被冻住的。是啊，要是他可以从树上把夹克衫拿过来就好了……现在他的腿——当然，不会那样的——但是他的一条腿从下一直到臀部都已经冻僵麻木了。"听天由命吧。"他对自己说，好像只要他愿意就能说出虔诚而敬神的话来。天真的黑了，是啊；但一个人也能在没有灯光的时候死去啊。他现在变得柔和且善良起来，满心谦卑，对着周围的雪地傻乎乎又亲切地笑起来；这是属于上帝的雪，这圣洁无瑕的东西！对，他甚至还原谅了布理德，再没说一句他的坏话……"

他现在平静了下来，甚至越来越困，对，好像全身被什么毒物麻痹了一般。放眼望去，四周白雪皑皑；白色的树林和土地像巨型的羽毛，白色的面纱，白色的船帆；白的，白的……那能是什么？胡说！他很清楚这里只有雪；他正被压在树下，身子动弹不得，这绝非幻想。

他又放声大喊了一下，发出一声狂吼；这个雪地里的男人从长满胸毛的胸膛中发出了怒吼，一声又一声。“你这个猪头恶魔！”他又骂起了布理德，“谁能想到你居然见死不救。只让你帮我把斧头拿过来都不愿意啊，你到底是人还是畜生啊？可以啊，你走你的吧，想走就走吧，祝你好运……”

他刚才一定是睡过去了；他已经全身僵硬，毫无知觉了，但眼睛是睁开的；结了冰，却依旧睁着，他不能眨眼睛了——他是睁着眼睛睡过去了吗？应该打了一会儿盹儿，也或许睡了一个小时，谁知道呢，但现在站在他面前的竟是奥琳。他听到她问道：“奉耶稣圣名，真想不到你居然还活着！”接着又问他是不是躺在那儿，是不是昏过去了。

奥琳一向神神秘秘，偷偷摸摸的；爱测探别人隐私，哪里有问题哪里就有她；对，她总能查出来。要不是靠着这些，她还怎么过日子呢？艾瑟克尔拖人带去的口信她已经收到了，虽然她已七十岁，还是翻山越岭赶过来了。前天因为暴雪所困，所以在赛兰拉过了一夜；之后来到了曼尼兰；家里一个人都没有；她喂了牲口，然后站在门板那儿听了听，到了挤牛奶时间又给奶牛挤奶，再次听了听；好像有什么？……

然后从山上传来了一声叫喊，她点了点头；可能是艾瑟克尔，也可能是山上的谁家，或者是魔鬼——总之，是需要她去嗅探并查出来的事情——得去找这声音的根源，看看把黑暗和森林握在自己手心里的全能上帝这次有什么明智之举——他不会伤害奥琳的，这只是个连为他解鞋带都不配的女人……

于是她就来到了这儿。

那把斧头？奥琳在雪地里挖啊挖，却没有找到斧头。那么不用斧头罢了——她用尽力气想把树抬起来，但她的力气还没有一个孩子的大；顶多只能四处动动树枝。所以她只能再次试着把斧头找出来了——一片漆黑，但她手脚并用在地上刨挖着。艾瑟克尔不能用手指点，只能告诉她原先放在哪儿，但现在却不在原地了。

“可惜赛兰拉离这儿太远了。”艾瑟克尔说道。

接下来奥琳自己乱找起来，艾瑟克尔告诉她斧头压根儿不在那儿。“啊，好吧。”奥琳说，“我只是四处找找。这是什么？”她说。

“你找到了吗？”他说。

“对，感谢全能的上帝。”奥琳回答，语气夸张高调。

然而艾瑟克尔现在满心的傲气都消失不见，最后他不得不承认自己错了，头脑可能还有点不清楚。而且，他现在能用斧头干什么呢？他动弹不了，还只能靠奥琳来帮他砍出一条路来。噢，奥琳以前用过斧头；一生中砍下了数不清的木柴。

艾瑟克尔走不动了，一条腿从下面到臀部已经全部麻木，背上也出了问题；这刺骨的疼痛让他不禁呻吟起来——是的，他仅仅感觉一部分身子还是自己的，另一部分好像还留在那棵树下面。

“不知道。”他说，“不知道究竟怎么了……”但是奥琳清楚，而且用严肃的语气告诉了他；没错，因为她刚刚从死亡边缘救下了一个大活人，她很清楚；全能的上帝没有派遣无数的天使下来，而将这一救援的使命交由她完成。在这件事上，艾瑟克尔可要感谢全能上帝的慈悲以及他无尽的智慧！如果他乐意，他还能让地里钻出一只虫子来，对他来说一切皆有可能。

“对，我知道。”艾瑟克尔说，“但我不知道自己是怎么了——感觉怪怪的……”

感觉奇怪，是吗？噢，先等等，少安毋躁。只要慢慢挪一下步子，把身子展开来，直到缓回来就行了。把夹克衫穿上后，他的身子又暖和过来了。但她这辈子都不会忘掉，正是上帝的天使在最后把她叫到了门外，让她听到喊声——从森林里传过来的叫喊声。是的，这就恍若在天国里，万鼓齐鸣，大家都围着耶利哥城走……

没错，真是奇怪。不过在她唠叨的时候，艾瑟克尔已经开始试着动动四周，并且努力走开步子了。

他们慢慢地朝家里走，奥琳仍然扮演着他的救命恩人，在一旁扶着他。他们走得还算顺，往山下走了没多远就碰到了布理德。

“这是怎么啦？”布理德说，“你受伤了？我来帮帮你吧。”

艾瑟克尔没有搭理他。他已经向上帝保证过，绝不会报复他，不会把他做了什么透露出去，但除了这些他都是自由的。但现在布理德为什么又上来了？难道他在赛兰拉看到奥琳，猜得出来奥琳将会听到喊声吗？

“你也在这儿啊，奥琳，是这样吗？”布理德简单招呼着，“你在哪儿找到他的？在一棵树下？啊，这可真是奇怪啊！”他说，“我刚刚沿着电线执行任务的时候经过那儿，好像听到有人在喊叫。我马上就像闪电一样迅速转过来听——布理德是那种别人有难他必会伸出援手的人。你说，原来是艾瑟克尔，他被压在一棵大树下面啦？”

“没错。”艾瑟克尔说道，“你是知道、看到也听到了，但你并没帮我一把……”

“上帝啊，救救我们！”奥琳惊恐万分，“像我这样的一个罪人都……”

布理德解释道：“看到了？对，没错，我确实是看到你了。但你为什么不喊出来呢？如果出了事你应该叫喊出来。我是看到你在那儿了，没错，不过我还以为你只是躺着休息呢。”

“你最好住嘴。”艾瑟克尔警告道，“你恨不得把我扔在那儿，希望我以后再也站不起来了。”

奥琳知道该怎么办了；坚决不能让布理德进来插一脚。她必须是必不可少的人，不能再让任何人进来干涉她和艾瑟克尔，把她对他的救命之恩分走。她救了他，只有她自己。接着她把布理德挥到一边；甚至连斧头和装食物的篮子也不给他提。噢，这个时候她是完全站在艾瑟克尔这一边的——但是等下次她到布理德家去喝着咖啡跟他闲谈的时候，她就该站到他那边去了。

“不管怎样，还是让我来提斧头什么的吧。”布理德说。

“不用。”奥琳替艾瑟克尔回答道，“他自己能提。”

布理德又继续道：“你应该叫我的啊，无论如何，我们也不是死敌，你难道就不愿意叫我一下吗？——你叫过了？好吧，那你应该大声一点，这样我才能听见嘛。当时吹着那么大的风，什么都听不到……至少，你应该对我摇摇手的。”

“我没有手可以摇。”艾瑟克尔回答，“你当时也看到我什么情况了，整个人被压在下面，什么都抽不出来。”

“不，我发誓我没看到。好吧，我真的没听到。给我，我来提这些东西好了。”

奥琳插进话来：“别缠着他了。他受了伤，身体不舒服。”

但艾瑟克尔的心思又活络起来了。以前就听说奥琳的作风了，这次要是让她自己居功说救了他一命，以后肯定得花一大笔钱，还有解决不完的麻烦。最好尽量让两人平分功劳好了。他把篮子和工具交给布理德提；对，他说想歇歇手，让他帮忙提一会儿。但奥琳可不允许，她一把抢过他手上的东西。两方心领神会地较劲起来。一时间艾瑟克尔失去了支撑，布理德不得不扔下篮子去扶他，现在艾瑟克尔总算站稳了。

然后他们就这样走了一段路，布理德扶着艾瑟克尔的手臂，奥琳提着东西。奥琳提着篮子，满心怨恨和怒火；不能搀扶一个需要帮助的人，而只能提着篮子，简直太倒霉了。布理德为什么要来呢——让他见鬼去吧！

“布理德啊，”她说，“他们说什么来着，你把农场卖掉了？”

“谁在打听这事啊？”布理德坦白地问道。

“怎么啦，说到这事，我觉得没什么不可告人的吧。”

“那么，你怎么不来参加拍卖会，跟其他人一起叫价呢？”

“我——啊，你是在嘲笑我们穷人吗？”

“哪里，我还以为你现在已经发了家，身价抬高了呢。老塞维特的箱子还有里面的钱不是都留给你了吗？嘻嘻嘻！”

那份遗产并没让奥琳高兴，也没有叫她软下心来。“对，老赛维特是好心肠一直惦记着我，这我没话可说。但是自从他过世以后，身后留下的钱财根本不多。而且身上被剥个精光，寄人篱下的滋味，你应该很清楚；但是老赛维特如今住在天堂的豪宅里面，而你我这样的还只能留在世间遭人践踏。”

“噢，你这人说的什么话！”布理德轻蔑地说道，然后转向艾瑟克尔："好啦，很高兴我能及时赶来——帮你把东西提回家。走得不是很快吧，嗯？"

"没有。"

跟奥琳说话，站起来跟她辩论！从来没有一个人辩得过她，结果只能是甘拜下风。她这一辈子从来没有认过输，也没有人能和她一样，能把天上说成地下，能这么好坏不分，把善良和恶意、毒害的和无意识的话混淆在一起。而今，布理德竟当着她的面做出一副要把艾瑟克尔送回家的样子！

"我想说的是，"她开始了，"那次有几位先生到赛兰拉去了，你把所有袋子里的样石都给他们看了吗？嗯，布理德？"

"艾瑟克尔，"布理德说，"剩下这段路，我背你吧。"

"不用了。"艾瑟克尔说，"谢谢你的好意。"

他们这样继续走着；现在离家也不远了。奥琳必须好好利用路上的这点时间："要是你能在生死关头救下他就更好了。"她说，"但事实呢，布理德，你上山的时候看到他生死攸关，也听到他呼救，但你也没停下来去救他吧？"

"你最好闭嘴。"布理德说。

要是她能住嘴，也能走得轻松一些；他们跋涉在厚厚的雪地里，累得上气不接下气，所有重物都扛在身上，但她没有停住。奥琳可不是会住嘴的人，她还有一句溜到嘴边的话没有说。噢，这可是个危险话题，但她竟敢说出来了。

"还有巴布罗，"她说，"她是怎么一回事？兴许是逃走了吧？"

"没错，她是逃走了。"布理德无所谓地说，"留个位置好让你冬天过来顶替她。"

不过这倒为奥琳开了个好头；她现在可以让别人知道她是什么样的人物；少了奥琳谁都不能长期应付下去——远远近近的人都要来请她。她本可以去两个地方，对，三个地方去帮忙。还有牧师的住宅——他们也会很乐意她过去的。还有一件事——对，让艾瑟克尔也知道好了，没什么坏处——他们愿意给她很高的待遇请她过去做一个冬天，更不用说一双新鞋子还有一张绵羊皮了。但她知道自己该去哪里，她更愿意来曼尼兰，这里的主人大方慷慨，一定会付给她远远多于别的人家付的工钱——所以她才到这里来的。不，布理德不必刻意那样走——这些年来，多亏了天上之父一直保佑她，在她面前打开这家那家的大门，把她请进去。是的，似乎上帝知道自己在做什么，那天把她委派到曼尼兰，拯救了他在这世上的一个生灵……

艾瑟克尔这时候好像又疲劳起来了；他的双腿不听使唤，看来快走不动了。奇怪，他原本多多少少好了一点，全身暖和，元气恢复后，他已经能够走路了。可是现在——他却得靠着布理德才能撑起来！好像当奥琳谈到她的薪酬问题时，才有了这种状况；等她再说到她救了他一命时，情况更糟糕了。他是不是又在试图缩减她的成就啦？天知道——但似乎他动起了心思。快到家的时候，他停下脚步，说道：“我还担心我可能永远走不到家了。”

布理德毫不犹豫地把他背了起来，他们就这样走着。奥琳满腹怨气，而艾瑟克尔整个人都趴在布理德背上。

“我想说的是，”奥琳终于说了出来——“至于巴布罗——她不是怀孕好几个月了吗？”

“怀孕？”身背重负的布理德喘着气说道。噢，这真是一个奇怪的组合；但是艾瑟克尔一直让他背到家门口才下来。

布理德累得气喘吁吁。

“对，怎么了——孩子究竟生下来没有？”奥琳问。

艾瑟克尔马上打断她，转向布理德道：“今晚要是没有你，我还真不知道怎么回家。”当然他也没忘了奥琳：“还有你，奥琳，你是最先找到我的。我衷心感谢二位的帮助。”

这便是艾瑟克尔被救的整个过程……

接下来的几天里，奥琳除了那个伟大的夜晚，其他事一概不谈；艾瑟克尔根本管不住她的嘴。奥琳会站在屋子里指着某个地方，说正是在那儿，她被上帝的天使叫到门口，这才听到了呼救声——艾瑟克尔回到树林里干活去了，当伐够了木材，他再一车车地把这些运到赛兰拉的锯木坊去。

好，这一整个冬天，工作照常进行；运上山的是粗木头，运回来的是锯好的木板。现在要紧的是加快速度，得赶在新年前霜冻还没下得严重的时候把这些活都干完，不然锯木坊就不能运行。一切进展得很顺利，事事皆顺人意。有时候碰巧赛维特拉一架空雪橇上山，他也会顺便帮邻居捎几车木板上去。两人在一起天南海北地乱侃，很是愉快。

“进村的时候又听到什么新闻了没？”艾瑟克尔问。

“怎么，不多。”赛维特说，“听他们说，又有户新人家来买了一块地。”

一户新人家——没什么特别的；这只不过是赛维特的说法。现在每年都会有新住户过来买下地；布里达布立克下面就有五户新人家。越高的地方，发展得越慢，尽管山上的土质比下面肥沃得多。最有胆子，跑得最远的是艾萨克，他定居在了赛兰拉；他是所有人当中最有远见，最有胆量的人。后来，艾瑟克尔·斯特隆来了——现在又来了一户新人家。他们想在曼尼兰下面买下一大片可耕的土地和树林——那里有得是土地。

“有没有听说那是什么样的一个人？”艾瑟克尔问。

“没有。”赛维特说，“不过他要几套已经盖好的房子，到时候一收拾就能住人。”

“噢！看来是个有钱人了？”

“对，好像是。有妻子，还有三个孩子；马和牛都有。”

“那么，肯定是个有钱人了。还有什么他的消息吗？”

“没了。他三十三岁了。”

“他叫什么名字？”

“他们说他叫艾伦。他那片地叫作斯多堡。”

“斯多堡[1]？嗯，那么不会是个小地方。”

---

① 斯多堡，原文为“Storborg”，“Stor”=great，意思为“大”。

“他是从沿海一带来的。他们说他在那边有个养鱼场。”

“嗯——养鱼场。不知道他会不会种地？”艾瑟克尔说。

“你就听到这些吗？还有没有别的？”

“没了。听说他用现金付清了地契。这是所有我听到的。他们说他那个养鱼场肯定赚得非常非常多。现在他要在这边开一家商店。”

“噢！一家商店？”

“没错，他们这么说的。”

“嗯。就是说他要开一家商店了？”

这真是一则很重要的新闻，这两个邻居上山的时候前前后后就这事说了好久。真是大新闻——很可能在这个地方是前所未有的大事；对，这事说起来就得没完了。这位新住户打算跟什么人做生意呢？是跟已经在这儿定居下来的八家住户吗？还是也打算从村里吸引顾客？不管怎样，那家商店对他们来说肯定意义重大；说不准，还会吸引更多的人来此定居。这一块的地价将会上涨——谁能说得准呢？

他们不厌其烦地谈了一遍又一遍。是的，这两个男人各自怀着同别人一样的兴趣和目的，在此地定居的生活就是他们的世界；劳作、四季、庄稼就是他们生活里的奇遇。这些兴趣和刺激还不够吗？噢，已经足够！多少次他们要废寝忘食地工作啊！但是他们忍住了，他们坚持住了，而且没人因此而沮丧；虽然在树下被困了七个小时，但只要四肢还健全，这样的事情也不会毁了他们的一生。一个坐井观天的世界，一种毫无指望的生活吗？那么这个新的斯多堡，一个店铺，深山老林里的一家商店，这难道还不算他们的前景吗？

他们一直谈到了圣诞节的来临……

艾瑟克尔收到了一封信，大信封上印着狮子像邮戳；是政府寄来的。他被委任接管布理德·奥森的职位，从元旦开始，接管电缆物资，一台电报机器，一些工具和器具，并接替检测员的工作。

第二十三章

一队队车马驶上了原野，为深山老林那户新来的住户搬运东西；一车又一车，运了好几天。东西被拉到那个叫斯多堡的地方卸下来；无疑，它总不会辜负了这个名字的。而今已经有四名工人在山上采石料，为了砌一道墙以及两个地窖。

一车又一车的材料被运到了那里。房子四周已经搭建好，只要春天一到随时可以安装；一切东西都已经提前准确地测算好了，每一样都标有尺寸，不仅是一扇门或窗，甚至还有游廊上用的彩色玻璃，都有了。有一天上来了一辆装满了小木桩的马车。是干什么用的呢？来自下面的定居者对这点很清楚；他来自南方，以前的生活就是这样。“这是给花园砌围墙用的。”他说。这么说，这位新住户原来想在原野里造一个花园——一个大花园。

一切进展大好；原野里从未出现过如此熙熙攘攘的景象，很多出租车马的人都大大赚了一笔钱。这一点又成了人们津津乐道的话题。将来赚钱的前景不错；这位商人以后会把他的物品从四面八方运过来的；不管从内陆还是海外；到时候肯定需要用一队队的马车把东西从海边运上来。

没错，看来这儿将有全面而大规模的扩张。这儿的这位年轻的工头或主管；他年轻气盛，虽然要运的东西已经不多，他仍在抱怨马车不够用。

“马车都上山了，这儿需要运的东西也不多了。”他们说。

“噢，还有那些东西都怎么办？”他回答道。

赛兰拉的赛维特依旧驾着空马车回家，一路响着马蹄声，工头把他叫住：“嘿，你怎么驾着空马车上去？怎么不帮我们运一点儿货上来？”

“怎么，我本来可以的。”赛维特说，“但是我不知道啊。”

“他住在赛兰拉；他家有两匹马。”有人悄声对他说。

“什么，你家有两匹马？”工头说到，“那么，把它们牵下来吧，两头都牵下来，给我们运货。我们会付给你优厚的报酬。”

“怎么，”赛维特说，“我敢说，倒是不坏，但眼下我们很忙，实在抽不出时间。”

“什么？居然抽不出时间挣钱！”工头说道。

但赛兰拉一家确实鲜少能抽出空来，农场上的活太多。他们还请了工人去帮忙——这在赛兰拉是前所未有的事——为了盖新的牛棚，请了两名从瑞典边境过来的采石工人。

盖一座合适的牛棚是艾萨克多年以来的想法。眼下关牲口的草屋太小，加上年久未修，所以他要盖一座石建的两层墙的牛棚，下面还要挖出一个大粪坑。这项工程现在就得完成，但眼下他们又诸事缠身，接二连三地总有事情要忙。牛棚的事看起来似乎永远都无法完成了。除了一座锯木坊一座磨坊，他还有夏天用的牛羊棚；理所当然他还应该有一座锻冶场。地方不用很大，只不过到时候那些零零碎碎的工作就可以在那里完成；要不然比如大锤的锤边弯了，或者马蹄铁坏了，还得走那么远的一段路送到村里去修。只要这些都能解决就行——他为何做不到呢？赛兰拉现在屋外有了不少大大小小的建筑。

他们家正在扩张，越来越大，直到最后成了一个巨大的农场。现在要是没有女佣帮忙，恐怕一切很难应付得过来，所以不能少了简森。她的铁匠父亲时不时问她何时回家；但他并没有叫她一定要回家，这个和蔼的老男人兴许有自己的想法，觉得自己也可以让她留下来。这可是赛兰拉，远离了其他的定居者，时刻不停地扩张；除了人口没变，那里的房屋还有土地无一不在变化。拉普兰人上门乞讨并满载而归的日子已经远去，如今他们极少登门，为了不被看见，宁愿绕远路；甚至也没有哪个拉普兰人愿意进屋来了，来了也只是站在门口等。拉普兰人总是躲在偏僻的角落里；碰不得阳光和空气，他们不能兴旺繁荣；他们像蠕虫一样生活，而赛兰拉时不时会有一头牛犊或羊羔从农场外围，或田地最远的边缘消失掉，找不到踪迹——这是没办法的事。赛兰拉可以忍受这样的损失。即便赛维特会射击，但他没有枪，更何况他根本不会开枪；他一向是个不喜打斗，性情温和的人；他生来就爱开玩笑。

“总之，无论如何，法律明文规定不允许枪杀拉普兰人。”他这样说。

没错，赛兰拉经得起一头牛或一只羊的损失；它仍旧雄伟而坚韧地矗立在那儿。但即便如此他也并非毫无烦恼。这些年英格尔总是对自己的生活欲求不满，是的，自从某一次英格尔出了趟远门，回来后这地方好似就蒙受了很大的影响。也许这种影响会消失一段时间，但过后又会回来。和她那时最美好的时代一样，她依旧精明勤劳，而且是一个男人，一个壮硕的男人的漂亮且健康的妻子——但她就再也不会怀念特隆金，再也没做过梦吗？有时，特别是在冬天的时候。有时候充满活力，情绪高涨，她便会渴望起各式各样的事情来——不过就她一个女人也跳不成舞，所以赛兰拉没举办过舞会。沉郁的思考和祈祷吗？对，嗯……但天知道，另一种生活中确实有那样无可比拟，叫人心神向往的东西啊。但她已经学会了满足；不管怎样，那两位瑞典来的采石工人也还不错；对这个地方来说都是新鲜的面孔，新鲜的声音，但他们不年轻了，而且少言寡语，一心工作而无意玩乐。不过也总比什么都没有要好——其中一位在干活的时候会唱起动人的歌；英格尔时不时停下来聆听。他叫亚尔马尔。

赛兰拉的烦恼事远非只有这些。比如说那个艾勒苏——真叫人失望。他写信回家说，工程师的事务所已不再聘用他，但他会努力谋到另外一份差事——只不过还得等。接着又来了一封信：预计不久就能找到新职位，而且是第一等的职位，但同时他不能身无分文地过活。所以他们给他寄去了一百克朗，他回信说这些仅仅够拿来偿还他那些不大的债务……“嗯，”艾萨克说，“但是我们还得给这些采石工人付工资，还有其他的开支……写信问问他能否回家来帮一把手。”

英格尔照着写了；但艾勒苏根本不打算再回来；不，再次漫无目的地踏上旅程毫无意义；他宁愿饿死。

嗯，兴许城里根本没有什么头等美差等着他，只不过可能艾勒苏根本没有用利刃去为自己开道。天晓得——说不定他在读书写字方面也并非胜人一筹吧。书写？对，他在书写方面够优秀了，速度快，也很努力，但是好像总缺了点什么。要真是如此，他该怎么办呢？

当他带着两百克朗回到城里，那儿正有一堆旧账等着他，把他们还清后，他还得买一把合适的手杖——那把旧伞柄得扔了。还有其他要买的小东西倒是也合情理——一顶和他同事们一样的过冬的皮帽子，和别人去溜冰时穿的溜冰鞋，一支拿来剔牙的银牙签，还可以在跟朋友品尝各式饮品，谈着各类话题时候拿出来显摆。只要口袋里有钱，他就以主人身份呼朋唤友过来聚会。在一次庆祝他返城的晚宴上，他叫了六瓶啤酒，小心翼翼地一瓶瓶打开。“怎么——给女招待二十奥尔的小费？”他的朋友们说道，“十奥尔就足够了。”

“不能这么小气。”艾勒苏说。

艾勒苏出手大方，绝不小气，是的，他来自一个阔绰的大家庭，父亲是一个大地主，拥有一块很大的农场，还有无边无际的树林，四匹马、三十头奶牛以及三台割草机。艾勒苏没有撒谎，而且并不是他自己把有关赛兰拉财产的种种传说往外透露，而是很久以前那个区的检测员一时高兴乱吹出去的。但对于人们多少相信了这个传说，艾勒苏并没有不悦。他自己没什么成就，但作为一个有大成就的男人的儿子也还不错，可以为他提高信誉，这对他是有用的。但这种情况不会永久持续下去；等到他再也无法推脱，不得不付钱的那天，那他应该怎么办？他一个朋友帮他解了围，请他去给自己父亲做事，只是一个很普通的，农民过来买日用品的小商店——但总比没有工作强些。一个已经成年的小伙子在一家小商铺里赚最基本的工资实在有些难堪；没有通往区长这一位置的捷径；但不管怎样，总算还可以支撑他的生活，能帮他度过现阶段最为困难的这一时期——噢，总之也还不坏。艾勒苏在这里表现出了他一贯的好脾气，他愿意待在这儿，顾客都喜欢他；他给家里人写信说自己在做生意。

这是最让他母亲失望的地方。艾勒苏居然在一个商店里做事——那还不如到村里的商店当帮工呢。在以前，他还有自己的独特之处，跟别人都不一样；他的邻居没有第二个人像他一样在城里生活过，还在事务所里任过职。难道他已经失去了他那伟大的理想和目标了吗？英格尔不是笨蛋，她很清楚冥冥众人和那些非凡之士是不同的，尽管她并非时时在意这一区别。艾萨克思想比较简单迟钝；他现在想事情的时候已经很少会想到艾勒苏了；他的长子渐渐淡出了他思考的范围。艾萨克已经不再考虑在自己死后把赛兰拉平分给两个儿子了。

春天过去了一点，瑞典那边又来了几位工程师和工人；准备修建公路，还搭起了临时住房；还有各项工作，比如爆破、平整、搬运粮食、租用车马以及跟水边的地主们交涉等；什么——他们要做什么呢？这可是深山老林啊，除了住在这里的人家，谁还会上来？嗯，实际上他们只是为了开采铜矿，仅此而已。

果然开工了，吉斯勒并没有吹牛。

这次来的不是之前那几位大人物——不，无疑他们其中两位肯定是有事缠身，不能同来。但是那位工程师来了，还有上次来的采矿专家，这次也来了。他们把艾萨克余下的锯好的木板都买下了，还高价买走了食物和饮料。他们相谈甚欢，对赛兰拉感到很满意。“空中铁道。”几人说道，“用钢丝缆绳从原野最高处往下运至海边。”

“什么，要穿过整个原野吗？”艾萨克说，一时间脑子转不过弯来。他们听到这话都笑了起来。

“不，兄弟，不是在路上，而是在另一面。从这边过去得有好几英里的路。不，从荒野的那边一直通到海边。这儿有落差，距离也不远。把矿砂装到铁箱子里，然后用缆绳运下去，你可以等着看结果。不过，我们一开始得先用马车把它们运下来，这样开出一条路来。我们需要五十匹马——你看吧，我们会干好的。我们还有很多工人会过来，远不止这儿的这么几个——这都不是问题。那边还会有更多的来，好几队人马呢，只需把草房子搭好，再准备好食物、材料和工具什么的——我们就能在半路的山顶上跟他们会合了，明白吗？不用担心，我们会把事情处理好的——然后再把矿用船运到南美洲。到时候到手的就是百万百万的了。”

“其他那几位先生呢？”艾萨克问，“之前来过的那几位。”

“什么？噢，他们把股份卖掉了。你居然还记得他们？不，他们卖掉了。接手的买家在又一轮中卖掉了。现在持有那份产权的是一家大公司——资产很雄厚。”

“还有吉斯勒，他现在在哪儿？”艾萨克问。

“吉斯勒？从没听说过，他是谁？”

“吉斯勒区长，最先卖给你们产权的那位。”

“噢，他啊！他名字叫吉斯勒？天知道他在哪儿了。原来你也还记得他？”

一整个夏天，一队队的工人们在山上进行着爆破等各项工作——那儿需要做的事数不胜数。英格尔忙着售卖牛奶和农副产品，这工作让她兴高采烈——做买卖的同时又可以看到人来人往的路，艾萨克照旧迈着沉重的步子在田里干活，没有什么能打扰他。赛维特和那两名工人把信棚子盖起来了。这是一座结实耐用的建筑，但因为只有三个人在忙，加上赛维特时不时被叫到田里去帮忙，所以花了很长时间才盖好。割草机现在也适得其用；还有三位积极的妇女在割草季节轮流过来帮忙，倒也是件好事。

一切都很顺利；荒原中生机勃勃，财源滚滚，处处都是一片繁荣之景。

再来看看新开张的斯多堡家的商店吧——这儿生意非常兴旺！这个艾伦真是个精明鬼，他肯定早就知道矿产的事，所以是有备而来，准备在此地开商店大展身手。做生意？他的交易规模大到足以供应整个国家的需求——没错，整个国家！一开始，他出售各种各样的家用器具还有工人服装；矿工们有足够的钱，在此并不会吝啬花钱。他们不能满足于仅仅买些日用品，其他的东西也要买。特别是星期六的晚上，斯多堡的商店里简直被挤得水泄不通，钱财源源滚进艾伦的腰包。请来的员工和他太太也被叫到收银台后面帮忙，而他自己则尽心尽力应酬顾客，买卖东西——甚至到了夜里，这地方都还有人在买东西。村里那些往外租售马匹的人说得没错；马车运到斯多堡去的物资多得惊人；好几次他们不得不切断老路的转角而另辟近路——最后开了一条跟艾萨克第一次在荒野里开的那条窄旧路完全不同的新路。艾伦是这儿的福星和恩人，不说其他的，起码说起那个商店和新马路来确实如此。艾伦并不是他的真名，而只是他的教名罢了；实际上，他叫阿龙森，他和他妻子都是这么叫他自己的。他们雇了两名女佣还有一名男佣，是一户不可小视的人家。

至于斯多堡的土地，目前还没被人碰过。阿龙森抽不出时间来耕地——开垦荒原有什么意义呢？但阿龙森有一座真正的花园，四周有篱笆，还种了葡萄藤、紫菀、花楸树等，此外还有自己栽种的树木——对，是一个真正的花园。园里有一条宽敞的路，阿龙森每逢周日便会叼着烟斗来这里散步。后面是游廊，装了几格色彩斑斓的玻璃花窗，有橘色、红色和蓝色。斯多堡……还有几个孩子——三个漂亮的小家伙。女儿正在学习当一位富商的小姐，而男孩儿们则要学做生意——没错，三个必定有大出息的孩子！

阿龙森自己是个有远大抱负的男人，不然根本就不会来这里。他本可以继续养鱼，运气够好的话再赚上一笔，但这和做大买卖根本不可同日而语。普通人的最大理想估计也就是养鱼了，但别人不会脱下帽子对养鱼人致敬的。阿龙森以前是驾着小船摇着船桨，但现在他要自己开船了。他最长说的一句话是："结现金。"他这句话在多方面都适用。当事情进展顺利之时，他们便"结了现金"，他的孩子今后若在世界上大有作为，他们将会过上比他更"现金"的生活。这便是他的意思，他希望以后他们的生活更加美好顺利。

看啊，一切进展得真的很顺利；邻居都敬重他，还有他的妻子——对，甚至还有他们的孩子。孩子们被重视，这毕竟不是一件小事。在山里干活的矿工们好几天见不到孩子的面，他们下山后看到阿龙森的小家伙们像可爱的小狗一样在院子里玩耍，会即刻亲切随和地跟他们聊起来。他们可以给小孩子钱，但既然他们是商人的孩子，所以这一招也没什么用。所以他们又用口琴为他们吹起了乐曲。下山的工人里面就数年轻的格斯塔夫最活跃，帽子歪在一只耳朵旁边，嘴上出口就是让人爱听的话；对，每次过来跟孩子玩得最久的也是格斯塔夫。孩子们每次见到他来都会跑出去迎接；他也会把他们一把抱起来，背着三个孩子跳起舞来。"哦！"格斯塔夫一面跳一面说道。接着他会拿出口琴，吹起各式各样的曲子，直到女佣也从屋里走出来看他，听着听着，她们的眼里就噙满了泪水。没错，格斯塔夫是个狂放的家伙，但他很清楚自己在做什么！

过不了多久他会走进店里，把兜里的钱掏出来买上满满一大背包的东西。当他再次走上公路，他的背包里已经一应俱全——半路走到赛兰拉的时候他会停下来，打开包，把里面的东西拿给他们看。角上印有一朵花的信纸，一只新烟斗，一件新衬衫，一块带花边的手帕——还有给女眷的糖果，闪闪发光的东西，一只有指南针的表链，一把裁纸刀——噢，东西多着呢。没错，他还买了花炮，准备在周日放给大家看。英格尔拿了牛奶过来给他喝，他跟丽奥波尔丁开着玩笑，还把她抱起来，往上抛——"呜哈！"

“房子盖得怎么样了？”他问那几个瑞典人——格斯塔夫自己也是瑞典人，所以跟他们也就成了朋友。“房子盖得颇为顺利，虽然只有他们在干活。啊，那么，格斯塔夫可以过来帮帮忙了。”当然这只是玩笑话。

“对，只要你可以。”英格尔说。因为棚子得赶在秋天之前盖好，这样才能把牲口牵进去。

格斯塔夫点了一支花炮，既然已经放了一支，那么剩下的再留着也没意思了。把它们也点了吧——他确实那么做了，把六支都点完了。女人和孩子屏住了呼吸，看这位魔术家给他们表演。英格尔从没见过烟花，但这浓烈的烟雾勾起了她对在外面曾经见过的缤纷尘世的回忆。跟这些比，割草机又算什么呢？格斯塔夫以一曲口琴结束了表演，那时候满心蠢蠢欲动的英格尔真恨不得跟他沿着公路一道走……

矿上的工作照旧进行；矿砂被一车车的马队运到了海边；一艘汽船已经装满了矿砂正驶往南美洲，另一艘船已经在准备装运下一批货物。真是一项伟大的事业。但凡还走得动的居民都跑上山来观瞻这一奇迹般的地方。布理德·奥森也把他的矿石样品拉上来了，但他的辛苦没换来回报，那位矿石专家已经回瑞典去了。星期日的时候，村民们也从四处涌上山来，就连艾瑟克尔·斯特隆也来了，虽然根本抽不出时间来，不过还是离开了他的电报线路上来观看。因为几乎没有人看过这里的矿产还有它所带来的奇迹。最后就连赛兰拉的英格尔也穿起盛装，戴了金戒指上山去了。她去那儿干什么呢？

没为什么，甚至丝毫不去想工作进展得如何。说到底，她只不过是去那里显摆罢了。她看到别的女人上山去了，便觉得自己无论如何也得去一趟。她上唇有一处难看的伤疤，孩子们也都长大了，但是英格尔一定要像别人一样也上山去。一想到别人，那些年轻女人，她就生气，对……但她还要跟她们一较高下。她身体还没发福，依旧保持苗条修长；她还漂亮。确实，她面色已经不如当年那般红润，也不再面若桃花——但即便如此，他们也还应该看看；对，总之他们得说，她虽不再年轻但风韵犹存！

正如她所愿，他们热情地跟她打了招呼；工人们都认识她，因为她多次给他们端来牛奶，他们带她去参观矿井、临时草屋、马厩和厨房，地窖和储物间；大胆一点的紧紧挨着她站在一边，轻轻碰她的胳膊，但英格尔丝毫不觉得反感，反倒觉得舒服。上楼梯的时候，她故意把裙摆撩起来一些，露出了小腿；但她只撩起一点，好似只是无意为之。那些男人在心里想，她确实是风韵犹存。

噢，这个上了年纪的女人也有让人可怜的地方；很明显，只要遇到他们当中某个热血方刚的青年向她投来出其不意的一瞥，她就会万分感谢，再回报一个暧昧的眼神。一想到自己还和别的女人一样，她就兴奋不已。她一向是个正经女人，但看来只是没有机会而已……

上了年纪了……

格斯塔夫上山来了。他抛下了村里的两位姑娘和他的一位伙伴上山来了。无疑，格斯塔夫明白自己的心意；他用超常的兴奋和力度握着英格尔的手，为上次在赛兰拉时，她给他带来的那个美好夜晚而表示感谢。但他很小心，没有过分热情。

“对了，格斯塔夫，你什么时候过来帮我们盖房子？”英格尔满脸红晕地说道。格斯塔夫说不久以后就能去了，他的同事们听到后也插进话，表示不久后他们都会过去帮忙。

“噢！”英格尔说，“那么，冬天以后你们不要待在矿上吗？”

工人们小心翼翼地回答，看样子应该不会，但是也都说不准。但格斯塔夫胆子大些，笑着说：“看起来矿里的那点铜都被他们搜刮走了。”

“你这话不是真的吧？”英格尔说。其他工人也插嘴表示叫格斯塔夫当心点，这种话以后别乱说。

但格斯塔夫丝毫不在意，他反倒说了更多。英格尔觉得奇怪，虽然完全看不出他在有意勾引她，但她的那颗心却为他着迷了。还有一名年轻的工人表演了风琴，但远不及格斯塔夫的口琴；另外一个精明的小伙子，为了吸引英格尔的注意，也跟着音乐唱了一首歌，虽然他唱得很用心，歌声嘹亮，但并无叫人动情之处。过了一会儿，那个格斯塔夫居然不知道怎么的把英格尔的金戒指套在小指上！既然他没有勾引她，但这个戒指是怎么回事呢？噢，他自有一套办法，虽然泰然自若，和英格尔一样。他们没有交谈，她也好像不知道他在玩她的手。后来，当她坐在屋里喝咖啡的时候听到外面有争吵声，两个男人在高声吵着，她知道他们在为她争风吃醋，这让她感到颇为满意。这对于一个已经上了年纪不再年轻的女人来说，真是让人不由得高兴。

那么星期日那天她是怎么从山上回的家呢？噢，太好了，跟她来的时候一样圣洁，不多不少。有一大堆男人送她回家，而且只要看到格斯塔夫还在，他们就不会回去；要不是他们知道，也不会不让他俩单独相处！英格尔再没有哪次像现在这样快乐了，甚至当初在外面生活的时候也不曾有过。

“英格尔没丢什么东西吧？”最后他们问道。

“丢东西？没丢。”

“比如，一枚金戒指？”

听到这话格斯塔夫把它拿了出来；他现在一拿出来，已经是大家的公敌了。

“噢，多亏你找到了它。”英格尔说着，匆匆跟她的护花使者们道别。赛兰拉就在眼前，她已经看到许许多多的屋顶，立在那儿的正是她的家啊。她再次清醒过来，又变回了那个精明的妻子，抄了一条近路穿进夏天用的棚子里去看看牲口。走在那条路上的时候她知道，曾经有一个孩子葬在那儿；她曾把手上的泥土拍下，在坟上插了一个小十字架——噢，但这是多久以前的事了啊。现在，她心里想的只有女佣们有没有及时挤好了牛羊奶……

矿上的工作照旧进行；但底下有人在议论纷纷，说出了问题，产量没有预计的多。之前那位已经回去的矿产专家现在又回来了，还带了另一位专家来帮他。他们在地上四处爆破、钻孔以及勘测。出了什么问题？铜质优良，这没什么问题，只不过矿层太薄，深度还不够；越往南去越厚，但铜质最好最厚的地方，却已经出了公司的掌权范围——再过去就是属于国家的阿尔曼宁大荒原。嗯，不管怎样，第一批买家可能没想过这么多吧。这原本是一项家庭企业，几个亲戚买下来，准备做一次投机的买卖。他们当初没有考虑买下一直通到下一个山谷的好几英里的整个矿脉区域，对，仅仅接手了属于赛兰拉的艾萨克和吉斯勒名下的那块地方，然后转手又卖掉了。

现在该干什么呢？只有负责人、专家们以及工头心里非常清楚，他们必须尽快跟国家签下协议。所以他们派人带上信件、策划案以及地图火速前往瑞典；他们自己又驾车下山拜访区长，希望获得水域南部矿区的产权。但在这儿他们又遇上了困难，法律阻碍了他们，他们非本国人，因此本身无权买下产权。他们当然之前就知道了，也已经尽力找过解决方法。但南区的矿地已经被卖掉了——这是他们没有料到的。

“卖掉了？”

“对，很久以前了，都好几年了。”

“那么是谁买的？”

“吉斯勒。”

“什么吉斯勒？——噢，那个家伙——嗯。”

“地契已经过认证，也登记过了。”区长说，“那一带除了岩石，别无其他，他几乎没花什么钱就把它买下来了。”

“你们老是提起的这个吉斯勒是谁？他在哪儿？”

“鬼才知道他在哪儿！”

他们于是又派了人到瑞典去。他们必须找到有关吉斯勒的消息，而且，他们不能留下所有工人，他们要等等看。

格斯塔夫带着所有家当来到了赛兰拉，他说总算到了。没错，格斯塔夫放弃了自己在矿上的工作，也就是说，上次礼拜日他说的有关煤矿和铜矿的话太过直白，被工头和工程师听到，所以把他辞掉了。好吧，那就走好了，没准这正合他意；这次他来赛兰拉没什么可怀疑的了。他们马上让他帮忙建牛棚。

他们不停忙碌砌石墙，没过几日又从矿上来了一个人，也是被辞掉的。现在有了两个帮手，工作这样进行着。不用担心，秋天之前他们会完工的。

但这次一个又一个工人被开除，他们都回瑞典去了。所以矿上的试验性工作被暂停。村里人听到消息后似乎都在叹息；这些愚蠢的村民啊！他们不知道试验性工作只是暂时的。他们感到一阵黑暗，垂头丧气，这下财源少了，津贴也要扣掉，斯多堡交易站的生意也要惨淡下来了。所有这些意味着什么？阿龙森生意景气的时候买了一支旗杆和一块旗帜，还买了一块上好的白色熊皮打算在冬天时铺在雪橇上，还给一家人买好了衣服……这些都是小事，但还发生了一些其他事。有两个新来的人在曼尼兰和赛兰拉之间买了一块开垦的地皮，这对于这个荒郊野外的小团体来说不是小事。这两个人已经建好了茅屋，开始开垦和挖地。他们是勤劳的人，很快就会完成。那个夏天他们已经在斯多堡买好了一切用品，但上次他们来的时候，那儿几乎什么都不剩了。没什么存货——矿上都停工了，还要那么多存货干吗呢？他那里现在除了钱，已经什么都没有了。跟邻居们相比，阿龙森最沮丧，他的计划全部乱套了。有人建议他去耕地，等等好时机，他说："种地？这不是我过来安家的目的。"

最后阿龙森实在受不了，他必须亲自到矿上去看看发生了什么。这天是星期天，他来到赛兰拉打算叫艾萨克和他同去，但打一开始艾萨克就没上去看过，他一直在山脚忙着。英格尔只得插话道："阿龙森叫你去，你最好就去一趟吧。"可能英格尔正希望他去，正当星期天，她可能想摆脱他一两个小时。所以艾萨克去了。

山上情况有些奇怪，艾萨克完全认不出来了。上面简直是一个小镇子，有茅屋、棚子、各种大小马车，地上凹凸不平。工程师带他们四处看了看，他现在也许心情不太好，但他不像村民们和这里的定居者一样满心忧郁——不过这次给了他机会，因为来的不是别人，正是赛兰拉的农场主和斯多堡的商人。

他对矿砂以及从矿砂中找到的岩石的性质作了解释。矿里有铜、铁以及硫黄等。没错，他们都很清楚矿里有什么——甚至还有黄金和白银，虽然不算太多。作为矿产工程师，他懂得很多。

"现在要停工了吗？"阿龙森问。

"停工？"工程师颇为惊讶地重复道，"我们若是这么做，南美洲那边怎么办！"不，他们只是暂时停工，要再看看这块地方，看它能产出什么东西来，之后他们就能在空中建起铁道，然后再到湖南的部分工作。他转向艾萨克："你知道吉斯勒去哪里了吗？"

"不知道。"

好吧，没关系——他们迟早会找到他。然后他们会继续开工。停工？想得美！

突然，艾萨克被一架带有脚踏板的小型机器吸引住了。他马上明白这是一台可以用在车上，随时都能拿下来的小锻铁器。

"那个东西现在卖多少钱？"他问。

"那个啊？锻铁炉吗？噢，不太贵。"类似的机器他们有几台，但比起他们放在滨海的那些就不值一提了。艾萨克要知道，开矿，也就是在岩石中造出沟壑和裂缝可不是动动手指甲就能做到的，哈哈！

他们四处走了走，工程师说自己过几日要去瑞典。

"还会回来吧？"阿龙森问。

"当然回来。"他知道政府和警察都没理由不让他回来。

艾萨克又到锻铁炉那儿停下来看了看。

"像这种机器要花多少钱？"他问道。

多少钱？一时还说不好——应该不少，但在矿上也算不了什么。噢，工程师举止讲究，即便当时心情不好，但还保持一贯的风度，一直到最后一刻。艾萨克不是想要一台锻铁炉吗？拿走好了——这点小东西公司还不缺，就当是给他的礼物好了！

一个小时后，阿龙森和艾萨克往回走。阿龙森心里的那块石头落了地——不管怎样，还有希望。艾萨克把机器扛在肩上下了山。没错，这点重量不在话下！工程师要派两个工人第二天把它带去赛兰拉，但艾萨克谢绝了——他不需要，他自己更希望给家人一个惊喜，让他们看到他扛着一台锻铁炉回去。

但最后被震惊的却是艾萨克。

他回到家的时候看到院子里有一匹马和一架马车，马车装满了。赶车的是一个从村里来的村民，在旁边走的是一位绅士。艾萨克看到的时候简直目瞪口呆了——正是吉斯勒。

第二十四章

可能还有其他的事会让艾萨克感到震惊，但他不是那种一下子可以思考很多事情的人。“英格尔呢？”他进了厨房后只问了这一句。他只是急着想知道她有没有好好招待吉斯勒。

英格尔？艾萨克出门后，英格尔就和那个瑞典来的格斯塔夫出去摘草莓了。已经步入中年的她又陷入情网，热情如火了。虽然年岁渐老，她却再次感到心底升起的情欲，她心花怒放。“带我去看看那些草莓。”格斯塔夫说，“还有酸梅。”怎么会拒绝一个女人呢？英格尔跑进她的小房间严肃又急切地矛盾了几分钟；但格斯塔夫在门外等了几分钟，世界紧跟着她的脚步，她只是把头发收拾了一下，对着镜子仔细照了照之后再走出去。要是她这样做了又会怎样呢？谁又没做过同样的事？噢，一个女人总是不能把一个男人和另一个男人区别开来——总是不能。

于是两个人出去摘草莓了，在沼泽地里找着草莓，一丛又一丛地找过去。有时候她把裙子高高抬起来，露出光洁的双腿。周围一片寂静，白色松鸡的鸡雏已经长大，所以不再跳起嘶鸣。沼泽地里到处是遮掩茂密的小树林。出发不到一个小时，他们已经坐下来休息了。英格尔说道："噢，想不到你是这样的一个人。"在他面前她竟瘫软下来，因为对他的爱恋太深，竟是有些可怜地笑着——爱是如此甜蜜而残酷的东西，又甜蜜又残酷！开始她也正经地防范过他——但最后还是投降了。英格尔已经深陷情网，对他热切而满怀柔情，她只想紧紧地靠着他，与他恩爱一番。

啊，一个上了年纪的女人……

"干完活，你又要走了。"她说。

不，他不会走。当然啦，可能过阵子要走，不过现在还会留在这儿，估计一周后再走。

"我们是不是该回家了？"她问。

"不。"

他们又采了些草莓，不多时他们在树丛里找到一处隐蔽的地方。英格尔说道："格斯塔夫，你这么做简直疯了。"几小时过去——他们也许在树丛里睡着了。睡着了？太奇妙了——远在荒郊野外，在伊甸园里。英格尔突然坐起身，仔细听着："我好像听到下面有人在路上走。"

太阳西沉了，树林里渐渐黑下来，他们走回家。他们一路走过，格斯塔夫看到了，英格尔无疑也看到了，他们感觉有人在前面催着他们赶紧走。噢，但是谁会在和这样一个漂亮小伙子单独在树林走的时候，还一路保持警惕呢？英格尔虚软无力，只是笑着说道："想不到你竟是这样一个人。"

她自己回了家。幸亏她在那时赶到，若是迟了一分钟就要出事了。艾萨克也正好背着锻铁炉回到家，还有阿龙森——还刚好有一架马车停了下来。

"你好！"吉斯勒向英格尔打招呼。大家刚好都在那儿出现——真是再好不过……

吉斯勒又回来了。上次他来的时候还是很多年之前啦，但他居然又回来了，上了点岁数，头发有些白了，但还是和之前一样精神抖擞。这次穿得却很体面，一件白色的马甲，手腕上带了块金表。真是个捉摸不透的人！

他是否听到风声，想来矿上一探究竟？嗯，他来到了这里。他神志清醒地四处观看，一脸精神地观察着那个地方，摇着头，双目清亮。这里的变化很大，地主也扩大了自己的领地。吉斯勒点点头。

“你带什么回来了？”他问艾萨克。“一台锻铁炉。”他说。

“锻铁炉。”艾萨克解释道，“对这块农场来说可大有用处。”他说——没错，居然只说赛兰拉是一小块农场！

“从哪里弄到的？”

“在矿上。工程师给我的，说是当礼物送我。”

“哪个公司的工程师？”吉斯勒问道，似乎还不太明白。

吉斯勒，他能让一个铜矿工程师比他神气吗？“我听说你买了一台割草机。”他说，“我也顺手给你带了一台耙草机。”他指了指马车上的东西。那是一台红蓝色的要用马拉的巨型齿轮状耙草机。他们把它从车上抬下来，仔细瞧了瞧；艾萨克自己装上机器在地上试了试。难怪他笑得合不拢嘴！赛兰拉出现了一个又一个奇迹！

他们说起了矿上，还有山上的工作情况。

“他们经常问起你。”艾萨克说。

“谁？”

“那个工程师，还有另外几个男人，说迟早要探出你的消息。”

噢，看来艾萨克说得太多了。吉斯勒有点生气了，毋庸置疑，他言语变得犀利起来，说道：“好，要是他们要找我，我就在这儿。”

次日，有两名信使从瑞典回来了，同行的还有两个矿主。那几人都坐在高头大马上，衣着体面，看上去身强力壮。他们没在赛兰拉过多停留，只是简单问了下路，甚至都没下马便又朝着山上骑去了。虽然吉斯勒站得够近，他们还是装作没看到他。那两名用马驮着东西的信使停下来休息了一个小时，和几个建房子的人聊天，打听那个穿着白色马甲上了年纪的吉斯勒到底是什么来头，没多久又上路离开了。但那天晚上，其中一名信使骑着马又下山来了，给吉斯勒传口信叫他到矿上去见那几位先生。“叫他们自己来找我。”这是吉斯勒的回答。

吉斯勒已经是个大人物，认为自己是个手握权力，拥有世界上所有权力的人，也许觉得单单收到口头传信有损他的尊严。但他为什么在别人都想找他的时候刚好来到了赛兰拉呢？他应该什么都知道。无论如何，矿上那几位先生收到他的口信后，只得放下架子再次到赛兰拉来了。和他们一道来的还有工程师和两名矿质专家。

经过了很多曲折道路，他们最终见面了。一开始情况就不太乐观；没错，吉斯勒有点高傲。

那几人这次倒是很礼貌，说前几日旅途劳累，因而只发出口头邀请，请他务必原谅。吉斯勒也礼貌回应说，自己也是旅途劳累，要不然就自己上山去了。嗯，现在该直奔主题了。吉斯勒会把湖南那块地卖给他们吗？

“我想请问，你是自己买呢，”吉斯勒说，“还是帮人代买？”

吉斯勒这么说是故意作对；这几人都是富翁，必然不会当代理人。他们接着讨论条件。“价格是多少？”他们问。

“价格？啊——”吉斯勒思索了一会儿，“两百万。”他说。

“确定？”几人笑着问道，但吉斯勒没有笑。

工程师和两名专家在地上钻孔、爆破，做了大致调查，这是他们交上来的报告：矿砂的出现是因为火山喷发，分布极不规则，从他们的初步考察来看，最深的矿质分布地应在公司所属地和吉斯勒所属地的交界处。最后一英里几乎没什么矿砂，不值得开采。

吉斯勒面无表情地听着。他从袋子里抽出几张纸，认真地看着他们。但那几张纸却不是什么图表或地图之类的——总之和他们谈的矿产一事毫无关系。

“你们开采得还不够深。”他说，好像是听了那份报告知道的。那几人马上承认了这点，工程师却疑惑他是如何知道的——“你自己又没过来挖过，不是吗？”

吉斯勒笑了笑，好像他曾在地球上钻了数百英里的孔，然后又把它们封起来了似的。

他们一直谈到中午，各方面都谈了，最后各自看了看表。吉斯勒的价格已经被他们降到了五十万，但他最后怎么也不肯让步了。不对，他们应该在什么地方冒犯他了。他们本以为他会着急出卖，但看来不是——噢，完全不急。他和他们一样悠闲而毫不在意地坐着，一点儿也不急。

“一万五或者两万应该就差不多了。”他们说。

吉斯勒表示这个价钱对于一个急于出手的人来说倒是合理，但两万五会更合理。接着其中一位插进话，可能想阻止吉斯勒离谱出价：“顺便说一句，我在瑞典看到你家人了，他们要我向你问好。”

“谢谢你。”吉斯勒说。

看到吉斯勒不为所动，另一人说道：“好吧，两万五的话……如果是金矿，我们也就买了，但这是铜矿。”

“没错。”吉斯勒说，“这是铜矿。”

听到这话他们都没耐心了，五个人拿着表看了又看，没时间再耗下去了，该吃饭了。他们没在赛兰拉吃饭，而是骑回矿上去吃了。

这次会面算是结束了。

现在只剩下吉斯勒自己。

现在他心里想什么呢？——他到底在盘算什么呢？也许什么都不想，只是不以为意？不，实际上他在考虑，但现在已经平静下来了。吃过午饭，他转向艾萨克说道：“我打算到我的那块地看看，想像上次一样叫赛维特和我一起上山。”

“可以，没问题。”艾萨克马上答道。

“不行，他这会儿还要忙其他的事。”

“他随时可以跟你去。”艾萨克说着就叫赛维特先放下手头的活儿。但吉斯勒摆了摆手，简单说道：“算了。”

他来来回回在院子里走了几次，和干活的人聊几句再回来。虽然心事重重，但一脸淡然。吉斯勒已经习惯了命运的突然转折，不管怎样，已经不会太在意。

他现在的处境完全是机缘巧合。开始他把一块地卖给了他妻子的亲戚，之后呢？他再把湖南边的那块地全买了下来，为什么呢？难道只是为了成为他们的邻居气他们吗？开始的时候，无疑，他只想在那里买一小块地皮，要是发展得好，兴许可以在那里建一个村庄。但最后他却成了那一块的地主。那块地皮几乎没花什么钱，也懒得去划清边界。但因为懒散，他居然成了那一块的矿主，整块地的地主。他本来只想要一块种草的地皮和放机器的棚子，但现在它却变成了一直通到海滨的王国。

那一小块地在瑞典已经多次被转手，吉斯勒只要知道在谁手里就好。第一批买家只是愚蠢而盲目地买走的，根本没经过思考。家族议会员不是矿产专家，他们一开始没有买下足够的土地，把吉斯勒的那部分买走只是想摆脱和他的关系。但第二批买家的愚蠢可笑丝毫不亚于前者，这些人资金雄厚，或许只是为了娱乐而买下那块地。可能只是酒后的玩笑，鬼才知道。但到了试验性开采，要正经严肃地开矿的时候，他们却发现自己撞上了一堵墙——吉斯勒。

幼稚！吉斯勒可能会高傲地在心里这么想；如今他感觉自己手握重权，足够强悍，可以轻视别人了。那几人可能想用尽办法压压他的神气，他们以为自己对付的是个急需用钱的人，所以试着开出了一万五或两万的价格——对，幼稚。他们不了解吉斯勒，此时他依旧高高在上地站着。

那天他们没有再从矿上下来，无疑，他们觉得最好不要显得过于焦急。次日清晨他们下来了，骑着驮马准备回家。怎料——吉斯勒根本不在那儿。

不在？

他们原本打算摆足架子，甚至都不用下马，直接在马上就把买卖做了。但现在他们只得下来，在那里等候。请问，吉斯勒在哪儿？没人知道他在哪里。吉斯勒对赛兰拉兴趣很大，四处乱走。最后有人在一个锯木坊里看到了他。他们便派那两个信使去找，但吉斯勒可能走远了，因为任凭他们叫喊都没有听见他答应。那几位先生看看表，开始有点烦躁了，说道："我们不能像傻子一样在这里等，如果吉斯勒想卖地，他应该就在那里。"现在他们语气平和了些；没过一会儿，气也全消了，甚至觉得这事有点可笑，拿来当笑话看。现在他们陷入了窘境，要在荒郊野林里过一宿了，要迷失方向并饿死在这里了，因此哀悼他们的亲人也找不到他们的白骨了——是的，他们闹了个大笑话。

最后吉斯勒来了。他到处看了看——刚刚从牛棚那里回来。

"看来那里不久又不够用了。"他对艾萨克说，"现在牲口总的有多少啦？"是的，尽管那几个人在旁边拿着手表站着，他还是不紧不慢地说着。吉斯勒好像刚喝过酒似的脸颊通红。

"啵！"他说，"刚刚走得太热了。"

"我们以为来的时候你会在。"其中一人说道。

"我不知道几位要来。"吉斯勒说道，"不然我定会在此等候。"

好吧，现在该谈生意了吧？吉斯勒今天准备好了要接受那个合理的价格了吗？他可不是每天都有得到一万五或两万的机会——什么？当然了，除非……他根本视金钱如粪土……

最后这个暗示让吉斯勒很不顺耳；他大为光火。怎么能这么说话呢！嗯，如果他们不是生气在先，自然不会这样说；而吉斯勒，无疑，如果不是出去走了一圈满脸通红，也不会再听到这些话的时候突然脸色煞白。是的，他脸色惨白，冷冷地说道："各位，你们出得起什么价钱我不关心——我只知道我愿意接受什么价钱，不愿意接受什么价钱。关于矿地，我不想听到孩子气的空话。我要的价格和昨天一样。"

"两万五克朗？"

"对。"

那几人上了马。"听着，"其中一人说，"我们就给这么多，两万五。"

"我想你们还要开玩笑。"吉斯勒说，"但我很认真地问你们：你们愿意把山上一小块矿地卖掉吗？"

"怎么，"他们有些惊讶，"啊，我们可以考虑。"

“我打算买下来。”吉斯勒说。

噢，这个吉斯勒！院子里站满了人，每句话都听到了。赛兰拉一家人，还有搬运石头的工人们，以及信使都在。这么一笔钱他应该筹不起。但谁又能说得准呢？吉斯勒一直是个神秘莫测的人。不管怎样，他最后那句话让马上的这几位先生仓皇失措。这是不是个诡计？他想这样来突显他的地皮更有价值吗？

那几位仔细想了想，甚至凑在一起低声讨论起来。于是又下了马。这时候工程师插了一句话，无疑，他已经无法忍受了。看起来他似乎有些权力，或者是某种权威。院子里所有人都在等他表态。

“我们不卖。”他说。

“不卖了？”他同伴问道。

“对。”

他们又低声讨论了一番，接着再次登上马。“两万五！”其中一人大声说。但吉斯勒毫无回应，转过身，又去跟那些工人聊起了天。

他们的最后一次会面就这么结束了。

吉斯勒对这次谈话会带来什么后果毫不在意。他到处走动，东扯西扯。此时他感兴趣的似乎是搭在牛棚上粗重的横梁。他们打算一周之内把这部分弄好，再造一个临时棚顶——做完这些再建一个饲料棚。

艾萨克现在不让赛维特去建棚子了，只让他闲着。他这么做是有目的的，这样吉斯勒就会发现随时可以叫这个小伙子随他上山探察了。但艾萨克却自讨麻烦了，吉斯勒不打算再上山，可能都已经忘了这事。他让英格尔准备了一袋食物，沿着马路走，直到晚上才回来。

他走过赛兰拉下面两块新开垦的荒地，还和那里的人聊了聊。他走到曼尼兰，去看了看艾瑟克尔·斯特隆这一年里都做了什么。看起来没什么特别大的成绩，不像他预计的那样，但他在地里却做了些努力。吉斯勒对这块地产生了兴趣，问道：“有马吗？”

“有。”

“嗯，我在南边放了一台割草机还有一只耙子，都是新的，你如果要，我就给你带上来。”

“价格怎么算呢？”艾瑟克尔不相信会有这样的好事，心里盘算着分期付款。

“我是说可以当作礼物送给你。”吉斯勒说。

“简直不敢相信。”艾瑟克尔说。

“但是你得帮你上面的这两家邻居开垦新地。”

“好，没问题。”艾瑟克尔说。他依旧不知道吉斯勒为何这么做。“所以你在南边还放着机器和工具？”

“我有很多东西要照管。”吉斯勒说。实际上，他没多少东西要照料，但他喜欢这么说。至于一台割草机和一只耙子，他随便在哪个小镇上都能买到，然后从那里运上来就行了。

他在艾瑟克尔那里和他谈了很长时间，谈到附近的其他开荒者，谈到斯多堡的交易站、艾瑟克尔的兄弟，他兄弟刚刚结婚，已经搬到布里达布立克去住了，还挖了沟渠把水引出去。艾瑟克尔说肯定找不到一个来帮忙的女人了，除了一个叫奥琳的老女人，他没有其他助手；这个老太婆最好的时候也没有多好，但他觉得多亏有了她。那个夏天，有时候艾瑟克尔要日夜忙碌。兴许他应该从海格兰德找个女帮手，但这样的话，他不仅要付她薪水，还要给她出盘缠。算下来也是一笔大花销。艾瑟克尔还告诉吉斯勒，他接替了线路检测员的工作，但他随即又后悔了。

“那种工作只适合布理德那一类人干。”吉斯勒说。

“对，说得没错。”艾瑟克尔承认，“但是报酬不少。”

“你有几头牛？”

“四头，还有一头小公牛。但是要长到赛兰拉家的牛那么大还要很久呢。”

还有一件更重要的事艾瑟克尔急着要跟吉斯勒说：“巴布罗的事好像泄露了。当然泄露了，那么大的肚子开始就很明显，但最后她却抽身而去，也没带孩子。这怎么解释呢？”

吉斯勒了解大概后，打断他：“随我走。”艾瑟克尔跟着他离开了屋子。吉斯勒摆出一副很权威的架势。他们在树下坐下来，吉斯勒说道："现在跟我说说具体的。"

泄露了？当然了，怎么能不泄露呢。这里已经不是荒无人烟的野地，更何况家里还有个奥琳。奥琳跟这事有什么关系呢？嘀！更糟糕的是，她已经把布理德·奥森当成了敌人。如今还有什么是奥琳不知道的？她就在这儿，当然能一点一点把艾瑟克尔的秘密挖出来。这是她生存的手段；对，从某种程度来说，她正是靠这些来生存的。现在不正是奥琳期待的吗——她肯定要刨根问底！实话实说，奥琳现在已经太老，不适合在曼尼兰看家养牛羊了，她应该回家过晚年去。但她怎么会在这个关头就走？她还没了解事实真相，秘密还等着她去挖掘呢。她干完了冬天的活，又干完了夏天的活，正因为她想看布理德的女儿丢人现眼才会有如此经历。春天雪还没化，奥琳已经出去搜寻线索了。她在河边找到了一个小青冢，很快看到上面铺了一块块带着草根的土。有一次她甚至很巧地碰到艾瑟克尔站在那儿，用脚踏平上面的土。这么说艾瑟克尔是知道的！奥琳摇了摇头发花白的脑袋——没错，该是她出场的时候了！

艾瑟克尔不是个易于相处的人，而且还很吝啬：奶酪数目都会数清楚，每条羊毛线都系得整整齐齐；奥琳根本无处下手，完全不能。还有上一年发生的那件事，她救了他的命——如果艾瑟克尔通情达理，就应该把这件事的功劳都归给她，他欠的只有她。但事实完全不是这样——艾瑟克尔还是和当时一样把一半功劳归给了布理德。没错，他肯定会说，那一天要是奥琳没去，他就在雪地里冻上一夜好了；但是在回去的路上，布理德也帮了大忙。这就是他对她的感谢！奥琳非常愤怒——全能上帝完全可以掉过头不管他的这些子民！艾瑟克尔可以轻而易举地从牛圈里牵出一头牛给她，然后说："这头牛是给你的，奥琳。"但他却只字未提。

那好，就让他等着瞧吧——让他等到最后要花不止这头牛的代价吧！

整个夏天，奥琳抓住每一个机会和过路的人透露消息，神神秘秘的。每次都要嘱咐一句"千万别跟别人说这是我说的"。奥琳还不止一次到村里去过，现在那儿都是风言风语，像浓雾一般笼罩人们的面孔，传进他们的耳朵里；甚至到布里达布立克去上学的小孩子都会在一起交头接耳了。最后区长不得不干涉进来，并亲自向上级报告，请求他们的指示。接着他带了一本笔记本和一名助理上山来，那一天他来到了曼尼兰一边作调查，一边做记录，然后走了。但三个星期以后他又来了，像上次一样又是调查和做记录，他挖开河边的那个小青冢，看到一个孩子的尸体。奥琳给了他很大的帮助，作为回报，他得回答她的各种问题。对其中一个问题，他回答：是，艾瑟克尔要被逮捕。听到这话奥琳吓得拍起了手，她后悔不该把自己卷进来，恨不得马上离开这里。

“那个女人，”她小声问道，“那个巴布罗会怎样？”

“那个巴布罗啊，”区长说，“她在卑尔根已经被通缉了，法律是不会手软的。”说完他把那个小男孩的尸体带回村里去了……

难怪艾瑟克尔这么急了。他向区长承认了一切，什么都没否决。他得为孩子的事负一部分责任；而且，他还给他挖过一个坟墓。现在他向吉斯勒求助下一步自己应该怎么办。他是不是会到城里去，去接受一次新的更严重的审讯，还要在那里受折磨呢？

吉斯勒已经不是过去的他了——不是了；他听完这么长的叙述之后显得有些疲乏，不知道为什么，现在看起来甚至略显迟钝。他不再像早上那么精明自负了。他看了看时间，站起身说道：“这件事得好好考虑。我回去好好想想，离开之前再给你答复。”

吉斯勒走了。

那一晚他回到赛兰拉，吃了一点儿饭就回屋睡觉了。一直到次日早上，很晚才醒来，他睡得很沉；看得出来，自从和那几个矿主见过之后，他一直很疲惫。没过两天，他就打算走了。这时候他又恢复了之前的神清气爽，付了一大笔食宿费，还给了小丽贝卡一枚亮晶晶的布朗。

他又对艾萨克说了一番话：“这次交易不成功也没什么大不了的，总会成功的。目前，我只想阻止矿上的工作，留待观察。至于那些人——幼稚！还想教训我？听到他们开的价钱了吗？两万五！”

“是的。”艾萨克说。

“哎，”吉斯勒说着摆了摆手，好像要从心里挥走这个让人不快的价格，“要是我真的阻止了矿上的工作，对这一块地界也没什么害处——相反，还可以让人们学会和自然相处。不过村民们要感到不快了，去年夏天他们赚了不少钱，能穿上好衣服，生活水平也提高了——但现在这一切都要没啦。哎，下面的那些人家对我友好一点是值得的，这样事情兴许会有所不同。现在他们只得看我心情了。”

说是这么说，他出门的时候看上去不像是可以主宰村民命运的人了。他手里拿着一袋食物，身上的白色马甲也不怎么干净了。这次来兴许还是他的好妻子用她以前得的四万剩下的钱支持的——谁说得准呢，可能真是她给的。不管怎样，这次回去他是够穷的了。

下山的时候他没忘记去看看艾瑟克尔，给他说了说自己思考的结果。“我各方面都想过了，”他说，“案件目前已经暂停审理，尚未出结果，如果以后你被传讯，必须把事情的经过都说出来……”

只是空话，别无其他。吉斯勒可能对这件事根本都没想过。艾瑟克尔听完只是心灰意冷地表示同意。但最后吉斯勒又闪现出他伟大的光芒来了，他双眉紧蹙，体贴地说道：“要不然，我想办法亲自到那里陪审。”

“啊，要是可以就太好啦。”艾瑟克尔说。

吉斯勒很快做出决定。“我看有没有办法，如是有时间的话。但是我在南边还有一堆事情要照管。如果能来我自然会来。现在先再会吧，我会把机器寄给你的。”

吉斯勒走了。

他还会再来吗？

第二十五章

矿上剩下的几个工人下来了，工作已经停止。那块地方再次陷入一片沉寂。

赛兰拉的工程现在也结束了。为了应付冬天，用的是临时的屋顶；下面很大的空间被隔成了一个个房间和明亮的卧室，中间是宽敞的大厅，两头是两间大卧房。过去艾萨克曾在这里的草屋和几只羊羔一起睡过——而今在赛兰拉却根本见不到草屋了。

饲马厩、食槽和垃圾箱等都已经装好。另外两名工人还是没闲下来，想尽快把所有工程都弄完。但格斯塔夫自称对木工活不擅长，所以提出要走。格斯塔夫对于石工活很是擅长，力大如熊；到了晚上，他会吹起口琴，给大家带来欢乐。更别说他不会帮助女人了，他会帮她们把木桶提到河边打水，再回来。可是现在他却要走了。不，格斯塔夫不像他说的那样不精于木工活，看起来他离开的目的只是为了脱身。

“不能等到明天再走吗？”英格尔说。

不，不能再等了，在这儿已经没有他要干的活儿了；而且，现在走，他还可以到山那边和最后一批从矿上退下来的工人同行。

“以后谁来帮我提水桶呢？”英格尔问道，笑里满是伤感。

但是格斯塔夫永远不会无以应对，他早已经做好了准备，说道：“嘉玛尔。”嘉玛尔是两名石匠中较为年轻的那个，但都没有格斯塔夫年轻，一点都没有。

“嘉玛尔——哈！”英格尔不屑地说。但她突然又变了口气，想让格斯塔夫嫉妒，于是说道：“不管怎样，总算还有个嘉玛尔，他唱歌真好听。”

“总之，他也没什么。”他看起来没有丝毫妒意。

“但你至少得多待一晚吧？”

不，格斯塔夫不能再多待一个晚上了——他要翻过山去和其他人会合。

是的，也许格斯塔夫对他俩之间的事已经厌倦了。在众人面前把她抢过来，而且在他留下来的几周里将她据为己有确实是一件很刺激的事——但是他要上别的地方去了，也许要回到家乡的情人那儿去——总之他有其他计划。难道他要为了她而在这里混日子吗？他有足够的理由来结束这一切，她自己想必也知道；但她胆子太大了，还不顾后果，看起来好像什么也不在乎。是的，他们之间的事还不算太久——但也久到他已经不想在这儿待下去了。

英格尔既忧伤又失落。是啊，这种一意孤行的忠贞让她为他感到痛心。这对她来说很不容易，她真的深深爱上了他，不是为了虚荣和占有。她没感到廉耻，丝毫没有；她是个外刚内柔的女人，只是想遵循自己的内心；和其他所有事物一样，这只是她步入中年以后内心的热情。她给格斯塔夫包食物的时候因为哭泣胸口起伏不止，已经顾不得这是否是她的分内之事，也不怕露出马脚了；她已经将全部身心投入到和他的欢愉里。艾萨克或许会把她举到屋顶那么高再摔到地上——可这又算什么呢！这丝毫不会让她退缩。

她拿着准备好的一袋食物出去找格斯塔夫。

这次她故意把水桶放在石阶上，想着他会不会还随着她到河边去一趟。兴许她想说点什么，想给他一点小东西——她的金戒指；鬼才知道，她现在什么都做得出来。但总归要结束的；格斯塔夫谢过了她，跟她道别，然后离开了。

她就那样站在那儿。

“嘉玛尔！”她大声叫道——根本没必要叫得那么大声。似乎她已经下定决心要变得欢愉起来——不然会因为痛苦而哭出声。

格斯塔夫继续往前走……

整个秋天，从山上到村里，地里的工作都照常进行；收土豆，打谷进仓，把牛羊放出来随意乱窜等。那里的八个农场上一片忙碌；但在斯多堡交易站那儿，既没有牛羊，也没有一块绿地，只有一座花园。现在那儿没什么生意，也没有需要人忙的事情。

赛兰拉那里还新种了一种叫芜菁的块根类植物，它们从土里长出郁郁葱葱的叶子，牛群一见到它们便挪不开步——这些畜生冲开围栏，嘶吼着往那里奔去。没办法，只得叫丽奥波尔丁和小丽贝卡去守着那块芜菁田，小丽贝卡拿着一根长棍四处搜寻，见到牛群就把它们赶走。她父亲就在附近工作，时不时问她冷不冷。丽奥波尔丁现在已经长大了，在看管牛群的时候，她可以一边织袜子和手套留给冬天备用。丽奥波尔丁在特隆金出生，五岁的时候来到赛兰拉。有关城市的繁华喧嚣和船上的旅途她已经逐渐忘记，那种生活离她越来越远；她成了荒野中的孩子，对于村子之外的大千世界她一无所知，她也只到村里的教堂做过两次礼拜，还有前年在那里受过洗礼……

日常生活中还有些琐碎小事要处理，就比如下面的马路有一两处坏了，地面还可以维修。有一天艾萨克叫了赛维特一同下山，打算给那段路排水。有两处泥沼需要排水。

艾瑟克尔·斯特隆答应过要加进来，因为他有一匹马，而且他自己也要走这条路——但这会儿艾瑟克尔有紧急的事需要处理。没人知道是什么事，他只是说这事非常急迫。但他叫了自己在布里达布立克的哥哥代他来跟他们一起忙。

他兄弟叫弗雷德里克，是个刚刚新婚的年轻人，很好相处，生性幽默，但没什么坏脾性；和赛维特有些像。那天早上上山时弗雷德里克顺便到斯多堡看了看。他的邻居阿龙森和他谈了谈生意方面的事。谈话是这样开始的：弗雷德里克想买些烟叶。

“等我有了再卖给你。”阿龙森说。

“什么，你居然没有烟叶？”

“没有，我也不会订。又没人买，你觉得我卖烟叶有什么用？”

啊，那天早上阿龙森的心情糟糕到极点，没错，他觉得自己被瑞典的矿产公司骗了。他已经在这儿开了个商店，但现在他们却让他关掉店铺!

弗雷德里克戏谑地看着阿龙森笑，还拿他开玩笑。“他甚至都没怎么碰过他那块地。”他说，“也没有喂牲口的饲料，还要去买。他来问我有没有草料卖，不，我没有。‘嗬，你意思是你不想赚钱？’阿龙森这么说，以为世界上只有钱是最重要的。他在收银台上放了一百克朗钞票，然后说‘钱！’我说‘没错，钱是好东西’。他说‘现金交易’。对，可以说他很沉迷于那样，还有他的妻子也是，成天戴着手表和表链——天晓得她什么时候才记得要看时间。”

赛维特说：“阿龙森有没有提过一个叫吉斯勒的人？”

“提过。说吉斯勒想卖给他一块地——他肯定需要。阿龙森很生气，说他是‘被现区长赶下台的家伙’，还说他‘兜里肯定连五克朗都没有，应该被枪毙！’我就说‘再等等吧，没准他最后真的会卖给你呢’，‘不会的，你别信他，我可是个商人’，‘而且我知道，当一方开价二十五万，另一方却只愿意出两万五的时候，差距太大了；这笔生意肯定谈不成。不过让他们谈好了，我倒要看看会是什么结果’。他说‘真希望当初我没跳进这个大坑里，这对我和我家人都不是好事’。我接着问他是否打算卖掉自己的地，他说‘对，这事我也在考虑。这简直就是个沼泽，一个洞，一块沙漠——我现在一整天连一克朗都没赚到’。”

阿龙森的事让他们大笑起来，丝毫不同情他。

“你觉得他会把地卖掉吗？”艾萨克问。

“这个，他是这么说的。他把店里的伙计辞掉了，对，阿龙森真是个奇怪的人，没错。把一个可以在那里帮忙的伙计，一个可以在冬天运送燃料和草料的伙计辞掉了，但是却把石匠留下来了——他叫他主管。他说留下这个就够了。难怪一天连一个克朗也赚不到，店里一点存货都没有。他现在留着那个主管做什么？我怀疑他只是想摆摆样子，让别人在柜台前站着的时候能看到有人在写写算算吧。哈哈哈！没错，他就喜欢这样，这个阿龙森。”

三个人一直忙到大中午，从篮子里拿出午饭吃完后又聊了一会儿。他们话题不断，说的都是这片地上的人谁好谁坏。这些绝不是小事，他们谈得很谨慎；这几人神志清醒，头脑健全，绝不会乱来。现在正是秋天，四周一片寂静。群山肃穆，太阳高照，夜晚的时候还会有月亮或星星出来；一切都是这么固定和规律，充满了亲切，所有东西都融在一起。人们有了时间便到这里休息，躺在石楠丛里，可以枕着手臂当枕头。

弗雷德里克还谈到了布里达布立克，说他到那儿时间不长，还没干出什么成绩。

“不，”艾萨克说，“已经不少了，我下山的时候看到啦。”

而这份来自三人中资历最老，本身就是个奇迹的人的称赞让弗雷德里克很受用。他很直白地问道：“您现在真的这么想吗？哎，以后会更好的。今天诸事不顺：房子没建好，漏雨，看起来像是要倒塌了；草棚又要拆掉重搭，草棚里没有一间像样的牲口圈，我的母牛和小母牛比布理德那时候多多啦。”弗雷德里克自豪地说。

“你做得倒是风生水起的，是吧？”艾萨克问道。

“没错，我承认。我妻子也是，为什么会呢？我们有一个好房间，可随处观赏外面的风景。我们可以往路下面或上面看。房子旁边还有一片风景怡人的小树林，有桦树和柳树——等有时间了我要在屋子另一侧再种一些植物。去年把沼泽地疏通了之后现在那里已经干了，真让人开心——现在的问题就是今年要在上面种些什么。啊，这算不算很顺利？我们有房子有家，还有地，什么都有——对我们两个来说已经足够了。”

“嗬，”赛维特调侃道，“你们两个人——你们会一直是两个人吗？”

“啊，说到这个，”弗雷德里克大胆说道，“添几口人也没问题。说到发家嘛——嗯，我妻子现在还年轻，身体很健康。”

他们一直忙到了晚上，站起来展了展身子，时不时又交流几句。

“所以说你没买到烟叶？”赛维特说。

“没有，还真没买到。不过也没什么损失，不管怎样，我拿这个也没用。”弗雷德里克说。

“你拿烟叶没用？”

“对，那只不过是为了到阿龙森那里去一趟罢了，听听他要说什么。”两个人又为此事大笑了一番。

在回家路上，父亲和儿子两人几乎没说话，好像这是他们的习惯；不过艾萨克应该有心事。他说：“赛维特？”

“怎么啦？”赛维特回应。

“没事，没什么。”

他们走了好长一段路，艾萨克又说道：“阿龙森那里怎样了？既然都没有东西卖，生意会是什么样子？”

“是啊，”赛维特说，“现在这里人不多，进了货也没人去买。”

“嗬，你是这么想的吗？这个，或许确实如此，嗯……”

赛维特听到后有些疑惑。过了一会儿他父亲又说：“这里现在已经有八户人家了，兴许不久还会有更多。更多……嗯，我也不知道……”

赛维特更加不解了——他父亲想表达什么呢？两人一路沉默地走了很久，现在已经快到家了。

“嗯，”艾萨克说，“你说阿龙森那块地要卖多少钱？”

“嗬，果然是这事！”赛维特说，“想买下那块地，是吗？”他戏谑地说。但他马上明白过来这是什么意思：老头子打算给艾勒苏买呢。噢，他居然没忘掉这事，和他母亲一样，用自己的方式一直记着他，让他更接近土地，更接近赛兰拉。

“我想价钱应该不会很高。”赛维特说。他这么说的时候，艾萨克知道儿子已经清楚自己在想什么了。似乎不想让他的心事展露无遗，因而父亲把话题又引向了修路上面；他们终于修好了路，真叫人高兴。

之后两天，赛维特经常和母亲凑在一起窃窃私语——还有，他们甚至还写了一封信。星期日的时候赛维特突然要下山到村里去。

“你这次要到村里去干什么？”他父亲不高兴地说道，“也不怕鞋子跑破了……”噢，艾萨克又在挖苦了；他很清楚赛维特要到邮局去。

“我是去教堂。”赛维特说。

这是他能找到的唯一的借口，他父亲嘀咕道：“这样，你要去那里干吗？……”

那么既然赛维特要去教堂，他就该套好马车，把小丽贝卡也带过去。小丽贝卡看守芜菁地这么劳累，又是家里的掌上明珠，理应好好奖励她一次。他们套好了马车，把女仆简森也叫去，这样可以在路上照顾她。赛维特自始至终没发表异议。

他们出发后正巧碰到阿龙森的那个店员，从斯多堡出来往山上走。这是什么意思？其实也没什么，也就是那个从斯多堡来的，叫安德森的店员被店主差遣上山一趟，没别的了。他的到来也没让赛兰拉一家人有多兴奋——不像过去，每次有不太熟知的陌生人来到他们的这块新地方，英格尔总要热情招待一番。现在不是了，英格尔变得安静多了，不怎么愿意出门。

那本祈祷书确实是一件奇怪的东西，它像一本行路指南，又像一只环住脖子的手臂。当英格尔在摘草莓时迷失了自己的时候，她想起了家里的小房间和那本圣书，这才找到了回家的路。她现在变得谦卑，敬畏上帝。她还记得多年前她在缝纫时戳破手指后都要骂出脏话来——那些都是她在机构里和同事一起在圆桌旁坐着的时候学来的。但现在即便她的手指被弄出了血，她也只是默默把血吮干。能把一个人的天性改造到这个程度可不是小小的胜利，英格尔做的不止这些。那些工人都走了以后，石工活也就完成了，赛兰拉再次陷入了宁静，对英格尔来说日子又难熬了；她经常哭泣，满心痛楚。除了自己，她没有责怪任何人，她现在变得非常恭顺起来。只要她能把这一切都跟艾萨克坦白，心里就可以舒坦一些，但这不是赛兰拉这里的解决方式；他们从来不会互吐心声。坦白秘密。她能做的也就是在叫丈夫进屋吃饭的时候倍加小心，她不只是站在门口大叫，而是走到他身边亲切地叫他。晚上的时候她还会为他检查衣物，给衣服缝上纽扣。没错，她做的不止这些。一天晚上她支起了胳膊，说道："艾萨克？"

"怎么啦？"艾萨克说。

"你还醒着吗？"

"嗯。"

"嗯，没什么事。"英格尔说，"我做了不该做的事。"

"怎么啦？"艾萨克说着也支起了胳膊。

两个人一边躺着一边谈了起来。不管怎样，英格尔是个与众不同的女人，而且全心全意地付出感情，"我做了对不起你的事。"她说，"我很难过。"

几句简单的话让他感动了。是的，这个硬汉感动了，他想安慰她，虽然不知道是什么事，他只知道她是个举世无双的女人。

"别哭啦，亲爱的。"艾萨克说，"每个人都会做错事。"

"对，说得没错。"她感激地说。噢，艾萨克看待事情总是这么大度；当事情往坏的方向发展时，他总是能把局面挽回来。"每个人都会犯错"，没错，他说得很对。他是心灵之神——虽然他是神，但他也常常走歪路，经常会冒险，从他的外表就能看出，他是个粗野的男人。前一天他可以在绣满玫瑰花的床单上打滚，抿着嘴唇追忆往事；第二天他就能费着心思把脚里的刺拔出来。他会为此去死吗？当然不会，他会和以前一样生龙活虎。他要是去死才怪呢！

英格尔的烦恼终于过去了。阴霾逐渐散开，但她每天还会定时祈祷，想这样获得一点可怜的救赎。她现在每天都很勤劳，耐心而且贤惠，她只知道艾萨克与别人不同，她除了艾萨克再也不想要其他男人。没错，不管是外表还是处事方式上，他都没有年轻的歌者那般让人愉悦，但他已经很好了，没错，已经非常好了！这再次表明了对上帝的敬畏以及知足常乐的心态是一项珍贵的收获。

这个星期天，斯多堡的那个店员安德森来到了赛兰拉。她对这事没什么大反应，甚至毫无感觉；她甚至都没去给他倒一杯奶，而是叫丽奥波尔丁去的，因为女佣简森不在家。丽奥波尔丁现在当然可以拿一大杯牛奶啦，她把牛奶递给他，说道："给您。"但脸却红了起来，其实她穿的是星期天的体面衣服，根本没必要觉得不好意思。

"谢谢，你真是太客气了。"安德森说，"你父亲在家吗？

"在的。他应该在什么地方。"

安德森喝完，用手帕擦了擦嘴，再看了看时间。

"从这里到矿上去远吗？"他问。

"不远，大概走一个小时就到，可能还不到一个小时。"

"我打算上去看看他们，你知道阿龙森吗——我是他的店员。"

"嗬！"

"你应该认识我，我就在阿龙森的店里工作。你以前应该来过我们那里买东西。"

"是的。"

"我也记得你。"安德森说，"你下来买过两次东西。"

"真是想不到，你居然记得。"丽奥波尔丁说着一下子觉得全身有些虚软起来，只好扶着一把椅子。

但是安德森还满身力气，他接着说道："记得你吗？当然，我当然记得你。"他又继续往下说："你愿意和我一起到矿上去吗？"

但没一会儿丽奥波尔丁的眼睛出了点问题：她周围的东西都变成了红色，奇形怪状，地板也慢慢向下滑去，她只听到安德森的声音从很远的某个地方传来："你不能抽出一点时间吗？"

"不能。"她说。

只有上帝才知道她怎么从厨房走出来的。她母亲看到，问她出了什么事。“没什么。”丽奥波尔丁说道。

没事，当然没什么事。但现在看看吧，丽奥波尔丁已经情窦初开，已经到了她展现自己的时候了。她已经长成了大姑娘，体态丰满，面容姣好，而且刚刚收了坚信礼；她可以成为优等祭品。她已开始蠢蠢欲动，和她母亲一样，有一双细长而柔软的双手，随处散发着性感。她会跳舞吗？——当然会跳。至于她在哪里学的还是个谜，但她可以在赛兰拉或者其他任意地方学习跳舞。赛维特会跳舞，丽奥波尔丁也会；这是当地的一种从新开垦的土地上发展起来的新型舞蹈，这种舞蹈的舞步很狂野，大幅度地摆动，结合了莎底士、玛祖卡、华尔兹以及波尔卡舞元素在里面。难道丽奥波尔丁不可以衣着光鲜地出门，陷入情网并白日做梦吗？可以，和别人一样！那一天站在教堂里，她受允戴了她母亲的金戒指，这不是罪恶，只是为了整洁美丽；第二天她去领圣餐，直到将它领毕她才将戒指戴上。没错，戴上戒指后的她光耀夺目，她可是当地的大人物——地主的女儿。

安德森从矿上下来，走到赛兰拉的时候见到了艾萨克，艾萨克把他叫进来吃饭，还端了一杯咖啡给他。现在一家人都在，大家一起聊了起来。安德森解释说是自己的老板派他去的，想让他上去看看矿上的情况，是否有马上开始动工的迹象。谁知道呢，没准他只是在胡编乱造，什么他老板叫他来；他这次上来肯定有他自己的目的——反正不管怎样，在他离开后这么短的时间内，是不可能到矿上去走一遭回来的。

“从表面上看他们复工不太容易。”艾萨克说。

是不容易，安德森也承认这点；但不管如何，阿龙森反正派他来打探了，毕竟两只眼睛要比一只眼睛好使。

这时候英格尔似乎憋不住了，问道：“阿龙森说要把他那块地卖了，是真的吗？”

安德森回答道：“他有这个考虑。他这种人当然可以随心所欲，有那么多钱呢。”

“嗬，他真那么有钱吗？”

“是啊。”安德森点了点头，“非常富裕，这是事实。”

英格尔又忍不住了，丝毫不避讳地问道：“我想知道，他那块地要卖多少钱？”

艾萨克想知道的欲望并不比英格尔低，但他还不想让人看出来他想买下斯多堡；所以他要装出随口问问的样子，插进话道：“你要知道这个干吗，英格尔？”

“我就问问罢了。”她说。然后两人都看着安德森，等他给出答案。

至于价格是多少，安德森也说不准，但是阿龙森说过那块地花了他多少，这个他倒是知道。

“花了多少？”英格尔还是沉不住气，急着问道。

“一千六百克朗。”安德森说。

嗬，听到价格后英格尔不由得拍起了双手。对于土地和地产的价格，女人一般都没有概念。但是，一千六百克朗对这荒山野岭里的人家来说毕竟不是小数目，英格尔只是担心艾萨克会因为这个价格太高而不打算买。但是艾萨克，他一动不动地坐着，只是说道：“是啊，他建了一所大房子。”

“没错。”安德森接话道，“确实如此，真是一所又大又漂亮的好房子。”

直到安德森打算告辞的时候，丽奥波尔丁才突然从门口溜出来。怪事，她居然不敢跟他握手，不知道是什么原因。所以她只是找了一个合适的地方，从新建的牛棚的窗户后往外看。她在脖子上戴了一条蓝色丝绸缎带，以前从不曾戴过，真奇怪她居然有时间戴上这个。他出发了，显得有些矮胖，但步履轻盈，满脸胡须，比她要大上八岁或十岁。没错，在她看来，他并不难看！

星期天晚上，去教堂的那几人回来了。一切都很顺利，小丽贝卡在最后几个小时睡着了，把她从车上抱下来，一直抱进房间后她都没醒。赛维特听到了大量新闻，但当母亲问他：“你有什么要告诉我们的吗？”他只说：“没什么太多的新闻。只是艾瑟克尔弄到了一台割草机和一只耙子。”

“你们在说什么？”他父亲兴趣很大，问道，“你亲自看到了？”

“对，我看得没错，就在码头上。”

“嗬！这就是他进城的原因吧。”他父亲说。赛维特得意地坐在那儿，因为他知道的不止这些，不过没有多说。

他父亲肯定以为艾瑟克尔急着进城就是为了买机器；她母亲应该也那么想的。嗬，但其实他们俩谁都没那么想。关于这件事的小道消息他们也听了不少；正是荒野里的一个灭婴案。

“该上床了。”最后他父亲说道。

赛维特怀着满腹的新闻躺到床上。艾瑟克尔已经被传讯了；这是一件大事——区长跟他一道去的——事情太严重，导致刚刚又生了个孩子的区长夫人也留下孩子跟丈夫一起去了。她甚至还亲自去向陪审团求情。

现在村子里尽是流言蜚语，赛维特又想起了早期的那个灭婴案。他们出了教堂之后，别人一看到他马上就不作声了，若是不知道他过去的为人，可能会有人转身离开。那段日子赛维特过得还好，他家境殷实，父亲又是富裕的农场主——此外，他自己也是个聪明的人，又很勤奋；相比起来，他算是高人一等，也受人尊敬。赛维特一直很受别人欢迎。要是那天回家之前简森没有听到那么多乱七八糟的就好啦！赛维特也有自己的心事——生活在荒野里的人也会和别人一样面色发红或惨白呀。他看到简森带着小丽贝卡从教堂出来，她也看到他了，但是不加理会便自己走了。他等了一会儿，然后驱车到铁匠铺去接她们。

吃饭的时候一家人围坐在桌旁。他们叫赛维特一起吃，但他称已经吃过，只道了谢。他们知道他肯定会来的，只要稍稍等一下——赛兰拉的人应该会这么做，但在这里显然不是这样。

“没错，我知道这里的饭菜肯定不如你家好。”铁匠的妻子说道。“教堂里有什么新闻吗？”铁匠说，其实他自己也去过教堂。

当简森和小丽贝卡在车上坐好后，铁匠妻子对女儿说道：“那么，再见啦简森；我们很快就会叫你回来啦。”这句话可以作两种解释，赛维特心想，但什么也没说。如果她说得更直接，更明显，更过分一些，他没准会……但他只是等着，皱了皱眉头，没再说什么。

他们回家的路上只有小丽贝卡在不停说话；教堂真是神奇，穿着圣袍，佩戴银质十字架的牧师，教堂里的灯光，还有风琴的乐曲等。过了很久简森说道："巴布罗真是不知廉耻。"

"你母亲说很快会叫你回家是什么意思？"赛维特问道。

"她什么意思？"

"对。你是不是打算离开我们家。"

"怎么，我想应该是他们什么时候想叫我过去罢了。"她说。

赛维特"吁"的一声勒住马，"要不我现在送你回家吧，怎样？"

简森看了看他，只见他脸色苍白如灰。

"不要。"她说，没过一会儿她哭了起来。

丽贝卡惊讶地看看这个又看看那个。噢，多亏旅程中有了小丽贝卡；她站在简森那边，一直安慰着，终于让她又笑了起来。当她又怒目圆睁看着她哥哥，说要跳下去找一根棍子来打他的时候，赛维特也忍不住笑了。

"我现在倒想知道，你这是什么意思？"简森问。

赛维特马上回答道："我是说，你如果不想待在我们家，那我们另想办法好了。"

过了很久，简森说道："嗯，还有丽奥波尔丁呢，她现在长大了，看样子完全可以胜任我的工作了。"

对，这真是一次叫人难过的旅程。

第二十六章

一个男人正走在山路上，不管刮风下雨。秋雨也开始倾盆而下，但他毫不在意，看上去满心喜悦。来人正是艾瑟克尔·斯特隆，刚刚从城里的法庭上回来——他们释放了他。没错，这个男人很高兴——码头那里还放着他的割草机和耙子，还有就是，他已经被无罪释放。灭婴案与他无关。一切发展得都很顺利！

但那段时间他是怎么熬过来的啊！这个在庄稼地里忙碌农活的男人，出庭做证的时候他已经体验到了这辈子最艰难的阶段。把巴布罗的罪恶夸大对他没什么好处，所以他尽量少说，甚至他知道的他都没有全说出来；他的每句话都是挤出来的，大多时候都只说“是”或者“不是”。这还不够吗？他难道还要在原来的基础上乱说一通吗？噢，但毕竟还有一些严重的时刻；有几位身穿黑袍，神情严肃的法官，好像只要看他们心情说上几句就能给他判刑。但他们毕竟还是善良的，没打算把他送上绝路。而且，碰巧还有几位有影响的大人物在试图挽救巴布罗，这些对他也有利。

那究竟还有什么让他烦恼的呢？

巴布罗绝对不会让他把自己的罪行夸大，也不会为难她的前主人兼情人；她清楚这件事的恐怖细节，也知道这一类型的较早的那件案子；她不会这么笨的。是的，巴布罗非常聪明；她为艾瑟克尔说了好话，声称他完全不知道孩子的出生，一直到事情出了以后才知晓。他在某些方面确实和别人不同，他们相处得也并不和谐，但他是个安静的男人，在各方面也都是个好人。没错，他确实挖了一座新冢，把孩子从原处拿到那里埋了，因为原地太潮湿，尽管实际上那里是干燥的，这只不过是艾瑟克尔奇怪的思维方式罢了。

既然巴布罗把一切责任都往自己身上揽，艾瑟克尔还有什么要担忧的呢？至于巴布罗自己，还有一些影响力大的人在做工作。

郝耶达尔区长夫人接下了这个案子的责任。她不辞辛苦上下走访，还要求出庭做证，要在法庭上作一番演说。轮到她发言的时候，她站在众人面前，的确是个伟大的女人；她从各方面就灭婴一案进行分析，在法庭上作了一番演说——甚至看起来好像她在演说之前就已经得到畅所欲言的允许一样。是的，不管别人怎么说郝耶达尔区长夫人，但她可以作演讲倒确实是，在政治和社会问题上她也有所了解，这是毋庸置疑的。她居然能说那么多，真是神奇。好几次首席法官看似想提醒她不要离题，但也许不忍心打断，所以一直由着她说。演说的最后，她主动把有用的一两点信息交了上去，还在法庭说出了一个叫人惊讶的提议。

除去那些法律术语外，她的演讲如下：

“我们妇女，”郝耶达尔区长夫人说，“是占了全人类一半人数的不幸且受压迫的群体。法律是男人规定的，妇女在这上面毫无发言权。但有没有男人站在一个分娩的妇女角度上为她想想？他感觉过分娩的痛苦吗？感受过分娩时的阵痛吗？经历过在分娩时因疼痛而大叫吗？

“在目前这个例子里，一个女佣生下了孩子。一个未婚先孕的姑娘在这期间当然会想尽办法隐瞒自己的情况。她为什么要隐瞒呢？因为社会的压力。社会看不起那些未婚先孕的姑娘。社会不仅没有保护她，还迫害她、轻视她、羞辱她。就是这么残忍！没有哪一个有良心的人在这件事上不会义愤填膺。这位姑娘不仅仅要把孩子带到世界上，这对她来说已经非常艰辛，她还要因为这件事而成为罪犯。我敢说，这位如今站在被告席上的姑娘意外生出孩子，而且在不幸落水时孩子淹死了是一件好事。对她和孩子都好。如果社会一直是这样的态度，一位未婚母亲即便把孩子杀死了也应该是无罪的。”

听到这里，首席法官低声嘟哝了一句。

“不管怎样对她的处罚都不应该那么重。”郝耶达尔区长夫人说，“当然，我们都同意。”她继续，“应该留下婴儿的生命，但这是不是意味着没有一部简单而人性化的法律用在这位不幸的母亲身上？想一想，考虑一下她在妊娠期间的情况吧，她要时刻隐瞒自己的身孕，还要时时担心孩子出生后该何去何从。没人可以想象。”她说，“母亲也是出于好心才杀死孩子的。母亲想拯救自己，也想让她心爱的孩子免受活罪。这种羞辱她无法承受，所以这个计划才会在她心里逐渐成形，将孩子置于死地。她偷偷把孩子生下来，在前后二十四个小时内，这位母亲都处于精神混乱的状态，因此在杀死孩子的那一刻，她不应该为这一行为负责。实际上，她整个过程都是神志不清的，根本不知道自己在做什么。当孩子生出来后她的每一块骨头都还在痛，她就不得不马上把这个小东西杀死并藏起来——想想这需要她多大的努力啊！当然，我们希望每个孩子都可以活下来；每一个生命的消逝都会让我们难过。但这个结果是社会的过错；是这个毫无希望、残忍、喜欢散布丑闻、冷漠而恶毒的社会的过错。它找准机会随时要用自己的权力去摧毁一个未婚的母亲！

“但是——即便被社会如此虐待，受迫害的母亲依旧可以站起来。这些犯错的姑娘往往在自己犯错之后才展现出她们最好的和最崇高的品质。法庭可以去问问那些未婚母亲和非婚生孩子收容所的负责人，情况是不是这样。经验显示，正是这些姑娘——这些因社会压力要杀死自己孩子的姑娘，她们能成为最出色的保姆。这肯定是大家应该严肃思考的问题吧？

“再看一下问题的另一面。为什么男人就不用负法律责任？那些有灭婴嫌疑的母亲会被投进监狱受尽折磨，但那些父亲，那些诱奸者，却连碰都没被碰过。他是孩子来到世上的原因，也是犯罪的一部分，他必须承担；而且，他所负的责任应该比母亲还要重。如果不是他，就根本不会有这次犯罪。他为何就可以逍遥法外呢？因为法律是男人制定的。这就是答案。这种男人制定法律的暴行本身也在祈求上帝加以干涉。而且如果我们在选举时一直没有发言权，我们就根本毫无办法。”

“但是，”郝耶达尔区长夫人说，“如果这是有罪的——或者让我们这么说，明显有罪的——那些杀害婴儿的未婚母亲理应接受这样悲惨的命运，那么那些有犯罪嫌疑但没有杀死孩子的母亲应该怎么判呢？社会给她提供了什么补偿吗？什么都没有！我可以证明我认识这位被告姑娘；她小时候我就认识她了；她曾经在我家做过事，她父亲是我丈夫的助理。我们妇女敢于直接对男人的控告和迫害提出相反的想法；我们敢有自己的想法。这位姑娘首先因为生了孩子但一直隐瞒，其次是因为将孩子杀死，所以才被拘捕并剥夺人身自由。我毫不怀疑她根本没有犯罪——法庭最后也会得出这个明显的结论。隐瞒孩子的出生——孩子是在大白天生出来的。确实，当时只有母亲自己——但那时候谁有可能会和她在一起？那地方在荒郊野外，能找到的也只是男人——这种时候她怎么能找男人来呢？任何一个女人都会告诉你这是不可能的——想都不用想。接着——说她之后杀死了孩子。孩子是在水里出生的——母亲不小心滑进了冰冷的小河里，孩子这时候出生了。她为什么到水边去呢？她是一个女用人，是一个奴隶，也就是说，她还有日常工作要做；她想去取一些嫩松枝来打扫房子。过河的时候，她滑倒并掉进水里。她那么躺着；孩子出生了，然后被淹死。”

郝耶达尔区长夫人终于停下来。从法官和旁听的观众脸上的神情来看，她知道自己作了一番精彩的演讲；整个法庭陷入一阵沉默，只有坐在那里的巴布罗因为心情起伏而不时擦着眼睛。然后郝耶达尔区长夫人用下面的话结束了演讲："我们妇女有良心，也有感情。我把自己的孩子留给陌生人照顾，特意长途奔波来此为坐在这里的这位不幸的姑娘出庭做证。男人制定的法律不能阻止女人的思想；我认为，这位姑娘已经为自己的无罪承受了足够严厉的惩罚。请判她无罪吧，让她自由，我自己可以为她担保。她会成为我家最出色的保姆的。"

说完，郝耶达尔夫区长人走了下去。

接着法官说："我想你刚才说只有杀过孩子的女人才会成为最好的保姆，是吧？"

噢，这位法官不是存心要和郝耶达尔夫人作对，一点儿都不是——他是一位非常仁慈像神父一样宽厚的人。之后当公诉人向证人提出几个问题的时候，坐在那里的法官大多只是在做笔记。

审讯进行到中午再过一点儿便结束了，因为证人不多，案情也简单。坐在那儿的艾瑟克尔·斯特隆本是充满希望的，但是很突然地，公诉人和郝耶达尔夫人好像一致要给他一点苦头尝尝，因为他没有上报孩子的死亡，而是把他埋了。在这一点上他被严厉盘查，要不是他忽然看到吉斯勒也在法庭上估计就顶不住了。是的，吉斯勒在法庭上。这给了艾瑟克尔勇气，他不再觉得自己是孤身一人在与法律抗衡，不会再被打倒。吉斯勒朝他点了点头。

没错，吉斯勒到城里来了。不是叫他去出庭做证的，但他来了。开庭之前他自己花了两天时间对事情进行研究，还把艾瑟克尔在曼尼兰跟他说的事情始末记下来了。对吉斯勒来说，大部分文件都不能使他满意；这个郝耶达尔区长夫人明显心胸狭窄，一直费尽心机证明艾瑟克尔是共犯。愚蠢，白痴——他怎么知道荒野里的生活，怎么知道艾瑟克尔只想用孩子来拴住他的这个女助手，让她留在那个地方！

吉斯勒和公诉人说了一会儿，但看起来似乎没有干涉的必要了；他想帮艾瑟克尔，让他回到自己的农场上，但看起来，艾瑟克尔根本不需要帮忙了。案子的发展远比巴布罗预料得顺利，如果她被宣判无罪，那就根本不存在共谋一说。这得看证人的证词来定了。

当很少的几个证人陈述之后——奥琳未被传唤，只有区长、艾瑟克尔自己、坚定的专家以及村里的两个姑娘做证——陈述完后已经是中午休庭的时间了，吉斯勒再次上去找公诉人。公诉人认为情况对巴布罗很有利，这样当然最好。郝耶达尔区长夫人的讲话起了很大作用，现在就要看法庭的裁决了。

“你很关注这个姑娘吗？”公诉人问。

“嗯，是有一点。”吉斯勒回答——“或者，不如说，关心这个男人。”

“她给你当过帮佣吗？”

“没，他从来没当过我的帮佣。”

“我指那个姑娘。是她争取到了法庭的同情。”

“不，她没在我家当过帮佣。”

“那个男人——嗯，看来情况不妙。”公诉人说，“自己悄悄在树林里埋下尸体——看来不妙，非常不妙。”

“我想他只是想埋得体面一点。”吉斯勒说，“开始时根本没有埋。”

“嗯，一个女人当然不像男人那样有力气去挖土。她那个样子——应该已经筋疲力尽了。总之，”公诉人说，“我想，现在我们对灭婴案的审判都较为人道了。如果我是法官，我根本不会给那位姑娘判刑；而且根据本案这种情况，我肯定不会给她判刑。”

“很高兴你这么说。”吉斯勒说着鞠了一躬。

公诉人继续道：“作为一个男人，从个人角度上看，我还想多说一点，我绝不会对杀死自己孩子的未婚母亲判刑。”

“真有意思。”吉斯勒说，“公诉人您和郝耶达尔区长夫人在法庭上的发表的意见居然一致。”

“噢，郝耶达尔区长夫人啊！……不过，在我看来，她的讲话非常优秀。再说了，给这些人判刑有什么好处呢？未婚母亲在生孩子之前受的苦已经够多了，周围环境的残酷和无情已经让她们的地位变得很低——这些惩罚已经够重了。”

吉斯勒站起来，最后说：“确实。但是那些孩子呢？”

“没错。”公诉人说，“孩子们的结果非常悲惨。但是，从各方面仔细想想，这样也好。私生子的生活很艰难，而且往往也没有好结果。”

或许吉斯勒对这位身材魁梧，扬扬得意的法律界人士有些嫌恶吧。他说道：“伊拉兹马斯[1]就是个私生子。”

“伊拉兹马斯……”

“鹿特丹的伊拉兹马斯。”

“嗯。”

“还有莱昂纳多[2]也是。”

“莱昂纳多·达·芬奇？真的吗？嗯，例外肯定会有，否则就不会有常规了。但是总的来说……”

“我们对飞禽走兽都有保护措施。”吉斯勒说，“但对我们的小孩子却没有，说起来不觉得奇怪吗？”

公诉人庄严地伸出手去取桌上的文件，好像表示他已经没有时间再谈下去了。

“是的……”他心不在焉地说，“没错，是的，无疑是这样……”

吉斯勒为此次受益匪浅的谈话表示感谢，然后道别。

为了早做准备，他又在法庭上坐了下来。他可能为自己的权力而自鸣得意吧；他知道有一块裹布是用男人的衬衫做的——还有所谓拿来做扫帚的松枝；还知道在卑尔根海港上的婴儿浮尸——如果他愿意，大可以在公堂上让事情的局面扭转；他的一句话就相当于一把利剑。但毋庸置疑，不到关键时刻他是不会多说一句的。没有他干涉，一切仍进展得很顺利；甚至连公诉人都已经说自己要站到被告那方。

整个大厅满是人，再次开庭。

在小城市里这是一出有趣的喜剧。公诉人的满脸森严，被告辩护人的慷慨陈词。法庭好像有责任聆听巴布罗以及她杀害孩子这一案件经过。

---

① 伊拉兹马斯Desiderius Erasmus, 1466～1536年，荷兰文学家、语言学家，是一位神父的私生子。

② 莱昂纳多·达·芬奇Leonardo da Vinci, 1452～1519年，意大利文艺复兴时期最杰出的代表画家之一。

虽是如此，但最后做决定也绝非易事。公诉人衣冠楚楚，无疑也是个善良的人，但没准他最近受了什么气，或者突然记起来自己是国家的司法人员，理应照章执法。一件难以理解的事，但很明显他没有早上那么宽厚仁慈了。他说，如果犯罪被证实，那么这就很严重了。从证人的证词来看，情况已经不乐观，如果证词被证明属实的话，那就真的很不乐观了。这就得看法庭怎么判决了。他希望大家注意三点：第一，之前他们是否隐瞒了孩子出生的事，法庭是否清楚地掌握资料。在这一点上他发表了个人看法；第二，包裹布，也就是男衬衫——为什么被告随身带着？是不是已经预谋好随时要用到？他就这个问题进一步作了探究；第三，那个挖好的可疑坟墓，既未向神父也未向区长上报过孩子的死亡。这就是那个应该担负主要责任的人，法庭必须作出正确的判决，这是最为重要的。因为，如果这个男人是共犯，而且私自把尸体埋了，那么很明显他的女佣之前就的确是犯罪在先，才能有共犯一说。

“哼。”庭上有人出声道。

艾瑟克尔·斯特隆感觉自己又身处险境了。他抬头四顾，却没有碰到一个人的目光；所有的眼睛都盯着说话的公诉人。但他终究看到了坐在后面的吉斯勒，神情极为高傲，下唇噘起来，很是鄙视的样子，脸朝着天花板。他在肃穆法庭上的分外冷淡，以及丝毫不忌讳的响亮的一声“哼”，让艾瑟克尔充满了力量；他感觉不再是自己孤单一人对抗这个世界了。

如今情况再次好转。公诉人最后觉得自己说得差不多了，已经把所有嫌疑和邪恶尽可能引向了这个男人；现在他停了下来。不止这些，当然，他环视了一下众人，甚至没有提出判刑的要求。他最后只简单说了几句，根据证人的证词，他本人不予提出法庭对被告处以罚刑。

情势大好，艾瑟克尔心想——事实上这件事该是结束了。

现在到辩护人讲话了。这是一位攻读过法学的年轻人，受委托为案件进行辩护。他的语气已显示出他对本案的观点；没有人能比他更擅长为无罪的人辩护了。说实话，郝耶达尔区长夫人在他之前已经先发表了讲话，还抢用了他那天早晨准备好的几个方面；因为她用了“社会”这个主题，这让他大为光火——噢，他本是可以就社会问题长篇大论一番的。首席法官因为不适时的仁慈而没有进行阻拦也让他极其不悦；这只是一场辩护，本来就准备得很简单——接下来他还有什么可说的呢？

他从头讲述了巴布罗的一生。她的家人勤劳可敬，但并不富有；早年便外出帮佣，第一次是在区长家。法庭在那日清早已经听过她的女主人郝耶达尔区长夫人对她的看法了——没有比这更好的推荐。巴布罗之后去了卑尔根。到这里公诉人还念了在卑尔根聘用过巴布罗的两位年轻人写来的诚恳的证明书——很明显她是被信任的。巴布罗之后回来给这个荒野里的未婚男人当管家。她的麻烦正是从这里开始的。

她发现自己怀了这个男人的孩子。至于隐瞒孩子一事，博学的公诉人已经非常委婉非常体谅地提过了。巴布罗有没有故意隐瞒她的情况，也没有否认过怀孕一事，那两个村里做证的姑娘表示她确实怀孕了；但问起的时候，她并未否认，只是不置可否。一位年轻姑娘在这样的情况下除了不置可否还能怎样？也根本没有其他人来过问此事。去跟她的女主人坦白吗？她根本没有女主人，女主人就是她自己。当然，她有个男主人，但一个姑娘不可能会将此事告诉男主人；她只有独自承受；不能唱歌，不能低语，只能秘而不宣。隐瞒真相？不，她只是将秘密藏入心底罢了。

孩子出生了——一个健康壮实的男孩；出生后曾活过，也曾呼吸过，但之后窒息而死。法庭已经了解他出生后的情况了：事情发生在水里，母亲滑入河中，孩子出生了，但她没能救下他。她躺在那里，甚至之后都不能及时站起身。婴儿身上没有施暴痕迹；没有什么能表明他被故意杀害；而是在出生时意外淹死的，就是这样。这是世界上最自然的解释了。

他博学的同行提到关于那块布的事，疑惑她为何那天随身带了半件衬衫。情况很清楚；她是为了捆松枝才带的。她原本也可以带——这么说吧，带一个枕套；但她带了破衬衫。不管怎样，她总得带什么去；不可能拿手抱着那些东西回家吧。这没什么可疑神疑鬼的。

但仍有可疑的一点：被告在怀孕期间是否得到过照顾和关心？她主

人对她好吗？若真是如此，那倒也还好。姑娘自己在审判中提到了男人的好品质；这再次证明了她崇高的品质。而这个男人，艾瑟克尔·斯特隆却并未试图增加女方的负担，或者责怪她。他做得很对而且明智，他自己的情况大部分要视女方的结果而定。如果她被判刑，他也难逃法网。

考虑到本案的有关资料和证词，我们不能不同情这位姑娘的处境。无须怜悯，只要公正而人性地对待她就足够。她和男主人从某方面讲已经订婚，只因两人脾性不同、兴趣分歧，因此尚未完婚。姑娘不想将自己的未来托付给这样一个男人。说起来令人不快，但我们回顾一下之前说到那块布的时候；这里应该注意的是姑娘带的不是自己的内衣，而是男主人的一件衬衫。这就引起了一个问题：男人是不是有意给她提供衬衫的？在这里，我们难免会想到，这件案子中，男人，也就是艾瑟克尔有共犯嫌疑。

庭上有人“哼”了一声，响亮而尖利——太过明显，因此说话的人停了下来，所有人都四处找是谁在扰乱公堂。首席法官蹙了蹙眉。

但辩护人重振了一下精神继续说，在这方面，我们也不必担心，应该感谢被告人自己。将罪责给别人分担一部分似乎对她有利，但她自己却从未试图这样做。她去河边的时候——也就是去捡松枝的路上，虽然带的是艾瑟克尔·斯特隆的衬衫，但她毫无保留地为他开脱了其共谋嫌疑。完全没有理由怀疑被告所说的这点；她的陈述经证实完全符合事实。在这点上明显也一样。如果衬衫的确是男人给的，那在此之前也就肯定存在一场谋杀——但诚实的被告却并未将一项没犯过的罪行强加到这男人身上。她的直白和坦率让人尊敬；她完全没想信口胡诌，把罪责加给别人。被告曾多次在庭上表现出了这种美德，比如她尽力将婴儿包裹好，还把婴儿体面地埋在了之后区长发现的地方。

说到这里首席法官仅仅为了形式插了句话，说据调查区长发现的是第二号墓——艾瑟克尔从第一号墓将其移到了这里。

“确实，说得没错。我接受改正。”辩护人对法官极其恭敬。绝对没错。但——艾瑟克尔自己也陈述过他只是将尸体从一个坟墓移到了另一个。一个女人无疑比一个男人更善于包裹婴儿——谁最善于包裹呢？难道不是一个温柔的母亲吗？

首席法官点了点头。

不管怎样——如果这位姑娘是另外一种人，她不会直接把裸着的婴儿埋掉吗？甚至可以说她完全可能会将婴儿扔进垃圾里；她可以把裸着的婴儿放在树底下让其冻死——当然，如果还没死的话；可以把婴儿独自放到火炉里烧掉；还可以把婴儿带到赛兰拉的河里扔掉。但她没有那么做；她用一块整洁的布把婴儿包起来，然后埋好。坟墓被挖开后，还能看到婴儿整洁地躺在布里，这只能是一个女人而不是男人包裹的。

辩护人继续说，现在要看法庭要将什么罪名加到巴布罗这姑娘身上了。但在辩护人看来，已经没什么罪名要加给她了，除非法庭觉得对孩子死亡一事隐瞒不报当成一种罪名加给她。但是，在这点上——孩子的死亡已成事实，无法改变；那个地方离牧师和区长都有数英里远；因此理所当然应该让婴儿在那个干净的坟墓里长眠。还有，如果说埋掉婴儿也是一种罪，那么被告肯定没比婴儿父亲犯下的罪更重——这种微乎其微的罪名大可以略过。现在人们越来越注重改造罪犯而不是实施惩罚。惩罚罪犯已经是以前一种过时的制度了——只有在《旧约圣经》里还有以牙还牙，以暴制暴的治罪法。那种法律精神在如今的社会中已然不复存在。如今的法律更为人道，处罚也根据罪犯的犯罪动机和目的的不同程度而适当调整。

不行！法庭绝不可以给这姑娘判刑。审讯的目的不是为了增加罪犯的人数，而是带给社会一个善良而有用的成员。需要注意的是被告现在即将得到一份新的工作，将受到最好的监督。郝耶达尔区长夫人熟知这姑娘的情况，加上她自己作为人母的丰富经验，她已经为这姑娘打开了自己家的大门；法庭应该知道，决定对被告判刑或无罪释放是它的重大责任。最后，他要向博学的公诉人表示感谢，他宽厚仁慈，不曾要求对被告判刑——这正面地证明了他极为人道的一面。

辩护人坐了下来。

接下来的审讯没花太多时间。总结无非就是把双方的陈述再重复一遍，用枯燥、单调又庄严的口气将事情梗概作了简明概括。各方面都算令人满意；公诉人和辩护人双方都提出了法庭应该考虑的问题，因此首席法官觉得自己的任务非常容易。

天花板上悬下来的两盏灯亮了起来——光线昏暗，以至于法官都看不清自己的笔记。他庄严地宣布孩子的死亡没有向有关部门上报——但根据当时的情况，因为母亲当时体虚，因此父亲的责任比母亲的更大。接下来法庭就要决定生而不报以及灭婴一事是否证据确凿。然后又从头到尾把证据再概括一遍。之后就是例行的指令：要意识到法庭之前已经说过的责任，最后，还要照常提醒一句，如果案情另有疑点，案情应该允许朝有利于被告的方向转变。

现在一切都已清楚分明，准备就绪。

法官们离开公堂，进了另外一个房间。他们要审查某位法官带的一份写了几个问题的文件。只去了五分钟他们便回来了，所有问题答案都是“否”。

不，巴布罗没有杀死自己的孩子。

接下来首席法官最后说了几句，宣布巴布罗无罪释放。

公堂上的人都走了，这出闹剧也就到此为止……

有人抓住了艾瑟克尔·斯特隆的胳膊，正是吉斯勒。

“嗯，”他说，“你终于没事了！”

“是啊。”艾瑟克尔说。

“但他们却无缘无故浪费了你这么多时间。”

“没错。”艾瑟克尔又说。他终于慢慢缓过神来，过了片刻他又补充道：“结果还好，我很高兴没有变得更糟糕。”

“没有更糟糕？”吉斯勒说，“他们倒是敢试试看！”吉斯勒咬牙切齿，艾瑟克尔猜想本案中他自己肯定使了力；他肯定干涉了。天知道，兴许正是吉斯勒掌握了整个大局走向才让形势变得如他所愿吧。总之，这是个谜。

艾瑟克尔至少知道，吉斯勒在整个过程都是站在他这边的。

“真要感谢你！”他说着伸出手。

"谢我什么呢？"吉斯勒问。

"哎——为这一切。"

吉斯勒马上顾左右而言他。"其实我什么也没做。太麻烦了——不值得。"话虽如此，吉斯勒似乎没有因为听到感谢而不高兴；好像他在等着，现在听到了。"我现在没时间站这儿和你聊了。"他说，"你明天就要回去了？好，那再见。还有，祝你好运。"说完吉斯勒穿过街道，到那边去了。

在回家的船上，艾瑟克尔遇到了区长和他夫人。巴布罗还有那两位被传来做证的姑娘也在。

"哎，"郝耶达尔区长夫人说，"结局这么好，你高兴吗？"

"是啊。"艾瑟克尔说；结局这么顺利让他很高兴。

区长插进话道："我在当任期间已经遇到第二例这样的案子了——第一例是赛兰拉的英格尔，再就是现在这个。不行，认同这种事没好处——法律是公正的。"

郝耶达尔区长夫人猜得到，对她前一日发表的讲话艾瑟克尔无疑会不高兴，所以她现在想打个圆场，至少弥补一下。

"昨天我为何说那些话，你应该明白吧？"

"嗯——是——的。"艾瑟克尔说。

"当然，我知道你明白。你肯定不会以为我是在想方设法叫你难堪。现在我可以告诉你，我一直都很看重你。"

艾瑟克尔只"嗯"了一声。但他听到这话还是很高兴很感动。

"是啊，我就是这么想的。"郝耶达尔区长夫人说，"我那时候不得不把罪责移加一部分到你头上，否则巴布罗就会被判刑了，你也是。我是为了顾全大局，真的。"

"真心感谢你。"艾瑟克尔说。

"而且也不是别人，而是我四处走动，为你们俩求情。当然，你也知道，我们不得不做一件事，也就是把一部分罪责加到你头上，这样才能保全两头。"

“是。”艾瑟克尔说。

“当然你从没怀疑过我会害你吧？我一向尊重你。”

是的，出了这些丑事之后听到这些话真让人感激涕零。艾瑟克尔多少也感动了，觉得自己不得不作出点表示。送点什么给郝耶达尔区长夫人，只要他能弄到——或许是一块肉。眼看秋天也快到了，他有一头小公牛……

郝耶达尔区长夫人遵守诺言，要把巴布罗带去同她一起生活。在汽船上的时候，她也一直在照顾这个姑娘，不让她着凉，不让她挨饿；还留心不让她跟那个卑尔根男人胡扯。第一次看到的时候，她没做什么，只是把巴布罗叫到身边来。但没多久巴布罗又过去了，侧着脑袋，笑着用卑尔根方言同他聊天。这时候她的女主人把她叫过来，说道：“巴布罗，你现在可不能这么随便跟男人说话了。难道忘了你刚刚经历的事吗？忘记了从哪里来的了吗？”

“我只是跟他聊一会儿。”巴布罗说，“听得出来他是卑尔根人。”

艾瑟克尔没和她说话。他注意到她脸色苍白，皮肤光洁，牙也变好了。他给的戒指她一枚也没戴……

现在艾瑟克尔自己走在回家的路上。尽管刮风下雨，他却满心喜悦；码头上还有一台割草机和一只耙子，他已经看过了。噢，这个吉斯勒！在城里的时候对这事却只字不提。是啊，吉斯勒是个神秘莫测的人。

第二十七章

秋天的大风漫天呼啸，墙上警铃响起，给他带来了新的麻烦事，他知道线路出了故障，因此回到家没休息多久便又出门去了。

噢，当初他接任这份工作的时候过分看重钱了。这工作一开始就让他伤脑筋。他下山去取装备和工具的时候，布理德·奥森甚至还威胁过他；没错，他甚至说：“你好像不记得我去年冬天还救过你的命呢。”

“救我的是奥琳。”艾瑟克尔回答。

“嗬，真的吗？不是我用我可怜的肩膀背你下来的吗？说到底，你夏天把我的房子买走，让我现在无家可归可真是聪明啊！”没错，布理德非常生气，他继续道：“电报和我家里的破烂你都拿去好了，我和我家人要到村里另寻生路——至于是什么你无须知道，尽管等着瞧就是。开一家可以卖咖啡的旅店怎样？你看着吧，我们会想办法做好的。我妻子可以给别人卖吃的喝的，决不亚于别人；我自己要出去做生意，到时肯定比你混得好。但我不妨告诉你，艾瑟克尔，我可以在很多地方动手脚，电报什么的我很精通；没错，把电线杆放倒或者切断电路都不在话下。到时候你不管多忙还得一路跑出去维修。这就是我要告诉你的，艾瑟克尔，你好好记着……”

艾瑟克尔原本应该下山，到码头上取机器的——那些机器金光闪闪，五颜六色，像图画一样。他大可以一整天在机器旁研究如何使用——但眼下他不得不先放着。为了修理电路而放下各式各样的重要工作可不是件愉快的事。但这毕竟是钱……

在山顶他遇到了阿龙森。没错，那个生意人像幻象般站在那里四处眺望、凝视。他在这里干什么？看来他内心无法平静，只能亲自上山到矿上一探究竟。看吧，阿龙森做这些全都只是为了家人的未来着想。他站在这儿，面前是一片光秃秃的野岭，搁在地上的机器已经锈迹斑斑，马车和各种工具露天摆着——看起来极为凄凉。茅屋的墙上到处可以看到手写的告示，禁止任何人盗走公司的财产——工具、马车、建筑等。

艾瑟克尔停下来和这个发疯的生意人说了几句话，还问他是不是要出来打枪。

“打枪？没错，如果我能抓到他！”

“他？谁啊？”

“唉，就是那个毁了我，毁了我们这一带的那个人。怎么都不肯卖掉那块地，让矿上可以复工，让我可以和以前一样做买卖赚钱的那个人。”

“这样，你说的是吉斯勒吗？”

“没错，我说的就是他。他应该被枪毙！”

听到这话艾瑟克尔倒笑了起来，说道：“吉斯勒前几日还在城里，你可以到那儿找他。不过，恕我直言，总之，你还是别招惹他的好。”

“为什么？”阿龙怒道。

“为什么？估计最后你会觉得他这人太过神秘。”

他们就这个问题讨论了一会儿，阿龙森前所未有地兴奋起来。最后艾瑟克尔调侃道："好吧，无论如何，你该不会把我们扔在这荒郊野林里自己跑掉吧？"

"哼！以为我会在这沼泽地里跟你们混日子，赚一点还不够买一只烟斗的钱吗？"阿龙愤怒地叫道，"给我找个买主，我要把这块地卖掉。"

"卖掉？"艾瑟克尔说，"要是肯好好种，这可是块良田啊——你足可以养活一家人啦。"

"我不是说过我碰都不碰的吗？"阿龙森再次大叫，"我能作出比种地更好的成就！"

艾克尔萨表示若果真如此，找到买家倒是容易；但阿龙森却轻蔑地笑起来——荒野里没人能买得起他那块地。

"不一定非得是这里的人，兴许，还有其他地方的。"

"这里只有污秽和贫穷。"阿龙恨恨地说道。

"嗯，兴许是这样。"有点生气的艾瑟克尔说道，"但赛兰拉的艾萨克倒是买得起。"

"这你也信？"阿龙森说。

"和我无关，信不信由你。"艾瑟克尔说完转身就走。

阿龙森在他后面叫道："嘿，你等等！你说什么来着——艾萨克能买下这块地，你是这么说的吗？"

"没错。"艾瑟克尔说，"单说价钱，他就足可以买下五个斯多堡！"

阿龙森上山的时候特意绕过赛兰拉，以免被人看到；但下山的时候，却走了进去，找艾萨克谈了谈。但艾萨克却只摇摇头，否认了这事，说自己从未有这个打算，也没在意过。

直到艾勒苏在圣诞节的时候回家，艾萨克才算好对付些了。他仍然认为买下斯多堡是个疯狂的想法，这事他以前从未想过；不过，如果艾勒苏认为自己在这块地上能有所作为，那他可以再考虑考虑。

艾勒苏自己倒是不置可否；没有迫切想买，也没有完全冷淡。如果他要在家里定下来，就要结束他的职业生涯。这儿和城里不同，那年秋天，很多人被传唤去参加庭审的时候，他就留心不要暴露自己；他不想见到任何一个从这个小地方去的熟人；他们属于另一个世界。现在他就要回到这个地方来了吗？

他母亲一直赞成买下这块地；赛维特也觉得买下最好。他母亲他们一直怂恿艾勒苏，于是有一天三人一同驱车到斯多堡去亲自看看这地方有多神奇。

但一旦看到了出售的前景，阿龙森态度全变了；他并不急着出售，完全不急。即便他走了，这地方也可以这么放着；这是一处上等的房产，是个“现金交易”的地方，随时都可以卖出去，绝没问题。

“我要的价你们不会同意。”阿龙森说。

他们绕着房子、仓库、货栈和棚子走了一遍，又看了看所剩无几的存货，包括几只口琴、表链、彩色纸盒、几只挂着灯饰的灯，全是些当地有些见地的居民都不会买的东西。还有几盒铁钉和印花棉布，别的就没了。

艾勒苏忍不住要炫耀一下了，用一种懂行的神气说道：“这些东西我用不着。”

“那这些你就不用买了。”阿龙森说。

“但是，我可以出一千五百克朗来买下这块地，仓库里的东西，牲口，还有其他的。”艾勒苏说。噢，他其实并没有认真想过，只是为了装样子才这么说的。

他们驱车回家。当然，生意没谈成；艾勒苏出的价钱太荒唐了，阿龙森觉得这是一种羞辱。“年轻人，我不喜欢你这样。”阿龙森说。没错，叫他年轻人，只因为他年少无知，不过就在城里待了一段时间，便想在货物价格方面在阿龙森面前装样子。

“不要叫我年轻人！”艾勒苏这下也动了气。这以后他们要结下梁子了。

但为什么阿龙森突然不再依靠别人，而且确定不会被迫售卖土地呢？有这样一个原因：阿龙森还是对矿上复工生出了一点希望。

村里曾经举行过一次会议，就吉斯勒拒售自己那部分矿地这一情势进行了讨论。不仅这荒郊野林里的定居者会受影响，这整个区的人都难逃厄运。

不管好坏，为什么人们不能像开矿之前那样过自己的生活呢？对，他们不能了，就是这样。他们已经习惯了美食和细软的面包，习惯了穿店里买的衣服，习惯了领高工资，习惯了普遍的奢侈——对，人们现在更看重钱了，就是这样。现在钱没了，就像一摊水流回了海里——对他们来说这是多么恐怖的事，接下来该怎么做呢？

人们断言，肯定是前区长吉斯勒的报复，因为之前正是这些人协助他的上级把他辞掉了；同时，他们那时候也低估他了。他没有一走了之。依靠最简单的手段，仅仅用胡乱喊价这一招，他就成功阻止了整个区的发展。没错，是个厉害人物！曼尼兰的艾瑟克尔·斯特隆自己也能为他们证明这点；他是最后一个见到吉斯勒的人。布理德的女儿巴布罗在城里受了审讯，现在被无罪释放回家了；而吉斯勒，从一开始他就在公堂上。谁要再敢说吉斯勒是个软弱无能的人，就让他来看看吉斯勒当礼物送给艾瑟克尔·斯特隆的昂贵的机器。

这个人掌握着全区的命运；他们想和他谈判。怎样的价格才会让吉斯勒同意出手他的那块矿地呢？他们不管怎样都要将这一点确定下来。那几个瑞典人给他出的价是两万五千——吉斯勒拒绝了。如果村里人联合起来弥补空缺，是否可以复工呢？要不是开了个这样前所未有的价格，倒是值得一试。海滨交易站的老板和斯多堡的阿龙森愿意私自捐出一笔经费；在这上面投资，在长远的将来肯定会有回报的。

他们最后派了两名代表去造访吉斯勒，和他商榷此事。他们很快就会回来。

正因为如此，阿龙森的心里才突然闪出希望之光，认为在任何想要购买斯多堡的人面前都要保持尊严。但这没有保持太久。

一星期后，两名代表回来了，带来的是简单回绝。噢，一开始他们就做了最坏的事——居然派一个人和布理德·奥森同去——觉得他最能抽出时间。他们找到了吉斯勒，但他只摇头一笑“回家吧”。不过吉斯勒给了他们回家的盘缠。

这个区只能听天由命了吗?

阿龙森暴怒一阵子过后，越来越觉得走投无路，一天到赛兰拉去，做了那笔生意。没错，阿龙森卖掉了斯多堡。艾勒苏用当初出的价格买下了整个家宅、棚子、牲口以及仓库存货，总共只花了一千五百克朗。之后检查货物清单的时候，发现阿龙森的妻子已经将大部分印花棉布留作私用了；这对艾勒苏来说也不过是小事一桩。他只说人不能太吝啬。

不过，艾勒苏却并未因这样的结果而高兴——他的命运定下了，他就要埋没于这荒郊野林里了。他得放下他的雄心壮志；不再是公司的年轻职员，再也不可能当上区长，甚至都不能在城里生活了。面对父亲和他人，他只能装出一副用低价买进斯多堡后自豪的样子——可以向别人表明他做什么都是很精通的。但这小胜利并没太多作用。还有一点让他自豪的是，他把安德森也接收过来了，算在这次交易内。阿龙森已经用不着他了，所以他得另谋生路。当安德森上山来请求收留时，艾勒苏感到意得志满；艾勒苏生平第一次做起了这份营生的主人。

“你可以留下来，当然啦，”他说，“需要有人在那里照料，我才能外出——到卑尔根和特隆金去接洽生意。”

时间很快证明安德森不是坏人，是个勤劳的员工，他在艾勒苏外出的时候也能把店里生意照料好。只不过开始的时候他有点装样子，这是他的前主人阿龙森的过错。现在变多了。春天的时候，泥塘解冻，水变深了，赛维特从赛兰拉来到斯多堡，帮他哥哥开沟挖渠，安德森也不时跑到那里帮忙。天知道他为什么要去做这些，这也不是他的工作，但他就是这样的人。地里挖得还不够深，他们还不能挖到计划的那么远，但也挖了不少。艾萨克早就打算把斯多堡泥塘的水排干净；那个小店也只是为了大家方便才营业的，免得大家为了买一卷线还要跑到村里去。

赛维特和安德森一起在那里挖着，休息的时候会聊上几句。安德森不知道从哪里弄到了一块面值二十克朗的金币，赛维特很想将那枚金币据为已用；但安德森却死死握着——将金币用纸巾包好紧贴着胸膛。赛维特提议摔跤比赛，赢的那方可以得到金币；安德森不想冒险。赛维特又提出要拿一张面值二十克朗的纸钞和他换，而且如果成交了他会把挖沟的活儿包下来；但安德森听到这话却生气了。“嘀，”他说，“你肯定会回家去说我活儿干得不好！”最后两人达成一致用二十五克朗纸钞换值二十克朗的金币。那天晚上，赛维特溜回赛兰拉找他父亲要钱去了。

这就是年轻人的脾性，充分体现了他们的青春活力！抛下一夜的睡眠，好几英里来回跑，第二天还要照常工作——对于像他这样精力充沛的年轻人根本不算什么，一枚闪闪发光的金币完全值得这样的代价。安德森不禁因这笔交易而取笑他，但赛维特也不饶人；他只消提一提丽奥波尔丁，“对了！我差点忘了，丽奥波尔丁问起你……”安德森一听这话马上停下手头的活儿，脸涨得通红。

那段日子他们其乐融融，开沟挖渠，长时间开玩笑逗乐，干一会儿活儿，然后又争论。艾勒苏也不时出来帮忙，但很快就感到疲乏。艾勒苏在身体和意志力上都不算强，但依旧是个挺好的家伙……

“奥琳来了。”爱开玩笑的赛维特会说，“你现在得回店里卖一袋给她。”艾勒苏很乐意借此回去。卖一份小东西给奥琳，他可以休息几分钟，不用刨挖沉重的土块。

奥琳这个可怜的老东西，时不时总需要点咖啡，有时碰巧从艾瑟克尔那里搞到一点钱，有时拿一块山羊奶酪来交换。奥琳已经不再是过去的样子了；曼尼兰的活儿她已经无法胜任；她现在是个上了年纪的老太婆，岁月留下的沧桑在她身上尽显无遗。但她从不承认自己年老气衰。嘀！要是她被辞退还不知道会怎么出去乱说。奥林是个强硬的压不住的老女人；干完活儿便东家串串西家走走，闲聊八卦一番。这是她的权利，在曼尼兰她没有多少闲话可扯，艾瑟克尔本身话也不多。

至于巴布罗的事，奥琳没觉得高兴，没错，奥琳很失望。他俩居然都被释放了！布理德的女儿没被判刑，但英格尔却被判了八年，奥琳觉得很不平衡；这种偏袒让她感到一种非基督教徒式的愤怒。但万能的上帝肯定一切都看在眼里，肯定！奥琳点点头，迟早会有报应的。自然，奥琳丝毫不隐瞒她对法庭判决的不满，尤其是在她和她的雇主艾瑟克尔发生小冲突的时候。这时候她会完全不避讳将自己的不满发泄出来，用她一贯的细声细语尽力挖苦。“是啊，奇怪现在的法律怎么变了，尽会偏护所多玛和蛾摩拉的罪恶了；但上帝的话和以前一样仍是我的指南，也是顺民的避难所。”

噢，艾瑟克尔已经烦透了他的这个管家，希望她赶紧滚蛋。但眼下春天马上到来，所有活儿到时要自己独自忙碌；接着又是割晒草料的季节，他一个人怎么办？前景惨淡。在布里达布立克的他兄弟的妻子已经写信寄回海格兰德，要寻一位正经女人来帮忙，但至今没有消息。但不管怎样，他肯定要付人家的路费。

巴布罗把孩子杀掉，毫不留恋地自己走了，手段真是卑劣。他已经忍了奥琳两冬一夏，不知道还要继续忍受多久。巴布罗，这家伙，她在乎吗？那年冬天的某天他在村里和她讲了几句话，但她眼睛里居然没有流下一滴泪冻结在脸颊上。

“我给你的戒指你拿去干吗了？”他问。

“戒指？”

“对，那两枚戒指。”

“我现在没有了。”

“嗬，所以现在戒指不在了？”

“咱俩之间已经结束了。”她说，“以后我不能戴你的戒指了。我们俩分手了我就不该再戴你的戒指。”

“好吧，我只是想知道你把戒指扔哪儿了。”

“兴许是想叫我退给你吗？”她说，“哈，我真想不到你想让我这么难堪。”

艾瑟克尔稍作思考后说道：“我是想说，我可以从其他方面补偿你。我的意思是，不会亏待你的。”

但是不行，巴布罗已经将戒指除掉了，甚至不愿给他一个用合理价钱将戒指赎回来的机会。

即便如此，巴布罗也不全是那种强硬不可爱的姑娘，她不是。她系了一块环过双肩有褶边的围裙，脖子上缠着一条白色围巾——是的，很好看。有传闻说她在村里找了个年轻的恋爱对象，但也只是别人乱传的。郝耶达尔区长夫人随时监督她，还留心不让她去参加圣诞舞会。

没错，郝耶达尔区长夫人一直四处留心，确实是；艾瑟克尔这会儿正和他的前女佣谈那两枚戒指的事，郝耶达尔区长夫人冷不丁冒出来，说道："巴布罗，你不是正要去店里吗？"于是巴布罗走了。她的女主人转向艾瑟克尔说道："你有没有带点肉或者其他什么东西来？"

"嗯"。艾瑟克尔只说了一个字，摸了摸自己的帽子。

郝耶达尔区长夫人去年秋天曾夸过他，说他是个优秀的人，她一向很是敬重他；无疑，人家的好意必须得报答。艾瑟克尔很懂这一套；当淳朴的乡下人和城里的乡下人相处的时候，总得摆摆这老一套做法。他当即想到送上一块鲜肉，他那头公牛，可以拿来一用。但过去了好久，转眼秋天也过去了，公牛却还没杀。而且如果把牛留给自己有何不可呢？——送人的话，他自己就困窘了。再说了，这是一头上等的好牛。

"嗯，您好，我没带来。"艾瑟克尔摇摇头；他今天没把肉带来。

但是郝耶达尔区长夫人好似猜透了他的心思，因为她说道："我听说你有一头牛，是吧？"

"对，我确实有。"艾瑟克尔说。

"你打算留着吗？"

"是，我想先留着。"

"明白了。你没有要宰的绵羊吗？"

"现在没有。我没有多余的牲口拿来宰。"

"噢，我知道了。"郝耶达尔区长夫人说，"好的，没事了。"说完她便离开了。

艾瑟克尔驱车回家，但又难免想起了刚刚发生的事；担心自己会不会走错了一步。区长夫人曾经是个重要的证人；支持过也反对过他；但始终是个重要的人。那次他经历了一段难堪的时间，但不管怎样总算熬过来了——从那件埋在他土地上的死婴一事中脱身了。也许，他最好还是把绵羊宰掉吧。

而且很奇怪的是，这种想法多少和巴布罗有关。如果他带一只绵羊去给她女主人，肯定也会给巴布罗自己留下点印象吧。

日子又这样一天天过，没发生什么坏事。他再次驱车前往村里去，车上没有绵羊。不过最后他抓了一只羊羔。一只很大的羊羔；完全不是那种可怜的小兽，送礼的时候他是这样说的：“这只羊的肉特别老，实在拿不出手。不过也不是太糟糕。”

郝耶达尔区长夫人不肯收这份礼。

“你说个价。”她说。噢，真是位高贵的夫人，她从来不愿受别人的礼物！最后艾瑟克尔因这只羊得到了一笔丰厚的报酬。

他根本没看到巴布罗。区长夫人看到他来，马上把巴布罗支走了。祝她好运吧——这个害得他一年半没有助手的巴布罗！

第二十八章

那年春天发生了一件出乎意料的事——一件非常重要的事；矿上又开工了；吉斯勒卖掉了他那块地。简直不可思议！噢，但吉斯勒一直是个高深莫测的人；他可以成交或一口回绝，可以摇摇头说句“不行”，同样也可以点点头说“可以”，让全村人重展笑颜。

也许良知鞭笞着他，使他再也不忍心看着他曾当过区长的地方的人们喝着自己做的稀粥陷入贫困了吧。或者是他拿到了他的二十五万？也或许，吉斯勒自己急需用钱，所以迫不及待把自己那块地卖掉了。不管怎样，两万五或者五万都不是个小数目啊。事实上，有传闻称是他的大儿子代他做的这笔交易。

不管怎样，总之又开工了；还是那个工程师带着他的员工来了，开始复工。没错，同样的工作，但现在情况全然不同，看起来似乎在后退。

一切循序渐进，瑞典的矿主们把员工、炸药和钱都带来了——说到底，还有什么不对劲的呢？甚至阿龙森也回来了，这个前店老板想从艾勒苏手中买回斯多堡。

“不行。”艾勒苏说，“我不卖。”

“如果给足价钱，我想你会卖的吧？”

“不会。”

不，艾勒苏根本不打算把斯多堡卖掉。事实上，对于眼前自己的境况，他觉得已经有了改观；说到底，在深山老林里的一处交易站当店老板，这也不算太坏；他有一个装着彩色玻璃的阳台，在他周游全国期间，店里那个伙计能把店里的活儿都料理好。没错，跟上等人做一等的旅游。兴许，某一天他还会走到美国去——这是他的夙愿。虽然只是因为生意到南部的小城市出游，但也够他在回来时好好回味了。倒不是他放纵任性，包下一艘轮船，在途中举行狂欢——狂欢不合他的胃口。艾勒苏是个怪人；他对女人已经没兴趣了，不再沉浸在儿女情长里了，这些对他毫无吸引力了。不，但不管怎样，他究竟是大地主的儿子，自然要做上等的交游，买一大堆东西回来。每次他回来都会比以前更加光鲜，名声更大；上次回家，为了保持双脚干燥，他甚至穿了一双高筒皮靴。“这是什么——你穿了两双鞋子吗？”大家这么问。

“我最近长了冻疮。”艾勒苏说。

于是每个人又同情起了艾勒苏和他脚上的冻疮。

无忧无虑的日子——体面的生活，无休无止的闲暇自在。不，他不会卖掉斯多堡。什么，回到小城市里去，站在小柜台后面，连一个自己的店员都没有？再说了，他还想把自己的生意扩大。那些瑞典人又回来了，肯定会在这里大手大脚地花钱；他才不会傻到现在卖掉这块地。阿龙森每次都吃了闭门羹，因自己缺乏长远目光而将这块地卖掉越来越感到懊恼。

噢，但是阿龙森没必要自责，同样，艾勒苏也不应该急功近利，应保持中庸态度。最重要的是，村民也不应该这么自信满满，每个人都满面笑容地搓着双手，好像饱受祝福的天使一样——如果了解的话就知道根本没必要这样。现在失望登门了，还不是小失望。没人能想到；矿上是复工了，这点没错——但是在八英里外和吉斯勒所属地的南端交界处，完全是另一个区，这块地方根本和他们无关。工程要从那儿往北循序渐进，一直到其矿源，也就是艾萨克的所属地才可以为大家造福。这一过程至少要几年；好多年，一个世纪。

这个消息像炸弹一般从天而降，震耳欲聋。村民无不陷入深深的悲伤中。都怪吉斯勒；就是吉斯勒那个魔鬼，他再次要了他们。因此大家又聚在一起开了个会议，另外选出了一个信得过的代表到矿产公司去找工程师。但此行毫无结果；工程师解释说他不得不从南部开工，因为那里临近滨海，这样就不用在空中建铁道，几乎可以将运费缩减到零。不行，工程必须这样开展；没什么好商量的了。

于是那个阿龙森马上去寻找新的出路新的希望之源了。他甚至试图把安德森一起叫去。"你待在这荒山野岭里有什么出息呢？"他说，"跟我走好多了。"但安德森不为所动；真不可思议，没错，但这个地方有让他留下来的原因；他好像在那里扎下了根，且长势喜人。这里依旧是老样子，变的是安德森自己。人和物都还没变；矿业目标转到其他地方去了，但人们并未因此而惊慌失措；他们还有地要种，还要照管他们的庄稼和牲口。确实，这些都不值什么大价钱，但却都是生活的必需品。

甚至连艾勒苏也为因大把钱往外溜走而伤心失望；最让人头疼的是他在最初的兴奋状态下买进了大批货物，现在却卖不出去了。嗯，存着也好；不管怎样，那么多存货看上去也很大气。

不，生活在荒野里的男人是不会仓皇失措的。空气依旧清新如洗；有得是欣赏新衣服的人；但买钻石的人却一个也没有。他是从《圣经》中迦拿的宴席里才知道了酒这个东西。一个荒野中的男人是绝不会为了他得不到的东西而黯然神伤的；艺术、报纸、奢侈品、政治等这类东西的价值仅仅是人们愿意出的价格，不会再多了。但大地的价值却不一样，它可能涨到任何可能的价格；这是人类唯一的资源，是世间万物的源头。它是一种单调而荒凉的东西吗？当然不是。一个男人拥有一切；他上面的神灵，他的梦想，他的至爱，他的信仰。有一天赛维特沿河而行，突然停下了脚步；河面上有一对鸭子，一雌一雄。它们也看到了他，意识到有人过来，它们怕人；一只鸭子低声说了什么，声音里有三种声调，另一只用同样的声音作了回应。于是它们飞起来，像两只小圆轮一样在河面上翻滚，然后又落下来。接着又像之前一样，一问一答；说的话和先前一样，但却显出别样的喜悦：高了两个音阶！赛维特站在那儿看着，一直入了神。

这个声音带着一种喜悦飘入他的心底，他站在那里看得发呆；他想起了某些以前知道的野生的且壮丽的东西，但后来忘记了。他走回家，一路无言，更没有大肆吹嘘，这是语言无法表达的东西。这个来自赛兰拉的年轻而普通的赛维特，只有他见到了这些东西。

他所见到的还不止这些——还有更多的奇遇。还有一件事便是简森离开了赛兰拉，这事让赛维特极为烦忧。

啊，终于还是发生了，很抱歉，简森终究要走的；她一心要离开。噢，没有人会说，简森不是个普通的姑娘。有一次赛维特提出要即刻驱车送她回家，那时候她哭了，真可怜；但之后她后悔了，而且也说明自己后悔了，并且提出要离开。好，做得不错。

没有什么比这事更符合赛兰拉的英格尔的心意了；英格尔渐渐对这个女用人不满意起来。奇怪；她根本说不上来她哪里不好，但每次看到她英格尔就生气，她不能容忍简森在这个地方。无疑，英格尔的心理很奇怪；整个冬天她的心理都是阴郁而皈依宗教的，这种心理会一直持续。“你想离开，是吗？嗯，挺好，不错。”英格尔说。这是上帝的恩赐，是对她每晚祈祷的回应。家里已经有两女初长成，他们还要简森这个适婚的年轻女人干什么？一想到适婚，英格尔就不高兴，也许是因为她也曾有过适婚的年纪吧，可能。

她虔诚的宗教信仰没有消失。她的心里没有邪念；这么说吧，她已经尝过那种滋味了，但她无意想在这个年纪一直那样过下去；这种想法让她感到厌恶。矿地和矿工已经转移了——赞美上帝。美德不仅可以忍受，也是必须具备的；没错，是必须的，也是种特殊的恩惠。

但这个世道已经变得邪恶起来了。看看丽奥波尔丁，这个小丽奥波尔丁，以前还是一根幼苗，如今已经体态丰满；只要有一只胳膊环住她的腰，她就能马上瘫软下来——哦，呸！她现在脸上也是斑斑点点——风骚的标志；对，她母亲记得很清楚。英格尔并没因为女儿脸上的斑点而谴责她；但她必须得阻止她的风流了。还有那个安德森每次星期日到赛兰拉来和艾萨克讨论什么农活。男人都以为孩子瞎了吗？没错，年轻人还是年轻人，跟三四十岁的没什么区别，但现在的这些小年轻比过去的坏多了。

“嗯，可能是这样吧。”艾萨克谈到这事的时候这样说，“但春天到了，简森又走了，夏天的活儿谁来干？”

“割晒草料的事我和丽奥波尔丁来。”英格尔说，“嗯，我宁愿日夜不停地干。”她痛苦地说道，差点哭出来。

艾萨克不理解这有什么大惊小怪的；但他无疑有自己的想法，于是扛着一根撬棍和一把镐子到树林里挖石头去了。艾萨克不明白为什么简森这个好姑娘要离开他们，她干起活来很利索。说实话，艾萨克常常什么都不懂，只知道一些最简单的事情，比如他的工作，他惯常的工作。这个肩膀宽厚，身体结实的男人，从不走歪路；他能吃能长，而且不会在任何事情上慌神。

嗯，这是一块岩石。还有很多其他岩石，但他先从这块开始。艾萨克是为了将来考虑，到时他就得为自己和英格尔在这里建一栋小房子，所以趁着赛维特到斯多堡去了，他在这块地上开始工作。不然儿子又问东问西，艾萨克还不想让他知道。当然，终有一天，赛维特自己要用到这里的一切——两个老人就得搬出去住了。没错，赛兰拉总是不停地造房子；虽然横梁和厚木板都已经准备好了，但牛棚上面的草料间还没弄好。

好吧，就要这块石头了。看它露出来的部分不算大，但撬的时候却纹丝不动；应该很重。艾萨克在它周围挖了挖，用撬棍试了一下，但还是一动不动。他又试了一次，撬撬挖挖，还是不动。于是回家去拿了一把铁铲，把周围的土清理干净，再挖了挖，之后再撬了撬——还是不行。艾萨克忍着性子心想，因为太重了所以撬不动。他又挖了很久，但石头似乎越陷越深，根本撬不动了。如果他不得不使用爆破的话也太麻烦了，声音太大，会引得别人都来看。他又挖下去，再跑回家取了一根杠杆来——还是不行。他就再挖。这块石头已经让艾萨克动了气；他皱了皱眉，看着这块石头，好像下来到这一带视察后发现这块石头特别不好对付一样。他一脸不满地看着；是的，这是一块圆脸又蠢笨的石头，根本对付不了——他差点要说这是块畸形的石头了。爆破？这东西根本不值得爆破。他是否要被一块石头打败了？

他继续挖着，真是一项艰难工作，但是要说放弃……最后他将杠杆一端插进去试了试；石头没动。从技巧上来说，他这个方法完全没问题，但是根本没用。究竟是为什么呢？他一生中撬过不少石头。他变老了吗？无稽之谈，嘻嘻嘻！说来确实可笑。没错，他近来发现自己不如从前强壮了——也就是说，他根本没注意到，完全不在意这事；这不过是想象。他再次用尽力气撬了一下石头。

噢，当艾萨克把全身的重量都加到杠杆一端之后，还是毫无用处。他现在继续撬啊撬，像个巨人一样，好像身体和双膝连在了一起。他自然有自己的一派华贵；他的腰围令人震惊。

但石头还是纹丝不动。

无奈，他只能继续挖。要试试爆破吗？不可能！不，还要挖。一定要把石头撬起来！不能说艾萨克固执；这纯粹是出于一个庄稼人对土地的热爱，丝毫没有柔情可言。看起来有些可笑；先从石头周围刨刨挖挖，然后对着石头砸下去，然后又在周围刨挖，光着手去探摸，再把土一把把抛出去。对，他就这么干的。丝毫没有爱抚，只有温暖，对，来自内心狂热的温暖。

再用杠杆试试？他把杠杆放在最能使力的地方一撬——不行。石块好似一直在顽固对抗着；但似乎看起来松了一点。艾萨克又怀着希望试了试；这位破土者如今觉得石头也不是那么难以制服。接着杠杆滑了一下，他摔了一跤。“见鬼！”他骂了一句。摔倒的时候帽子歪到一边耳朵去了，让他看起来像个强盗，像个西班牙人。他吐了一口唾沫。

英格尔来了。“艾萨克，进去吃饭啦。”她亲切又愉快地说道。

“嗯。”他说，但是他不愿让她走近，也不想听她问任何问题。

但不知情的英格尔却越走越走近了。

“你又在想什么呢？”为了让他缓和情绪，她这样问道，好像他每天都能想到什么新主意。

但艾萨克还在生气，面无表情，满脸严肃地说道：“不知道，我也不知道。”

这个可笑的英格尔居然还在说，没有要走的意思。

“你自己看得出来吧，”他最后说，“我在撬这块石头。”

“嗬，要把它撬起来吗？”

“对！”

“没有我能帮忙的地方吗？”她问道。

艾萨克摇摇头。但不管怎样，她愿意帮忙都是好心，他也不能太不领情。

“你等我一会儿。”他说完便回家去取锤子。

他想的是把石头敲得粗糙一点，再撬下一块，这样就可以用杠杆找到一个更好的着力点。英格尔拿着定位锤，艾萨克则在旁边猛击石块。一直敲啊敲，嗯，总算敲掉一点石块。“多亏了你帮忙，谢啦。不过这会儿别担心我吃饭的问题了。我得先把石头撬起来。”

但英格尔不肯走。而且说实话，英格尔在旁边看着让艾萨克非常高兴；从他们年轻时候开始，这就一直是艾萨克开心的事。杠杆撬起了一点，他再加了把力气——石头松动了！“动了。”英格尔说。

“别胡说。”艾萨克说。

“没胡说，真的！它真的动了！”

这点进步——已经很难得了。可以说，石头现在站到他那边了；他们能合作了。艾萨克用杠杆使劲撬着石头，但也只动了一点，再无其他。他又撬了撬，还是没用。一时间他突然意识到这不仅是石头太重的缘故，还因为他老了；事实上，他已经再没有当年的力气，不再是以前那个粗壮的硬汉。重量吗？以他的重量能轻而易举折断一根两段包着铁皮的长杆。不，他身子渐渐弱下来，没错。想到这里，这个隐忍的男人突然充满了苦涩——至少现在英格尔还在这里看到了他的窘境！

突然他扔下杠杆抓起铁锤。他满心愤怒，拼了命朝石头奔过去。他的帽子还是歪向一边，保持着强盗造型，现在他站稳了，满身怒气地绕着石头走，试图选一个合适的位置；嗬，他要把石头砸烂。有何不可？一个男人对一块石头怒不可遏的时候，他只想砸烂它。如果石头反抗，不想被砸烂呢？让它试试好了——看谁斗得过谁！

无疑，英格尔看出了他恼的是什么；所以小心翼翼试探道："咱俩要不一同用棍子锤一下？"她说的棍子正是杠杆。

"不行！"艾萨克怒道。但思忖片刻后又说："也好，反正你也在这儿——虽然你最好回家去，我们试试吧。"

他们从石头边缘撬起，之后起来了一点。艾萨克"噗"一声松了口气。

但现在出现了奇怪的一点。石头的下边平整宽阔，好像一刀切过似的，平滑得像地板一样。这不过是某一块石头的一半，无疑，另一半应该在附近某处。艾萨克很清楚一块石头的两半肯定在不同的地方；随着时间推移，霜冻把它们推向了不同的地方。他现在又惊又喜；这是做门板的好料。即便是一大笔钱也不能让这位实地考察工作者这么满意了。"一块上好的石板。"他得意地说。

英格尔这个头脑简单的家伙又问道："哎！你怎么知道这里有石头的？"

"嗯，"艾萨克说，"你以为我是乱挖的吗？"

他们一道回家。艾萨克还沉浸在这意外的收获中；这本不是他计划中的，但他却觉得这和自己发现的没什么区别。他让别人以为这是他为了造门板，最后找了许久终于找到的石头。此后，当然，他再到那里去干活就不会让人怀疑了；只要装作到那里寻那另外一半石块，他愿意待多久都可以。等赛维特回家后，还可以叫他同去帮忙。

但假若某天他不能独自出门也举不起一块石头的时候，那就坏了；

对，前景黯淡，现在更有必要尽快把那块地清出来了。他已经年老，不久就要变成火炉旁的人了。门板一事带给他的喜悦没几日便烟消云散；只是一个不能长久享受的假象。如今艾萨克走路的时候背已经有些驼了。

他过去不是那种一听到石头或挖地二字便精神抖擞的人吗？而且这也不是很久而是就几年前的事。对，那些日子，那些对排水活儿有些抵触的人总是躲着他。现在他也开始对这一类事情渐渐平静了；唉，天啊！所有东西都变了，这片土地本身就不再是老样子，那条宽阔的竖着电线杆的马路穿过森林，水流拍打着岩石的缝壁——这些以前是没有的。物非人亦非。互相之间不再像从前那般打打招呼，如今只是点点头，甚至连头都不点了。

不过——过去没有赛兰拉，只有一处草屋，可是现在……以前也没有地主。

对，但这位地主现在算什么呢？一个可怜的老东西，没有超人的能力，年老气衰，会和世间所有普通人一样生老病死。即便他胃口尚好，吃得不少，可是没有力气，这有什么用呢？现在有力气的是赛维特，多亏这样——但是想想吧，如果艾萨克也有力气那该多好！发现自己的身体日渐衰退是多么难过的事情。他曾是壮实的庄稼汉，像野兽般扛过无数重物；而今他只有利用休息来锻炼他的持久力。

艾萨克极为不悦，心情沉重。

地上有一顶旧帽子，是一顶破旧的防水帽，已经烂掉了。它可能是大风吹来的，也或许是多年前那些小伙子还年幼的时候带到树林里的。它躺在那儿，年复一年，逐渐腐烂；当它还是一顶新帽子的时候，是黄灿灿的。艾萨克还记得那一天他从商店里把这顶帽子买回家的时候，英格尔还说是一顶不错的帽子。大概过了一年，他把帽子带到村里一位漆匠那里，把帽子染黑，刷亮，还把帽子边染成了绿色。带回家的时候，英格尔说比以前更好看了。英格尔总觉得什么东西都很不错；那真是一段美好的日子，喂马劈柴，英格尔在一边看他——那是他的黄金时代。每当到了三四月，他和英格尔便在丛林中嬉闹追逐，就像林中鸟兽一样欢快；到了五月，他就种小麦和土豆，天天看着它们生根发芽。日出而作，日落而息，谈情说爱，睡觉做梦，他就像他养的第一头大公牛，像一个国王般强大而欢快。但现在却再也找不到这样的五月了。再也没有。

艾萨克消沉了好些日子，这是一段灰色时光。他无心也没有精力去开始牛棚上面饲料间的工作——也许某天会叫赛维特去做。他现在要为自己造房子——最后一所房子了。他根本瞒不过赛维特；他在那里清理地基，明眼人都看得出来。有一天他告诉了赛维特。

“如果要用石料，这里还有很多。”他说，“这儿还有一块。”

赛维特并不觉得惊讶，只是说道：“嗯，是块上等石头。”

“你知道吧，”他父亲说，“我们正在把这儿另一块门板也挖出来；这儿差不多可以造一所房子。我不知道……”

“嗯，这块地方还不错。”赛维特环视一圈说道。

“你也觉得吧？嗯，兴许在这儿造一所房子给来这儿的客人休息下也不坏。”

“嗯。”

“两间卧室就差不多了。你看上次那几位瑞典人来的时候，就没有地方给他们歇脚。再造一间小厨房，你觉得怎样？”

“可以，造房子没带厨房的话也不像样子。”赛维特说。

“你这么想的吗？”

艾萨克没再说什么。但赛维特很快就明白那些瑞典人要是过来的话该造一个怎样的房子；他没再问什么，只说道：“要不这样吧，在北墙搭一座棚子，客人来住的话，可以在那儿晾晒湿衣服什么的也不错。”

他父亲马上同意道：“嗯，确实不错。”

他们继续默默搬弄石头。艾萨克接着问道：“我想，艾勒苏还没回家吧？”

赛维特含糊地答道：“他马上就回来了。”

艾勒苏就这样，喜欢待在外面，四处旅游。他不能写信去订货吗？但他却总亲自到贩卖地去买。这样会便宜很多，对，可能会，但还有旅费怎么算呢？他似乎有自己的想法。而且，他买那么多的棉布、给礼帽配的彩色缎带、黑白草帽、长烟斗干什么？山上的人又不会买这些东西；而村民也只有没钱的时候才跑到斯多堡来。艾勒苏写写算算或者拿粉笔涂涂画画能看得出来他很聪明。人们会夸他："对，你头脑真聪明。"确实说得没错；但他太大手大脚了。村民只会来这里赊账，那年冬天甚至连布理德·奥森这种人都赊走了印花棉布、咖啡、糖浆还有石蜡。

艾萨克已经给艾勒苏的店铺还有他的旅费垫付了不少钱；卖矿所得的钱已经所剩无几——以后怎么办？

"你觉得艾勒苏这生意做得怎样？"艾萨克突然问道。

"怎样？"赛维特为了拖时间问道。

"看起来似乎不怎么样。"

"嗯。他说一切会顺利的。"

"你跟他谈过？"

"没有，安德森说的。"

艾萨克想了想，摇头道："不，我看是在亏本。"他继续，"真担心这孩子。"

本来就消沉的艾萨克，现在更加阴郁起来。

但赛维特却突然蹦出一个新闻："又有人上山来住了。"

"你说什么？"

"有两家新来的，买了咱们家附近的地。"

艾萨克扶着撬棍一动不动站在那儿；确实是新闻，而且是个好新闻，再好不过。"我们这儿就有十户人家了。"他说。艾萨克清楚他们买的哪块地，对这一地界的每一处他都非常清楚。他点头道："对，他们买的那块地很好；有足够烧火的木柴，到处都是参天大树。朝西南倾斜的土地，对……"

定居者——没什么可以打败他们——现在又有了新住户。矿业一无所获，但那块地方却变好了。一个荒漠一个濒临毁灭的地方吗？远远不是，这里满是人烟；两个新来的男人，两双忙碌农活的手，来建造家宅、开垦农田和草地、成家立业。噢，森林里有一条条绿色的小道，一间茅屋，一条小溪，附近有孩子和牛羊。过去长着马尾的地方，如今是麦穗迎风微笑，野风信子也点着头，屋外的杓兰在金黄色的阳光下闪闪发光。居住在这里的人可以随处走动、聊天、思索，上有天，下有地。

第一个来这里定居的荒野里的开创者站在这儿。他踏着齐膝深的芦苇和杂草一路走到这里，在这块阳光充足的地方定居下来。别人也慢慢跟来了，他们走的是那条穿过阿尔曼宁大草原的路；更多的人也来了，那儿终于成了一条路；现在成了一条可以驱车通过的马路。艾萨克应该感到满足，或许开始觉得自豪了；他是这一块的开创者和先锋。

“听着，如果我们想在今年就把草料间造完，那么就不要在这一小块要造房子的地上浪费时间了。”他说。

他又有了新的喜悦，新的精神；又有了生活下去的勇气。

第二十九章

一个女人正拖着步子走上山来。一场预谋已久的夏雨降下，把她淋湿了，但她根本不在意；她心中另有担忧——焦虑。这女人正是巴布罗——布理德的女儿，巴布罗。焦虑，没错；不知道这一次冒险结果会如何；她已经辞掉了在区长家的帮佣工作，离开了村子。就是这样。

她特意避开了道路旁边的农田，不想碰到任何人；她背着一个布包，很容易看出来要去哪里。没错，去曼尼兰，投奔旧主人。

她在区长家已经待了十个月，日夜加起来算的话，时间不短，但若是用渴望和苦闷来算的话，则更是度日如年。开始时候尚可接受，区长夫人虽监督她，但还算和蔼，让她戴上围裙，穿戴整洁；穿着这样一身到店铺里去买东西有面子些。巴布罗儿时便到过村里；她认识所有在那里的玩伴，在那里上过学，亲过那里的男孩子，拿着石头和贝壳玩过游戏。开始大概一个月内倒还可以忍受，但之后郝耶达尔区长夫人便严加看守了，到了圣诞节，对她更为严格。这么做有什么好处呢？肯定会坏事。要不是晚上能偷偷出去，巴布罗根本无法忍受；凌晨两点到六点那几个小时是安全的，偶尔可以出去偷个乐子。那个女厨师为什么不去打小报告呢？她也是个好女人！噢，按常人眼光看，她也是正经女人；女厨师出去的时候从不请假。她们轮番出去，她们的行为过了很久才被发现。巴布罗并没风骚到从脸上能看得出来，不能说她有伤风化。有伤风化？她可是会拒人千里的。年轻小伙子来邀她去圣诞舞会的时候，第一次她会说“不去”，第二次还是“不去”，直到第三次才会说“我看看夜里两点到六点能不能出来吧”。看起来和良家妇女一样，也让自己看起来像个正经女人，但作风却又大胆。她是个女用人，一直在服侍别人，除了和男人一起混之外没有其他消遣。这是她唯一需要的。郝耶达尔区长夫人过来教导她，借书给她看——简直白费力。巴布罗可是在卑尔根生活过的，读过报纸，进过戏院！她不是从乡下来的无知姑娘……

但最后郝耶达尔区长夫人应该怀疑到了。一次凌晨三点，她来到女佣房间里喊道：“巴布罗！”

“在。”女厨师答道。

“我找的是巴布罗。她不在吗？把门打开。”

女厨师打开门，并按照事先串通好的说巴布罗临时有事回家去了。大半夜有事回家去了？郝耶达尔夫人发了一通脾气，清早起来又吵了一架。甚至还把布理德叫来了，郝耶达尔夫人问道：“巴布罗昨晚在家里吗——三点钟的时候？”

布理德本没有准备，却答道：“三点钟？是，在的，是在家。有点事要商量，所以坐到半夜。”

接着区长夫人严肃地宣布以后不允许巴布罗夜晚外出。

“不，不会了。”布理德说。

“只要在我家里就不能出去。”

“好的，好的，不出去；你看，巴布罗，我跟你说过的。”她父亲说道。

“你想看你父母的话可以白天去。”女主人说道。

但郝耶达尔区长夫人一向理智，所以疑虑并未消失；一周后，她凌晨四点又出击了。“巴布罗！”她叫唤道。噢，这次出去的是女厨师，巴布罗在家；女佣房这下毫无漏洞。女主人只得临时找话来掩饰。

“昨天洗的衣服你收了吗？”

“收了。”

“不错。这儿风刮得厉害……晚安。”

但郝耶达尔区长夫人既要半夜让丈夫叫醒她，还要啪啪啪地到女佣房里去看她们在不在，觉得太麻烦。所以后来她懒得再管，由她们去了。

要不是倒霉，巴布罗可以一直这样做到年底。但几天前还是出事了。

当时大清早，是在厨房里。巴布罗和女厨师发生了口角，话说得很重；她们抬高了声音，全然忘了要防范女主人。女厨师是个卑鄙奸诈的小人，昨晚是星期天，本来还没轮到她，但她却溜出去了。她的理由是什么呢？跟她赴美的亲爱的姐姐道别？根本不是；女厨师压根儿没给理由，只说巴布罗老早就欠她一个星期天的夜晚了。

“你身上没有一星半点儿的诚实和正经！”巴布罗说。

这时候看到女主人正站在门口。

也许她开始出来只是因为厨房里太吵了，但现在她站在那儿一动不动地盯着巴布罗的围裙看；没错，凑过去仔细看着。非常难熬的一刻。忽然间郝耶达尔区长夫人尖叫了一声退到门口。那究竟是什么东西？巴布罗一边想一边低下头去看。天啊！只是一只跳蚤，没别的。巴布罗笑了笑，不用说，她最会见机行事，马上拍掉了那只跳蚤。

“在地上！”郝耶达尔区长夫人叫道，“丫头，你疯了吗？马上拾起来！”巴布罗开始装模作样在地上找，然后装作好像捉住了跳蚤，然后把它往火里扔。

“你从哪里带来的？”女主人愤愤地说道。

“我从哪里带来的？”

“对，我问你这个。”

这里巴布罗犯了一个严重的错误。“在店里。”她本应该这么说的——这就够了。但是——她不知道自己从哪里带来的这东西，但怀疑是从女厨师身上跳下来的。

女厨师一听立马大为光火：“我身上的？你自己身上的跳蚤不要污蔑别人！”

“总之，昨晚出去的是你。”

又一个错误——她本应该什么都不说的。女厨师自然没理由不吭声，所以她把一切都抖出来了，巴布罗晚上出去的事她一五一十全讲了。郝耶达尔区长夫人火冒三丈；她没留意女厨师，但一直监督巴布罗，因为她为她的人品做了担保。但巴布罗只要低头认错，为这事感到羞耻，并保证将来不会再犯，那也就没事了——但她没有。女主人不得不提醒她自己为她付出的一切，但是，很抱歉，巴布罗竟然顶嘴，没错，愚蠢的巴布罗还说了非常无礼的话。或许她比表面看到的要聪明得多；可能早有目的，以摆脱这个地方？她的女主人说道：“是我将你从法律的牢笼中救出来的。”

“至于这个，”巴布罗回道，“我倒希望你没救我。”

“这就是你报答我的方式。”女主人说。

“或许你少说为妙。”巴布罗说，“我再做一两个月，做满就撤了。”

郝耶达尔区长夫人无言以对了好一会儿；是的，一时半会儿她不知道说什么好，只是张了张嘴，然后又闭上。然后她开口叫这姑娘滚蛋；她不要她了。

“随便你。”巴布罗说。

事情发生后好几天里，巴布罗一直和父母住在一起。但也不能一直这么住下去。没错，她母亲在卖咖啡，也有人来买，但这也不是办法——可能她有其他理由想找个稳定的职位。所以这一天她背了一个布包，沿着沼泽地上山去。现在的问题就是，艾瑟克尔·斯特隆还会要她吗？不管如何，上周日她已经在教堂里张贴了结婚预告。

正在下雨，脚底全沾上了泥，但巴布罗还是深一步浅一步在路上走着。傍晚降临，但因为在这个季节，所以天还没黑。可怜的巴布罗——她决不吝惜自己，而是和之前一样勇敢前进；她一定要找到一处安身之所，从头再奋斗。确实，她从来不会自怨自艾，也从不是那种懒人，因此她现在才能保持全身整洁干净，线条优美。巴布罗学东西很快，但常给自己带来麻烦；这样的话还能指望什么呢？她能在千钧一发之际学会自救，躲过一个又一个劫难，但她也有一些优良品质；纵然一个婴儿的死亡对她来说不算什么，但她还是会拿糖给小孩子吃。她有一双精通韵律的耳朵，可以一边用吉他准确地弹奏出柔和的曲子，一边用嘶哑的低声和着曲子唱歌；声音里有喜悦，也有淡淡的忧伤。吝惜自己？不。事实上，完全不会，她甚至会付出全部精力而毫不吝啬。她时不时会因为一些生活中的事情而哭泣而心碎——但这是极为自然的，这些情绪伴随着曲子以及她的歌声，是她心里隐藏的诗情和甜蜜；她瞒住了自己和很多人。如果这一晚她带着吉他，她定会给艾瑟克尔弹奏一曲。

她特意在傍晚的时候到达，到曼尼兰的时候周围一片寂静。瞧，艾瑟克尔已经开始割草了，房子附近的草已经割下，有些还搬进来放好了。她猜测年迈的奥琳应该睡在小房间里，而艾瑟克尔肯定和过去的她在这儿一样，睡在干草棚里。她屏住呼吸慢慢走过去，小声叫道：“艾瑟克尔！”

“谁？”艾瑟克尔马上答道。

“哎，是我。”巴布罗说着走了进去，“你能让我住一个晚上吗？”

艾瑟克尔看着她，一时还回不过神来，他穿着内衣裤坐在那里，盯着她看。“是你啊。”他说，“你要去哪儿？”

“啊，这得看你夏天是否需要人过来帮忙了。”她说。

艾瑟克尔沉思片刻，说道：“这么说，你不打算回到原来的地方去了？”

“不去了，我和区长家已经没关系了。”

“确实没错。我夏天是需要人帮忙。”艾瑟克尔说，“但你究竟是什么意思，是想回来吗？”

“不，别管我。”巴布罗说，想把这事糊弄过去，“我明天就走了。到赛兰拉以后再翻过山去。我在那边有职位。”

“你和那边的人定好了吗？”

“对。”

“我自己夏天也需要人帮忙。”艾瑟克尔又说道。

巴布罗全身湿透了；她包里还装了其他衣服，得换下来。

“别管我。”她说着向门口走了几步，便不动了。

巴布罗脱下湿衣服的时候，他们一边交谈着，艾瑟克尔还时不时转过头来看。“你现在最好出去一会儿。”她说。

“出去？”他说。这种天气的确不适合出去。他站在那儿，看着她将衣服一件件脱下来；他的眼睛简直移不开了；巴布罗却没心没肺的，她本可以在脱衣服的时候一边穿上干衣服，但她没有。她里面的衣服很薄，而且紧紧贴在身上；从一边肩膀上解开纽扣，转向一边，这对她来说没什么新鲜的。但艾瑟克尔那时却已经目瞪口呆不作声了，他看着她双手在某处碰了一下便将最后一件衣服脱了下来。干得漂亮，他想。她就那么毫无顾忌地站着……

过了一会儿，他们躺着聊天。没错，他夏天需要帮工，毫无疑问。

“他们也那么说过。”巴布罗说。

他又自己开始割草，晒干了；巴布罗看得出来他现在的困境——对，巴布罗清楚——从另一方面说，之前是巴布罗自己溜走，把他留下来的，他必然会有心结。而且还把他送她的戒指也带走了。最重要也最难堪的是，那份报纸还会不断送来，他似乎永远也无法摆脱那份卑尔根报纸了；她走之后，他付了整整一年的报费。

“那些人太可恶了。”巴布罗按着他的意思说。

看到她这么恭顺柔和，艾瑟克尔也不想为难她了；他承认自己揽了他父亲的职位，巴布罗有理由生气。“但是，”他说，“我可以把这份工作还给你父亲；我也没精力再做了，太费时间。”

“嗯。”巴布罗说。

艾瑟克尔想了一会儿，直截了当地问道：“你现在怎么想的，是打算就做一个夏天吗？”

“不是。”巴布罗说，“看你的意思。”

“你真这么想的？”

“对，随你的意思，我都会同意的。以后不必对我有疑心了。”

“嗯。”

“这是真的。我已经申请到结婚预告了。”

嗯，这事挺好啊。艾瑟克尔躺着想了很久。如果她这次是真心而非骗人的，那他这辈子就能有个妻子和贤内助了。

“我本来可以请个别的女人来的。”他说，“她也回信说了会来。但我得为她支付从美国过来的路费。”

“喃，她在美国吗？”巴布罗说。

“对。已经去了一年，现在不想待在那儿了。”

“别想她的事了。”巴布罗说，“我的事你怎么想的？”她伤感地柔声说。

“别担心。因为你，我才没和她把这事定下来啊！”

这时候，巴布罗必须得有点表示了；她坦白说自己在卑尔根确实有个谈对象的小伙子，他在一家很大的啤酒厂当货车驾驶员，是个很不错的职位。“我现在肯定会让他伤心的，我想。”巴布罗啜泣道，“但你是知道的，艾瑟克尔。你我在一起这么久，我俩的感情怎么能忘得了。你倒是爱忘多少就忘多少。”

“什么！我？”艾瑟克尔说，“我亲爱的，别躺在这儿为这事黯然神伤，我从未忘记过你。”

“嗯……”

巴布罗坦白之后感觉舒服多了，接着说道：“总之，没必要花路费叫她大老远从美国跑过来……”她劝他别这么做了：不仅花费高，而且没必要。看来巴布罗打算自己给他创造幸福了。

那一夜他们就所有事情达成了一致。他们不是陌生人，所有事情他们之前都谈过。甚至必不可少的婚礼也要在圣奥勒夫节和秋收之前举办；他们没必要偷偷摸摸，现在反倒是巴布罗急着想把婚礼办了。她的火急火燎没叫艾瑟克尔不舒服，也没让他有一点疑心；相反，看到她这样，他更是得意且信心满满了。对，他是个庄稼人，一个粗人，不习惯细心地或者过分细致地看待事物；他只知道自己要做什么，只会看什么对自己有用。再说了，回来后的巴布罗一如既往的漂亮，待他也好，甚至比以前更加柔情。她像一只被他咬住的红苹果。而且结婚预告也贴出来了。

至于那个死婴和那次审讯，他们只字未提。

但他们说到了奥琳，要怎样摆脱她呢？“对，她必须得走。”巴布罗说，“反正，我们也不欠她什么。她除了搬弄是非闲言碎语之外什么都不会。”

但之后证明奥琳也不是省油的灯。

那天早晨巴布罗出现的时候，奥琳心里知道审判自己命运的时候到来了。她开始慌了神，但尽力不表现出来，然后拿出了一把椅子。当时曼尼兰的工作已经安排好了，艾瑟克尔挑水担柴，干一些重活，其他的则由奥琳来做。慢慢地她打算在此度过余生。现在巴布罗打乱了她的计划。

“可惜家里也没有一袋咖啡来招待你。”她对巴布罗说道，“还要往前去吧？”

“不去了。”巴布罗说。

“嗬！不往前去了？”

“对。”

“嗯，也不关我的事，对，”奥琳说，“那是要下山去？”

“不去，也不下去了。我以后待在这儿了。”

“你要待在这里，是吗？”

“对，我想是要待在这里。”

奥琳想了一会儿，用她狡猾的老脑筋思索着。

“哎，也好。”她说，“可以帮帮我，你留在这儿我也高兴。”

“哦，嗬！”巴布罗嘲笑道，“这段时间艾瑟克尔这么为难你吗？”

“为难我？艾瑟克尔！噢，老太婆的话你还翻出来做什么，都是要到极乐世界去的人了。艾瑟克尔每天就像上帝派来的神父和信使一样，千真万确。但我在这里也无亲无故，孤苦伶仃，寄人篱下，我的亲戚都在山那边……”

虽说如此，奥琳还是赖着。他们结婚之前都一直无法把她赶走。最后奥琳才不情愿地答应，但又故意要多待几天，说他们下山去教堂结婚的时候她可以帮着看管牲口。这样又过了两天。他们结婚回来后，奥琳还赖在家里。她一天天地拖着；某天说身体不舒服，第二天又说看起来像要下雨。她又通过夸赞食物来巴结巴布罗。噢，现在曼尼兰的饭菜和从前大不相同了，生活也全然不同，咖啡都变了。噢，那个奥琳简直是见缝插针；有些东西她明明比巴布罗更懂，还要问她。

“你说，我应该按着奶牛站的顺序挤奶，还是先从包德林开始呢？”

“随便你。”

“对，我就常常说，”奥琳叫道，“你是见过大世面的人，接触的都是上等又体面的人物，什么都知道，跟我这样的人大不相同。”

对，奥琳真是见缝插针，整天耍阴谋诡计。比如坐在那儿告诉巴布罗自己从前和巴布罗的父亲布理德·奥森是朋友，交情甚好！噢，他们在一起度过了多少愉快的时光啊，布理德多么富有又光鲜亮丽啊，从来不说一句重话。

但不会永远这样下去；巴布罗和艾瑟克尔都不想让奥琳再待下去了，而且巴布罗接任了她所有的工作。奥琳没抱怨，但总时不时凶狠地看着这个女主人，说话语气也变了一点。

“对，是厉害人物，没错。艾瑟克尔，上次秋收时他在城里——你没在那里碰到他吗？没有，对，你那时候在卑尔根。但他确实到城里去了；都是为了买一台割草机和一只耙子。赛兰拉一家现在有什么能跟你们相比？什么都比不上！”

她话中有话，但即便这样也毫无用处；他俩再也不怕她了。有一天艾瑟克尔直截了当地叫她走。

“走？”奥琳说，“怎么走？爬走吗？”不，她是不会走的，借口说她是个可怜虫，走不动了。但最糟糕的是，有一次他们把她手上的工作抢走了，她无事可做，然后突然瘫倒，彻底生了病。尽管如此，她还是赖了一个星期，艾瑟克尔凶狠地盯着她；但她纯粹是因为怨恨才赖着不走，最后终于病倒了。

她现在卧病在床，但不是为了等待善终，而是计算着还有多久便可以下床走动。她还要请医生来，这在荒野中前所未闻。

“请医生？”艾瑟克尔说，“你疯了吧？”

“你这话什么意思？”奥琳好脾气地说道，好像她不理解这句话一样。没错，她声音柔顺，口齿清楚，很高兴不用成为别人的累赘；她自己有付给医生的费用。

“嗬，你能吗？”艾瑟克尔说。

“怎么，我不可以吗？”奥琳说，“反正，你不能让我躺在这儿，像个哑巴畜生一样死在上帝面前吧？”

这时候巴布罗插了一句不太明智的话：“行，我倒想知道，你有什么好抱怨的，我还给你端茶送水了。至于咖啡，我说了你最好别喝，我是好心对你。”

“那是巴布罗吗？”奥琳说，她只转了转眼睛，没有看她；对，她因为生病，眼睛只能眯着，看起来很可怜。“对，也许正像你说的，巴布罗，要是一小滴咖啡对我有害的话，那么一勺就足够让我完蛋了。”

“换作是我的话，我现在会想其他事，而不只是咖啡。”巴布罗说。

“对，我就说嘛！”奥琳回话道，“你才不会巴不得自己的同伴赶紧死掉，肯定希望他们能好转，能活下来。什么……对，我躺在这儿，不知道看到什么东西了……你怀孕了吗，巴布罗？”

“你胡说什么？”巴布罗生气地叫道。然后又继续：“噢，为了你这毒舌，我就该把你拉到外面的粪堆上去。”

听到这话，病人沉默着想了片刻，她嘴唇发抖，想努力笑出来，但还是没笑。

“昨晚我听到有人在叫谁。”她说。

“她神志不清了。”艾瑟克尔低声说道。

“不，我没有神志不清。好像有人在叫，从森林传来的声音，也或者是从溪边传来的。很奇怪——像是小孩子的哭声。巴布罗出去了？”

“嗯。”艾瑟克尔说，“对你的胡言乱语感到厌烦了。”

“你说我胡言乱语，说我神志不清吗？对，但还没到你想的那个地步。”奥琳说，“不，全能的上帝还没有这个意思，还没有下命令叫我去，还没叫我这个知道所有曼尼兰的丑事的人到君王和耶稣面前去。我早晚会好起来的，别担心；但你最好还是请个医生来，艾瑟克尔，这样我才好得快。你说好要给我的那头奶牛怎样啦？”

“奶牛？什么奶牛？”

“你答应送给我的那头奶牛。兴许是包德林？”

“你糊涂了。”艾瑟克尔说。

“你知道在我救你命的那天你答应了送我一头奶牛。”

“没有，我都不知道。”

听到这话奥琳抬起头盯着他看。奥琳又白又秃的脑袋立在那瘦得皮包骨头的长脖子上——丑陋得像个巫婆，就像故事里的食人女妖。艾瑟克尔看到这景象大吃一惊，不禁伸手往门后的门闩乱摸一气。

“啃，”奥琳说，“你居然是这种人！唉，好吧——现在不谈这个了。我以后没有奶牛也能活得下去，我到死也不会再提一个字了。但你今天却表现出了你的为人处事，我看清你了。对，下一次我也会知道的。”

但奥琳在那天夜里死了——夜里的某个时候；总之，次日清晨时她已经全身冰冷。

奥琳——这个老太婆。生出来又死去了……

艾瑟克尔和巴布罗都没为埋掉她，永远摆脱了她而感到悲伤；他们现在不用防范她，可以省心了。巴布罗现在牙齿又犯了病；除了这个，一切都还好。但巴布罗脸上那只耐用的羊毛口罩，每次一说话都要把它拉开——太烦人了。对艾瑟克尔来说，这牙痛一直是个谜。当然，他已经注意到巴布罗咀嚼的时候都小心翼翼，但也没看到她缺了哪颗牙。

“你长新牙了？”他问。

“对，长了。”

“它们也会痛吗？”

虽然艾瑟克尔只是无心问起，但巴布罗却怒道：“哎，你尽是胡说！”她在愤恨中说漏了嘴，“你难道看不出来我怎么了吗？”

她怎么了？艾瑟克尔凑过去看，只觉得她比以前胖了。

“哎，你不会是——又怀孕了吧？”他说。

“怎么，你应该知道。”她说。

艾瑟克尔傻气地盯着她看。虽然他思想迟钝，但此时却坐在那里数了起来：一个星期，两个星期，三个星期还不到……

“不，我怎么知道……”

但这么一争执巴布罗却沉不住气了，她突然大吵大嚷，好像受了伤的动物一样：“好啊，你把我拉出去埋掉好了，到地里埋掉，你就可以摆脱我了。”

奇怪，女人怎么会为这种怪事大吵大闹！

艾瑟克尔从没想过要埋掉她；他是个粗人，只知道什么对自己有利；他压根儿不需要一条铺满鲜花的小路。

“那夏天你就不适合下地干活了吧？”他说道。

“不干活？”巴布罗说，她被吓到了。然后——奇怪，女人现在又为什么笑了起来！艾瑟克尔本以为巴布罗会乐得不知所以，但她突然叫道：“我会干双倍的活儿！你等着瞧吧，艾瑟克尔；我不仅会把你派的活儿干完，还会干得更多。如果你这次放过我，哪怕断了骨头，我也会干完的，还会感谢你！”

那之后又是大哭大笑，再到万般柔情。荒野里只有他们两人，无人打扰；门开着，苍蝇在夏暑里嗡嗡地叫。巴布罗满怀柔情，心甘情愿；对，只要他想，她就愿意，而且是心甘情愿的。

日落之后他站着套上了割草机；还有一点草可以割下来，留给明天再晒。巴布罗急匆匆跑出来，好像有什么要紧事，她说道：“艾瑟克尔，你怎么想从美国请人过来呢？她来的话只能冬天才到，那时候要她做什么用呢？”这是刚刚冒窜上她心头的事情，她必须马上跑出来说，好像这很有必要。

但其实毫无必要，艾瑟克尔一开始就知道巴布罗留下就可以全年帮他。艾瑟克尔不是那种摇摆不定异想天开的人。他自己已经有妻子可以帮忙了，所以短时间内可以照料下电路的事。这是一年里一笔不小的收入，因为收获不多而没有副食可买，这正好可以弥补这一需求。这样一切就很顺利了，现实一片美好。也不用担心布理德在线路上做手脚了，他现在是布理德的女婿。

对，对艾瑟克尔来说，一切顺利，前程似锦。

第三十章

岁月流逝；冬天过去，春天又来。

艾萨克这天又得到村里去一趟了——怎么去呢？去干什么呢？“不，我不知道。”他说。但他把马车清理干净，在上面安好了座位，装了一堆食物，然后驱车下山——为何不可？这些都是拿给斯多堡的艾勒苏的。每当赛兰拉有马车下山，必定是给艾勒苏运东西的。

艾萨克很少驱车下山，大部分都让赛维特代劳，因此每当他驱车驶过荒原时，总被看成是件大事。经过下面的两处农场时，站在门口的人总会交头接耳：“是艾萨克本人，他今天下山去干什么？”到了曼尼兰，巴布罗便抱着孩子从玻璃窗后往外看他，说道：“是艾萨克本人！”

到斯多堡的时候，他“吁”的一声停下马。“艾勒苏在家吗？”

艾勒苏走出来。对，他在家；还没走，但是马上出发——到南边的城市去春游。

“你母亲让我捎点东西来。”他父亲说道，“不知道是什么东西，应该也不是什么了不起的东西，我想。”

艾勒苏拿过东西，道了谢，然后问道：“我想，应该还有一封信之类的吧？”

“对。”他父亲说着摸了摸口袋，“在这儿，听说是小丽贝卡给你写的。”

艾勒苏接过信，正是他等候的。摸了摸觉得信很厚，于是对他父亲说道：“还有，幸亏您这时候来——我再有两天就动身了。要是可以稍等一会儿，我想让您帮忙带一只箱子下去。”

艾萨克下去把马拴牢，然后在周围走了走。艾勒苏手下的安德森把农场收拾得还不错；虽然有赛维特从赛兰拉带马来帮忙，但他自己也做了不少，给泥塘排水，又自己雇了人来挖沟填渠。这一年不必再购买草料，而来年的话，艾勒苏肯定会有自己的马。多亏了安德森来治理这块田地。

没多久，艾勒苏在上面喊他，说箱子已经收拾好了。看来他自己也准备好了；穿了一件上等的蓝色外套，白色领子，脚踩一双橡胶靴子，还拿着一根行路杖。没错，他得等上两天船才开，但是没关系；他在村里等也一样；在哪儿等都差不多。

父子两人一同驱车下山。安德森在店门口看到他们，祝福两人旅途愉快。

艾萨克一心想着儿子，要把座位让给他；但艾勒苏没答应，在他旁边坐了下来。他们来到布里达布立克的时候，艾勒苏突然说忘了拿东西。他父亲“吁”的一声，问道：“忘了什么？”

噢，他的伞！艾勒苏忘记了他的伞；但他不能这么解释，只能说：“没事，继续驾车吧。”

“你不要回去吗？”

“不用了，走吧。”

这真是讨厌；他怎么能忘了呢？正因为他父亲在等着，所以他在匆忙之中忘了。好吧，他到特隆金以后最好再买一把新伞，反正多一把也不是什么要紧事。但因为这事，艾勒苏心情一直不好；所以他跳下了车，自己在后面走。

这样他们在途中就不怎么方便交谈了，艾萨克每次说话都要转过头去。艾萨克说道："你打算去多久？"

艾勒苏回答："噢，应该是三个星期或者一个月。"

他父亲说人们到城里居然从不迷路，也从不会找不到回去的路，真是神奇。艾勒苏说那是因为他住惯了城里，所以这么久从来不迷路。

艾萨克觉得自己坐着有些过意不去，于是喊道："来，你上来赶一会儿车吧；我累了。"

艾勒苏不让他父亲下来，所以又坐到了旁边。但他们首先得吃点东西，于是从艾萨克鼓鼓囊囊的包里拿了东西出来，然后继续驱车前进。

他们来到了最下面的两户人家那里；已经清楚地看到离村子不远了；两处房子正对着大路的小窗户上都挂了白色的帘子，草料棚顶上挂着为了纪念立宪日准备的旗杆。

"是艾萨克本人。"马车经过的时候这两家新农场上的人说道。

最后艾勒苏终于忘了自己的事，客气地问道："您今天驾车下山去干什么？"

"嗯，"他父亲说，"今天也没什么事。"但之后想到艾勒苏将要出远门，告诉他也可以。"我这次下山是为了去接铁匠家的女儿，简森。"他父亲承认道。

"你亲自下山就为了这事？赛维特不是可以去吗？"艾勒苏说。唉，艾勒苏怎么知道呢，自从简森自以为是地离开了赛兰拉，赛维特是绝对不会去叫她回来的！

没错，去年晒干草出了岔子。英格尔就像她保证的那样已经尽了力。丽奥波尔丁也来帮忙，何况还有一台用马拉着的耙草机器。但草太重，草地太大。赛兰拉现在已经成了一块宽阔无边的地方，女人们除了割草，还有其他事要照料；牛羊要照料，一日三餐也不能缺；要制作黄油和奶酪，要洗衣服，还要烘焙面包；母女两人一天到晚不停忙活。

艾萨克明年不想再重蹈覆辙；所以决定，如果可以的话，不论如何也得把简森请回来。英格尔对这事也不再有微词；她现在理智多了，说道：“嗯，照你想的办吧。”对，英格尔现在变得通情达理了；过了这么久终于恢复，很不容易。英格尔不再感到有不得不发泄的满心愤怒和情欲了，冬天让她冷静了下来；她如今只剩下了那点儿必要的温度。她变胖了，变得漂亮又庄重。一个不会褪色，不会凋零的神奇女人；或许她开花开得太迟了吧。谁能说出每件事的经过呢？每件事发生的原因不只是一个因素，而是很多。铁匠的老婆不是最敬重英格尔吗？铁匠老婆能说她什么坏话呢？因为外表的缺陷，她在自己的黄金时代没有享受到年轻的乐趣，之后又在人为的环境中损失了她作为人妇美好的六年；但她仍然具有生命力，所以她在中年的时候误入歧途又有什么奇怪的呢？英格尔虽然走了歪路，变得邪恶了，但她本性善良又聪明，比铁匠的女人好多了……是的……

父子两人继续驱车前进，来到布理德·奥森的客栈，把马拴在棚子里。此时已经是晚上，他们自己走了进去。

布理德·奥森租下了这所房子；这原是商店老板的外屋，但现在改装成了两间客厅和两间卧室；还不错，地点也很便利。常常有人来喝咖啡，还有一些为了等船来此寄宿的村民。

布理德好像突然运气变好了，找到了合适的营生，这还得感谢他的妻子。开咖啡屋兼客栈都是他妻子的主意，是那天在布里达布立克拍卖会上卖咖啡的时候她突然想到的；卖东西真是件让人极为开心的事情，能感觉到手上的钞票，全是现金。他们下山到这里后，干得还不错，卖咖啡，给一些找不到歇脚地的人提供住宿，一切都干得红红火火的。布理德的妻子简直是行者们的福音。当然，她还有一个好助手，正是已经长大且会服侍人的女儿凯瑟琳——当然，这也只是暂时的，过不了多久她应该能找到比在父母店里服侍人更好的工作了。不过目前他们收入颇丰，这是最重要的事。开始非常顺利，要不是老板拿来配咖啡的蛋糕和甜点缺货的话，做得会更好；过节的时候店里的客人点咖啡的时候都要再点饼干和蛋糕！店老板这次吸取了教训，下次不会再这样了。

布理德一家人以及他自己都过上了好日子。卖剩的咖啡和蛋糕便是他们的食物，但他们靠着这些活了下来，孩子们也显出了一副精致文雅的样子。村里的人都说，不是每个人都能吃上蛋糕和点心的。是啊，看起来布理德过得不错；他们甚至还养了一条狗，到处跟客人讨食，长得越来越胖。一条肥壮的好狗简直是这家客栈最有力的广告；它到处宣传这家店子的食物是多么丰盛。

布理德是在家中担任着丈夫和妻子的角色，除此之外，还兼任数职。他曾经有一次当上了区长的助理和代理人呢，而且一段时间里还因此而工作繁重。遗憾的是，去年秋天他女儿巴布罗和区长夫人闹翻了，没别的事——说实话，仅仅因为一只跳蚤；从那以后布理德自己也不怎么受欢迎了。但最后布理德却也不觉得这是多大的损失；为了气气区长，现在有其他人家来找他去工作；经常有人来请他，比如说，给医生当司机；还有牧师，每逢他们杀猪，总是乐意把布理德叫过去；不止这些——布理德自己这么说的。

虽说如此，布理德一家偶尔也会遇上艰难的时候；家里人不是都像那条狗一样肥壮。而且，感谢上帝，布理德不是那种敏感的人。“孩子们一天天长大了。”他说，虽然总会又有新的小孩子来代替他们。长大成人的孩子可以到外面去自力更生，时不时还补贴家用。巴布罗嫁在了曼尼兰，赫尔吉外出在鲱鱼渔场工作；他们常常给家里寄钱或者寄一些值钱的东西；对，就连在家当侍应的凯瑟琳，也在上个冬天家里非常拮据的时候将一张五克朗的钞票塞进她父亲的手里。“这才是你的好女儿！”布理德说，也没问这钱是哪里来的，或者拿来干什么。对，就是这样！孩子们心里想着父母，在需要的时候帮助他们！

在这方面，布理德对他的儿子赫尔吉就不怎么满意了；别人总能听到他在店里跟一小群人说到自己的儿子，说孩子应该尽孝道的大道理。“你们看，我的儿子，赫尔吉；他偶尔抽烟喝酒，我都不反对，我们都有过年轻的时候，但他不应该一次次寄信过来的时候只写一些祝福的话啊。他不该让他母亲伤心落泪。一个年轻人走上这样的路是不对的。以前的时候完全不一样，孩子们一成家立业就要补贴家用，这样才对。难道不是他们的父亲母亲生下他们，养育他们，并呕心沥血地把他们培养成人的吗？现在怎么可以全都忘了！”

赫尔吉好似听到了父亲讲的这一番话，因为不久之后便来了一封家书，里面还有钱——整整五十克朗。之后布理德挥霍了一阵；对，可以说肆意挥霍，他们买了鱼和肉，还买了一盏灯，在最好的房间里的天花板上挂下来，满堂光明。

他们努力过着日子，还有何求呢？布理德，他们勉强糊口，也无须担心其他的事。他们还需要什么呢？

“稀客！稀客！”布理德将艾萨克和艾勒苏引到那间装了新吊灯的房间里参观。“我真没想到，艾萨克，你自己从来都不出门的，是吧？”

“对，只是到铁匠家去办点事，没其他事了。”

“嘀！那艾勒苏呢，又到南方去啦？”

艾勒苏住惯了旅馆；他出入自如，把衣服挂在墙上，然后点咖啡；说到吃的，他父亲把食物放在一个篮子里。凯瑟琳把咖啡端进来。

“付钱？我可没听说还要这样。”布理德说，“我在赛兰拉可是吃了不少；还有艾勒苏，我赊的账都还没还呢。不能收钱，凯瑟琳。”但艾勒苏还是要付钱，他把钱包拿出来，付了钱，还另外付了二十欧尔的小费；他一向不含糊。

艾萨克穿过街道，到铁匠家去。艾勒苏留在原地。

为了客气，他只同凯瑟琳说了几句话，也无须废话；他倒更愿意和她父亲聊。不，艾勒苏对女人毫无兴趣；曾经对女人有阴影了，所以现在对她们完全没有兴趣。看看他现在自动对女人保持距离，因此以后再为女人倾倒的可能也不大了。他是荒野中的一个怪人；一个文质彬彬，有一双写字的手的绅士，和女人一样喜欢精致的小物什；用手杖、雨伞，穿靴子。一个被吓怕过已经变了的不婚者。甚至于他的上唇都未曾长出胡须来。也许是这出身好，家境殷实的小伙子因为到了世俗的环境中所以变坏了呢？是不是因为在办公室和商店里的艰苦让他失去了原有的品质呢？对，或许如此。总之，现在的他变得庸庸碌碌，柔柔弱弱，麻木不仁，听天由命。他应该嫉妒每一个同在荒野里生活的灵魂，但已经没有了那份雄心。

凯瑟琳习惯跟客人逗趣，所以还问他是否又要到南方去看望心上人。

“我有其他事要考虑。”艾勒苏说，“这次出来是为了接洽生意。”

“不要这么随随便便的，凯瑟琳！”她父亲教训道。噢，布理德·奥森对艾勒苏毕恭毕敬，也本该如此。这也是他的聪明之处，因为他在斯多堡还欠了钱，赊着账。那艾勒苏呢？嗬，他很享受这样，所以他也礼貌而文雅地回礼；笑着称布理德为“我亲爱的先生”，一直如此。他提起自己忘了拿伞：“我们路过布里达布立克的时候，我才想起来，忘记带伞了。”

布理德问道：“今晚到店里喝一杯，可否？”

艾勒苏回答：“嗯，也许吧，不是我自己，我父亲也在。”

布理德强颜欢笑，继续道：“后天有个人要来，他要去美国。”

“你是说，他回过家了？”

“对，他就住在村子上面。这些年一直在外面，这个冬天才回的家。他的箱子已经用车子运下来了——一只很漂亮的箱子。”

“我也有过一两次去美国的念头。”艾勒苏坦白道。

“你？”布理德叫道，“怎么，像你这样的人根本没必要去啊！”

“这个嘛，我想应该不是定居国外。不过我也走过不少地方，所以只是想到那里去游玩一番。”

“嗯，当然，有何不可？听说美国钱很多，东西也不少。就比如我刚刚提到的这个人；在刚刚过去的这个冬天里，他就因为花天酒地费了不少钱。来我这儿的时候跟我说：“‘给我上咖啡，要一壶，把你所有的蛋糕都拿来。’你想看看他的箱子吗？”

他们走到过道里去看那只箱子。简直是人间奇物，整个箱子都闪闪发光，每一角都是金属制成，包着闪亮的薄片。下面还有三个支撑架搭着，更不消说还有一把锁了。“防盗锁。”布理德说，好像他自己试过了一样。

他们又回到房间，但艾勒苏却陷入沉思。这个从村里来的美国佬比他厉害；和这个人一比，他什么都不是。和高级官员一样外出交游；这一点就足够让布理德大惊小怪了。艾勒苏又要了些咖啡，也想摆阔；点咖啡的时候还点了蛋糕，然后把它们都拿给狗吃——但他却觉得自己没有别人的气派。他的箱子和别人的那只华丽的箱子怎么能比呢？它就放在那儿，箱子是帆布制的，边缘已经磨破了；就是一个手提包，而且没其他的了——噢，但是等着瞧！他到城里后也可以买一只箱子，一只华丽的箱子。等着就是了！

“拿这些东西喂狗真可惜。”布理德说。

听到这话艾勒苏舒服多了，于是又要炫耀了。

“一只畜生居然能长这么胖，太神奇了。”他说。

一个想法连着另一个想法：艾勒苏中断了和布理德的谈话，到外面的牲口棚里去看马。在那儿，他从兜里掏出了一封信，打开它。他马上收好，也没看里面装了多少钱；之前就收到过这样的家信，一般里面都会夹着一些钞票——对路上的他来说很有帮助。这是什么？一大张涂满了字的灰色信纸；是小丽贝卡写给哥哥艾勒苏的，还有几句她母亲的话。此外还有什么？没了。根本没有钱。

他母亲在信里说，她再也不能问他父亲要钱了，因为那次卖掉铜矿所得的钱已经所剩不多；钱拿来买了斯多堡，之后又拿来买货品，还有艾勒苏四处游玩的旅费等。他这次得自己想办法对付了，因为剩下的钱要留给弟弟妹妹们用，总不能什么都没留给他们。祝旅途愉快。爱你的母亲。

没有钱。

艾勒苏的路费还不够；他把斯多堡的现金都拿来了，但也没多少。噢，他还愚蠢地一次性就把钱付给卑尔根的商人，本可以慢慢付清的。当然，他也应该在出发前就把信打开；这样他也就不会带着箱子下山到村里来了。可是现在他进退两难……

他父亲在铁匠家把事情谈妥后就回来了，简森明天清早和他一道回去。你看，简森一点都不难说服，而是马上看出来赛兰拉在夏天需要人手，所以做好了准备回去。做得不错。

他父亲说话的时候，艾勒苏坐在那儿想自己的心事。他给他看了那个美国人的箱子，说道："真希望我也能去那儿。"

他父亲答道："嗯，或许还不错。"

次日清晨艾萨克已经准备好要回家了；他把食物放在车里，然后绕到铁匠家去接简森，还有她的箱子。艾勒苏看着他们离开；直到他们走进了树林里，他再回来，付清了在客栈里的钱，还多给了小费。"我先把箱子放在这儿，以后回来取。"跟凯瑟琳说完他便走了。

艾勒苏——去哪里？只有一个地方可去；他往回走，又朝家里走去。回家路上，他悄悄跟着他父亲和简森，并留心不被他们看到，一直走啊走。现在他开始嫉妒起荒野里的人了。

艾勒苏变成这样真是可惜。

他在斯多堡没有做生意吗？是这样的：在那里根本没赚到什么，艾勒苏外出的时间太多，借接洽生意之名游山玩水，花了不少钱；他不喜欢廉价旅行。"不能吝啬。"艾勒苏说着，给十欧尔就可以撑场面的时候他都会给二十。这生意根本无法支付他的这些高等品位，因此只能跟家里讨要补助。斯多堡有农田，本身就有足够的马铃薯、小麦和草料，但其他的副食则都得靠赛兰拉供应。这就完了吗？赛维特还得白费力气替他哥哥从轮船上把货物运上山。就这些吗？他母亲还得从父亲那里拿出钱给他当路费。但这就完了吗？

最坏的还在后面。

艾勒苏像个傻子一样经营生意。人们从村里到斯多堡去买东西让他自鸣得意，只要别人提出赊账请求他便马上答应；这事传出去以后，越来越多的人上山来赊账。赊账，整个生意就这样面临崩塌。艾勒苏是个很随意的人，就让它这样好了；店里空了后，再买东西来填上。这些都要花钱。谁为这些埋单呢？他父亲。

开始的时候，她母亲还信誓旦旦地给他讲好话。艾勒苏是家里最聪明的孩子；他们得帮他一把，给他起个好头；再想想他才花了那么一点钱便将斯多堡买下，而且一开始就直接把价钱定了！当他父亲认为生意经营不善时，她又为他辩护。“你怎么能站在那儿说出这种话来！”对，她责怪他怎么能对儿子说出这些话来；艾萨克说艾勒苏好像忘了自己的身份。

因为你瞧，他母亲也是见过世面的人；她知道对艾勒苏来说回到荒野里生活有多艰难，已经习惯了上等生活，习惯了和上等社会接触，附近根本找不到和自己有共同语言的人。他和那些不太诚信的人做交易时确实冒了很大的风险；但即便如此，他的本意却不是要将自己的父母耗光，只是因为本性善良，品格高贵；这只是他帮助那些生活没有自己优厚，比不上自己的人的一种方式而已。怎么，难道他不是所有这些男人里面唯一要用经常得洗的白手帕的人吗？当人们怀着信赖的心来向他赊账的时候，倘若他一口回绝“不行”，那么别人很可能就要误会他，认为他不再是那么高贵的人了。而且，他是在城里长大的人，是他们当中的天才，他对同胞们也肩负着某种责任。

是的，这些东西她母亲都记在心里。

但是他父亲呢，却一点儿也不理解，终于有一天让她眼睛放亮，耳朵清明了，他说：“你看吧，卖矿的钱已经所剩不多了。”

“就剩下这些了？”她说，“其余那部分去哪儿了？”

“艾勒苏，他花掉了。”

听到这话她拍起了手，表示艾勒苏以后得自己想办法了。

可怜的艾勒苏，命运流转，青春不再。也许，如果他一直在田里干活，兴许这样会更好些，如今他却已经是个能书能画的文化人；没有目标，也没有内涵。即便如此，倒也不是个十恶不赦的人，对恋爱毫无感觉，也没有雄心大志，很难说清楚艾勒苏是个怎么样的人，甚至根本不知道他有多坏。

这个年轻人也许是命运多舛，好像有什么东西在腐蚀着他的内心。城里的那个工程师，一个好人——要不是他在这个小伙子年幼的时候发现他，并把他带出去说要培养一番，也许更好吧；但如今孩子没什么大志气，反倒更要受苦。他渴求的是一些他没有的东西，一些站在光明的对立面的东西……

艾勒苏一直走啊走。车里的两人从斯多堡经过，艾勒苏绕了远路，所以也超了过去；他自己在家，在自己的交易站，自己的店里能干什么呢？傍晚的时候车里的两人到了赛兰拉；他也跟着他们到了那里。看到赛维特来到院子里，看到简森的时候还一脸震惊，两人握了握手，笑了笑；然后赛维特把马牵出来，引到马厩里。

艾勒苏，这个家里的骄傲，鼓起勇气往前走。不是走上去，而是偷偷溜上去；在马厩里碰到赛维特。“是我。”他说。

“什么——你也回来了？”赛维特再次震惊道。

兄弟俩悄声交谈着；他要赛维特去跟母亲要点钱；最后一次，给他当路费。他已经受够了这种生活；艾勒苏已经厌倦；他很早就起了这样的念头，今晚必须走；很长的旅程，到美国去，今晚就动身。

“美国？”赛维特惊叫道。

“嘘！我已经考虑了很久，你得照我说的，跟她要点钱；不能再这样过下去了，我一直打算远走高飞。”

“但是美国啊！”赛维特说，“不，你不能走。”

“我要走，已经决定了。现在回去赶上这趟船。”

“但你总得吃点东西吧。”

“我不饿。”

“那也休息一会儿吧？”

“不了。”

赛维特想尽力挽留哥哥，但艾勒苏已经下定决心，对，这次已经决计要走。赛维特已经非常震惊；首先见到简森时他已经大吃一惊，而今艾勒苏要远走高飞，离开这片农场，离开这里的世界。

“斯多堡怎么办？”他说，“你要怎么处理？”

“给安德森好了。”赛维特说。

“给安德森？你什么意思？”

“他不是要娶丽奥波尔丁吗？”

“我不清楚。对！没准他是这么想的。”

他们一直悄声交谈着。赛维特认为最好把父亲叫出来，艾勒苏可以和他当面谈；但是艾勒苏压低声音反对，“不行！不行！”他不是那种可以当面交涉的人，需要一个中间人代为传达。

赛维特说道：“好吧，母亲的脾气你也知道，要是她知道了肯定又哭又数落个不停。最好别让她知道。”

“对。”艾勒苏同意，“不能让她知道。”

赛维特去了，去了很长时间，回来的时候带了一笔钱，很大一笔钱。“给你，这是他所有的钱；觉得够了吗？数一下——他没数过有多少。”

“他说什么了——父亲？”

“没，他没说什么。你现在稍等一下，我去拿几件衣服跟你一起下山。”

“不用了。你回去躺着睡觉吧。”

“嗬，你不想让我走开是因为怕黑吧？”赛维特说，尽力让大家高兴片刻。

他只去了一会儿就穿好衣服回来了，肩上还扛了父亲装食物的篮子。他们出去的时候，他父亲站在外面。

“看来，你是要走了？”艾萨克说。

“对。”艾勒苏回答，“但我还会回来的。”

“我也不多留你了——时间不早了。”那个老男人含糊不清地说完便转过身去。

“祝你一路顺风！”他的声音异常沙哑，说完便匆匆离开了。

兄弟两人沿着马路往下走去，没走多远便坐下来吃东西，艾勒苏本来就饿了，所以狼吞虎咽起来。那是个晴朗的春日的夜晚，黑松鸡在山顶上嬉闹；亲切的声响让这个即将出去的移民一时间没了离开的勇气。“今夜真好。”他说，“你最好现在回去吧，赛维特。”

“嗯。”赛维特说着继续陪他往前走。

他们过了斯多堡，过了布里达布立克，山里到处有声音传来；这不像城里的军乐，不是，但这种声音——却在宣布：春天已经来了。这时候，树顶上的一只鸟儿突然嘶鸣，叫醒了其他的鸟，于是到处是鸟声；更像是一首歌，一首赞美诗。这个将要出国的人心里突然唤起一股思乡之情，或许，他的内心突然变得虚软而无能为力起来；他要去美国了，没有人能比他更适合去美国。

“你现在回去吧，赛维特。”他说。

“嗯，好。”他弟弟说，“听你的。”

他们在树林边坐下来，可以看到下面的村子，还有商店、码头，以及布理德的客栈；轮船周围有人在走，准备登船。

“嗯，没有时间再坐在这儿了。”艾勒苏说着又站了起来。

“想不到你要去那里。”赛维特说。

艾勒苏答道：“但我会回来的啊。到时候我一定会带一个更好的箱子回来。”

他们道别的时候，赛维特把什么东西塞到他哥哥手里，用纸包着。

“这是什么？”艾勒苏问道。

“别忘了常写信回来。”赛维特说。然后离开了。

艾勒苏打开纸一看，原来是一块二十五克朗的金币。

“喂，不要！”他叫道，“你不能这么做！”

赛维特继续走着。

走了没多久，他又到树林边坐下。轮船附近的人更多了；旅客们正在登船，艾勒苏走了上去；轮船起锚离岸，然后开走了。艾勒苏要去美国了。

他再也没有回来。

第三十一章

一个引人注目的队伍向赛兰拉走来；开始看起来有些可笑，但远远不是这样。三个男人身负极大重担，袋子从肩上悬下来，前胸后背皆是。虽然身背重物，但三人却一路玩笑，一前一后地向山上进发。那个老店员小安德森走在队伍最前面；事实上，这是他领导的远征队伍；除了他，还有赛兰拉的赛维特，以及布里达布立克的弗雷德里克·斯特隆。安德森是个令人瞩目的年轻男人，走路的时候，他的肩膀已经被压得往下斜，夹克领子也从脖子扭到一边去了，但他还是扛着重物继续行走。

斯多堡以及艾勒苏留下的产业——嗯，他本可以接手这个地方，也许吧，但安德森目前还支付不起；最好还是先缓缓，没准以后可以白白到手。安德森不笨；他只是暂时接管这个地方，自己经营。

清理库房存货的时候，发现艾勒苏还买了一堆卖不出去的东西，甚至有牙刷、印花桌布等；对，还有装了弹簧、按准地方就会叫的小鸟。

现在他带着这些东西出门，打算翻过山去卖给那些矿工。他当时给阿龙森看店的时候就知道有钱的矿工们什么都会买。可惜的是，艾勒苏最后一次去卑尔根订购的六匹可以摇摆的木马时没能一起带上。

商队拐了个弯来到赛兰拉的院子里，把货物卸下来。他们没在这里待太久；三人各自喝了一大杯牛奶，装作要在这里售卖商品，然后背上重担又上路了。他们不是做样子，而是真的走了，穿过丛林朝南而去。

一直走到中午才停下休息、吃饭，吃完又上路，一直到夜晚降临。几人点起篝火，在山上露营，再躺下来睡了一会儿。赛维特躺在一块他称为圈椅的巨石上睡下。噢，赛维特很聪明；巨石晒了一天，这会儿正是个可以坐也可以睡的好地方。但他的同伴就没这么聪明了，也不听他的劝；他们睡在杂草丛里，后来被冻醒了，一直在打喷嚏。三人吃了早餐又出发了。

他们一直在仔细探听是否有爆破声，他们希望当日能到达矿上并遇到矿工。到现在为止工程应该已经进行到这里了，从水边往赛兰拉的方向已经挖开了不少距离。但丝毫没听到哪里有爆破声。他们一直走到中午都没碰到一个人，只在地上看到一处又一处工人们试挖的洞穴。这是意味着什么呢？肯定是在这一带往前去的尽头处有丰富的矿砂；他们必定挖到了重铜，所以一直不断往那一面开采。

下午的时候他们又看到了几个矿地，但却没见到一个矿工；他们继续往前，走到晚上，都可以依稀看到下面的海了。几人继续穿过几处荒掉的矿地，还是听不到任何声响。太不可思议了，但是也没办法；那一晚他们又得露营了。几人谈着这事：工程会不会停了？他们是要转身往回走了吗？“不用。”安德森说。

次日清晨，一个男人走进了他们的帐篷里——男人面色苍白憔悴，皱着眉头定定地盯着他们看。“是你吗，安德森？”男人说道。正是阿龙森，那个原来的店老板。他没有谢绝几人给他的一杯咖啡和食物，而且坐了下来。“我看到这里的炊烟，就想上来看看怎么回事。”他说，

"我还想着'没错，他们总算恢复理智，又复工了。'却没想到竟然是你们。想到哪里去？"

"来这儿。"

"你们带什么东西来啦？"

"各种商品。"

"商品？"阿龙森叫道，"带东西上这里来卖吗？谁会买啊？这里一个人都没有。上个星期就都走光了。"

"走了？谁走了？"

"都走了。这地方现在一个人都没了。我这里还有足够的存货呢，一整个库房的东西，你们想买什么都有。"

噢，老板阿龙森又陷入窘境了！矿业已经告停。

他们一直给他咖啡，让他镇静下来，然后问是怎么回事。

阿龙森绝望地摇摇头。"说不清楚，事情太复杂了。"他说。本来生意很红火，卖了不少东西，一直财源滚滚。村民也都发了财，生活水平也都提高了，还建了一所新校舍，家家户户用上了吊灯，穿上了从城市出产的高筒皮靴！但是没想到矿上的那些头目们突然说开矿不赚钱，所以关了。不赚钱？那以前赚的是什么？爆破后出来的不是纯的铜矿吗？这简直是彻头彻尾的骗人。"他们从不想想像我这样的人要怎么办。对，我想应该像他们说的那样；和以前没什么两样，罪魁祸首还是吉斯勒。他一来，矿上就停工了，好像他听到风声了一样。"

"吉斯勒也在这里吗？"

"怎么不在？真应该把他枪毙了！那天从船上下来后，就到山上来找工程师，说：'嗯，进展还顺利吧？'——'就我目前来看，一切都很顺利。'工程师说。但吉斯勒还站在那儿，又问道：'嗬，真的还好吗？'——'对，照我看是这样。'工程师说。但是信不信由你，等吉斯勒坐的那艘船带着邮筒一到，一封信和一封电报也到了工程师的手里，说是矿业入不敷出，要马上关掉。"

远征队的三人互相对视了一下，但领导者安德森还没有泄气。

"你们最好回家去。"阿龙森劝道。

“我们不会走的。”安德森说着把咖啡壶收起来。

阿龙森把这三人一个个盯了一遍，然后说道：“你们疯了。”

你们瞧，现在安德森已经不在意他的前老板的话了；他现在是自己的主人，是一支用他自己的钱装备起来要到远方去的远征军的头头；如果现在打道回府，今后将威风扫地。

“嗯，你们现在要去哪儿？”阿龙森生气地问道。

“说不准。”安德森回答。但无疑他心里已经打定主意；想到三人同行，而且还有玻璃串珠和戒指等，兴许可以卖给当地人。“会好的。”他对其余两人说。

很可能早上的时候阿龙森觉得，反正已经走了这么远，倒不如再往前走走，看看是不是所有矿区都废弃了，矿上的人是否都走光了。但是看到这几个人决计要往前去，这会阻碍他做生意，所以他一次次告诫他们不要逞强。阿龙森火冒三丈，自顾自走在队伍前面，对着他们吼叫，想把他们赶出他的领地。他们一路走到了矿区中心的茅屋那里。

全是临时茅屋，但现在已经空无一人。大部分工具和器械都在屋檐下面放着，但长杆、厚木板、破烂马车以及锅碗瓢盆等到处乱放着；几扇门上还写着“闲人免进”的字样。

“看到了吧！”阿龙森大叫，“我说什么来着？这里一个人都没有。”接着他凶狠地威胁那几人——他会把区长请来；反正，他们走到哪里他就跟到哪里，要是抓到他们进行非法交易，一定会判他们奴役或者做奴隶，绝不手软！

突然有人叫赛维特。这地方也并非毫无人烟嘛，并未完全荒废；一个男人站在房子一角招呼他过去。赛维特背着重物踉踉跄跄走过去，突然认出来这人是——吉斯勒。

“很高兴在这儿看到你。”吉斯勒说道。他红光满面，但眼睛受不了春光的刺激，戴了一副墨镜。他还是和以前一样侃侃而谈。“太巧了。”他说，“省得我再到赛兰拉跑一趟，我有一堆事要照管。阿尔曼宁荒原现在有多少户人家啦？”

“十户。”

“十户新的人家，没错，我很满意。但国家还需要三万两千名像你父亲这样的人。对，我说的是真心话，而且是算出来的。”

“赛维特，还走吗？”那两人还在等着。

吉斯勒听到后回头厉声答道：“不走了。”

“我等会儿再过来。”赛维特说着把肩上的东西卸下来。

两人坐在那里交谈着。吉斯勒今天心情很好；精神振奋，所以不停地说话，只有当赛维特插进一两句或者回答他的时候，他才停下来，听完又继续说。“真是太巧了——不得不再说一次。真是事事顺心，在这里碰到了你，也不用再往赛兰拉跑了。家里怎么样，还好吗？”

“都还好，谢谢您还想着。”

“牛棚上的草料间完工了吗？”

“嗯，已经完工了。”

“嗯，很好——我要照料一大堆事情，简直有些忙不过来。就像咱俩坐着的这块地方吧，你怎么看，赛维特老弟？一座废弃的城镇，是不是？当初人们违背了自己的天性和健康来建造它。老实说，一开始是我的错误——是的，我只是整个工程命运的代理人。正是当年你父亲从山里给你带了一小块石头那时候开始的，你那时还小，拿着石头玩。于是就这样开始了。我很清楚这些石头的价格人们都付得起；是的，我自己开了价，把它们买了下来。然后石头被多次转手，造成了无穷的损失。过了这么久，现在，我又到这里来了，你知道是为什么吗？我来把这里买回去！”

吉斯勒停了一会儿，看着赛维特。突然他看了一眼麻袋，问道：“你带的是什么东西？”

“货物。”赛维特说，“我们打算带到下面的村子去。”

吉斯勒似乎对他的回答不感兴趣，甚至好像根本没听到。他继续道：“把它们再买回来——没错。上次是我儿子做的这笔生意；他把它们卖掉了。他还是个和你差不多年纪的年轻人，就是这样。他是家里的闪电，而我则是雾，知道要做什么，但不去做。但他是闪电——现在已经到工商界任职去了。上次就是他帮我卖掉矿地的，我懂很多，但他却不知道，他只是一道闪电，行动迅速，很有现代人的做派。但闪电往往只是昙花一现。看看你在赛兰拉的家吧，看看你们周围的一座座青峰吧；在那里根本搞不出什么新名堂来，只有年月已久的矿区和峰峦——但它们是你们的伙伴。你就在这里，上有天下有地，你是它们当中的一员，和那些古老的东西一起生活。无须手执利剑，无须防范，你们可以在一片和善中存活。瞧，这就是大自然，你们在这里其乐融融。人类和自然是和谐共生的，他们从不会互相竞争追逐，而是一起前进。你们赛兰拉一家人也是这样生活的。有田野和森林，有沼泽和草地，还有天空和繁星——噢，它们并不微小，确实数也数不尽的。听我的，赛维特，你应该满足了！你有生活的资源，你有前进的目标，你还有可以信奉的东西；上一代生了你，你会繁衍下一代，你是这个大地上需要的人。不是每个人都被大地需要，但你是；大地需要你。是你们在延续着生命。代代相传，代代繁衍下去；在你们死后，你们的子孙再传承下去。这就是永生的意义。你会从中得到什么呢？一种永生的清白和正派生活。你还能得到什么呢？没有什么能将你们赛兰拉一家人置于法令和管辖之下。你们享有和平、权利以及这一切的友善。这就是你们能得到的东西。你躺在母亲的怀里吸吮乳汁，摆弄母亲温暖的手。而你父亲，他是三万两千个人中的一员。但其他的芸芸众生呢？我算小有能力，又像一道雾，到处飘游，有时像洒到久旱的田地中的甘霖。但是其他人呢？就像我儿子，他只是一道闪电，一过即逝；他只能行动。

"对，我儿子是我们这个时代的典型人物；对于所传授给他的东西，所有的那些犹太人和美国人教给他的东西，他都深信不疑；对这些东西我却只能摇头。但我并不是什么神秘莫测的人物，可以说，只有在家里，我摇着头的时候才像一阵雾。说实话——我并没有做了事又后悔的能力。如果我有的话，我现在就是闪电。但我现在只是雨雾。"

突然间，吉斯勒好似又振作了起来，问道："牛棚上那个草料间完工了，是吗？"

"对，完工了。父亲还要再造一栋新房子。"

"新房子？"

“为了让来访的客人有个落脚的地方，他还说——兴许吉斯勒哪天就来了呢。”

吉斯勒思考片刻，当即决定：“好，那我去一趟。对，我要去的；你可以和你父亲这么说。但我有一堆事情要照料。这次来是为了让工程师去跟瑞典那帮人说我要买地。我得看看会怎样。对我来说都一样，不急。你真应该见见那个工程师——他把很多东西带上来了，人、马、钱、机器等，忙得一团糟；他以为一切顺利，其实不然。他以为有越多可以换钱的石头，就越好；他自以为在做一件顶级聪明值得表扬的事，给这个地方给国家增加了收入。但一切却离灾难越来越近，他还一无所知。国家需要的不是钱，钱已经足够；国家缺少的是像你父亲这样的人。是啊，那些利用手段达到目的的人还自鸣得意！他们疯了，他们有病；他们不干活，不耕地犁田，只知道掷骰子。他们这样癫狂地追逐钱利，而最后白忙一场，这是自找的，对不对？看看他们——把一切都拿来当赌注，是吧？但他们错了；他们忘了赌博不是勇气，甚至不是莽撞的勇气，这只是恐怖。你知道赌博是什么吧？赌博是恐怖，也就是你脑门儿上冒出来的汗，这就是赌博。他们错误的一点就是，他们没有和生活保持步调一致，总是急功近利——赶在生活前面，把自己像楔子一样钉到生活里面去。他们旁边的人会说：喂，停下来，有东西坏了，赶快补救；旁边叫他们停下来！接着生活便礼貌而稳稳地向他们撞过去。于是它们开始抱怨生活，对生活怒不可遏！每个人都会根据自己的喜好行事；有的人抱怨生活，有的则不，但不应该有人怨恨生活。不能对生活严厉严格，而应该对生活怜悯，站在它的一边；想想那些生活不得不忍受的赌徒吧！”

吉斯勒又振作起来了，说道：“好吧，都随它好了。别管它！”他显然是累了，说话的时候喘着气，“要下山了吗？”他说。

“是的。”

“不用急。你答应过要陪我到山里走一遭的，赛维特老弟，还记得吗？我可记着呢。我记得一年半之前，站在嘉木的桥上的谷仓里弯腰朝下看的时候，闻到一种气味。现在又闻到了。但即便如此，不管这些了；我们还是到山里去吧。只是你还背着这个包。里面装的什么？”

“货物，安德森准备拿去卖掉。”

“好，我是个知道什么该做却不做的人。”吉斯勒说，“所以我是一阵雨雾。最近可能哪一天我就要把这块矿地买回来，没什么不可能的；但如果我这么做了，绝不会仰头望天说什么‘空中铁道！’‘南美洲！’不，这些给那些赌徒去说吧。这一带的人都说我是恶魔，因为我比他们先知道矿区要倒闭。我没什么神秘的，非常简单。蒙大拿有了新的铜矿区，就是这样。在这场赌博里，美国人比我们要聪明；他们在南美洲斩断了我们的路——我们这里的矿砂太贫乏。我儿子是一道闪电；他知道了消息，所以我就飘到这儿来了。很简单，不是吗？我仅仅比这些瑞典人先知道了几个小时而已，就是这样。”

吉斯勒又喘不过气来了；他站了起来，然后说道：“如果你要下山，那我们结伴同行吧。”

他们一起下山，

他们一起下山去，吉斯勒累坏了，所以在后面慢慢走。远征队到码头那里停了下来，弗雷德里克·斯特隆兴致还是很高，拿阿龙森逗乐道：“我的烟叶用完了，跟你买一点行吗？”

“我不会卖烟叶给你。”阿龙森威胁说。

弗雷德里克大笑，然后安慰他：“不必这么伤心难过，阿龙森。我们打算当着你的面把这些东西都卖掉，然后回家。”

“滚开，把你的臭嘴洗一洗。”阿龙森暴怒道。

“哈哈哈！你不用暴跳如雷；站稳，摆好照相姿势！”

吉斯勒累了，筋疲力尽，甚至于他的墨镜也不起作用了，眼睛在镜片后面闭着。

“再会吧，赛维特老弟。”他突然说道，“不行了，我这次是走不到赛兰拉了；告诉你父亲，我有一堆事情要料理。不过我以后会去的——就那么说……”

阿龙森在他后面吐了口唾沫，说道：“应该把他枪毙了！”

远征队伍卖了三天的货物，麻袋里的商品销售一空，收入颇丰。生意很是红火，即便矿区倒闭，但村民身上还有不少钱，而且花起来大手大脚；那些弹簧鸟卖得最好；他们将这些鸟挂在大厅里的柜子上，还把这些很适合裁剪日历的裁纸刀也买走了。阿龙森火冒三丈：“好像我店里没有这些好东西一样。”

商人阿龙森心急如焚。他时时刻刻都紧紧盯着这几个卖货人和他们的麻袋；但那三人分头行动，阿龙森只恨自己不能分身。首先他放弃的是说话最难听的弗雷德里克·斯特隆；然后是一句话也不说，只顾卖东西的赛维特；最后他盯住了他的前伙计，试图阻止人们前来买东西。噢，但安德森很清楚他以前的这位老板——知道他对生意和正经交易一窍不通。

“嘀，你是说英国线不是违禁品吗？”阿龙森自以为是地说道。

“我知道是违禁品。”安德森回答，“但我这次没带过来；我可以在别处卖掉。我袋子里一卷这种线都没有；你要是乐意，自己瞅瞅。”

“管他的。”阿龙森说，“反正我知道什么是违禁品，我已经给你看过了，现在用不着来教训我。”

阿龙森在那儿站了一整天，最后也放弃了安德森，回家去了。那之后三个商贩再也没受过他监视。

接下来他们如鱼得水。那时候妇女流行把假辫子戴在头上；而安德森正好卖辫子。对，有时他会把金色的辫子卖给黑皮肤的姑娘，也会因为没有浅色辫子而道歉；就比如灰色的辫子，因为这是最好看的。每晚这三个年轻的售货员会到指定的地点集合，汇报自己的售卖情况，互相借用自己卖完的商品；安德森时不时会坐下来，拿出一把锉刀，把运动员用的口哨上的德国商标磨掉，或者擦去钢笔或铅笔上面的外文。安德森简直是一张王牌，一向如此。

赛维特则相反，有些叫人失望，倒不是说他最懒或者东西卖不掉——实际上，他卖得最多——但收入很少。“你不会做样子。”安德森说。

是的，赛维特不擅长自吹自擂；他是个庄稼汉，说话踏实可靠，而且一直平心静气。卖东西又能说什么呢？而且，赛维特急着想把东西卖掉，好早点回家，地里还有农活要忙。

“因为简森叫他回家了。”弗雷德里克·斯特隆解释道。那个春天，弗雷德里克自己也还有农活要干，没有多少时间可以消耗了；但即便如此，他却要在最后一天去跟阿龙森争论一番。

“我要把这些空麻袋卖给他。”他说。

他自己进去，安德森和赛维特在外面等着。他们听到店里面很大的吵闹声，弗雷德里克则不时哈哈大笑；接着阿龙森把门打开，下逐客令。噢，但是弗雷德里克没出来——不，他还在费时间大谈特谈。他们最后听到弗雷德里克叫阿龙森买他的那一堆摇摆的木马。

之后商队回家去了——三个身体健康满身活力的年轻人。他们一路走一路歌唱，露天躺着睡几个小时，又起来赶路。当他们在星期一回到赛兰拉的时候，艾萨克开始播种了。正是播种的节气；空气湿润，太阳时不时露出来，一道清晰的彩虹划出天际。

商队解散了——再会，再会……

艾萨克正在播种，一个敦实粗壮的男人，没什么特别的。穿着用自家羊毛缝制的衣服，用牛皮制成的皮靴。他正在播种——光着头，极度认真；只有脑袋顶部秃了一块，其他地方都长了毛发；腮上还有一处像扇子一样非常明显的胡须。这便是艾萨克，这块土地的地主。

他极少知道日期和月份——他知道这些有什么用呢？他没有非得在某天办什么事的账单；仅仅在日历上记下了每头奶牛产崽的日子。但他知道秋天的圣奥勒夫节，那时候就该把干草搬进屋里了；还知道春天的圣烛节，因为那之后三个星期，大熊就要从它们的冬窝里出来了。他只知道需要知道的。

一个投入了全部身心的庄稼汉，一个不知疲倦的开垦者。一个来自过去，走向未来的幽灵，一个最早在这里开垦，定居在荒野中的人，一个九十岁的老人，他同样也是一个现代人。

是的，那座铜矿如今没有给他留下什么——那些钱如今已不见踪影。当矿上工程停止，整片山林成了荒漠的时候，还有谁能留下财富呢？但阿尔曼宁大荒原依旧在那里，那片土地上的十户人家也在那里，而且呼唤着成千上百的人上来。

没有东西在那里生长了吗？所有东西都在那里长着。这片土地上有人，有动物，还有果实。艾萨克正在播种小麦，夕阳的余晖照在他手上呈弧形洒出的麦粒上，就像一粒粒黄金洒向了这片土地。这时候赛维特过来耙地；耙过一次后就在滚筒滚上一圈，之后再耙。森林和田野都在看着。一切都是庄严神圣的——只是为了按部就班地工作。

山腰上远远地传来了丁零零的牛铃声，越来越近了；正是夜归的牛羊。十五头牛，还有四十五只绵羊和山羊；总共六十只。丽奥波尔丁、简森以及小丽贝卡几个女人提着牛奶桶，牵着牛肩上的牛轭往家走。三个人都赤着脚。地主夫人英格尔自己没同她们一道出门，她在家里准备晚饭。她个子高，举止庄重，在家里走动的时候就像一个女灶神。英格尔以前曾经历过一段惊涛骇浪的旅程，那段日子她住在城里，而今已经回到了家中；大千世界中，蜂拥着无数细小的微尘——英格尔也是其中的一粒。人无非就是这样微不足道的一粒灰尘。

然后夜晚来临了。